teadue
2035

Zhang Jie

Anni di buio

Romanzo

Traduzione di
Maria Gottardo
e Monica Morzenti

TEA

Per informazioni sulle novità
del Gruppo editoriale Mauri Spagnol visita:
www.illibraio.it
www.infinitestorie.it

TEA - Tascabili degli Editori Associati S.p.A., Milano
Gruppo editoriale Mauri Spagnol

www.tealibri.it

Titolo originale
Without Words
无字 (WU ZI)

Prima edizione TEADUE luglio 2012

無字

Nel buio della storia e dell'anima

Di Francesco Sisci

Il libro comincia con una storia semplice: un caporale dell'esercito comunista cinese viene degradato per aver fucilato un agente comunista che passava le linee con un dispaccio da parte del quartiere generale. Il soldato non credeva all'agente che aveva detto di avere il messaggio su un foglio di carta apparentemente bianco. Era scritto con inchiostro simpatico, aveva tentato di spiegare l'agente, ma il soldato, reputandosi furbo, non se l'era bevuta. Aveva concluso che fosse una spia e lo aveva freddato su due piedi. Così l'agente, sopravvissuto ad astuti poliziotti e spie di giapponesi e nazionalisti in quel periodo di guerre intestine e internazionali, gli anni trenta e quaranta, era caduto sotto i colpi dei suoi stessi compagni.

Qui ci sono l'ironia, la follia, la stupidità, le contorsioni fra tradimenti incrociati, agenti doppi, tripli, profonde lealtà rovesciate, che hanno segnato l'anima della Cina nel secolo scorso.

È il filo rosso che attraversa la storia del secolo scorso della Cina. Il paese per mantenere l'essenza della sua tradizione, della sua dignità, deve voltarle le spalle, tagliare i codini, abbandonare le vecchie pesanti palandrane, infilare i più agili ed efficienti calzoni, mettere da un canto Confucio e adottare Marx o i pragmatici americani, deve chiudere con l'inchiostro sulla carta di riso dei panorami antichi e prendere in mano i colori a olio su tela, deve lasciare le case basse e trasferirsi in appartamentini all'interno di palazzoni da trenta piani. Solo così la Cina può rimanere cinese, fuori dall'abbraccio degli avidi stranieri. Va bene, giusto, ma alla fine che Cina è?

Per vincere, raggiungere l'agognata meta del comunismo maoista, dell'utopia in terra, della compattezza territoriale, mantenere l'unità del popolo cinese intorno all'ideale di nazione e di purezza ideologica, i fratelli, gli amanti si sono uccisi a vicenda, gli amici si sono voltati le spalle, i figli hanno sbugiardato padri e madri, mandando in galera o nei campi di lavoro loro e all'inferno del tormento eterno se stessi.

Questo è il buio degli anni che racconta Zhang Jie nel secondo volume della sua trilogia. La scrittrice si allontana dal tormento degli amori e affronta invece il groviglio psicologico – che molte volte va al di là di ogni incubo freudiano – di persone che hanno lasciato non solo la propria vecchia cultura di vita ma anche l'idea di vecchi sentimenti profondi, legami familiari, carnali. I rapporti familiari e amicali, le catene d'acciaio che avevano tenuto ancorata la struttura profonda della società cinese per millenni, nel secolo scorso sono stati spezzati.

Fratelli si sono trovati sulle parti opposte della barricata politica, comunista uno, nazionalista l'altro, per questo si sono poi fatti la guerra, hanno cercato di uccidersi, per amore del proprio ideale e sordi a quello che gli diceva la pelle e la carne verso il proprio parente. Alla fine della guerra che ha straziato ogni cellula del loro corpo, spesso i fratelli sono stati poi anche puniti dai propri compagni di partito, perché quel legame familiare era comunque sospetto, inquinante, macchia da estirpare nella maniera più radicale e definitiva possibile.

Nulla si salva, nulla si è salvato in questo secolo passato di Cina. Il paese e la sua gente hanno fatto molti capitomboli su se stessi, distruggendo con ferocia sistematica le tradizioni del passato imperiale, ma poi anche le conquiste della modernità occidentalizzata. Infatti a metà degli anni ottanta, quando la storia va verso la conclusione e tira le somme di decenni di conflitti, Pechino, fulcro della storia, è gialla, senza alberi, senza un filo d'erba, invasa da una polvere finissima che penetra ovunque. È la sabbia del deserto che avanza, che si è infilata tra le strade del centro, perfino nelle residenze dei capi supremi del paese e inquina tutto, inceppa e ferma ogni meccanismo, corrode e distrugge ogni cosa. È la desertificazione dell'anima, prima che della politica o del sistema politico.

Zhang Jie la racconta con enorme passione, e per raggiungere questo obiettivo resta fredda, distaccata, quasi osservasse i movimenti di questi personaggi, che conosce bene e sente profondamente, dall'alto di una montagna. Li racconta con distanza, quasi come se non parlasse di se stessa, sentendo forte la sabbia del deserto che le sta limando l'anima, e sta entrando nella chimica più profonda del sangue, dei muscoli. Questa distanza diventa una specie di acceleratore del racconto, che prende densità e profondità frase dopo frase, senza perdere di vista l'umorismo di tutta la situazione.

Perché poi, anche dopo che al soldato è stato spiegato che l'agente era uno dei buoni, uno dei nostri, dopo che gli è stato mostrato come, con un po' di calore, il foglio bianco rivela davvero un suo messaggio segreto, non cambia niente. Il soldato rimane incredulo, profondamente e totalmente. La sua logica è lontana mille miglia da quella dell'agente, dei suoi capi e in realtà anche della guerra che combatte. In realtà, è semplicemente fuori posto e si comporta come se fuori posto fosse tutto il mondo che gli è attorno. E come il contadino del celebre racconto di Cechov che ruba tre delle quattro viti che tengono fermi i binari alla traversina. Quando il treno deraglia e lui viene arrestato non ammette la sua colpa e crede davvero di essere accusato ingiustamente, che la colpa sia del treno, dei binari o di qualche sortilegio magico che ha provocato il disastro quando una vite sola sarebbe bastata, lui lo sa.

Il rivolgimento totale di civiltà, cultura, sentimenti è anche e forse soprattutto un profondissimo rivolgimento interno. Mondi separati per secoli, come quelli dei contadini delle campagne e degli intellettuali delle città, si ritrovano uniti all'improvviso e senza mediazione. Lo studente che ha piegato la schiena sui libri per anni e il villano che nel frattempo la schiena l'aveva piegata sull'aratro sono soldati dello stesso esercito, con le stesse funzioni e le stesse attese. Non ci sono mediazioni ed è sparito il lungo processo di emancipazione culturale e psicologica dello studio, che per secoli era stata la scala di ascesa sociale del paese.

In passato il contadino cinese sapeva di non sapere, e sapeva che dello studente doveva avere fiducia e che per dialogare con uno studente avrebbe dovuto prima imparare. Lo sconvolgimento di tutto l'ordine ideale e culturale invece mette studente e contadino sullo stesso piano, senza bisogno di emancipazioni culturali, anzi spiegando a contadino e studente che l'ignoranza del primo è più avanzata della cultura contorta e fatiscente dello secondo.

Questa è poi l'anima del successo in guerra dell'esercito comunista negli anni quaranta, ed era l'anima che Mao cercava di ritrovare mandando gli studenti in campagna alla fine degli anni sessanta. Ma è anche la radice di tutto il tormento della cultura cinese. Certo, è anche il seme della cultura di massa del Novecento, quella che ha portato alla vita, via dalla semplice sopravvivenza, miliardi di persone in tutto il mondo. Ma in Cina tutto è stato fatto più in fretta, con più violenza, in maniera più radicale e con distanze più lunghe da colmare. Millenni di tradizione ininterrotta sono stati fatti a pezzi per essere virtualmente sostituiti con una tradizione, quella occidentale, assolutamente estranea. Se questo è noto, meno note sono le profonde trasformazioni genetiche che ciò ha creato nel corpo cinese. Sono queste trasformazioni che Zhang Jie racconta. Quello che lei vede è il buio dei mostri, il buio e il dolore del processo di metamorfosi degli uomini in scarafaggi, i quali però poi cercano di recuperare pezzi di umanità, si sforzano sempre, anche nei momenti più bui, di arrampicarsi tra le fessure della roccia della umanità che stanno perdendo.

È un processo esasperato ed estremo, ma da cui noi, occidentali, italiani, non siamo estranei. Le nostre famiglie, i nostri affetti sono stati lacerati, feriti, pugnalati alle spalle da passionali e appassionati conflitti ideologici che oggi ci appaiono vuoti e incomprensibili. I nostri cari sono rimasti impantanati nella palude mortale degli spostamenti tra campagna e città, tra nord e sud, sono stati schiacciati senza freni e senza sosta dal rullo compressore di industria, postindustria, modernità, postmodernità. Il processo poi non si è fermato, né in Cina né da noi. In Cina la molla del progresso spinge ancora avanti il paese per vie nuove e non battute; da noi il progresso cinese oggi comincia a essere spinta di cambiamento radicale, comincia a trasformarci in quello che non siamo mai stati, un po' asiatici, un po' cinesi.

Così gli anni bui di Zhang Jie parlano anche di noi, di quello che forse sta avvenendo, e anche di quello che forse potrebbe avvenire. Così il racconto del secolo passato cinese potrebbe essere letto come una storia di fantascienza che ci riguarda, perché il cambiamento della globalizzazione in corso, anche senza guerre fratricide, anche senza massacri, è un tormento dell'anima, è un mondo che sparisce, è una metamorfosi che arriva senza il sonno ristoratore di un bozzolo, ma è molto peggio di un'operazione a cuore aperto senza anestesia, è, può essere, l'orrore dell'inferno di Dante che saluta le anime dannate con il ferale 'lasciate ogni speranza, voi ch'entrate'.

A mia madre, Zhang Shanzhi

La presente traduzione è basata su una rielaborazione dell'autrice stessa, che ha pensato di modificare la versione originale stampata e diffusa in Cina al solo scopo di rendere più fluida e fruibile la lettura al pubblico italiano. Di ciò le siamo estremamente grate.

Le traduttrici

Personaggi

Wu Wei: scrittrice di fama
Ye Lianzi: madre di Wu Wei
Chanyue: figlia di Wu Wei e del primo marito
Hu Bingchen: alto funzionario del governo comunista, amante, poi marito di Wu Wei
Bai Fan: ex moglie di Hu Bingchen, da lui nuovamente sposata dopo il divorzio da Wu Wei
Bao Tianjian: membro di un'influente famiglia del Nordest, decaduta dopo la conquista giapponese della Manciuria, tenta varie vie per restaurare l'antica posizione sociale. Tipico esponente della vecchia società feudale, Bao Tianjian ha tre mogli (Prima, Seconda e Terza signora)
Zou Keren: ex militare del Nordest, s'impegna nell'ambito delle forze politiche democratiche con la finalità di riconquistare il potere nella sua regione d'origine
Hu Binghuan: fratello di Hu Bingchen
Hu Bing'an: cugino di Hu Bingchen
A Su: amante e convivente di Gu Qiushui a Hong Kong

Glossario

Chiang Kai-Shek: il 'Generalissimo' succeduto a Sun Yat-sen alla guida del Partito Nazionalista. Comandò la Spedizione settentrionale per unificare la Cina contro i signori della guerra e nel 1927 stabilì il suo governo a Nanchino. Con l'invasione giapponese della Manciuria nel 1931, Chiang adottò lo slogan 'Prima la pacificazione interna, poi la resistenza esterna', anteponendo la lotta contro i comunisti (con le 'campagne di accerchiamento e annientamento') alla guerra di resistenza. Questo atteggiamento fu assai impopolare e nel 1936, uno dei suoi alleati, il generale **Zhang Xueliang**, organizzò l'**Incidente di Xi'an** in cui rapì Chiang Kai-Shek per costringere i vertici del governo del Partito Nazionalista a formare con il Partito Comunista un fronte unito per contrastare l'avanzata degli invasori giapponesi. Chiang in seguito negò di aver stretto alcun accordo di alleanza e continuò a combattere i comunisti per tutta la guerra di resistenza al Giappone (1937-1945), durante la quale spostò la sua capitale a **Chongqing**, nel Sichuan. Nonostante l'appoggio degli Stati Uniti, uscì sconfitto dalla guerra civile contro i comunisti e nel 1949 fu costretto a ritirarsi a Taiwan, dove fu presidente della Repubblica di Cina per il resto della sua vita.

Go: gioco strategico per due persone. Di origine cinese, è ora ampiamente diffuso in Giappone e in Corea. Si gioca su una scacchiera di 19 linee verticali e altrettante orizzontali che formano 361 intersezioni, sulle quali i due giocatori posano alternandosi le loro pedine, solitamente bianche e nere. Tali pedine non verranno più spostate, ma tolte, a determinate condizioni, dalla scacchiera. Obiettivo del gioco è il controllo del maggior numero di intersezioni libere.

Guerra di resistenza contro il Giappone: L'invasione della Cina costituiva parte del complessivo progetto strategico giapponese avente l'obiettivo di assumere il controllo dell'Asia. Le prime avvisaglie di questo piano sono comunemente conosciute come *incidenti cinesi*, di cui la propaganda giapponese incolpò la Cina in modo da legittimare le successive invasioni. L'**Incidente di Mukden** del 1931, quando una bomba fece esplodere una sezione della ferrovia giapponese, fu attribuito a un attacco terroristico cinese e divenne il pretesto per l'occupazione della Manciuria da parte del Giappone, mentre l'**Incidente del Ponte di Marco Polo** segnò l'inizio dello scontro totale tra i due stati. Dal 1937 al 1941 la Cina combatté da sola, mentre dopo l'attacco di Pearl Harbor beneficiò dell'alleanza di Stati Uniti e Gran Bretagna. Nel dicembre 1941, in seguito alla battaglia di Hong Kong, la vittoria dei giapponesi portò all'occupazione del territorio dell'allora possedimento coloniale britannico.

Kang: letto tradizionale delle case cinesi, fatto di una base di mattoni e riscaldato.

Majiang (mahjong): popolarissimo gioco cinese per quattro persone, che utilizza tessere simili a quelle del domino, con incise diverse figure e ideogrammi. L'obiettivo del gioco è quello di realizzare determinate combinazioni di tessere, scartando e pescando. Richiede strategia e abilità, oltre che fortuna, e presenta moltissime varianti regionali.

Qipao (cheongsam): abito attillato con spacco laterale tipico dell'abbigliamento femminile in Cina nel ventesimo secolo. Derivato dalla tunica lunga e informe che la dinastia Qing, di origine mancese, aveva imposto anche alle donne cinesi, assume l'aspetto attuale all'inizio del secolo scorso a Shanghai.

Signori della guerra: nati come governatori di provincia militari, sono i generali che, approfittando del vuoto di potere seguito alla morte di Yuan Shikai, dal 1916 detennero il potere effettivo, per un intero decennio, su diverse province e aree della Cina centro-settentrionale, grazie all'uso di forze militari personali. Sostennero i proprietari terrieri contro ogni rivendicazione dei contadini, reprimendo al tempo stesso le istanze democratiche degli intellettuali e quelle modernizzatrici del ceto medio urbano. La concorrenza delle varie potenze straniere penetrate in Cina dalla seconda metà dell'Ottocento si servì di loro per aggravare le spinte separatiste e indebolire la reazione antimperialista del paese.

Yan'an: Città dello Shaanxi considerata il luogo di nascita della rivoluzione comunista. Fu infatti la destinazione dell'Esercito Rosso dopo la Lunga Marcia e la base della rivoluzione dal 1935 al 1948.

Yaodong: Abitazioni tipiche della Cina settentrionale e centrale, soprattutto delle zone dell'altipiano del *loess*. Originariamente caverne scavate nelle colline di terra, con una grande apertura ad arco sul davanti, in seguito furono anche costruite, nello stesso stile, come unità indipendenti di mattoni e pietre. I più famosi *yaodong* sono quelli di Yan'an, (provincia dello Shaanxi) la base del Partito Comunista Cinese dal 1935 al 1948.

Anni di buio

無字

無字

Capitolo Primo

1

Il risultato fu assai diverso dalle aspettative.

2

In quella sera di fine autunno Wu Wei se ne stava seduta davanti alla porta del tempio Danyangguan, nel villaggio di Linghu, e percorreva con lo sguardo, lungo il grossolano rilievo dell'altipiano nero come la pece, la linea di luci simili a punti, virgole, virgolette, trattini e punti esclamativi. Mentre era tutta intenta in quella tortuosa lettura del paesaggio, Hu Bingchen, in una piccola valle sui monti Dabie, sotto una pioggia torrenziale svuotava finalmente la vescica che stava per scoppiargli.

Aveva una carabina di fabbricazione americana puntata alla schiena, ma ciò non gli impedì di apprezzare la leggerezza di quel fucile a ripetizione, una vera rarità. In un periodo in cui l'esercito era equipaggiato al massimo con armi giapponesi e chi riusciva ad arraffarne una americana era tenuto a consegnarla ai superiori, il possessore di un fucile del genere non poteva che essere un pezzo grosso.

Era l'autunno del 1947 e quell'Hu Bingchen che svuotava la vescica con una bella parabola arcuata era tutta un'altra persona rispetto all'Hu Bingchen che, dieci anni prima, mangiava spaghetti dentro la stazioncina di Linghu: bastava guardarlo in faccia per scorgerne eloquenti prove.

Ma Hu Bingchen era pur sempre Hu Bingchen. Anche in quel frangente si concedeva il lusso di imprimere al suo getto d'urina il marchio della perfezione, sforzandosi perché ne uscisse uno scroscio maestoso.

Quando un tenue bagliore gli illuminò la schiena, rifrangendosi su quello zampillo tra la pioggia, riconobbe che la traiettoria arcuata non tradiva, in effetti, le aspettative. Posò più volte lo sguardo sulla fonte di quello zampillo e si sentì piuttosto orgoglioso di se stesso, un po' come il guerriero che contemplando la propria attrezzatura commenta: « Gran bello spadone! »

Purtroppo quel getto creato con tanta cura andava gradatamente smorzandosi per cadere, muto e svogliato quanto inconsapevole, nei bui recessi di una notte beffarda, che gli sbatteva in faccia quel ghigno misterioso che nessuno, da che mondo è mondo, è mai arrivato a comprendere.

La brezza montana, simile a una sinfonia, pareva incitare i due uomini a una blanda schermaglia notturna.

Celati dietro la cortina di pioggia, i monti guatavano torvi quei due che proprio nel loro regno giocavano a fare gli eroi.

Il getto di Hu Bingchen finì con l'esaurirsi, così, che lo volesse o meno, non gli restò che dare una scrollatina allo 'spadone'. Solo che invece di inserirlo nel fodero, Hu Bingchen dovette lasciarlo ciondolare, perché era nudo come un verme.

Fino a poco tempo prima Hu Bingchen si vergognava persino di tirar su gli spaghetti rumorosamente nella stazione di Linghu, mentre adesso starsene lì nudo come un verme sotto lo sguardo di un altro uomo non gli faceva nessunissimo effetto, come fosse la cosa più naturale del mondo. Arrivava persino a imprecare e mandare affanculo questo o quello con grande naturalezza: ormai libero dalle vecchie pastoie culturali aveva adottato un linguaggio più diretto.

A quanto pareva, insomma, Hu Bingchen e la rivoluzione erano una cosa sola. Ma, nel dare l'ultima scrollatina allo 'spadone', ebbe un inconscio moto di disprezzo.

La sua necessità estetica di disegnare quella bella parabola urinaria non era certo svincolata dal fatto di avere un fucile puntato alla schiena.

Il soldato Zhao Dachui non aveva più alcuna ragione di marcarlo tanto stretto, ma ormai c'era di mezzo un odio tanto indefinito quanto profondo.

Odio che risaliva a un episodio ben preciso.

Caporalmaggiore fino a non molto tempo prima, Zhao Dachui era appena stato degradato a soldato semplice.

Precedentemente all'arrivo di Hu Bingchen, il Comitato Centrale aveva mandato una staffetta, che, mentre veniva verificata la sua identità, fu affidata a Zhao Dachui. Costui non si era limitato a tenerla in custodia, ma, zelante com'era, aveva preso a interrogarla, e, interroga oggi interroga domani, l'aveva mezzo ammazzata di botte.

Una navigata staffetta che aveva galleggiato indenne nelle perigliose acque del Partito Nazionalista mai si sarebbe immaginata di affondare nel torrentello dietro casa. « Trattare così una staffetta mandata dal Comitato Centrale: ne risponderai a chi di dovere! » aveva detto adirata e offesa a Zhao Dachui.

Zhao Dachui, che dava peso ai fatti e non alle parole

e non si lasciava prendere dal sentimento, aveva risposto con un flemmatico: « Provamelo ».

« D'accordo, d'accordo » aveva ribattuto l'altro scucendosi una manica ed estraendone una strisciolina di carta.

Zhao Dachui aveva preso la strisciolina, le aveva dato un'occhiata, e non vedendovi scritto assolutamente nulla s'era ritenuto autorizzato ad andare su tutte le furie. « Bastardo che non sei altro, hai il coraggio di imbrogliarmi con un pezzetto di carta bianca? » aveva ringhiato strappando il foglietto in mille pezzi.

E l'altro, urlando di rincalzo: « No, non strapparlo, se lo scaldi appaiono i caratteri! »

Essendo un rivoluzionario di vecchia data, Zhao Dachui si riteneva un uomo superiore, e quella minaccia di 'dover rendere conto ai superiori per aver trattato in quel modo una staffetta mandata dal Comitato Centrale' gli aveva messo una gran voglia di discutere, dunque aveva replicato con grande *aplomb*: « Chi credi di far fesso? Da quando in qua i caratteri vanno abbrustoliti, anziché scritti? »

Che altro aggiungere al proverbio 'Al cospetto del milite anche il saggio ha il suo limite'? Mai commento fu più veritiero.

Quel tizio che s'illudeva di fregarlo con la storia del foglietto bianco, cos'altro poteva essere se non una spia controrivoluzionaria? Imperturbabile, Zhao Dachui gli aveva sparato così, senza neanche alzarsi in piedi, facendogli saltare il cervello.

Quando la notizia era giunta ai superiori, quelli non avevano avuto altra scelta che degradare il brillante caporalmaggiore a soldato semplice, mentre delle informazioni segrete e 'urgentissime' si era persa ogni traccia.

Una cosa sfuggiva alla comprensione dell'ormai soldato semplice Zhao Dachui: perché quei tipi che correvano qua e là con pezzettini di carta non più grandi di un'unghia erano tanto importanti? Perché tanto strepito? Com'è che contavano più di lui e gli toccava trattarli coi guanti?

Zhao Dachui se l'era proprio legata al dito.

Stessero pur certi che, se non avesse perso la vita in un incidente e avesse fatto carriera, li avrebbe sistemati lui, gli intellettuali, nel corso dei successivi maremoti politici.

Hu Bingchen aveva commesso l'errore tipico della gente di città e delle persone colte: aveva sottovalutato la perspicacia di Zhao Dachui, prendendo per stupidità la sua parlata lenta.

Zhao, invece, aveva colto perfettamente la provocazione di Hu: ritto alle sue spalle guardava di sottecchi lo 'spadone' che l'altro ostentava, ghignando tra sé e sé: 'E quello sarebbe un uccello?! E con quel pisellino vorresti competere con il potente attrezzo del sottoscritto?'

Chissà quanti altri maschi, oltre a quei due soldati votati alla causa rivoluzionaria sui monti Dabie, erano in quel momento nei più disparati angoli del mondo intenti a gareggiare in potenza di getti urinari. Tutti maschi che, una volta cresciuti e senza distinzioni di pelle, etnia, professione o livello culturale, avrebbero continuato a misurare la propria virilità in base alle dimensioni del loro arnese, indiscusso metro gerarchico tra consimili.

In particolare i cinesi, però, sembrano costruire su questo aspetto il proprio avvenire, visto che chi vuole diventare un 'boss', uno che fa e disfà, uno che strapazza le donne, non può prescindere dalla taglia e dalla conformazione di questo aggeggio. Un narcisismo dietro il quale si celano cecità e arroganza tutte maschili.

Ma la deferenza mostrata dal capobrigata nei confronti di Hu Bingchen ricordò ancora una volta a Zhao la propria retrocessione.

Hu Bingchen aveva qualcosa di diverso rispetto agli altri intellettuali... ma cosa? Zhao non sapeva dirlo. Non gli pareva di cogliere tutta quella distanza tra sé e gli altri intellettuali, mentre con Hu sentiva che non avrebbe mai potuto pisciare nello stesso pitale. In quel momento erano uniti nella stessa lotta, ma avvertiva che non sarebbe stato per sempre.

Nell'impugnare una carabina, Zhao Dachui aveva immediatamente provato un timore reverenziale. Perché a ben vedere l'uomo non venera l'uomo, giacché la gente è più o meno tutta uguale. È il denaro che venera, il fucile, il potere, la forza... Nonostante la punizione subita a causa del suo abuso delle armi, in Zhao non si era minimamente scalfito il culto del fucile, che rimaneva un suo feticcio, come lo era di molte altre persone importanti. Negli anni a venire il ricorso alle armi avrebbe senz'altro avuto un ruolo sempre più preponderante.

Per dirla tutta, nella sua retrocessione c'era di mezzo anche una donna.

Ma in quel caso non era stato l'unico responsabile. Una sera si era fatto prestare dalla padrona della casa in cui stava una tinozza per lavarsi, e la donna, una vedova sulla quarantina, si era offerta di strofinargli la schiena.

Come poteva andare a finire?

Quando, il giorno dopo, la sua truppa era stata trasferita in un altro villaggio, Zhao, riattizzatosi al pensiero della vedova che gli strofinava la schiena, era tornato da lei alla chetichella, e di fronte all'ingresso sprangato, non volendo gridare per farsi aprire, si era visto costretto a scavalcare. Nel buio pesto del cortile, per sbaglio era finito dapprima nella camera della nuora, che si era chiavato facendo di necessità virtù, poi in quella della servetta... Quando la cosa si venne a sapere, visto poi il precedente con la staffetta, i suoi capi non poterono far altro che togliergli il grado di caporalmaggiore.

Quel che Zhao proprio non capiva della rivoluzione era perché mai dormire con una donna dovesse essere una questione di principio, tale da diventare motivo di punizione.

Andate a chiederlo alla vedova, o alla nuora, o alla servetta, se il suo uccello non era stato una manna!

3

Hu Bingchen si voltò e rivolse a Zhao Dachui una specie di ghigno grottesco, che certamente non aveva nulla di deferente.

Era un bel po' che a Hu non capitava di sentirsi così a proprio agio da lasciar affiorare un sorrisetto. Poi lanciò un'occhiata alla carabina che un attimo prima gli stava puntata alla schiena, e adesso prendeva di mira la sua testa.

Era una gran bella arma, ma ancor più bello era colui che la impugnava: forte, robusto, con due guance scarne che gli conferivano un'aria eroica e decisa.

Nessuno dei due, non Hu Bingchen né Zhao Dachui, era in grado di prevedere quel che a quest'ultimo sarebbe toccato in sorte di lì a un paio d'anni.

Durante la storica battaglia sul fiume Yangzi l'imbarcazione su cui si trovava Zhao fu affondata da una granata del Partito Nazionalista e tutti i suoi compagni morirono annegati. Lui, però, pur non sapendo nuotare, si aggrappò a una tavola di legno e riuscì in qualche modo a raggiungere la riva, dove occupò una postazione di tiro nemica che divenne così una base per i successivi rinforzi. Dato il suo grande contributo alla vittoria, diventò un eroe della 'campagna di Huaihai'.

Se Zhao non avesse conquistato quella postazione, dove avrebbe puntato quella freccetta rossa che sulla mappa segnava l'avanzata delle forze di sinistra? Grazie al suo inestimabile contributo quella freccetta aveva mantenuto la direzione.

Solo a battaglia conclusa Zhao si rese conto che quella granata nemica gli aveva portato via un pezzo di sedere e procurato due tagli alle mani, oltre a certe ferite alle ginocchia che lasciavano esposto l'osso.

Ma non si considerava un eroe, rivoleva soltanto il suo grado di caporalmaggiore. Per quanto strano possa sembrare era così, preferiva il suo vecchio status piuttosto che una nuova medaglia.

Quando era entrato per la prima volta in vita sua a Shanghai, in quella città detta 'la piccola Parigi' aveva avuto modo di apprezzare le bellissime donne locali.

Non bisogna pensar male di Zhao Dachui, visto che anche il nostro veneratissimo Confucio, da sempre dedito a impartire insegnamenti all'umanità, sosteneva che il sesso facesse parte della natura umana. Né va biasimato Hu Bingchen, se dopo averne passate di cotte e di crude, sospeso tra una vita da proletario e una da capitalista, una volta tornato a Shanghai rivisse i turbamenti di un tempo. Per questo, anni dopo, chiedeva spesso a Wu Wei, con una punta di amarezza: « ...Chissà se sono uno che piace, io... eppure nessuno ha il coraggio di amarmi, faccio forse paura? Subito dopo la Liberazione, quando dirigevo l'Ufficio per l'eliminazione dei controrivoluzionari... eh, mi ricordo che mi mandarono un'attricetta del cinema, una che avevano pizzicato con degli uomini, perché mi occupassi del suo caso. Dopo qualche giorno mi si presenta in un altro ufficio, tutta truccata e agghindata e mi dice, nel dialetto shanghainese: 'Voi mi piacete assai assai'. Un vero spasso… »

Quando dalla folla che accoglieva le truppe liberatrici si era staccata una signorina per correre verso di lui e attaccargli un fiore rosso al fucile, Zhao aveva continuato ad avanzare senza concederle nemmeno uno sguardo, però aveva sentito (pur senza vederla) la peluria sotto l'ascella della ragazza, che spuntava dalla cortissima manica del *qipao*, che le stava a pennello, così aderente da mettere in risalto quelle forme mai visibili nelle donne di campagna. Zhao Dachui, figlio di contadini, mai avrebbe nemmeno sognato una bellezza del genere.

Fu come se il *qipao* avesse inaugurato un nuovo capitolo nella storia del rapporto di Zhao Dachui con le donne.

Per non parlare poi del respiro ansante della signorina che gli fece tornare in mente i giorni in campagna in cui era stato felice e senza pensieri, con tutte quelle donne che impazzivano per lui e che di certo non gli serbavano alcun rancore.

Fu solo a quel punto che Zhao Dachui si rese conto che in passato non aveva compreso appieno la portata della rivoluzione. Non fosse stato per la rivoluzione non avrebbe mai avuto la possibilità di venire a Shanghai, conoscere intimamente la città, diciamo pure dominarla. Solo la rivoluzione aveva permesso tutto ciò.

L'ambizione di Zhao cresceva di pari passo con i grattacieli di Shanghai. Senza pensarci due volte fece piazza pulita, nella propria testa, della sua terra natale, e decise di non tornarci mai più.

In una notte nevosa di qualche giorno più tardi, la servetta A Xiang, accortasi che gli uomini dello squadrone di Zhao erano accampati alla bell'e meglio fuori dal cancello, esposti alla nevicata, li invitò a ripararsi sotto il portico. Il caporale Zhao non disdegnò l'offerta, com'era del resto naturale. Perché dormire magari anche due notti di fila all'addiaccio, sotto la neve? Perché mai rifiutare l'invito di A Xiang?

A Xiang preparò loro un brodo di zenzero. In veste di capo, Zhao andò in cucina a ringraziarla, dopodiché A Xiang si ritirò con deferenza nelle stanze della servitù, mentre lui trafficava tra salotto e cucina per scaldare l'acqua e portarla ai suoi uomini.

Il pavimento era disseminato di cose abbandonate dai padroni di casa, e di continuo Zhao urtava contro qualche oggetto metallico o inciampava in un capo d'abbigliamento.

Com'è che la serva A Xiang non li raccattava? Si era forse 'liberata' da sola?

Mentre la truppa era immersa nel sonno, Zhao Dachui radunò le stoviglie sporche e nel portarle in cucina inciampò in qualcosa. Chinò la testa per vedere di cosa si trattasse e sul parquet notò una scatola ricoperta di broccato, al cui interno, avvolta nella seta, c'era una radice di ginseng.

Zhao Dachui non era granché preparato sul ginseng, né si rendeva conto di quanto valesse, però aveva sentito dire che allungava la vita. Rendendosi conto che si trattava di roba gettata lì come spazzatura, pensò che, indipendentemente da cosa fosse, apparteneva a chi la trovava. Lasciar lì del ginseng che poteva allungare la vita era proprio un delitto, uno spreco incredibile! Con la fame e la sete che aveva patito per giorni gli venne naturale raccoglierlo, portarlo in cucina e prepararsi un decotto. Che si sorbì, radice e tutto.

Non voleva essere il solo a beneficiarne, ma del resto i suoi compagni dormivano profondamente, e dopo le estenuanti battaglie di quei giorni non aveva cuore di svegliarli per un decotto di ginseng.

In fondo Zhao Dachui era un romantico, lo si era capito quando aveva conquistato la postazione nemica con quell'atteggiamento così scanzonato, tipico dell'artista che vive alla giornata, nonostante la Storia gli avesse riservato un ruolo di una certa importanza. Si comportò dunque col ginseng come si sarebbe comportato con una donna.

Si ritrovò ben presto gonfio come un pallone, e per fortuna la serva A Xiang venne a preparargli un infuso di ravanello che lo aiutò a liberarsi di tutto quel gas superfluo. Dal portico dove si trovava, Zhao Dachui venne a sdraiarsi sul pavimento della cucina.

Quando A Xiang si chinò per vedere se si fosse ripreso, con il seno gli sfiorò involontariamente il torace. Zhao Dachui percepì quel contatto così morbido e nello stesso tempo colse l'aroma carnale che la serva sprigionava.

Dai tempi della punizione, Zhao non era più andato a letto con una donna, dunque aveva accumulato una certa vigorìa, diciamo una forza prorompente paragonabile a quella di un'inondazione che sfonda una diga.

Zhao Dachui allungò le mani e si strinse al petto l'indifesa A Xiang...

Rotolarono sul pavimento della cucina, dibattendosi come una coppia di gamberi, proprio come i pesci ancora vivi che A Xiang tirava fuori dal cestino e appoggiava sul tavolo, che un momento sembravano stecchiti poi d'un tratto guizzavano con un balzo potente. Nella foga i due urtarono la credenza, il fornello, il tagliere, provocando un allegro trambusto che aggiungeva eccitazione all'eccitazione.

Quei due poveretti, insomma, si erano aperti un varco nel vasto mare delle disgrazie umane, così, senza nuocere ad alcuno, senza spargere sangue, senza aiuti esterni, senza supporti ideologici, senza creare impedimenti a nessuno, trovando da sé la propria felicità.

Se lui non fosse incappato in un brutto incidente, avrebbe forse sposato A Xiang? Può darsi. A quel tempo il suo destino sembrava puntare nella giusta direzione, proprio come la freccetta rossa sulla mappa, e forse un giorno avrebbe visitato Parigi, quella vera, magari a capo di una delegazione artistica o culturale.

Ma la freccetta rossa del suo destino cambiò improvvisamente direzione. Qualche giorno dopo, Zhao Dachui e la sua squadra fecero una tragica fine nel caveau di una banca.

Chissà perché Zhao Dachui aveva scelto proprio quel caveau per accamparsi con i suoi compagni.

Una volta chiusa la porta, certo non s'immaginavano che non ne sarebbero più usciti vivi, né che di lì a poco loro, indomabili soldati sul campo di battaglia, sarebbero stati così deboli da non essere più in grado di aprire nessuna porta, neanche la più leggera.

Stupiti e contenti tastarono le pareti lustre e lisce come specchi dello stanzone, poi, felici di poter finalmente godere del sonno meritato dopo le fatiche della guerra che da anni li deprivava del naturale riposo, si sdraiarono sul pavimento, dal quale non si sarebbero mai più rialzati.

Solo quando l'ossigeno cominciò a venir meno si resero conto che anche in quella stanza, dove pure avevano tutto sott'occhio, si celava una silenziosa trappola mortale.

Nessuno seppe che quei valorosi soldati, che si erano lanciati all'attacco di Huaihai e che erano entrati vittoriosi in Shanghai, ora si aggrappavano disperatamente alle pareti di quel caveau apparentemente privo di pericoli e così lontano dai fumi della battaglia. Nessuno raccolse le loro richieste d'aiuto. E quelle grida di terrore, come saranno rimbombate ai loro stessi orecchi, moltiplicate all'infinito dalle pareti metalliche?

Qualcuno sostenne che non dovevano aver sofferto molto, essendo giunti alla morte attraverso un graduale stato di incoscienza; altri descrivevano la scena come raccapricciante, i corpi lividi e le uniformi lacere...

Non si sa di chi fosse la responsabilità dell'accaduto, sta di fatto che al momento di chiudere le serrande nessuno aveva controllato se qualcuno fosse rimasto nei pressi del caveau, né tantomeno se ci fosse entrato.

Del resto, nemmeno la truppa che aveva occupato 'la sede della finanza capitalista' si era data pena di leggere l'avviso appeso al muro e, forse, anche se l'avessero letto non avrebbero compreso la portata del pericolo.

Solo il vecchio personale della banca poteva arrivarci, ma i dipendenti erano stati tutti allontanati.

Questa incantevole città mostrava ai nuovi padroni il suo lato oscuro nascosto sotto il panorama. Nessuno aveva fatto loro notare che c'erano tante cose che non sapevano.

In quel periodo Hu Bingchen era a capo dell'Ufficio per l'eliminazione dei controrivoluzionari. Quando gli giunse notizia dell'incidente, non sapeva certo che tra i morti c'era anche quel Zhao Dachui che gli aveva tenuto una carabina puntata alla schiena in una valle della catena dei monti Dabie.

Di cose strampalate Hu Bingchen ne aveva fatte parecchie, ma mai si sarebbe aspettato che Zhao Dachui e i suoi sarebbero andati incontro a una fine *così* strampalata. Tuttavia, ritenendolo un episodio controrivoluzionario, ordinò l'arresto di qualche sospettato. Data la lunga militanza nella lotta clandestina, era sempre sospettoso nei confronti di tutto e tutti.

Durante la successiva ondata di repressione dei controrivoluzionari, lui stesso ordinò l'arresto di più di duecento persone.

4

Rispetto alla staffetta freddata da Zhao Dachui, Hu Bingchen era molto più fortunato: la carabina si limitava a tenerlo sottotiro.

La punizione d'un tempo non aveva affatto smorzato, in Zhao, la passione per l'investigazione: procedette a una minuziosa perquisizione di Hu Bingchen, inclusi i vestiti che gli aveva fatto togliere. Ma a parte un portasigarette, qualche moneta e poche banconote non trovò assolutamente niente.

Sul volto di Zhao Dachui affiorò un freddo sorriso di scherno. Si voltò a guardare dall'alto in basso, fissandolo con la stessa aria con cui un pittore potrebbe guardare un lavoro abbozzato controvoglia, quel Hu Bingchen che lui aveva costretto a denudarsi.

Ma non sapeva con chi aveva a che fare! « Ehi, Zhao, finita l'ispezione? Sei proprio un imbranato, sei. Dai, passami il portasigarette che ti spiego tutto » gli disse Hu Bingchen sghignazzando.

Zhao Dachui gli porse il portasigarette, dal quale l'altro estrasse con tutta calma una sigaretta, l'aprì e buttò via il tabacco: apparve un rotolino di carta, che, una volta aperto, mostrava una comunicazione scritta a caratteri fittissimi, tracciati a matita. Hu Bingchen sollevò la testa: « Visto? Ci sono sessanta note informative sulle postazioni delle truppe del Partito Nazionalista. Per distinguerla dalle altre sigarette ci ho fatto un forellino. Mentre le informazioni più importanti le tengo a mente ».

Solo a quel punto Zhao Dachui capì cosa intendesse la staffetta quando aveva detto che le notizie sarebbero apparse 'scaldandole'.

« Poi ci sarebbe... dammi i calzini che hai appena ispezionato ». Con un sorrisetto istrionico, come per magia Hu Bingchen estrasse da un calzino un anello d'oro. Eppure quelle calze Zhao Dachui le aveva controllate più e più volte, e di anelli d'oro neanche l'ombra.

Da quel momento in poi non smise per un secondo di tenere la carabina puntata alla schiena di Hu Bingchen, che dal canto suo gli chiese: « E allungami un foglio, che devo buttar giù alla svelta le informazioni che ho in testa ». A Zhao Dachui questa frase suonò addirittura come un comando.

Dopo che ebbe scritto sulla carta le informazioni che teneva accumulate in testa, Hu Bingchen, fattosi serissimo, rivelò a Zhao: « Sono informazioni militari della massima urgenza, se passa troppo tempo non hanno più senso, dovete trasmetterle al più presto al comando superiore ».

Hu Bingchen aveva sempre avuto una memoria formidabile. Ma questa volta le cose erano troppe, e troppo importanti, e anche uno navigato come lui aveva avuto qualche dubbio sulle proprie capacità mnemoniche.

Non si era dunque limitato a leggere attentamente il testo e a impararlo a memoria, ma aveva comprato un pacchetto di sigarette, ne aveva estratta una e l'aveva disfatta. Sulla cartina aveva poi trascritto le informazioni che proprio non riusciva a tenere a mente con una matita appuntitissima, quindi l'aveva riavvolta e l'aveva infilata dentro un'altra sigaretta, riempiendo di tabacco le due estremità. Dopo aver praticato un forellino sulla sigaretta così ottenuta, l'aveva messa nel portasigarette. In caso di pericolo l'avrebbe fumata.

Chissà se l'astuto Hu Bingchen aveva considerato anche la possibilità che, 'in caso di pericolo', magari non lo avrebbe avuto il tempo per fumarsi quella sigaretta. E poi non sarebbe stato un spreco mandare in fumo tante preziose informazioni?

Per Hu Bingchen la difficoltà più grande nella missione sui monti Dabie non era tanto la pericolosità dell'impresa, quanto il fatto che ignorava dove si trovasse l'unità cui doveva portare le informazioni, né sapeva chi gli aveva assegnato quel compito.

Del resto anche se avesse avuto indicazioni sull'accampamento gli sarebbero servite a ben poco, giacché in tempo di guerra gli spostamenti sono continui, e quand'anche avesse raggiunto il punto prefissato, sicuramente l'unità si sarebbe già trovata da qualche altra parte.

Hu Bingchen studiò attentamente la mappa, quindi decise di cominciare dalla zona dei fiumi. A causa delle inondazioni nel bacino del fiume Huaihe, le strade erano sommerse e i campi allagati. Hu Bingchen, che indossava una tunica lunga, procedeva a fatica sui sentieri che riusciva a individuare qua e là: visto da lontano, con quella tunica svolazzante sul pelo dell'acqua, pareva un fantasma. La brezza autunnale increspava le acque. Una visuale che, alla lunga, dava un senso di instabilità e capogiro.

Hu Bingchen doveva infine attraversare una zona occupata dalle truppe del Partito Nazionalista. Non aveva alternative, se voleva raggiungere i villaggi dov'era probabile che operasse l'Esercito di Liberazione.

Col cuore in gola penetrò nella zona sorvegliata dal nemico, ed essendo l'unico ad aggirarsi nei campi sapeva di essere potenzialmente il solo bersaglio offerto al fuoco avversario. Tuttavia proseguì caparbiamente verso sud.

Ben presto s'imbatté in uno squadrone delle milizie cittadine del Partito Nazionalista, seguito da un ufficiale dall'aria strafottente.

Forse perché quel giorno non avevano trovato altre prede, appena videro Hu Bingchen lo bloccarono al volo, anche perché con quella tunica aveva tutto l'aspetto di un informatore dell'Esercito di Liberazione. A quel tempo, infatti, quasi tutte le spie indossavano la tunica e nascondevano le informazioni tra le sigarette, per quanto la tunica, in realtà, fosse anche tipica di quelli che mal si adattavano ai cambiamenti sociali.

Più di duecento soldati accerchiarono Hu Bingchen, urlandogli: « Cosa fai? Dove vai? »

Sfoderò un documento falso, quelli manco sapevano leggere e se lo passarono l'un l'altro, dandogli giusto un'occhiata e fingendo di capire tutto. Dato che lui si mostrava così tranquillo, non sapevano proprio come liquidare la faccenda. Allora, pistola alla cintola, si fece avanti l'ufficiale, richiamato dal trambusto. « Cosa fai? Eh, cosa fai? Via di qui, sciò! » gli gridò.

Su comando del capo i militari restituirono il documento a Hu Bingchen che quindi si allontanò. L'ufficiale proseguiva per la sua strada del tutto noncurante, tanto che quando Hu Bingchen gli passò di fianco non lo degnò nemmeno di uno sguardo. E così quella volta la passò liscia.

Verso sera arrivò in un borgo. Da che si era messo in viaggio non aveva mangiato un boccone né bevuto un sorso d'acqua. Desiderava dunque intrufolarsi nel centro abitato per cercare qualcosa con cui riempirsi lo stomaco e raccogliere qualche informazione sulla zona, ma all'ingresso del borgo c'erano due fortini in cui stazionavano le milizie dei nazionalisti. Nonostante l'arsura e la fame che lo tormentavano, non osava entrare: le guardie avrebbero sicuramente voluto sapere chi stesse andando a trovare e dove.

Non gli restava che proseguire per i campi, reprimendo fame e sete, e continuare verso sud, ancora e ancora.

Ormai s'era fatto buio. Buio pesto, non si vedeva assolutamente niente e pareva che il cielo si fosse abbassato al punto che gli sembrava di avere la testa in cielo e i piedi in terra. Ma quella sensazione non gli piaceva, allora chinò il capo in cerca di una soluzione e vide, ai suoi piedi, un fossato fondo e stretto dove decise di ripararsi per la notte, rimandando all'indomani i suoi problemi.

Era autunno inoltrato e la notte faceva freddo quasi come fosse già stato inverno. Lui indossava solo la tunica e tossiva incessantemente. Pur sapendo di non avere nient'altro per coprirsi, continuava a frugarsi addosso in cerca di qualcosa. Finì col trovare un fazzoletto, che si premette sulla bocca per attutire un pochino i colpi di tosse.

Non se la stava passando proprio bene!

Chissà da dove, tra quelle distese disertate persino dai fantasmi, sbucò un cane che, arrivato vicino alla testa di Hu Bingchen, cominciò a fiutare e abbaiare. Non poteva certo alzarsi e scappare, il cane avrebbe abbaiato ancora più forte. Il latrato del cane è contagioso come un'epidemia: basta che uno cominci e tutti quelli della zona gli vanno dietro. I nazionalisti l'avrebbero scovato immediatamente.

L'unica era fingersi morto. Il cane abbaiava senza tregua, ma si capiva che non intendeva morderlo. Dopo una mezzoretta, visto che non dava segni di reagire, lo credette morto per davvero.

Non passò molto e Hu Bingchen udì delle voci. Essendosi ormai abituato all'oscurità, dal fossato dove stava disteso vide avanzare verso il suo nascondiglio alcune persone che portavano una cassa da morto. Il canaletto in cui si era nascosto si trovava proprio in mezzo alla stradina sulla quale sarebbero passate quelle persone: l'avrebbero scoperto? Nemmeno stavolta poteva alzarsi e scappare, altrimenti l'avrebbero visto e si sarebbero messi a gridare mettendo in allerta i nazionalisti. Decise di restare immobile e affidare tutto alle mani del destino.

Per fortuna non c'era la luna e, diversamente da lui, i portatori del feretro non vedevano assolutamente nulla, così oltrepassarono il canaletto senza accorgersi della sua presenza, visto che aveva anche smesso di tossire...

Aggirò il villaggio e proseguì il cammino. Solo poco dopo l'alba incontrò un tizio che indossava una vecchia tunica piuttosto grezza e procedeva trafelato con le mani infilate nell'abbottonatura: si capiva immediatamente che doveva trattarsi di un'altra staffetta dell'Esercito di Liberazione. Ancora lontano, aveva apostrofato Hu Bingchen con un «Ehi, compaesano, ci sono guardie ai fortini?» pronunciato con accento forestiero. Hu Bingchen rise in cuor suo, perché solo un soldato avrebbe usato il termine 'compaesano' anziché 'fratello maggiore', come fanno i contadini veri.

«Eccome se ci sono» gli aveva risposto. Benché andassero uno a nord e l'altro in direzione sud, si sentirono reciprocamente rassicurati da quell'incontro, in seguito al quale Hu capì che le truppe alleate non dovevano essere troppo lontane.

Hu Bingchen attraversò i campi e arrivò a un villaggio, ma non trovò in giro nessuno a cui chiedere informazioni, e per di più si sentiva oppresso dalla fame e dalla sete.

Perlustrò la strada: era piena di soldati del Partito Nazionalista che si preparavano a partire in direzione ovest. Ma mancava il comandante, forse perché era ancora presto.

Darsela a gambe non poteva, sennò quelli avrebbero capito subito che era un comunista. Non gli restava che avanzare quatto quatto verso est facendosi largo tra i soldati armati di tutto punto. Bastava destare il minimo sospetto anche in uno solo di loro per rischiare la pelle.

Per fortuna erano tutti soldati semplici in procinto di partire e nessuno aveva voglia di sollevare questioni. Fosse comparso un ufficiale, probabilmente si sarebbe insospettito alla vista di un tipo in tunica in giro così di buon'ora.

Quando finalmente sbucò sulla strada a est e tirò il fiato, ecco che all'improvviso venne rincorso da un soldato. Lo stavano inseguendo, pensò, dunque conveniva cercare un masso sul ciglio della strada e sedercisi con fare tranquillo, o sarebbe stato colpito dal fucile del soldato, il quale però lo oltrepassò continuando la propria corsa. In realtà stava cercando di recuperare un bue scappato avanti, e quando ripassò a cavalcioni dell'animale, vide Hu Bingchen seduto sul masso ma proseguì senza badargli, lo sguardo perduto verso est.

Perché aveva guardato verso est? Forse per perlustrare la strada, ma allora era a est che erano diretti? Hu Bingchen si affrettò ad alzarsi, lasciò la strada maestra e si rimise in cammino verso sud.

Non mangiava né beveva ormai da due giorni, e non aveva quasi neanche dormito. Quando avrebbe finalmente incontrato le truppe comuniste?... Non ce la faceva più.

Lì accanto c'era una buca profonda tre metri. Alzò la testa, c'era il sole. Doveva riposarsi, così saltò nella fossa e, sforzandosi di dimenticare i suoi problemi, si raggomitolò e cercò di addormentarsi. Ma prima di perdere coscienza provò una confusa sensazione di sollievo all'idea di consegnare personalmente le informazioni: chi altri sarebbe riuscito a superare tutti gli imprevisti che erano capitati a lui?

Si svegliò che era già pomeriggio inoltrato.

All'imbrunire s'imbatté in un contadino sulla trentina, che camminava anche lui verso sud portando un otre d'olio. Vedendolo piuttosto male in arnese, Hu Bingchen gli gridò: «Fratello, senti, facciamo un affare: se ti do trenta *yuan* mi porteresti dall'Ottava Armata?»

E quello: «Non li voglio, i tuoi soldi, seguimi da lontano».

Hu Bingchen lo seguì a una trentina di metri di distanza lungo sentieri di montagna, finché, giunti a un bivio, il contadino gli disse: «Io devo tornare a casa. Tu continua su questo sentiero, poi prendi per sud-est. Quando arriverai a un gruppo di alberi vedrai da lontano un villaggio, lì troverai l'Ottava Armata».

Trovò senza alcuna difficoltà il villaggio, che era mezzo bruciato. All'ingresso c'erano tre persone: un tizio seduto e uno intento a tagliare i capelli a un altro. Dovevano essere sentinelle che in caso di emergenza avrebbero sparato per avvisare le truppe nascoste in montagna.

«L'Ottava Armata è qui?» domandò Hu Bingchen.

«Si è appena mossa verso sud» gli risposero indicando la strada sulla montagna.

Hu Bingchen si affrettò lungo il sentiero. A un certo punto si mise a piovere a dirotto, ma lui non si lasciò scoraggiare e continuò l'inseguimento nonostante l'acquazzone, finché non avvistò due uomini armati, uno dei quali era Zhao Dachui.

«Ehilà...» prese a gridare Hu Bingchen.

I due si voltarono di colpo e puntandogli contro il fucile gli dissero: « Vieni avanti, vieni ».

Nonostante non portassero berretti né distintivi, si capiva dall'accento dello Shanxi che appartenevano al battaglione che stava cercando.

Hu Bingchen andò verso i due, fermandosi a una distanza di una decina di metri. « Cosa sei venuto a fare? » gli chiese Zhao Dachui.

« Devo parlare con urgenza al vostro comandante » rispose Hu Bingchen.

« Di che si tratta? »

Hu Bingchen ribadì: « Ne parlerò al vostro comandante ».

Non poterono far altro che scortarlo per il breve tratto che li separava da un'abitazione contadina dove Hu Bingchen vide due persone che si scaldavano presso la stufa: notando la loro espressione soddisfatta, stremato e provato com'era dai morsi della fame, provò quasi una fitta.

« Abbiamo catturato una persona sconosciuta, caporeggimento » riferì Zhao Dachui.

'Mi hanno catturato?' pensava tra sé e sé Hu Bingchen. Ma rendendosi conto di essere finito presso un'unità militare si fece riconoscere: « Vengo per ordine di un organo superiore a trasmettere un messaggio al quartier generale di Liu Bocheng e Deng Xiaoping. Siete pregati di passarglielo al più presto. Inoltre dovreste darmi qualcosa da mangiare, sono due giorni che non metto niente sotto i denti ».

Il capobrigata ordinò immediatamente che gli preparassero una scodella di spaghetti con due uova strapazzate.

Dopo che Hu ebbe mangiato, il capo ordinò a Zhao Dachui di accompagnarlo a riposare in un'altra stanza.

Lì, Zhao Dachui cambiò espressione e puntandogli il fucile intimò a Hu di spogliarsi.

Non gli restò che denudarsi.

5

Zhao Dachui stava per portare al capo le istruzioni scritte da Hu Bingchen, quando l'altro lo pregò: « Dai, Zhao, permettimi di rivestirmi, non lasciarmi qua tutto nudo ».

« Va bene, rivestiti ».

Poco dopo Zhao Dachui ritornò e, sempre tenendogli il fucile puntato contro, gli ordinò soltanto di riposarsi.

Hu Bingchen era talmente stanco che non appena appoggiò la testa si addormentò.

Solo il giorno dopo si rese conto che in quella postazione non esisteva nessuna radio ricetrasmittente.

Non essendoci una radio, non solo non si potevano trasmettere le informazioni, ma non si poteva nemmeno richiedere ulteriori istruzioni né tantomeno accertare l'identità di Hu Bingchen, pertanto quelli non osavano fidarsi di lui ma nemmeno si azzardavano a fucilarlo. Non gli restava che seguire il reggimento ovunque esso andasse, sempre marcato stretto da Zhao Dachui.

Era già autunno inoltrato, di notte non c'erano coperte e neppure abiti pesanti. Il vitto lasciava molto a desiderare e non c'erano scodelle né bastoncini. Quando riuscivano a rimediare qualcosa dai contadini, dovevano ingegnarsi usando dei ramoscelli a mo' di posate.

Intanto il tempo trascorreva e Hu Bingchen si angosciava al pensiero che, data la loro urgenza, le informazioni che aveva portato con sé andavano perdendo di senso a ogni minuto che passava. Lì a nessuno stava a cuore questa faccenda, così come nessuno sembrava considerare le conseguenze di tanta negligenza.

Oltre alle difficoltà che aveva dovuto superare personalmente, che dire dei pericoli corsi dai compagni in clandestinità per raccogliere quelle informazioni? Anche se non ne era a conoscenza poteva ben immaginarseli, qualcuno doveva anche averci rimesso la pelle.

Amareggiato, arrivò alla conclusione che quelle preziose informazioni sarebbero diventate carta straccia nelle mani dei suoi stessi compagni.

Ma allora, la sua missione sui monti Dabie, alla quale avevano collaborato e contribuito tanti compagni con le loro menti o con le loro stesse vite, si sarebbe trasformata in una ragazzata.

6

La missione finì dunque col rivelarsi del tutto inutile, tuttavia i superiori apprezzarono ugualmente l'abilità che aveva dimostrato cavandosela da solo, tra difficoltà e sacrifici. Alla vigilia della liberazione di Shanghai gli fu dunque affidato un altro compito importante, quello di dirigere le forze armate clandestine.

A Shanghai Hu Bingchen affittò una palazzina in stile misto, un po' locale e un po' occidentale, con parquet dappertutto tranne che in cucina, e sanitari di importazione americana. Una casa, insomma, degna di un alto funzionario di banca, nonché perfetta dal punto di vista della sicurezza.

Poco distante dalla palazzina c'era la villa di un suo zio acquisito, dove però non metteva piede da parecchio tempo. Era tutto finito, anche l'amore per cui si era tanto disperato.

Prima dell'inizio della battaglia di Shanghai, il Comitato Centrale del Partito Comunista aveva dato istruzioni alle forze clandestine di non ricorrere all'insurrezione armata, il che coincideva con l'idea di Hu Bingchen, che sapeva che i tempi non erano maturi per insorgere. Chiang Kai-shek era di stanza a Shanghai con centinaia di migliaia di soldati, mentre lui ne aveva a disposizione giusto un paio di centinaia: in queste condizioni una rivolta sarebbe andata incontro a una sconfitta certa. Ciò che Hu non aveva previsto era che quelle disposizioni avrebbero penalizzato proprio lui, capo delle truppe clandestine, tenendolo fuori dalla rivoluzione al punto che avrebbe stentato a trovarvi una sua collocazione.

Shanghai fu liberata il 27 aprile 1949, e Hu Bingchen mise subito i propri uomini a guardia della città.

Ma la cosa non durò a lungo, perché ben presto, effettuati gradualmente i passaggi di consegna, fu chiaro che il compito storico di Hu Bingchen quale capo delle truppe clandestine non aveva più senso. I suoi soldati dovevano togliersi le mostrine e consegnare le armi.

Fervevano i lavori di ricostruzione, capi e responsabili non avevano un attimo di tregua. Erano talmente indaffarati che parevano essersi dimenticati di quel bravo quadro e dei suoi assistenti: non assegnavano loro nessun compito, non li chiamavano a ricoprire alcuna carica né impartivano loro la benché minima istruzione.

Ma Hu Bingchen e i suoi, che avevano tanto lavorato e tanto sofferto agendo a lungo nell'ombra, a questo punto non riuscivano a inserirsi in quell'imponente schiera che avanzava alla luce del sole.

Per fortuna Hu Bingchen era di indole tenace e flessibile, e contando solo sulle proprie forze trovò un posto per sé e per i suoi fedeli collaboratori.

Dal modo in cui organizzò le cose si capiva come gli fosse perfettamente chiara l'importanza della 'forma'.

L'abbigliamento, per esempio, non andava sottovalutato. Ai tempi della lotta clandestina era meglio non mettersi in mostra e vestirsi come la gente comune, ma ora che si lavorava allo scoperto era necessario che tutti potessero riconoscerli come pezzi grossi del Partito Comunista.

Ma un Hu Bingchen dimenticato dalla rivoluzione dove poteva andare a procurarsi delle uniformi militari dell'Esercito di Liberazione? Non gli restava che prendere quelle dei nazionalisti, togliere le varie mostrine e far sì che tutti (lui incluso) ne avessero una della misura giusta, anche se in quel modo potevano sembrare ribelli o prigionieri del Partito Nazionalista. Quelle uniformi così conciate da Hu Bingchen avevano proprio un che di decadente.

Chissà da chi, Hu Bingchen aveva sentito dire che i massimi dirigenti si erano riuniti in un certo albergo. Stavano forse studiando come impiegare il personale? Mistero. Ma, comunque stessero le cose, bisognava andarci, pensò Hu, perché se non si facevano notare, nessuno si sarebbe ricordato di loro.

Era un albergo molto famoso, allora, a Shanghai, e proprio lì Hu Bingchen aveva trascorso una notte di passione con la cugina. A pensarci sembrava proprio ieri.

7

Questa cugina, Lu Yun, era la fidanzata di Hu Bing'an, cugino di Hu Bingchen. Pur non tenendolo minimamente in considerazione, non era certo stata sua intenzione rubargli la donna, tanto più che aveva un debito di gratitudine con lui, che una volta gli aveva salvato la vita.

Tutto quello che successe fu opera del destino.

Alcuni anni prima, Hu Bingchen aveva ricevuto dai superiori l'incarico di recarsi a Shanghai per coinvolgere nella causa rivoluzionaria un'eminente personalità di indiscussa influenza sociale che aveva stretti rapporti con la famiglia Hu. A Shanghai, ovviamente, aveva preso alloggio nella casa degli zii.

Il giorno stabilito Hu Bingchen chiese alla cugina di accompagnarlo.

Anche se le donne erano comunemente viste dalla società maschile come calamità devastanti, spesso costituivano invece la migliore copertura per le attività politiche, e infatti molti rivoluzionari avevano false mogli. Talvolta il confine tra finzione e realtà s'assottigliava tanto che da 'compagne di rivoluzione' diventavano 'compagne di vita'.

Prima di entrare nella villa, Hu Bingchen si guardò intorno circospetto, controllando la situazione. Una volta all'interno, a parte un uomo dai capelli corvini e il viso olivastro seduto nell'ingresso, non notò niente di sospetto, ma non per questo abbassò la guardia. Prima di quel giorno era già venuto parecchie volte in perlustrazione, e sapeva che sotto il balcone del primo piano c'era la porta sul retro del giardino, che si apriva su un reticolo di viuzze che si diramavano in tutte le direzioni.

Si erano appena accomodati, quando all'esterno si sentì una donna gridare all'improvviso: « Preparare il tè! » Al che l'uomo dai capelli corvini e il viso olivastro irruppe nella stanza in cui si trovavano con il padrone di casa, rimanendo a fissarli muto, con le mani sul cinturone. Hu Bingchen balzò in piedi di scatto.

Lu Yun, con la prontezza di una donna ben addestrata nella lotta clandestina, si appoggiò subito alla spalla di Hu Bingchen e cinguettando allegramente disse: «Quarto padrino, il giorno otto del mese prossimo ci fidanzeremo e tu devi assolutamente venire alla cerimonia!»

Ripensando a quella scena in seguito, anche Hu Bingchen cominciò a dubitare che quella cugina che passava il suo tempo a dipingere fosse davvero una semplice pittrice.

Il padrino rimase un attimo perplesso: sapeva bene che il fidanzato di Lu Yun era Hu Bing'an, e non si spiegava come mai ora, di punto in bianco, fosse diventato Hu Bingchen. Ma essendo un uomo di mondo s'affrettò a rispondere: «Congratulazioni, congratulazioni! Verrò senz'altro!» Quindi si rivolse all'uomo dai capelli corvini e dal volto scuro: «Qui non c'è bisogno di te, vai giù e non salire se non ti si chiama». Probabilmente quel tizio era la sua guardia del corpo.

Sulla via di casa la cugina, inclinando la testa e guardandolo di sbieco, chiese a Hu Bingchen: «Dimmi un po', come pensi di ringraziarmi?»

Le parole di Lu Yun gli fecero ripensare con nostalgia alla sua vecchia casa, da cui mancava da tanti anni, e al fascino intelligente e aristocratico delle donne della famiglia Hu, sempre all'altezza, sempre gratificanti. Dalla bocca di Bai Fan non sarebbe certo mai uscita una battuta del genere. E Hu Bingchen si rese immediatamente conto che, in quella sua missione a Shanghai, non avrebbe più dovuto scervellarsi a trovare scuse o pretesti per coprire i propri movimenti, bastava che continuasse a volteggiare sull'aria intonata dalla cugina.

Abbassò la testa e nell'ampio scollo della camicetta di foggia straniera di Lu Yun scorse un incavo che si insinuava profondo nel petto. La sua immaginazione prese a galoppare lungo quella linea, tanto che lì per lì non rispose nemmeno alla sua domanda.

Finalmente, una spintarella di Lu Yun interruppe la caccia alla preda in cui si era buttato con la fantasia. La cugina non si sarebbe certo potuta dire una prorompente bellezza, ma ogni espressione del suo volto era seducente e civettuola e lui non si trattenne dal sussurrarle in un orecchio, con altrettanta sfacciataggine: « Per esprimerti quello che provo, come potrebbe bastare un semplice grazie? »

Senza neppure accorgersene, Hu Bingchen imboccò di nuovo la strada che aveva percorso tante volte, ritrovando le pulsioni che le donne gli suscitavano, sensazioni a cui era abituato sin da piccolo ma che gli mancavano da tanto tempo, e ripercorse le tappe dell'amore come si usava nella loro classe sociale, con l'unica piccola differenza che finì per innamorarsi davvero.

La sua permanenza a Shanghai fu breve, ma in quei pochi giorni parve recuperare gli anni perduti, riportando in vita il focoso amante ch'era in lui. Che però non era una semplice copia di quello di un tempo: come un albero che ha vissuto l'alternarsi di tante stagioni e pur rimanendo lo stesso è in fondo diverso, così lui era diventato un amante ben più maturo.

Andavano spesso al bar, passeggiavano abbracciati lungo i viali alberati o assistevano alle prime di sensazionali film hollywoodiani.

E, cosa impensabile, Hu Bingchen aveva una vera predilezione per la sala da ballo Bailemen, all'incrocio di via Yuyuan, dove, una volta varcata la soglia, non poteva fare a meno di abbandonarsi alla patetica imitazione dello stile di vita americano.

Abbracciato al corpo della formosa cugina, muoveva i piedi al ritmo delle canzoni, volteggiando sul pavimento di vetro retroilluminato con luci colorate. Parevano due variopinti pesci tropicali in un palazzo di cristallo, inebriati più di se stessi che del vino. Non che si fosse dimenticato della rivoluzione né della sua missione in quella città: era semplicemente ebbro.

L'ebbrezza è un istante in cui anima e corpo vagano senza freni, in cui non serve pensare, non si hanno responsabilità e tutto, per un momento, si allontana... si allontana, ma non sparisce. Proprio come le foglie di tè, che si allontanano per depositarsi sul fondo della tazza, senza però smettere di conferire sapore alla bevanda.

Dopo aver ballato, anziché rincasare, passavano notti di passione nella stanza 412 di un grande albergo.

Hu Bingchen aveva avuto parecchie donne nella sua vita, ma a parte una bellezza del Sichuan di cui si era innamorato a prima vista appena arrivato a Yan'an, nessuna poteva essere paragonata alla cugina, né la prima moglie Bai Fan, né la seconda, Wu Wei. Le donne sono come le marche di caffè, tra di loro c'è una differenza sottile: non si può dire a parole, bisogna assaggiarle, e mai si può ricorrere alla generale etichetta di 'caffè'. Con Bai Fan, per esempio, era tutta una battaglia, un testa a testa combattuto a colpi di sesso, che portava all'annichilimento totale di entrambi in un orgasmo intensissimo. Al contrario, le prestazioni a letto di Wu Wei erano enigmatiche, nebulose, ambigue tanto da impedirgli di capire fino in fondo il loro rapporto. Nessuna delle due, comunque, riusciva a soddisfarlo completamente.

La cugina Lu Yun era invece la chiave speciale che apriva una serratura unica al mondo e, nel fuoco del desiderio, chiave e serratura si fondevano in un'unica barra di ferro, e non era più possibile distinguere l'una dall'altra.

Nel congedarsi da Shanghai, mentre guardava l'elegante figura ormai lontana di Lu Yun, Hu Bingchen decise di porre fine al suo connubio puramente fisico con Bai Fan.

Neppure quando giunse il momento di tornare alla vita piena di rischi di Chongqing riuscì a staccarsi dal ricordo delle notti passate con la cugina. Uomo avveduto ed esperto nella lotta clandestina qual era, si era ridotto a riempirsi la casa con un centinaio di foto di Lu Yun.

Il rivoluzionario Hu Bingchen, non ancora vecchio ma nemmeno più giovane, era riuscito insomma a ricavarsi un orticello privato in cui coltivare sesso e romanticismo.

Con aria affranta Lu Yun sventolava i guanti per salutare Hu Bingchen che s'allontanava. Conscia che quel breve interludio d'amore era avviato all'epilogo, quando il treno scomparve all'orizzonte aveva già messo da parte la tristezza.

Le donne di una volta, come Ye Lianzi, amavano 'consumarsi nell'attesa del proprio uomo'.

Una donna al passo coi tempi, disinvolta e sicura sui campi da golf, bella e a proprio agio in costume da bagno, spavalda in sella al cavallo lanciato al galoppo... era difficile che 'si consumasse nell'attesa dell'amato', neanche davanti a una promessa scritta col sangue.

Non che Lu Yun passasse con leggerezza da un uomo all'altro, semplicemente le vicende della sua famiglia le avevano da tempo fatto capire che la vita era una girandola di cambiamenti repentini, come un tavolo di *majiang* dove la fortuna può mutare in un istante, e che sul futuro non si può contare: non può essere ipotecato e non vale la pena ipotecarlo. Già negli anni trenta, Lu Yun 'non inseguiva l'eternità, voleva avere le cose subito, anche se per poco', un concetto all'avanguardia, da far invidia ai giovani di oggi.

E poi, il fidanzato Hu Bing'an le aveva mandato un telegramma dalla Birmania, dicendo che a breve sarebbe tornato a Shanghai e avrebbero iniziato subito i preparativi per il matrimonio.

Ma sull'anulare di Lu Yun non venne mai infilata la vera nuziale, il diamante di fidanzamento brillò solitario sulla sua mano per un un certo tempo, per poi finire silenziosamente nel cofanetto dei gioielli.

Che Bing'an avesse saputo della sua storia con Bingchen? Nessuno conobbe mai i dettagli di questa faccenda, se non che Bing'an se ne andò a Hong Kong senza neppure salutarla e non tornò mai più a Shanghai.

E Lu Yun continuò come al solito a giocare a golf, a nuotare, ad andare a cavallo, a farsi vedere ai party dell'alta società, sempre scortata da stuoli di spasimanti. In seguito imparò a guidare e cominciò a girare su una Chevrolet, il top del lusso a quel tempo, dalla quale risuonavano sempre voci allegre e risate…

Hu Bingchen, pronto a sacrificare la propria vita per la rivoluzione, non riusciva invece a rinunciare al suo amore per la cugina.

La convivenza con Bai Fan non era legalizzata e, al confronto con le arti amatorie di Lu Yun, le sue gli parevano uno squallore. Ma lei aveva un padre nei servizi segreti del Partito Nazionalista, nonché uno zio generale nel reparto di logistica dell'esercito nemico: insomma, rispetto a lui, nato in una famiglia aristocratica, aveva conoscenze politiche ben più forti, o, per meglio dire, aveva un buon 'marchio politico'.

E infatti sollecitò subito l'intervento delle alte sfere, che nei confronti di Hu Bingchen non adottarono misure punitive, ma si limitarono a ribadirgli la sacralità della causa rivoluzionaria e il rigore della disciplina nella lotta clandestina.

Solo la luce di quella grande causa poteva convincere un rivoluzionario come lui a spegnere il fuoco della passione che gli ardeva in petto e sopprimere il suo amore per la cugina, cosa che gli costava quanto sopprimere se stesso. Fu una lotta dura, tremenda, quella che combatté per estirpare quel sentimento dal suo cuore sanguinante. Con Wu Wei, una decina di anni dopo, fu molto diverso: intervennero così tanti elementi privati che gli fu difficile giudicare con lucidità i pro e i contro.

Rimane il fatto, comunque, che in tutta la sua vita solo con Lu Yun raggiunse la sintonia perfetta tra anima e corpo, ma non potendo portare a coronamento quel rapporto lo sciolse, perché l'amore non è come il cibo, non lo si conserva semplicemente congelandolo.

8

Quando Hu Bingchen arrivò con i suoi uomini nel grande albergo lo trovò completamente vuoto, ascensori fermi e neppure l'ombra di un cameriere.

Si lanciò allora in testa al gruppo su per le scale tortuose e mal illuminate, senza fermarsi un istante neppure davanti alla stanza 412.

Salirono di piano in piano controllando tutte le stanze, su su fino all'attico, ma non trovarono la sala dove avrebbe dovuto svolgersi la riunione degli alti dirigenti. Forse Hu Bingchen aveva sbagliato indirizzo o forse l'incontro si era già concluso, fatto sta che ora erano lì, inebetiti nel salone dell'ultimo piano, senza saper cosa fare, come orfani.

A un tratto Hu Bingchen udì un monito: « Non fermarti, vai avanti! » Forse qualcuno gli aveva bisbigliato quelle parole all'orecchio o forse venivano dal suo cuore, ma in ogni caso gli diedero una scossa improvvisa che lo fece uscire da quello stato di smarrimento.

Da che aveva aderito alla rivoluzione non si era mai fermato a considerare o ricordare che cosa avesse fatto, che contributi avesse dato alla causa. Si era semplicemente votato anima e corpo, concentrandosi a compiere ogni missione in modo perfetto, garantendone la riuscita senza rischi né perdite.

Ma in quell'istante la parola 'curriculum' gli apparve improvvisamente in tutte le sue implicazioni.

Il 'curriculum' è una registrazione fatta allo scopo di dimostrare qualcosa. Ma cosa? Non gli era ancora del tutto chiaro, però almeno aveva capito quanto fosse importante fornire le prove di essere stato un membro della grandiosa milizia rivoluzionaria, soprattutto nel momento della vittoria.

Cominciò a ripensare a quanto aveva fatto per la nascita della Nuova Cina. Se neppure lui ne conservava memoria, era assurdo sperare che altri lo facessero per suo conto. Non se ne stette lì a disperarsi, ma condusse i suoi uomini da un dirigente di livello ancora più alto.

Lo trovarono nella stanza più ampia di un enorme edificio. All'ingresso c'era una guardia, che però non degnò neanche di uno sguardo quel manipolo di uomini vestiti in modo strano.

Anche se era pieno giorno, le luci dell'ufficio erano tutte accese e dalla stanza accanto arrivavano di continuo le voci dei centralinisti e il ticchettio della macchina da scrivere. Il grande capo era in piedi dietro un'enorme scrivania, le mani incrociate dietro la schiena. Corrispondeva allo stereotipo del rivoluzionario 'molto clandestino' dei primi film sovietici: pallido, emaciato, labbra sottili ed esangui, barba lunga e capelli arruffati; l'immagine, insomma, di chi non dorme e non mangia quanto dovrebbe da tanto tempo. Aveva l'espressione severa e lo sguardo penetrante, teneva tutti a distanza ed era poco loquace. Li scrutò con occhio acuto e vigile, e nell'atmosfera innaturale creata dalla luce artificiale fece loro l'effetto di uno spaventoso macigno con cui era impossibile rapportarsi.

Hu Bingchen e i suoi uomini aspettavano in piedi davanti all'enorme scrivania coperta di fogli, matite, giornali, documenti, sulla quale c'erano anche un mappamondo e un portacenere zeppo di mozziconi e sigarette fumate a metà. Ma il dirigente non aveva alcuna intenzione di invitarli a sedere, anzi, aveva l'aria di volersi sbrigare il più in fretta possibile.

In quel frangente anche il freddo e orgoglioso Hu Bingchen non poté che accettare passivamente la situazione, spaesato. Solo molti anni dopo, quando da ministro si sarebbe seduto lui stesso dietro un'enorme scrivania, avrebbe capito la forza e la grandezza di uffici come quello in cui si trovava ora.

« Siamo qui per le credenziali » esordì Hu Bingchen. Fece quindi il nome del superiore che l'aveva mandato a Shanghai e riferì del successo della propria missione.

Il dirigente lo guardò e non chiese altro. Dato che il dito indice e il medio erano impegnati a reggere la sigaretta, raccolse con il pollice e l'anulare un pezzetto di carta tra quelli sparpagliati sul tavolo, e ci scribacchiò qualcosa. Lo consegnò quindi a Hu, rimettendosi a riflettere e a fumare con aria severa.

Uscito dall'edificio, Hu Bingchen spiegò il foglietto, piccolo quasi quanto la cartina da sigarette che aveva portato sui monti Dabie, e vi lesse l'elenco dei nomi dei suoi uomini, con una nota finale: « Sono tutti membri ufficiali del Partito Comunista, ora lavoreranno per voi ».

Con quel biglietto, lui e i compagni del gruppo che guidava ebbero un nuovo posto nella rivoluzione, senza ulteriori verifiche e senza destare alcun sospetto.

In seguito, quando la nuova repubblica entrò nella fase della ricostruzione economica, uno di quegli uomini chiese a Hu Bingchen che qualifica avrebbe potuto mettere sul curriculum per quel determinato periodo e lui gli rispose: « Scrivi funzionario dirigente ». Posizione che peraltro non aveva mai ricoperto, ma nessuno mise in dubbio la legalità del titolo.

Molti anni dopo, nel pieno della tremenda bagarre scatenata dalla storia d'amore tra Hu Bingchen e Wu Wei, proprio quel 'falso funzionario' diventò un vero leader nella guerra d'autodifesa intrapresa da Bai Fan, tanto che, per salvare la loro unione, mobilitò i vecchi compagni di battaglia e fondò il 'Comitato per il Matrimonio di Bai e Hu'. Fino a che, quando il governo prese a riesaminare l'anzianità dei veterani per stabilire l'entità delle loro pensioni, il 'falso funzionario' di colpo ammise davanti a Hu Bingchen che aveva commesso un errore schierandosi dalla parte di Bai Fan, perché non era al corrente che questa avesse un figlio illegittimo e non aveva compreso appieno la gravità della loro crisi coniugale. Affermò poi che non solo non si sarebbe più opposto al fatto che Hu Bingchen fuggisse dall'inferno del suo matrimonio, ma avrebbe anche convinto i membri del comitato a sostenerlo e avrebbe spinto Bai Fan ad accettare il divorzio.

Quella fu la prima volta che Hu Bingchen agì contro i propri principi sulla base dei propri interessi privati, scrivendo una certificazione per il 'falso funzionario'. Con un sorriso sarcastico, raccontò a Wu Wei: « Ieri è venuto a cercarmi uno di quelli del 'Comitato': se firmo, risulterà che ha aderito alla rivoluzione nel 1938, se non firmo, che ha iniziato a lavorare nel 1950 e ogni anno vuol dire biglietti da cento in più o in meno di pensione... Ah! tutto per poche misere centinaia di *yuan* ».

Se non fosse stato così pronto nel prendere la decisione di rivolgersi a uno dei massimi dirigenti, quell'attimo di smarrimento nell'hotel vuoto avrebbe probabilmente cancellato con un colpo di spugna i più di dieci anni che aveva dedicato alla lotta rivoluzionaria, durante i quali aveva sputato sangue e rischiato di continuo la vita: anche lui, quasi certamente, sarebbe finito sotto la polvere sollevata dalle ruote della storia.

9

Fu solo rincontrando Shi Qiao che Hu Bingchen riuscì finalmente a liberarsi dal controllo della carabina di Zhao Dachui.

Fin dai tempi in cui si erano conosciuti a Chongqing, Shi Qiao si era reso conto della differenza tra i due cugini Bingchen e Bing'an, quindi non lo sorprese affatto che il primo adesso facesse la staffetta. Quell'incontro, però, risvegliò in lui il doloroso ricordo del passato.

Anche Hu Bingchen ebbe un profondo sospiro di tristezza alla vista del vecchio compagno.

L'anno in cui Shi Qiao era uscito di prigione, per qualche tempo si erano mantenuti tutti piuttosto cauti, evitando di incontrarlo, finché, resisi conto che non succedeva niente di particolare, avevano messo da parte i timori. Dopo di che si era sparsa la voce che se ne fosse andato a Hong Kong.

Qui Shi Qiao aveva ritrovato il Partito che, svolte le dovute indagini sul suo conto, aveva stabilito di fargli continuare la lotta rivoluzionaria in prima linea: un'apparente promozione che in realtà era un declassamento. Ma questo non era importante per Shi Qiao; il vero problema era che l'organizzazione non si fidava più di lui. Ma che cosa restava da fare a un uomo del suo stampo, se non continuare a buttarsi a capofitto nella rivoluzione?

Hu Bingchen aveva lavorato parecchi anni sotto il comando di Shi Qiao e lo apprezzava molto, ma non mostrò mai alcuna compassione per quello che gli era accaduto.

Quando si lavora in clandestinità, sempre in bilico tra la vita e la morte, non c'è spazio per i sentimenti, che anzi rischiano di mettere a repentaglio la vita dei compagni o i risultati del loro lavoro.

Era stato infatti per un errore di Shi Qiao che Li Lin aveva scoperto la sede segreta di Chongqing.

In clandestinità era duro vivere, era duro lavorare. Quando Xu Dezhang e Chang Mei si sposarono, Shi Qiao propose di organizzare a casa sua una semplice cerimonia, giusto un'occasione per stare un po' tutti insieme, ma Hu Bingchen si oppose risolutamente. «È troppo pericoloso riunire tutti i compagni ed è vietato dalle regole disciplinari della lotta clandestina, che prevedono solo incontri a due, in un collegamento a catena».

La logica della clandestinità imponeva che l'abitazione di Shi Qiao rimanesse assolutamente segreta e che, nel caso lui avesse avuto bisogno di parlare con un suo sottoposto, fissasse un appuntamento in un luogo diverso, a un'ora precisa. La realtà dimostrò quanto queste precauzioni fossero necessarie: garantirono infatti la sicurezza della loro rete anche dopo il tradimento di Li Lin.

Nonostante avesse udito chiaramente le obiezioni di Hu Bingchen, Shi Qiao riunì ugualmente tutti i compagni per la festa, anche se in un'altra sede clandestina.

E, come previsto, quel banchetto nuziale preparò il terreno al tradimento di Li Lin. Ogni volta che ci ripensava, Hu Bingchen si pentiva amaramente di non essere stato più insistente.

Se Shi Qiao non si fosse incaponito a organizzare il matrimonio di Xu Dezhang e Chang Mei, Hu non avrebbe mai incontrato Li Lin. Per tutta la durata della festa, comunque, lui si era mosso con tale circospezione che, ripensandoci a posteriori, gli altri si chiesero se fosse stato effettivamente presente.

Li Lin, distratta e superficiale com'era, non si era certamente neppure resa conto della presenza di Hu Bingchen, mentre lui era rimasto piuttosto stupito che nell'organizzazione clandestina potessero esserci persone come lei, brave nel loro lavoro, ma nello stesso tempo non affidabili fino in fondo.

Solo rimanendo nell'ombra a osservarla aveva capito che Li Lin non era un tipo di cui ci si poteva fidare ciecamente.

L'amore di Li Lin nacque improvviso e inaspettato.

In realtà, prima ancora che Hu Bingchen le desse l'ordine di parlare con Li Lin, Chang Mei aveva già notato che quella ragazza 'aveva qualcosa di strano'. Per esempio si perdeva spesso nei propri pensieri.

Chang Mei non le diede appuntamento nei classici luoghi dove si riunivano i giovani progressisti, una libreria o un parco, ma decise di incontrarla al teatro dell'Opera del Sichuan. E lì, tra quegli assordanti acuti canori, avevano disquisito di dolcezze amorose e asperità rivoluzionarie.

Era in circostanze come questa che si evidenziava l'accortezza con cui Chang Mei sapeva muoversi: fu probabilmente proprio grazie a questa dote che, anni dopo, nessuno si rese conto del tiro mancino che aveva giocato a Bai Fan.

In quel periodo, Li Lin conviveva già da tempo con Tang Minzhi, e aspettava un bambino.

Ma di quest'uomo non sapeva niente, né del suo presente né del suo passato. « Come puoi amarlo se non lo conosci? E perché non hai detto niente all'organizzazione? È una cosa molto seria! » le disse Chang Mei.

«Neanche di te so niente, no? Oltretutto, non è stata l'organizzazione a mettermi in contatto con lui? E poi, non ti pare che sia una faccenda strettamente privata?» ribatté Li Lin, sicura delle proprie ragioni.

Chang Mei sorvolò su chi l'avesse mandata dall'uomo in questione e si limitò a dire: «Ci siamo votate alla rivoluzione. Siamo responsabili verso il Partito di tutto ciò che facciamo».

«Mi stai dicendo che non sono abbastanza responsabile nel mio lavoro per il Partito?»

«Gente come noi non può stabilire con leggerezza relazioni con persone estranee all'organizzazione... in fondo, non ci sono già tanti bravi compagni intorno a te?»

Su questo non ci pioveva: coloro che si erano dati anima e corpo alla rivoluzione in un periodo così buio, in cui non si vedeva un barlume di speranza, dovevano essere per forza dei bravi compagni. Li Lin ripensò al matrimonio di Chang Mei, al quale avevano partecipato probabilmente tutti: tutti compagni, ma nessuno al quale avrebbe voluto affidare la propria vita.

Chissà quante persone ricordano ancora il bombardamento dei giapponesi a Chongqing il 5 giugno del 1941? Sono passati più di sessant'anni, ma senz'altro c'è qualche vecchio che ricorda, probabilmente con il cuore ancora colmo d'odio e di terrore. E chi riesce a immaginare, invece, cosa successe a Li Lin quello stesso giorno?

Su ordine dell'organizzazione, verso il tramonto Li Lin doveva incontrare qualcuno a una certa ora in un posto concordato. Lei camminò per un pezzo, finché improvvisamente notò la lanterna verde a forma triangolare appesa sulla sommità di un'asta da bandiera, il segnale che gli aerei nemici erano già decollati. La situazione non era ancora pericolosa, bastava solo affrettare un po' il passo.

Poco dopo suonò l'allarme e la lanterna da verde si fece rossa, segno che bisognava correre a ripararsi nei rifugi antiaerei. Li Lin era appena passata accanto a un rifugio, ma, decisa a portare a termine il proprio compito, aveva coraggiosamente proseguito il suo cammino verso il luogo dell'appuntamento.

Quando giunse sul posto, le sirene ormai squarciavano la città intera mentre in cima all'asta le lanterne rosse erano diventate due: l'arrivo dei nemici era imminente. Ma la persona che doveva incontrare non era ancora arrivata. Guardò l'orologio: mancavano tre minuti all'ora fissata, doveva resistere per altri tre minuti.

La persona arrivò puntuale, ma a quel punto le lanterne rosse erano tre, il suono delle sirene andava e veniva e le strade erano oramai completamente deserte. Un istante dopo, le lanterne caddero a terra senza far rumore e le sirene ammutolirono, mentre avanzava impetuoso il rombo degli aerei. Nonostante la tensione del momento, Li Lin non dimenticò di verificare che l'uomo che le stava davanti avesse le caratteristiche precedentemente comunicatele dall'organizzazione: lo squadrò da capo a piedi, senza trovare alcuna discrepanza. Proprio mentre si scambiavano la parola d'ordine, nelle immediate vicinanze esplose una bomba e gli aerei cominciarono a lanciarsi in picchiata mitragliando tutta la zona. Fortunatamente, proprio accanto al luogo dell'appuntamento, vicino alla scala numero 18 del centro città, c'era un tunnel antiaereo dove i due corsero a ripararsi. Poche ore dopo una bomba avrebbe colpito il tunnel provocando migliaia di vittime morte per soffocamento. L'incidente suscitò un enorme clamore in tutto il paese.

Se la gente avesse mantenuto la calma, si sarebbe resa conto che, nonostante il tunnel fosse stato colpito, non era stato in alcun modo ostruito e nessuno era morto o rimasto ferito nello scoppio. Ma chi riesce a mantenersi lucido quando gli esplode una bomba sulla testa? Si accalcarono tutti in massa all'uscita, spingendo disperatamente, come pesci intrappolati nella rete in cerca di un buco tra le maglie, così che non riuscirono più ad aprire il portone. Molti cedettero schiacciati e calpestati dagli altri, e tra morti e feriti, riportarono i giornali di allora, furono coinvolte più di diecimila persone.

Li Lin e il suo compagno, essendo entrati per ultimi, erano vicini all'uscita dove c'era ancora abbastanza aria. Quindi vennero spinti in un angolo dietro il portone, che poteva parere un vicolo cieco ma dove invece riuscirono a evitare di essere schiacciati dalla ressa. Fondamentale si rivelò poi l'intervento dell'uomo che, facendo forza con la schiena e le spalle, respinse disperatamente la pressione di quella massa di gente, altrimenti una ragazza minuta come Li Lin non sarebbe probabilmente mai più uscita da quell'angolo.

Quando tutto fu finito, lei gli chiese perché in quel momento di estremo pericolo si fosse preoccupato di salvarla. Le rispose che non lo sapeva.

Se quel giorno non ci fosse stato l'attacco aereo, dopo l'appuntamento sarebbero andati ognuno per la propria strada, non si sarebbero più rivisti e non avrebbero mai saputo il nome l'uno dell'altra, come prescrivono le norme della clandestinità.

Il bombardamento giapponese e ancor più il comportamento eroico di Tang Minzhi avevano fatto sì che finissero l'uno tra le braccia dell'altra.

Tang Minzhi, privo di attrattive particolari, era uno studente qualsiasi: scriminatura tra i capelli, camicia bianca, pantaloni all'occidentale e, spesso e volentieri, qualche libro sotto il braccio. Libri che non erano, però, quelli che leggevano i giovani progressisti, bensì volumi insignificanti. Ulteriore copertura o semplice indicatore di un ragazzo senza aspirazioni?

Forse Li Lin non sopportava più la segretezza degli ambienti clandestini, o non le piaceva essere sorvegliata ventiquattr'ore su ventiquattro, anche se quel controllo era a fin di bene e rispondeva alle esigenze della rivoluzione. Era disposta a votarsi alla causa, ma non a sacrificarle tutta se stessa, tantomeno la sua vita privata.

Per una ragazza come lei, una vera 'bellezza in bicicletta' che con quella gonna bianca svolazzante tra le verdi chiome degli alberi del sud era in tutto e per tutto simile a una farfalla, avere 'una giusta percezione della posizione dell'individuo davanti alle esigenze della rivoluzione' era pressoché impossibile. Avesse conosciuto il movimento di rettifica di Yan'an nel 1942 o avesse vissuto il clima politico del dopo '49, di certo non avrebbe più tirato in ballo la 'vita privata'.

Anche la storia d'amore tra lei e Tang Minzhi non aveva niente di speciale. Forse, rispetto alla relazione tra Hu Bingchen e Bai Fan, o al matrimonio tra Xu Dezhang e Chang Mei, aveva solo un pizzico di romanticismo in più. Per esempio si concedevano qualche brindisi in privato o passeggiavano mano nella mano al chiaro di luna davanti ai fiori del parco, o leggevano poesie: insomma, tutte cose alquanto *bourgeois*, che a Li Lin, che amava i piccoli affetti e non certo gli ideali violenti e tempestosi, piacevano molto.

La gravità della situazione risultò evidente quando Chang Mei rivelò inaspettatamente a Li Lin che Tang Minzhi forse non era l'uomo che lei avrebbe dovuto incontrare.

'Chi ha sbagliato?' si chiedeva Li Lin. Anche se lei, nella concitazione del bombardamento, avesse erroneamente preso la risposta di Tang Minzhi per la parola d'ordine, come poteva essere che questa e tutti gli altri dettagli dell'incontro coincidessero perfettamente con le indicazioni che l'organizzazione le aveva fornito?

Non riusciva a capire. E poi, era lei che doveva ritenersi responsabile se Tang Minzhi non era davvero l'uomo dell'appuntamento ma un semplice passante che, al suono dell'allarme, era corso a cercare rifugio per caso proprio in quel tunnel?

Chang Mei interruppe ogni contatto con Li Lin e ne parlò a Hu Bingchen, il quale fece subito in modo di arginare le eventuali conseguenze di quella situazione.

Come tutte le donne accecate dall'amore, Li Lin non ebbe alcun sospetto su Tang Minzhi fino a quando non fu arrestata, perché, a parte loro due, nessun altro sapeva dove abitavano.

Possibile che lui l'avesse tenuta d'occhio per un bel po', ma fosse riuscito ad avvicinarla solo approfittando del bombardamento?

Ma chi poteva provare che era stato Tang Minzhi a dare il loro indirizzo ai servizi segreti del Partito Nazionalista?

Le tornò in mente la conversazione con Chang Mei a teatro: aveva forse torto lei e ragione Chang Mei? A Li Lin non piaceva molto Chang Mei, ma non è detto che chi non ci piace non abbia ragione. Erano questi i pensieri che le si agitavano nella mente mentre se ne stava appoggiata al muro della cella, ma ormai era troppo tardi.

Per il momento era ancora convinta che non avrebbe mai potuto tradire.

Poi iniziarono gli interrogatori. Resistette durante i primi due, ma al terzo gli agenti cominciarono a darle calci all'addome.

Quando l'esserino che aveva in grembo non ne poté più di quei maltrattamenti e prese ad agitarsi dentro di lei, le parve di udire la voce del suo pianto.

Li Lin non ce la fece più. Avrebbe potuto sopportare

le più tremende torture, ma quella vita che non aveva ancora visto la luce era d'accordo? Aveva il diritto di decidere per lui, o per lei, di votarsi completamente a una causa, di sacrificarsi per un qualche '-ismo'? No, quel diritto non ce l'aveva.

A Li Lin non restò che confessare.

A quel punto crebbero i suoi sospetti su Tang Minzhi: oltre a lui, chi poteva sapere che era incinta?

Ma ancora, dov'erano le prove che l'informatore fosse stato proprio Tang Minzhi?

10

Alla fine Li Lin aveva parlato.

In quel frangente le norme che regolavano le attività clandestine del Partito dimostrarono tutta la loro efficienza. Fortunatamente Hu Bingchen non aveva mai avuto contatti diretti con lei, né l'organizzazione le aveva mai affidato incarichi importanti, per cui non era a conoscenza di alcun particolare vitale, tantomeno della rete di comunicazione clandestina creata da Hu Bingchen.

Aveva però preso parte al matrimonio di Xu Dezhang e Chang Mei e senz'altro poteva immaginare che il luogo della festa fosse una delle basi di contatto.

Infatti, quella piccola bettola insignificante era in realtà un nodo cruciale della rete clandestina che, sotto il comando di Shi Qiao e grazie alla gestione di Hu Bingchen, audace ma sempre animato da una prudenza meticolosa, non aveva mai attirato i sospetti dei servizi segreti del Partito Nazionalista. Ora, purtroppo, a causa di Li Lin, o per meglio dire a causa di Shi Qiao, quella sede preziosa che Hu Bingchen aveva amministrato per molti anni non aveva più futuro.

Proprio in quei giorni era giunta la notizia che stava per arrivare una staffetta con informazioni molto importanti.

Nonostante il pericolo incombente, Shi Qiao non poteva lasciarsi sfuggire quelle notizie: ogni epoca ha i suoi capi, dotati di caratteristiche comuni, e i dirigenti in quel periodo si distinguevano per essere sempre i primi ad affrontare i rischi. Il risultato fu che venne arrestato non solo Shi Qiao, ma anche gli altri compagni del punto di contatto. Alcuni di loro vennero addirittura sepolti vivi dalle spie nemiche, ma nessuno lasciò trapelare alcuna informazione.

La distruzione di quella sede dimostrava che gli agenti nemici avevano centrato a colpo sicuro un obiettivo ben preciso, il che fece capire a Hu Bingchen che Li Lin aveva parlato.

E Shi Qiao? Che cosa avrebbe fatto? Nonostante l'ammirazione e la fiducia che aveva sempre nutrito per lui, Hu Bingchen non si faceva illusioni. Per quanto lo riguardava, non avrebbe mai abbassato la guardia neppure se fossero stati arrestati Bai Fan, che lo amava con tanta ostinazione, o i suoi genitori.

Perfettamente conscio del grave pericolo che incombeva sull'intero sistema di comunicazione clandestina, avvertì tutti i compagni e ne organizzò l'immediata ritirata. Era preoccupato soprattutto per la stazione telegrafica e fece subito trasferire a Yan'an i compagni che vi lavoravano.

L'operazione era quasi completata, rimanevano in sospeso solo due cose.

Un pastore protestante, responsabile delle ricetrasmissioni via telegrafo, rifiutava ostinatamente di lasciare la sua postazione, continuando a ripetere come un ebete: «Un vero membro del Partito Comunista non mi venderebbe mai!»

Questo testardo di un pastore fu un bel grattacapo per Hu Bingchen. Non poteva cacciarlo via con la forza, ma non poteva neanche assecondarlo: se fosse stato preso, chi poteva garantire che non avrebbe parlato? E anche se non avesse voluto tradire, come avrebbe potuto uno sciocco come lui affrontare degli inquisitori tanto perfidi? Alla fine risolse la faccenda affidandogli un incarico di poco conto in modo da allontanarlo da Chongqing e il poveretto partì scodinzolante in missione.

Gli eventi dimostrarono poi che la stima del pastore per il 'vero membro del Partito Comunista' non era stata mal riposta.

Li Lin aveva potuto dare informazioni solo su quel nodo di contatto. L'arresto di Shi Qiao, infatti, era stato un successo fortuito dei servizi del Partito Nazionalista, perché, se non si fosse verificata la coincidenza dell'arrivo della staffetta, non l'avrebbero mai preso.

Shi Qiao, che conosceva tutta la rete di comunicazione come le proprie tasche, evidentemente non rivelò alcun segreto e non fece alcun nome, perché dopo di lui nessun altro compagno venne arrestato e il lavoro clandestino non subì ulteriori danni. Con lui dunque s'interruppe la pista individuata dagli agenti nemici.

In seguito, le alte sfere misero in moto le loro relazioni e pagarono, cosicché Shi Qiao fu liberato su cauzione.

L'altro problema rimasto in sospeso dopo il tradimento di Li Lin riguardava Xu Dezhang, partito in missione prima di quegli avvenimenti e non ancora rientrato alla base. Hu Bingchen si preoccupava che l'avviso di nascondersi non gli arrivasse in tempo e che gli succedesse qualcosa, perciò, data la gravità della situazione, decise di andare personalmente a intercettarlo.

Giunse velocemente in un altro punto di contatto, un piccolo ostello di proprietà di una vedova.

La sera, aveva appena finito di lavarsi i piedi in un mastellone di legno con altri avventori, quando avvertì una certa tensione nell'aria. Non c'era alcun indizio concreto, ma gli pareva che la padrona lo guardasse in modo strano. In tanti anni d'esperienza, la parola 'pericolo' si era, per lui, come materializzata, era diventata ben più di un inerme sostantivo incolore: era una cosa concreta, che si poteva perfino annusare.

Notò poi che qualcuno camminava avanti e indietro davanti all'entrata dell'albergo e sentì anche battere il calcio del fucile per terra…

Hu Bingchen ripassò più volte nella mente tutti i movimenti che aveva compiuto, concludendo che non aveva fatto niente che potesse aver tradito la sua identità, che non era stato seguito da nessuno lungo il tragitto e che la gente del luogo certamente non sapeva chi era: non poteva allora che trattarsi di un errore di persona. In casi come questo, per non mettersi nei guai, la cosa migliore era far finta di non aver notato nulla, per cui salì sul grande letto comune, s'infilò sotto la trapunta spessa e dura come un'asse di legno, appoggiò la testa e si mise a dormire. Dopo un po', due giovani gli si sdraiarono a fianco, stringendolo tra loro.

Si alloggiava così in un alberghetto come quello: ci si lavava i piedi in un mastello comune, si dormiva su un letto tutti insieme, sotto la stessa coperta… e in barba alle sue nobili origini, anche Hu Bingchen dovette, se pur di malavoglia, adattarsi.

I due uomini gli diedero di proposito una toccatina qua, una palpatina là, chiaramente per capire se avesse con sé il fucile.

Quando il giorno dopo si alzò, quelli che la sera gironzolavano davanti all'albergo e i due giovani che gli avevano dormito accanto erano spariti, dissolti come nebbia al mattino.

Secondo i piani originari, Xu Dezhang sarebbe dovuto arrivare in quel centro di contatto il mattino all'alba, e invece non si fece vivo. Data la tensione accumulata la notte precedente, Hu Bingchen aveva i nervi a fior di pelle.

Decise di andare nella cittadina vicina per cercare di capire qualcosa di più. Per strada si trovò faccia a faccia con un interprete di giapponese, un traditore della patria insomma, che indossava una giacca corta nera, una camicia bianca con allacciatura alla cinese, dei pantaloni neri con le ghette che avvolgevano strettamente i polpacci e una rivoltella in vita, proprio come i film di oggi rappresentano questo genere di rinnegati.

Quando questi notò la faccia sconosciuta di Hu Bingchen, s'affrettò a bloccarlo, chiedendogli i documenti di riconoscimento.

« Subito » rispose Hu.

Mentre stava lentamente tirando fuori dalla tasca le sue carte, vide Xu Dezhang che arrivava calmo calmo dalla direzione opposta.

Era successo che Xu, portata a termine la missione affidatagli, aveva pensato di fermarsi a visitare una cittadina famosa situata proprio lungo la via del ritorno, cosicché era arrivato in ritardo al punto di contatto. Mai si sarebbe immaginato che Hu Bingchen si sarebbe spinto fin lì a cercarlo.

La reazione di Hu fu fulminea: s'infilò la mano nell'apertura della giacca e cominciò a gridare: « Povero me, povero me! Mi hanno rubato il mio pezzo d'oro, i soldi che avevo portato per i miei affari! » Sperava così di attirare l'attenzione di Xu Dezhang e che questi, capita la situazione, approfittasse della confusione per allontanarsi di corsa.

Xu Dezhang udì quelle urla e, vedendo la scena, intuì immediatamente la situazione. Non aveva idea, però, di che cosa ci facesse lì Hu e perché fosse stato fermato dal collaborazionista dei giapponesi. Si rese subito conto che non poteva far niente per aiutare il compagno e, pur con il cuore stretto dal dolore per la propria impotenza, fece finta di non conoscerlo e se ne andò, passandogli accanto.

Nel frattempo, Hu Bingchen si voltò indietro a guardare come se stesse cercando qualcosa che aveva perduto e poi improvvisamente si mise a correre, così da attirare su di sé l'attenzione dell'uomo che l'aveva bloccato, che difatti gli intimò: « Fermo o sparo! »

Probabilmente tutto si sarebbe risolto con un semplice interrogatorio di routine, senza alcuna particolare conseguenza, ma la messinscena della perdita del pezzo d'oro e il tentativo di fuga irritarono parecchio il collaborazionista, che però, come previsto, non si accorse assolutamente di Xu Dezhang. « Seguimi » berciò a Hu Bingchen.

Rinchiuso in una cella, Hu per un po' non fece che pensare a Xu Dezhang, preoccupato che fosse riuscito ad arrivare al punto di contatto sano e salvo e avesse lasciato la zona. Era sicuro che il suo compagno avrebbe immediatamente riferito all'organizzazione ciò che gli era successo... poi si concentrò su come affrontare la situazione.

A un tratto la porta si aprì fragorosamente ed entrarono altre spie cinesi dei servizi segreti giapponesi. Prima lo riempirono di botte, poi lo perquisirono.

Arrivò quindi un ufficiale giapponese che iniziò a interrogarlo.

Invece di rimanere dietro la scrivania, l'ufficiale continuava a girargli intorno. Improvvisamente gli sollevò l'orlo della tunica: voleva capire da come teneva le gambe se appartenesse o no all'esercito. Per fortuna Hu Bingchen stava a gambe larghe, rilassato e non impettito e rigido come di solito siedono i militari. Sempre inaspettatamente gli tolse il cappello per controllare se sul capo avesse i segni dei bordi del berretto militare. Poi gli ordinò di stendere le mani e verificò se sulle dita o sui palmi vi fossero impronte lasciate da armi o da attrezzi di lavoro... Con quella faccia pallida da intellettuale, Hu Bingchen non aveva niente di sospetto e poi continuava a ripetere di essere un mercante. Rimasto a bocca asciutta, l'ufficiale ordinò di riportarlo in cella.

A questo punto dovette intervenire la vedova, rimasta fino ad allora nell'ombra. Non era certamente una bella donna, anzi, e non poteva contare sulle armi femminili per combattere le sue battaglie. Ma bisogna riconoscere che ci sapeva veramente fare: era arrivata ad aprire un ostello in una zona controllata dal nemico e gestiva i suoi affari con un'abilità da far invidia a un uomo. Sapeva che liberare Hu Bingchen era solo una questione di soldi e quanto a bustarelle lei si sapeva muovere con assoluta disinvoltura. Le spie collaborazioniste intentarono un processo formale nei confronti di Hu Bingchen al cospetto dei giapponesi e gli concessero la libertà su cauzione, con l'obbligo di mantenersi sempre rintracciabile.

All'uscita di prigione venne a prenderlo la vedova in persona. Quando lui varcò la soglia, lei incendiò una pila di carte, esortandolo a passare attraverso il fuoco e proseguire dritto, senza mai voltarsi: in questo modo non avrebbe offeso il dio del carcere e non sarebbe più stato rinchiuso in una prigione. Hu Bingchen fece tutto come gli era stato detto, e non per compiacenza, ma mettendoci il cuore e l'anima.

All'ostello trovò ad aspettarlo Xu Dezhang e i due tornarono insieme a Chongqing, rifugiandosi nella clandestinità.

Xu Dezhang non confessò mai a Hu Bingchen che il ritardo di quel giorno, che avrebbe potuto costare la vita all'amico, era nato banalmente dal fatto che aveva voluto fermarsi a visitare una città d'arte.

Per fortuna Hu Bingchen si era salvato. Ma se così non fosse stato? Solo a pensarci si sentiva attanagliato da un panico crescente che gli impediva di dirgli la verità.

Per molto tempo Xu Dezhang continuò a nutrire nei confronti di quel suo vecchio compagno di scuola sentimenti di gratitudine, ammirazione e rispetto, tanto che non gli portò alcun rancore neppure nel lungo periodo in cui questi s'oppose alla sua iscrizione ufficiale al Partito Comunista.

Non temeva né la morte, né le difficoltà né i sacrifici, ma gli pesava dover vivere ogni giorno con il cuore in gola. Viveva così ormai da dieci anni; quando avrebbe potuto finalmente tirare il fiato? Nessuno era in grado di dargli una risposta.

In quel periodo Xu Dezhang vedeva tutto nero, persino in sogno.

Viveva da anni in una grande prigione senza pareti, priva persino dei divisori tra le celle. Doveva sempre stare all'erta, per non mettere a rischio la propria vita, quella degli altri o addirittura la grande causa del Partito! Si trattava di un peso difficilmente immaginabile.

A quei tempi il futuro della rivoluzione non pareva ancora radioso, non c'erano garanzie di successo: i sacrifici fatti in nome della rivoluzione non parevano certo degli 'investimenti' dal rendimento certo.

Diventare 'membro del Partito' consisteva in un altissimo giuramento che implicava solo maggiori responsabilità, un lavoro ancor più rischioso e un'obbedienza ancor più incondizionata. Nient'altro.

Il fatto che Hu Bingchen non avesse appoggiato l'iscrizione al partito di Xu Dezhang significava semplicemente che il contributo di questi alla causa non era ancora sufficiente, che doveva continuare a lottare e lavorare duramente.

Solo dopo il 1949 il titolo 'membro del Partito' cominciò pian piano ad arricchirsi di contenuti: non era più solo un giuramento formale, ma divenne la prova della propria affidabilità, dalla quale dipendevano una nomina, una posizione, un certo trattamento economico, un determinato livello... cose che, all'inizio, gli stessi iscritti non avrebbero nemmeno potuto immaginare. Il fatto di appartenere al Partito da una certa data o altri criteri del genere rivelavano l'importanza di un individuo.

Per quali motivi Hu Bingchen aveva ritardato di tanti anni l'iscrizione di Xu Dezhang? Che problemi poteva mai avere il candidato?

A tale domanda, Hu Bingchen si limitava a rispondere che dopo il 1942 il Comitato Centrale aveva temporaneamente sospeso le iscrizioni.

Eppure questo seme, dapprima trascurato dai compagni, ebbe più tardi delle importanti conseguenze. Non c'è affatto da stupirsi: anche un seme congelato da mille anni, privo di ogni segno di vita, può germogliare, in condizioni adatte. Perché non sarebbe potuto succedere anche in questo caso?

E l'episodio in cui Hu Bingchen perse quasi la vita per Xu Dezhang svanì, portato dal vento.

Xu Dezhang non solo non serbava rancore a Hu Bingchen, ma lo considerava un grande amico. Tanto da non ingelosirsi neppure quando Chang Mei aveva chiaramente dimostrato di preferirlo a lui.

Fu infatti solo quando Hu scelse Bai Fan e, proprio durante la loro prima notte di convivenza, dalla loro stanza si udì quel gran tonfo, che Xu Dezhang venne accettato da Chang Mei a sostituire Hu nel suo cuore.

Xu Dezhang era grato a quel tonfo perché gli aveva spalancato la porta per entrare nella vita di Chang Mei.

Ma sempre quel tonfo spezzò invece in mille pezzi il cuore di Chang Mei, infliggendole una ferita insanabile.

Quella notte, Chang Mei stava aspettando una certa prova, pur non sapendo bene lei stessa di cosa si trattasse. Non si dava per vinta, attendeva in piedi in cortile, con le orecchie tese... non avrebbe mai pensato di udire invece quel tonfo tremendo. Pensò con infinito odio: 'Bai Fan, non ti sembra di esagerare? Perché hai fatto crollare il letto? In faccia a chi vuoi sventolare la tua soddisfazione e la tua felicità per essere riuscita a farti scopare?'

Nessuno avrebbe potuto immaginare le conseguenze del crollo del letto di Bai Fan e Hu Bingchen e nessuno mai capì quanto male quel tonfo fece a Chang Mei. Qualcosa si intuì solo a distanza di anni, quando Bai Fan fu sottoposta a una verifica politica...

Durante il 'Movimento di verifica politica dei quadri di Partito', non c'era modo di provare che Bai Fan fosse stata davvero a Taiwan. Il dirigente che l'aveva mandata lì in missione, l'unico a conoscenza della cosa, visto che nelle attività clandestine i contatti avvenivano solo da singolo a singolo, era purtroppo morto nella guerra di liberazione, perciò la questione era rimasta in sospeso. Chang Mei, che in quel periodo lavorava come contabile, in realtà avrebbe potuto aiutare Bai Fan rintracciando, come prova, le ricevute delle spese di quel viaggio, ma non lo fece. Tanto, come il dirigente morto per la causa non poteva testimoniare di aver mandato a Taiwan Bai Fan, così non poteva neanche dichiarare di aver chiesto a Chang Mei di rimborsarle le spese di viaggio: insomma, i morti non parlano.

Il problema rimase dunque in sospeso, e fu proprio per questo punto oscuro che Bai Fan, veterana della rivoluzione che aveva vissuto una vita di rischi per il Partito, si vide assegnato solo il quattordicesimo livello nel settore amministrativo. Ma ancor più di una posizione, quello a cui lei anelava era la purezza della propria storia politica, macchiata da quel momento nebuloso. Ma visto che i morti non parlano, non poté farci niente.

Chang Mei, che aveva sacrificato tanto nella sua vita per il suo amore segreto per Hu Bingchen, aveva perso il suo buon senso. Per questo piccolo imbroglio aveva pianto, sofferto, rimuginato... per una come lei, che tutti lodavano come la più affidabile e avveduta delle lavoratrici, quelle lacrime avevano un peso imponderabile.

Si consolava dicendo: una 'questione sospesa' non è una vera punizione, niente a che vedere con le etichette di traditore o rinnegato che ti bollano come nemico. Al massimo avrebbe creato a Bai Fan problemi di impiego e di avanzamento nella carriera. Come quando si denuncia lo smarrimento di un libretto di banca: quando lo si ritrova, si recuperano sia i soldi versati che gli interessi maturati... di diverso c'era che Bai Fan non avrebbe mai ritrovato il suo libretto.

Ma Bai Fan non si rendeva conto che non avrebbe mai avuto una 'questione sospesa' nel suo curriculum politico se quella notte, molti anni prima, non si fosse dimenata selvaggiamente sul letto con Hu Bingchen tanto da sfasciarlo e provocare quel tonfo sonoro.

L'amore non si può dimenticare.

Molto presto, i servizi segreti del Partito Nazionalista liberarono Li Lin.

C'era ragione di credere che questa mossa fosse nata dalla speranza che lei ritornasse nelle file della rivoluzione e continuasse a passare informazioni.

Ma sarebbero stati ben stupidi se avessero davvero architettato un piano del genere… come potevano pensare che Li Lin sarebbe riuscita a rientrare nella rete clandestina? Tuttavia una cosa era certa: Li Lin era sotto vigilanza costante.

Anche l'organizzazione clandestina la teneva sott'occhio per cercare l'occasione di eliminarla. Nei duri anni della rivoluzione, per garantire che il lavoro si svolgesse senza intoppi e per salvaguardare la sicurezza dei compagni, girava un testo di istruzione rivoluzionaria che enumerava le pene previste per i traditori e fungeva da deterrente per chi era a rischio di diventarlo.

Nonostante la doppia sorveglianza degli agenti nazionalisti e dell'organizzazione clandestina, Li Lin, poco dopo essere uscita di prigione, si volatilizzò e nessuno riuscì più a rintracciarla.

Perché era sparita? Non voleva avere più niente a che fare con le spie nemiche o sapeva che l'organizzazione voleva eliminarla? O forse non aveva più il coraggio di farsi vedere?…

E come aveva fatto una stupidella qualsiasi a eludere la doppia sorveglianza e svanire senza lasciar tracce?

Il bambino era poi nato? E se fosse stata ancora viva, come aveva fatto, dopo il 1949, a non essere individuata dal nuovo sistema di controllo della residenza che aveva setacciato la popolazione come un pettine a denti fitti al quale non sfuggiva neanche un pidocchio? Come aveva potuto eludere i continui movimenti politici? Era forse morta prima, di malattia o per qualche calamità naturale?

Aveva lavorato per il Partito Comunista ed era stata addestrata a resistere alle torture del nemico. Per il resto della sua vita sarebbe stata forse sempre tormentata dalla stessa domanda: avrebbe resistito fino in fondo, se non avesse avuto il bambino dentro di sé? Non avrebbe osato garantirlo.

Forse aveva ringraziato profondamente il bimbo dentro il suo ventre che le aveva fornito una scusa plausibile...

Ma perché aveva aderito alla rivoluzione? Avrebbe fatto meno danni alla rivoluzione se fosse rimasta a casa a fare la signorina invece di diventare una traditrice.

Parecchi anni dopo, durante la Grande Rivoluzione Culturale, Li Lin non era più comparsa, e fu quel pastore che diceva fiducioso: «Un vero membro del Partito Comunista non mi venderà mai» a prendere il posto che avrebbe dovuto essere suo e a morire atrocemente per mano delle guardie rosse con l'accusa di tradimento. Siccome in clandestinità aveva lavorato nel settore elettrico, i giovani rivoluzionari pensarono a una tortura che si adattasse alla sua specializzazione. Gli avvolsero con grande meticolosità l'intero corpo con dei fili elettrici, tanto che alla fine pareva una bobina. Durante tutto il tempo che ci volle per completare l'operazione, il pastore non smise mai di ripetere: «Un vero membro del Partito Comunista non perseguiterà mai gli innocenti!» Chissà se, nell'istante in cui fu innescata la corrente il pastore si rese conto di aver commesso un errore empirico.

Dopo l'arresto di Li Lin, sparì anche Tang Minzhi.

Aveva paura che lei lo tradisse?

Era un uomo di un altro servizio segreto rivoluzionario? Possibile, data l'organizzazione delle attività clandestine di allora. Anche il Partito Nazionalista aveva due servizi segreti, uno civile e uno militare, perché non avrebbe potuto averne più di uno il Partito Comunista che in questo campo era nettamente superiore?

Chi era allora Tang Minzhi?

Forse, quando i nazionalisti entrarono nell'edificio in

cui abitavano, Li Lin e Tang Minzhi si resero conto, dal rumore dei passi, che qualcosa non andava, che il pericolo era alle porte. Forse aprirono la finestra, pensando di fuggire saltando sui tetti sottostanti. Quando presero la decisione di buttarsi, Li Lin d'un tratto spinse fuori Tang Minzhi e chiuse la finestra: aveva deciso d'impulso di rimanere da sola a trattare con gli agenti, dando così al compagno il tempo di mettersi in salvo.

È il caso di biasimare Tang perché non tornò indietro ad affrontare i nemici insieme a lei? Come chiunque altro, probabilmente capì che il suo sacrificio sarebbe stato inutile in un frangente del genere, o forse pensò che solo se si fosse messo in salvo avrebbe potuto poi aiutare Li Lin.

Si rincontrarono? Chissà se Li Lin, quando spinse il compagno fuori dalla finestra, non stabilì con lui la data e il luogo dove si sarebbero ritrovati. Allora il suo tradimento non fu solo per il bimbo che aveva in grembo, ma anche per l'amore verso Tang Minzhi. Fuggirono dalla Cina? Prima del 1949 non era poi così difficile.

E la liberazione di Li Lin fu davvero una trama del Partito Nazionalista o fu opera di Tang Minzhi?

Che sia stato tutto un intrigo tipico dei periodi di confusione e instabilità sociale?

Forse l'ipotesi che Tang Minzhi sia fuggito dalla finestra non regge...

Forse...

Con la loro scomparsa, tutti i 'forse' sono diventati dei misteri, per sempre.

11

Era la prima volta che Hu Bingchen e Shi Qiao si rivedevano da quando quest'ultimo aveva lasciato Chongqing.

Se la sottodivisione militare della regione non avesse mandato Shi Qiao a ispezionare quel reggimento, chissà quando Hu Bingchen sarebbe riuscito a trasmettere le informazioni che portava con sé.

« Nella sottodivisione c'è una stazione telegrafica da dove puoi inviare il tuo messaggio. Poi ti scorteremo fino al comando centrale » gli disse Shi Qiao.

E fu così che Hu seguì Qiao nella sede della sottodivisione militare e finalmente si liberò del controllo di Zhao Dachui. Anche la sua vita migliorò: ora mangiava in una scodella con i bastoncini e gli fu servito il pollo per ben due volte.

Per arrivare a destinazione dovevano attraversare un'importante arteria stradale. I ricognitori li informarono che almeno una divisione dell'esercito nazionalista si stava muovendo in quella direzione, mentre Shi Qiao aveva con sé solo pochi uomini.

Fortunatamente fecero in tempo a nascondersi dietro le colline vicine. Le truppe nemiche passarono con una lentezza incredibile, tanto che la strada fu libera solo all'imbrunire, quando loro l'attraversarono in tutta fretta.

Si trovarono allora in una valle oltre la quale c'erano finalmente le montagne. Nonostante fosse ormai buio pesto, l'ufficiale che era con loro fu irremovibile: « Muoviamoci, non possiamo fermarci qua, il nemico è troppo vicino, potrebbero sopraggiungere altre colonne ».

« Andate voi, io rimango. Devo aspettare un ricognitore, il migliore che ho. Probabilmente arriveranno altre truppe nemiche e la cosa mi preoccupa molto » intervenne Shi Qiao.

Evidentemente la natura di un uomo difficilmente cambia, e lui era rimasto quello di prima, nonostante la festa per Xu Dezhang e Chang Mei, il tradimento di Li Lin e il suo stesso arresto.

L'ufficiale ordinò ad alcuni soldati di restare con lui, ma Shi Qiao si oppose: «Qui comando io: andatevene via tutti, subito».

Era proprio necessario questo suo comportamento?

E Hu Bingchen, in questo frangente, non fu troppo insensibile? Non avrebbe dovuto dar prova di maggiore solidarietà tra compagni, dimostrare maggior sollecitudine per le sorti di uno di rango inferiore? Anche se il compito di Shi Qiao era di coordinare tutte le operazioni, doveva proprio sobbarcarsi da solo tutti i rischi?

D'altra parte, in guerra non c'è tempo per lunghe discussioni e inoltre, in quel contesto, Hu Bingchen era un estraneo e non aveva diritto di contestare un ordine di Shi Qiao.

Si limitò quindi a guardarlo prendere la pistola dalla cintura, impugnarla strettamente e mettersi carponi per terra, senza più voltarsi indietro.

Da esperto agente clandestino qual era, prima di avviarsi s'impresse nella mente, con un'ultima occhiata, ogni particolare del luogo, compresa la pistola nelle mani di Shi Qiao, così piccina che pareva una fanciulla fragile e indifesa sulla quale cominciò a formulare, nella sua mente, assurdi pensieri.

Non avrebbe mai immaginato di incontrare di nuovo Shi Qiao solo trent'anni dopo.

Hu Bingchen arrivò senza intoppi al comando della sottodivisione militare, da dove, pur sapendo che ormai era inutile, si premurò di inviare immediatamente le informazioni in suo possesso. Si avvicinava la festa di capodanno e il responsabile del dipartimento politico lo invitò a mangiare, secondo la tradizione, un piatto di ravioli.

In seguito, fu accompagnato al comando centrale della regione, dove grande fu la sorpresa di accogliere una staffetta dopo mesi dal ricevimento della notizia della sua partenza. Quanto alle informazioni telegrafate dalla sede della sottodivisione, erano ormai vecchie e non servirono a niente.

Hu Bingchen fece rapporto sulla sua spedizione, senza menzionare alcuno dei rischi corsi, ma sottolineando invece il problema della mancanza di una stazione da cui comunicare e raccontando l'episodio in cui era stato denudato perché sospettato di essere un agente nemico. Tutti scoppiarono a ridere di gusto. Questo fu dunque il risultato della missione sui monti Dabie, durata complessivamente circa sei mesi.

Quel viaggio, tuttavia, non fu del tutto sprecato, perché prima di partire Hu prese con sé l'oppio che le truppe avevano raccolto nel triangolo tra le regioni dello Shaanxi, Gansu e Ningxia, per smerciarlo a Shanghai. Il ricavato della vendita servì a finanziare una parte delle attività della resistenza al Giappone e anche ad acquistare un po' di tessuto per le uniformi invernali delle truppe.

12

Rimasto solo, Shi Qiao non soltanto non morì, ma ritrovò anzi il migliore tra i suoi ricognitori.

無字

Capitolo Secondo

1

Negli anni trenta del ventesimo secolo, le donne cinesi, per la maggior parte, non rappresentavano certo l'avamposto dell'organizzazione sociale: solo quando crollava, o veniva meno, la colonna portante della famiglia le donne si ritrovavano forzatamente in prima linea nell'arena delle battaglie sociali, dimostrandosi quasi sempre impreparate, buone giusto a parare i colpi ma non ad affondarne, finendo dunque per dover fronteggiare infinite avversità.

Le mogli di Bao Tianjian erano, in fin dei conti, piuttosto fortunate. Quando lui si consegnò alla protezione del Partito Comunista, le sistemò tutte a Tianjin sotto la tutela del vecchio padre.

Al momento di lasciarle stipulò con ciascuna un accordo concreto.

Per prima cosa visitò la piccola residenza della terza moglie.

Si capiva subito che non intendeva restarci molto. Nonostante i ragazzini, che non avevano quasi mai occasione di vedere il padre, gli si stringessero alle ginocchia tirandolo per la veste e chiamando « Papà, papà », lui manco si sedette sulla vecchia poltrona di legno rosso. Nemmeno in quella circostanza fortuita, che non si sapeva quando e se si sarebbe mai ripetuta, lui pareva riluttante a lasciare i ragazzi e la Terza signora.

Quest'ultima, che all'inizio degli anni trenta aveva un po' studiato, si rendeva perfettamente conto di non essere altro che la macchina riproduttiva di casa Bao, così come, di casa Bao, i figli che lei aveva generato altro non erano che la necessaria forza lavoro. Stando così le cose, lei decise che gli affari erano affari e, a proposito dei tremila *yuan* che in maniera imparziale erano stati assegnati a ciascuna consorte, disse: « Questi tremila *yuan* sono per il mio mantenimento personale o devono bastare anche per i ragazzi? »

La sua praticità nel gestire le questioni concrete metteva il signor Bao in grande difficoltà. Quello che lui stava per intraprendere era un viaggio lungo in cui si giocava il tutto per tutto, ed era costretto ad affrontarlo con soli diecimila *yuan* nonostante le mille difficoltà che avrebbe potuto incontrare e l'ingente numero di uomini al seguito.

Non che quella della Terza signora fosse una logica strampalata: era una cosa equa che con la stessa cifra la Prima e la Seconda signora dovessero provvedere solo a loro stesse, mentre lei doveva pensare anche ai figli? Chissà quando mai sarebbe finita la guerra: quella cifra sarebbe bastata a far tirare avanti un'intera famiglia fino a quel giorno?

Sui tremila *yuan*, la Seconda signora invece si espresse così: « Tu sei sempre in giro, quel denaro ti servirà, non darlo a me, che qui a casa posso sempre cavarmela ».

Quando pronunciò queste parole, ancora non sapeva che quel Bao Tianjian che le aveva giurato amore eterno, non lontano da lì non solo aveva un'altra donna, ma ci aveva anche fatto dei figli. Cosa arcinota a chiunque nella famiglia Bao, servitù compresa, tranne che a lei.

Chissà se la Seconda signora, nel caso fosse stata al corrente della situazione, avrebbe avuto lo stesso atteggiamento nei confronti di quei soldi che potevano assicurarle un futuro tranquillo? Difficile a dirsi.

I paragoni aprono la mente, nel bene e nel male. Bao Tianjian riscontrò una bella differenza tra l'affetto dimostratogli dalla Terza e dalla Seconda signora! Tirandosi quest'ultima a sedere sulle ginocchia disse: « Allora questi tremila *yuan* li porto con me, adesso che ne ho veramente bisogno. Se tu dovessi avere delle difficoltà, vai dalle mie sorelle, che dalla morte di mia madre hanno in custodia soldi e gioielli ».

Non passò molto tempo e anche la Seconda signora si mise a far confronti, per poi montare e scatenare un vero e proprio finimondo in casa Bao.

Lei era alloggiata in una palazzina realizzata da un architetto tedesco, mentre la Terza signora in una villa vicino al parco Daming. In seguito, Ye Lianzi molto spesso si recò da quest'ultima con la scusa di parlare di questioni femminili, sperando in realtà di carpire qualche notizia sul proprio marito, Gu Qiushui: non ottenendone, passava spesso in questo parco che poi non era un parco, per dare sfogo al dolore e al senso di impotenza che provava.

Tutta questa organizzazione era costata un tremendo sforzo cerebrale al signor Bao Tianjian.

Ma non si creda che fosse un dongiovanni solo per il fatto che aveva tre mogli.

Il matrimonio con la prima era stato organizzato dai genitori, lui di suo non ci aveva messo niente, né obblighi né responsabilità.

Quello con la terza era opera di certi suoi invadenti

conoscenti, con lo scopo di dare continuità alla famiglia Bao.

Era pur vero che la Seconda signora non poteva aver figli. Benché a lui non importasse, il vecchio Bao padre non era certo soddisfatto della cosa. Riguardo alla richiesta di discendenza, la Terza signora non solo era stata all'altezza del compito, ma era andata ben oltre producendo sia maschi sia femmine, un bell'assortimento, ma il cuore di Bao rimaneva appannaggio della Seconda.

Bao Tianjian poteva considerarsi un sentimentale. Negli anni venti-trenta, un uomo poteva avere quante mogli voleva senza farne mistero, ma lui non voleva ferire i sentimenti della Seconda signora, che amava tanto benché non fosse di nobili o illustri origini, né particolarmente bella. Anzi, era un'ex prostituta dal viso insignificante.

Ai tempi in cui Bao Tianjian le chiese di sposarla, era un semplice comandante di reggimento senza prospettive di promozione, che non aveva i mezzi per riscattarla dal bordello.

Ma a lei non importava della sua carriera e si riscattò con i propri risparmi, dicendo: «Non voglio essere comprata. Noi ci amiamo, dunque mi basta che tu prometta di trattarmi bene, di mantenere mia madre e di aiutare mio fratello negli studi».

L'amore tra il cliente del bordello e la prostituta è una faccenda vecchia come il mondo di cui è infarcita la storia della Cina, dunque anche in questo caso non c'era proprio niente di nuovo.

Di diverso c'era che, rispetto agli altri frequentatori di bordello, Bao Tianjian era più bravo a toccare certa sensibilità femminile, a dare l'impressione di non essere solo 'l'amante di una notte', e con questo suo atteggiamento era riuscito a creare dei legami anche in quelle stereotipate messinscene tra uomo e donna.

E poi, altra cosa particolare, se qualcosa di particolare si deve per forza trovare nel loro rapporto, è che il generale Bao Tianjian non svilì mai la moglie ricordandole il suo passato.

Non apparteneva certo alla categoria di quei donnaioli sbruffoni che, pur non disdegnandole affatto, in cuor loro disprezzano le prostitute, e quando gli gira storto non esitano a insultarle con epiteti volgari rinfacciando loro i meschini trascorsi.

Ecco perché Hu Bingchen insultava spesso Wu Wei, dopo che l'aveva sposata: niente di strano in quei suoi 'Brutta puttana!', erano solo un retaggio culturale.

Stupiva che uno come Bao Tianjian, i cui antenati erano stati addirittura dei 'banditi', le donne invece non le insultasse mai.

2

Gu Qiushui e Ye Lianzi erano giovanissimi, ed è difficile dire quanto drammatica sia stata la loro separazione.

Al momento di lasciare Pechino, Gu Qiushui aveva persino insegnato a Ye Lianzi a sparare, appena fuori dal loro cortiletto.

Dopo aver lasciato l'Esercito del Nordest, Gu Qiushui si era tenuto alcune pistole di buona qualità, e quel giorno aveva preso una piccola Browning, forse più bella che funzionale, e aveva detto a Ye Lianzi: « Questa te la lascio, per tua sicurezza ».

Quindi l'aveva condotta fuori dal cortile, presso le fondamenta di una casa in rovina.

Le aveva detto: « Questa pistola può sparare fino a cinque colpi, basta che impari a premere il grilletto, non importa che miri, l'importante è che se t'imbatti in qualche malintenzionato spari, giusto per spaventarlo e farlo scappare. Prova adesso, contro quel muro».

Facile a dirsi, ma Ye Lianzi non osava, allora il marito le prese la mano e la guidò. Lei torse il collo, chiuse gli occhi, poggiò la testa contro il petto del marito e sparò.

Il fragore dello sparo parve rassicurare Gu Qiushui, come se da quel momento avesse messo Ye Lianzi in condizione di affrontare qualsiasi pericolo, qualsiasi disavventura.

Ma fu proprio con questo sparo senza un bersaglio preciso che Gu consegnò la moglie a un periodo di caos e disordini.

Comunque fosse, consegnarle quella pistola e insegnarle a usarla fu la sola cosa concreta che fece per lei prima di lasciarla.

Cinquant'anni dopo Wu Wei ritrovò inaspettatamente quel muro diroccato. Ye Lianzi non c'era più, l'epoca degli eserciti dei signori della guerra era finita, i giapponesi erano venuti e se n'erano andati, Chiang Kai-shek pure, poi era arrivato il Partito Comunista... Ma il muro diroccato era sempre lì al suo posto.

3

Dov'era finita la pistola? Ye Lianzi non l'aveva mai detto a nessuno.

4

Se Shi Qiao non fosse rimasto ad aspettare il ricognitore, la Browning non sarebbe mai saltata fuori.

Ma com'è che era finita in mano a Shi Qiao?

Forse perché in una notte buia e ventosa lui, ferito e braccato dal nemico, trovandosi nei pressi della casa di Ye Lianzi, si era rifugiato in un certo cortiletto, e Ye Lianzi gli aveva dato la pistola che le aveva lasciato Gu Qiushui, sperando che potesse essergli di qualche aiuto?

Forse lui aveva avuto nostalgia di lei e aveva voluto rivederla, e lei, consegnandogli la pistola, aveva voluto dimostrare di tenere a quell'uomo che avrebbe potuto essere suo marito?

Che fosse proprio questo il desiderio di Shi Qiao: conservare qualcosa che fosse appartenuta a Ye Lianzi e che potesse tenergli sempre compagnia?

5

Il mattino in cui Gu Qiushui partì da Pechino, Ye Lianzi piangeva a dirotto, come se al mondo non ci fosse dolore peggiore di quella separazione. Non sapeva che la vita le avrebbe riservato molte altre sventure.

Si erano detti ormai tutto, si erano salutati in tutti i modi possibili, eppure sentivano di avere ancora tante cose in sospeso.

Lui stringeva al petto la loro figlioletta Wu Wei, fagottino di carne semiaddormentato e del tutto inconscio dell'incombente distacco. L'avrebbe mai rivista? Non era ancora capace nemmeno di dire 'papà'.

Era il 1937, Ye Lianzi aveva appena ventisei anni, Gu Qiushui ventinove. Piangevano come disperati, quella famigliola avvinghiata, due ragazzi e una bambina.

Per quanto struggente fosse il dolore, si avvicinava il momento della partenza. Come se non bastasse giungeva il rimbombo delle esplosioni a mettere fretta a Gu Qiushui e a rammentare a Ye Lianzi che il pericolo era vicino. Non pensava tanto a sé o alla bambina, ma le pareva che ogni bomba potesse cadere sulla testa di lui, e le si stringeva il cuore.

Era proprio arrivato il momento di andarsene e Gu Qiushui aprì ripetutamente la bocca senza proferir suono, finché riuscì solo a dire: « Soldi! »

Fino a quel momento non aveva formulato alcun progetto circa il sostentamento di Ye Lianzi e della piccola, e proprio non sapeva risolversi ad andarsene così. Se le avesse lasciate senza un soldo, così, impotenti e senza un familiare a cui rivolgersi, come sarebbero sopravvissute una mamma e una bambina nel bel mezzo di una guerra?

Bao Tianjian pensava solo a sistemare le proprie donne, e mai aveva chiesto a Gu Qiushui, che lo aveva seguito fedelmente e gli era stato accanto nelle situazioni più rocambolesche, come pensasse di organizzare la vita della sua famiglia.

Gu Qiushui si rendeva conto che Bao aveva bisogno di soldi per rimpinguare il proprio esercito e non presentarsi a mani vuote al Partito Comunista sotto la cui ala intendeva rifugiarsi. Però Bao avrebbe potuto spartire con lui una piccola somma per dargli modo di occuparsi della moglie e della piccola.

Rifletté su come fossero cambiati i tempi: una volta Bao gli aveva addirittura mandato un centinaio di *yuan* quando una malattia l'aveva costretto a trattenersi a Nanchino, dov'era andato per iscriversi all'accademia militare di Chiang Kai-shek. Li avesse avuti adesso, quei cento *yuan*, avrebbe potuto assicurare a Ye Lianzi un anno di mantenimento. Lui aveva abbandonato tutto e si era messo al seguito di Bao non per ambizione ma per gratitudine per quei cento *yuan*. Col senno di poi si era reso conto di essersi venduto per troppo poco.

Fin dagli inizi avrebbe dovuto parlar chiaro con Bao e dirgli: « Vuoi che lasci l'Esercito del Nordest e ti segua in veste di segretario, o con altre mansioni? Ma come la mettiamo col mio sostentamento? »

Quest'idea però lo imbarazzava. Benché di fronte a uno stuolo di nemici fosse in grado di difendersi con ardore, di fronte a un problema personale di quel tipo batteva in ritirata. Una volta cresciuta, anche Wu Wei si ritrovò in possesso di questa peculiarità paterna, questa 'virtù' di sentirsi a disagio quando si affrontavano questioni economiche, questo difetto di non saper mai dire di no. Il che era una dimostrazione lampante di quel legame di sangue, per quanto lei si ostinasse a negarlo e a disprezzare il padre.

Se lui avesse fin da subito sollevato la questione in modo chiaro, almeno non si sarebbe sentito così impotente. Ormai era un protetto di Bao Tianjian, e un protetto mica può mettersi a parlare di soldi. Eppure anche un protetto, una persona non indipendente, non dovrebbe umiliarsi a dover chiedere l'elemosina.

Ma cosa avrebbe pensato Bao Tianjian? Che in quel catastrofico frangente, in cui tanti s'immolavano alla guerra di resistenza al Giappone, lui stava lì a perdersi in trattative monetarie?

Se non seguiva Bao, cosa mai poteva fare? Di tornare nell'Esercito del Nordest non se ne parlava; di fare il venditore ambulante di paccottiglia come il loro vicino di casa non gli andava; di fare l'uomo di fatica non se la sentiva; doveva forse rimanere a Pechino come uno schiavo? No, non era ancora arrivata la sua ora...

Salvare la faccia, le apparenze... girava tutto intorno a questa faccenda, e fu per questo che non solo si giocò il proprio avvenire, ma abbandonò moglie e figlia al loro destino. Se guardiamo la cosa da questo punto di vista, non si stava forse comportando peggio di quella traditrice di Li Lin?

Ye Lianzi non aveva mai chiesto a Gu Qiushui: « Cosa ne sarà di me e della bambina, dopo che te ne sarai andato? »

Sapeva che se Bao Tianjian avesse dato del denaro a Gu Qiushui questi l'avrebbe lasciato a lei, e quindi se lui non aveva ancora toccato l'argomento voleva dire che Bao non gli aveva dato un bel niente.

Al momento di andarsene, Gu Qiushui aveva indossato la vecchia divisa dell'Esercito del Nordest: aveva un aspetto decisamente marziale, ma era povero in canna. A giudicare da come si frugava nelle tasche, doveva sentirsi tremendamente in imbarazzo.

Questa vista, unita al fatto che Gu apriva la bocca senza riuscire a proferir parola, fece scoppiare Ye Lianzi in un pianto dirotto.

Fu solo a quel punto che si rese conto che la sua situazione era diversa da quella delle altre donne. Alle mogli di Bao Tianjian, per esempio, restavano pur sempre i parenti, i servitori e un po' di quattrini... quanto alle altre, magari non erano messe altrettanto bene, ma qualcosa avevano. Mentre a lei, una volta partito Gu Qiushui, non sarebbe rimasta che Wu Wei da stringersi al petto.

Gu Qiushui stesso intuiva che se Ye Lianzi non toccava l'argomento soldi era per non metterlo in imbarazzo. Di questo le sarebbe stato grato per tutta la vita, e in quel momento lo pensava sinceramente, anche se una cosa erano le buone intenzioni del presente, tutt'altra cosa quel che avrebbe fatto in futuro. Perché il presente è presente e non può essere garanzia di quel che accadrà in futuro.

Di portare con sé Ye Lianzi non si sognava neppure, forse per via di Wu Wei che a soli tre mesi di vita non avrebbe potuto affrontare le fatiche del viaggio. Era una spedizione militare e portarsi dietro una moglie che allattava sarebbe stato completamente fuori dalla realtà.

Non ci fosse stata la bambina, forse la storia di Ye Lianzi avrebbe preso una piega differente. Ma chi gliel'aveva fatto fare di ostinarsi a dare alla luce Wu Wei in un periodo così catastrofico e instabile per l'intera nazione? Aveva sottovalutato le conseguenze di questa decisione.

Gu Qiushui infine parlò: «Se dovessi trovarti davvero in difficoltà, vai a Tianjin a rifugiarti in casa Bao, non credo ti abbandoneranno... ora come ora puoi contare unicamente su di loro. Quando la situazione migliorerà verrò a prendervi, oppure tra qualche mese potrai venire a trovarmi, quando la piccola sarà un po' cresciuta...»

A quel tempo lui si fidava ciecamente degli amici, che riteneva affidabili quanto se stesso. Come quando, qualche tempo dopo, a Baoji aveva cercato di affidare moglie e figlia al signor Lu con l'aiuto di Zou Keren. Ma, nonostante avesse pianificato la cosa nei particolari, alla fine non funzionò.

Erano due poveracci, venuti dalla campagna, senza nessuno su cui contare, mai padroni del proprio destino, sempre in balia di una società nel caos: nel bene e nel male non avevano altra scelta che la rassegnazione.

L'affermazione del marito ridiede fiducia a Ye Lianzi. Quanto mancava alla fine dell'autunno? Giusto tre o quattro mesi, e comunque nel giro di un anno e mezzo, non di più, avrebbe rivisto Gu Qiushui.

In qualche modo dovevano pur illudersi.

Ciò detto non restava proprio più niente da dire, Gu Qiushui doveva mettersi in viaggio. Dalla soglia di casa, si voltò a guardare moglie e figlia con un sorriso rassicurante.

Molto tempo dopo, Ye Lianzi avrebbe ripetuto infinite volte a Wu Wei, parlando di quel momento cruciale della propria vita: « Dalla soglia di casa, si voltò a guardare me e te con un sorriso rassicurante ».

Ye Lianzi stava lì in piedi, in mezzo alla stanza, con la bambina in braccio. Non fece per accompagnarlo, lui gliel'avrebbe impedito: Gu Qiushui doveva trovarsi con Bao Tianjian all'Hotel Sei Nazioni, dove lui poteva entrare in quanto protetto di Bao, ma lei no. Perciò lasciò perdere l'idea di accompagnarlo, a costo di sacrificare gli ultimi minuti in sua compagnia.

Quando Gu fu uscito di casa lei corse fuori con la bimba in braccio, e con il volto rigato di lacrime rimase a fissare il vicolo deserto in quell'ora mattutina, guardando lontano e allungando il collo, alzandosi in punta di piedi...

Lui se ne andò senza voltarsi. Nonostante avesse l'uniforme ancora bagnata di lacrime, lasciato il vicolo cancellò moglie e figlia dalla sua mente, fino a quando non le rivide, quattro anni dopo. In quel lasso di tempo fu come se non fosse mai stato sposato, né mai avesse avuto una figlia.

6

A essere sinceri, l'amore di Ye Lianzi per Gu Qiushui non era stato proprio spontaneo.

Di fatto Gu non rappresentava la prima scelta di Lianzi; aveva avuto un'opportunità migliore.

Quando suo padre era di stanza a Pechino, e lei viveva nella casa dei nonni materni, sperduta tra i monti, di punto in bianco lui riallacciò i rapporti con la figlia e la prese con sé.

Dopo che la nonna paterna aveva bruciato il corpo

della nuora, tra i parenti di Mohe venuti a protestare c'era una sorella il cui figlio, cugino di Ye Lianzi, era poi venuto a studiare a Pechino presso l'Università B. Nonostante Ye Zhiqing, in qualità di ex marito di Mohe, avesse collaborato al barbaro rogo, il ragazzo non sembrava serbargli rancore, in virtù del fatto che erano entrambi esuli del Nordest: bastava che intonassero i canti delle loro zone che subito si scioglievano fino alle lacrime. Venne dunque in visita a casa del marito della zia defunta.

Alla seconda occasione il cugino portò con sé un amico piuttosto alto, tale Shi Qiao.

Forse perché, nel corso della prima visita, si era reso conto delle difficoltà in cui si trovava Ye Lianzi.

In quell'occasione la famiglia Ye accolse il cugino con grande cordialità, offrendogli per pranzo dei gustosi sanguinacci.

Ma al momento di mettersi a tavola, il padre fissò Ye Lianzi con gli occhi sgranati, apostrofandola: «Ma guarda un po', non sei neanche in grado di disporre le bacchette come si deve. A cosa è servito allevarti? Persino un attendente militare è più bravo di te».

Non osando neppure alzare il capo, lei si voltò e si ritirò in cucina con gli occhi pieni di pianto, per poi però tornare subito per servire a tavola.

Più il padre si mostrava scontento più lei si sentiva spiazzata, tanto che finì per rovesciare un po' di brodo, nel servire la zuppa con la mano tremante. La matrigna fece un balzo scostandosi dal tavolo; cercando di ripulirsi l'abito strillava: «Accidenti, il mio vestito nuovo, ma tu guarda...!»

Ye Lianzi afferrò uno straccio e si mise in ginocchio per tentare di riparare al danno. E la matrigna: «Ma che fai, usi una pezza? Non vedi che questo è un vestito di seta?»

Lei se ne stette lì in ginocchio con lo straccio in mano, senza sapere cosa fare, finché il padre la rimbrottò: «Sbrigati a pulire il tavolo prima che coli altro brodo per terra».

Ye Lianzi s'affrettò a pulire, pensando intanto che per fortuna gran parte della zuppa era rimasta intatta, cosa che almeno le evitava ulteriori problemi.

Solo dopo aver pulito tutto per bene, si sedette a tavola, il cuore in gola e il fiato sospeso.

In realtà i primi tempi che era arrivata dalla campagna aveva sempre mangiato in cucina, e la cosa non le dispiaceva affatto, ma la matrigna aveva avuto da ridire e si era lamentata col marito: «Ma come, è tua figlia e invece di stare a tavola con noi, mangia in cucina come una serva?» E con un'occhiataccia aveva aggiunto: «Pensa inoltre a cosa si direbbe sul mio conto, che razza di matrigna sembrerei!»

Allora il padre aveva ammesso al desco la figlia. Che da quel momento non fece che commettere sbagli su sbagli: prendeva una pietanza e le cadeva, prendeva la zuppa e si sbrodolava. Finì col non prendere più niente.

Ye Lianzi sollevò la testa e guardò il cugino che le sorrideva, il che la mise tutta sottosopra. Quel cugino da parte di madre le ricordava le due figure che le erano state più care e che se n'erano ormai andate: la madre e la nonna.

«Mangia!» la esortò il cugino. La sua voce la scosse, come risvegliandola, e si affrettò a sorridere a tutti.

«Su, Lianzi, serviti» aggiunse la matrigna.

In realtà non avrebbe voluto servirsi di niente, perché il riso era già buono così, era inutile aggiungerci roba. Ma era desiderio della matrigna che si comportasse come gli altri membri della famiglia, e lei non voleva scontentarla.

Allungò allora le bacchette come per prendere qualcosa, ma non sapeva risolversi su cosa. Si fermava perché non sapeva quali fossero i piatti preferiti da suo padre e dalla matrigna, e su quali fosse invece conveniente affondare le bacchette.

Ma la sua scelta sarebbe stata sempre sbagliata, come tutto quello che faceva sotto lo sguardo dei familiari: se per esempio tentava di dirigere le bacchette verso il cavolo stufato, di certo il padre avrebbe commentato in modo informale che da un sacco di tempo non assaggiava un po' di spaghetti al cavolo, col risultato di bloccarla all'istante. A quel punto tutte le pietanze le si confusero davanti agli occhi. Quando si fu calmata, adocchiò un piattino di verdure in salamoia e se ne servì, ma quando fece per riprenderne sentì un colpetto di tosse del padre che le ricordava che la matrigna andava pazza per le verdure in salamoia...

Cosa prendere, allora? Le sue bacchette stavano lì ferme a mezz'aria come davanti a un semaforo bloccato sul rosso, incapaci di afferrare alcunché.

Il cugino le servì due pezzetti di sanguinaccio, ripetendole sottovoce: « Mangia ».

Non si era aspettata che le parole del cugino la commuovessero a tal punto da impedirle di alzare la testa per ringraziarlo. Sempre a capo chino mangiò i due sanguinacci, finì in fretta e furia quel che aveva nella ciotola e si alzò da tavola.

« Hai finito? » le chiese il padre.

« Sì ».

« Allora dovresti dire: 'Padre, madre, cugino, servitevi con calma, io sono sazia' ».

E lei: « Padre, madre, cugino, servitevi con calma, io sono sazia ».

La matrigna rispose: « Se hai finito, ritirati in cucina ».

Seduta di là, tendeva l'orecchio per sentire cosa succedeva nell'altra stanza. Come le giunse un rumore di sedie spostate si precipitò a sparecchiare. Al momento di congedarsi dal cugino, aveva ancora gli occhi umidi di lacrime. Lui era venuto apposta a salutarla in cucina: « Lianzi, io vado, ma tornerò a trovarti ». Lei continuò a guardare per terra, accennando un saluto con la testa.

Il cugino fu di parola e finché il padre di Ye Lianzi non si trasferì a Dingxian, tornò davvero a trovarla più volte, portando con sé anche Shi Qiao.

Era naturale che il cugino, influenzato dagli ideali progressisti diffusi dall'Universita' B, volesse aiutare la cugina a migliorare la propria situazione, ma non sapeva bene come.

Shi Qiao era un giovane che indossava la tunica con i pantaloni stretti all'occidentale e la sciarpetta al collo tipica di quelli che avevano preso parte al 'Movimento del 4 maggio'. Si diceva fosse del Nordest: era vero? Ye Lianzi lo chiese al cugino, che però non fu in grado di darle una risposta precisa; disse solo che era possibile, visto che dopo l'Incidente di Mukden Pechino era piena di studenti di quella zona. Quando poi Shi Qiao era scomparso senza nemmeno salutare, lei si era resa conto che i due non erano così amici come sembravano.

Era piuttosto evidente che Shi Qiao avesse un debole per Ye Lianzi, una ragazza così pacata e piena di dignità.

Ci voleva pazienza per scoprirne le doti, forse perché ad altri poteva apparire una donna lenta di riflessi, quasi indolente, ma, attento e sveglio com'era, Shi Qiao si era reso conto che invece era una persona cauta, prudente, che pareva aver sempre il timore, nel muoversi, di pestare i piedi a qualcuno. Queste sue peculiarità spaventavano un poco Shi Qiao, che tuttavia, come la gran parte degli uomini, si sentì tutto preso dall'impeto eroico di trarla in salvo: si sa che è questa la molla che fa scattare le grandi passioni.

« Dove studi? » le chiese. In quel periodo era questa la domanda di rito per iniziare una conversazione tra un ragazzo e una ragazza. Ma Ye Lianzi arrossì e non disse niente, non sentendosi all'altezza di quella conversazione.

A suo tempo, finite le elementari, non si era resa conto della situazione e si era illusa di poter continuare a studiare.

In effetti il padre non le aveva preannunciato l'interruzione degli studi, ma si era limitato a dire: « Nel nostro villaggio solo quelli della famiglia Zhao hanno preso la licenza elementare, e sono già considerati dei letterati ».

Al che la matrigna: « Allora anche la nostra Lianzi è già una letterata! »

Nei giorni successivi, l'"amministratore finanziario', cioè la matrigna stessa, aveva decretato che non c'erano più soldi. Possibile che uno come il signor Ye non avesse i soldi per far studiare la figlia? Ma se la matrigna dichiarava che non c'erano più soldi, non ce n'erano, punto e basta.

Fin da piccola, Ye Lianzi non aveva mai potuto disporre della benché minima somma di denaro, ma essendo d'indole orgogliosa e non volendo pesare sugli altri, si era ingegnata, a scuola, a fabbricarsi lei stessa dei quaderni legando insieme dei fogli parzialmente usati dal padre. Se avesse potuto, non avrebbe esitato a fabbricarsi anche i libri di testo con quel sistema.

Forse all'inizio degli anni trenta era davvero costoso mandare un figlio a scuola, e soprattutto non valeva la pena di farlo per una ragazza, che prima o poi avrebbe lasciato la famiglia per sposarsi. Comunque fosse, per una come Ye Lianzi, considerata alla stregua di una parassita, studiare era una pretesa assurda. Non a caso, poi, nella vecchia società, in tutte le case in cui regnava una matrigna non c'era servitù.

Dal momento che era già una 'letterata' che bisogno c'era che proseguisse gli studi?

«Io... ho smesso di studiare» confessò Lianzi con imbarazzo. Non le pareva bello ammettere che la causa di quell'interruzione era stata di natura economica, meglio attribuirla alla propria indolenza.

«Ma non è necessario andare a scuola, per farsi un'istruzione. Se vuoi posso darti una mano... che libri ti piacciono?»

Non lo sapeva neanche lei che libri le piacessero. La sua vita era tutta lì, tra le spese, la cucina, le faccende domestiche, un po' di riposo in camera.

Shi Qiao le portò allora quelle letture irrinunciabili per i giovani intellettuali dell'epoca, come *Gioventù Nuova* e *Tessitori di parole*. Era il tipico modo di stringere amicizia per le nuove generazioni, e così facendo i ragazzi progressisti portavano le ragazze a unirsi alla rivoluzione. Shi Qiao faceva esattamente questo: le spiegava pazientemente il contenuto dei libri che le portava e che lei leggeva senza capirci assolutamente niente. Purtroppo non era ancora arrivata a capire quelle teorie né tantomeno a unirsi alla rivoluzione che Shi Qiao si dileguò.

Lei i classici li conosceva a menadito, perché li aveva letti col nonno, incluse le poesie Tang, che Gu Qiushui le avrebbe poi spiegato in seguito, ma le cose che le portava Shi Qiao non le capiva proprio.

Le piacevano i romanzi popolari, le storie in cui poteva immedesimarsi.

Finivano male? Ma la gioventù se ne frega, di come andranno a finire le cose.

A quante ragazze dei quartieri popolari di Pechino piaceva davvero roba come *Tessitori di parole* o *Gioventù Nuova*? Potevano davvero interessarsi alle sorti del mondo e della società? Cose troppo pesanti, troppo impegnative… cose speciali per gente speciale.

Shi Qiao sorrideva comprensivo.

Quando il cugino e Shi Qiao venivano in visita, e come da galateo stavano seduti in casa a chiacchierare, la matrigna si mostrava sempre molto indaffarata, come se proprio in quelle giornate avesse condensato tutti gli impegni e le faccende da sbrigare: entrava e usciva, era tutta un prendi questo molla quello, con l'effetto controproducente di risvegliare in Ye Lianzi certe idee sentimentali.

Shi Qiao le piaceva molto, soprattutto per i modi tranquilli e impassibili, e lei s'immaginava che quel petto sotto la tunica dovesse essere caldo e accogliente come quello di una chioccia. Le pareva di intravedere una fine alle incertezze che aveva vissuto fin da piccola… e poi piaceva persino a suo padre.

Ma, chissà perché, il loro legame non faceva grandi progressi, forse anche a causa di quel periodo funestato dalla guerra. In guerra è come nell'informatica: tutto cambia tanto in fretta che se non si afferrano le cose al volo ci si ritrova spiazzati.

Procedevano pian piano, secondo le convenzioni sociali, ma finalmente giunsero al giorno fatidico. Shi Qiao aveva portato Ye Lianzi alla riunione di un comitato giovanile, e poi al mercato di Dong An. «Ti piace la pignatta mongola?» le aveva chiesto poi, e lei aveva annuito.

Si sistemarono in una saletta del ristorante Donglaishun. Dopo che ebbero ordinato, Ye Lianzi se ne stette seduta tranquilla a osservare Shi Qiao che, rimboccatosi le maniche, piegandosi appena, con l'aiuto di un cucchiaino attingeva alle più di venti ciotole di spezie e ingredienti vari e preparava l'intingolo per la carne.

Arrivò la pignatta, sotto la quale ardeva un fuochereIlo che contribuiva a creare un'atmosfera festosa.

Neanche Shi Qiao parlava, intento com'era a tuffare nel brodo bollente una fettina di montone dopo l'altra, per poi depositarle nella ciotola di Ye Lianzi. « E tu non mangi? Stai dando tutto a me! » gli disse lei.

Lui a quel punto poggiò le bacchette, restò un attimo pensieroso e poi le disse: « Lianzi, è da un po' di tempo che voglio dirti una cosa... naturalmente prima devo avere il consenso dei tuoi, ma... la tua situazione è diversa dalla mia, volevo capire cosa ne pensavi tu, prima di parlarne con loro... Non pensi che stiamo bene insieme? Se per te non è così non sentirti in obbligo. Se... » le prese la mano, « se ti senti a disagio puoi non rispondere ».

Ye Lianzi era sì timida, ma non nelle occasioni in cui ci voleva un po' di grinta, come testimoniano molti episodi successivi della sua vita. A voce molto bassa ma con tono deciso rispose: « Certo che sto bene, con te... »

Vedendo che arrossiva, Shi Qiao si affrettò a replicare: « Benissimo, allora mangiamo ». E si rimpinzarono, ordinando altro vino.

Finito che ebbero di cenare, s'era fatto ormai buio. Shi Qiao prese Ye Lianzi per mano e l'accompagnò a casa. Com'era avvolgente, quella mano così grande, quasi una nuvola calda che la copriva tutta.

Dopo di che, Ye Lianzi aspettava fiduciosa che Shi Qiao venisse a parlare coi suoi. Ma tutt'a un tratto di lui non si era più saputo niente, lei aveva chiesto ragguagli al cugino, ma non ne aveva cavato nulla.

Col passar del tempo, si era convinta che quella sera doveva aver fatto qualche mossa sbagliata che l'aveva scontentato e allontanato. Ma non riusciva proprio a ricordarsi cosa potesse aver fatto di tanto disdicevole.

Poi trasalì, all'idea che magari Shi Qiao aveva contratto qualche malattia incurabile di cui il cugino non voleva parlarle... a quel punto si fece coraggio e andò a cercarlo in università.

Fu accolta da Hu Binghuan, amico fedele di Shi Qiao, ma costui, oltre a criticare davanti a questa dolce ragazza il comportamento dell'amico, non sapeva proprio come fare.

Shi Qiao se n'era andato senza salutare nemmeno lui, che, se non addolorato quanto lei, c'era pur sempre rimasto male, perché era un suo intimo amico, e con un amico non ci si comporta così.

Shi Qiao e gli altri compagni erano soliti ritrovarsi nella sua camera per leggere e discutere, perché lui era un ragazzo tranquillo e aperto. Parlavano di tutto, dal buddismo, alla storia e alla poesia, però in realtà non avevano mai fatto niente per coinvolgerlo e inserirlo nel loro gruppo.

Dal punto di vista di Binghuan, che pareva un tipo disilluso sul mondo e sulle persone, la fuga di Shi Qiao era un'ulteriore conferma dell'imponderabilità delle questioni umane e dell'inesistenza del libero arbitrio.

Ovviamente poteva immaginare dove fosse andato a finire Shi Qiao e la cosa lo preoccupava ancora di più, perché Shi Qiao era una persona passiva, inadatta a occuparsi di politica, era un tipo tutto diverso da suo fratello Hu Bingchen. Lui era uno come tanti, attivissimo in molti campi. Ma Shi Qiao no, lui era passivo, sempre, riguardo a qualsiasi cosa. Bastava vedere com'era andata a finire la sua relazione con Ye Lianzi.

Ma quand'anche fosse diventato un tipo attivo al pari

di Hu Bingchen, gli sarebbe riuscito di dare una svolta diversa al proprio destino?

Un suo cugino, uno dei primi laureati dell'Accademia militare di Huangpu, era membro del Partito Comunista e aveva perfino partecipato all'Insurrezione armata di Nanchang.

Nel 1930, durante il movimento di epurazione dei controrivoluzionari scatenato da Wang Ming, allora alla direzione centrale del Partito Comunista, erano stati uccisi molti membri e ufficiali dell'esercito comunista, compreso quel cugino che aveva un ruolo di comando: lui e altri trenta comandanti vennero trascinati in piazza e bastonati a morte. Un vero macello di sangue, materia cerebrale, carne e schegge d'osso disseminati dappertutto tra urla strazianti.

Pare che il cugino, membro dell'accademia di Huangpu, sia sepolto a Jinzhou, nello Hubei.

Fatto noto a tutti i parenti e in particolare a Hu Bingchen, ma di cui nessuno in famiglia voleva parlare.

Possibile che Shi Qiao non avesse trovato il tempo di salutare? Anche nel caso in cui gli avessero affidato una mansione urgente, non poteva trovare il modo di gestire in maniera più corretta la faccenda con questa ragazza fragile e infelice?

O forse era stato meglio così? Tanto prima o poi sarebbe comunque andata a finire in quel modo, dato che Shi Qiao non era libero di agire come voleva.

«Entra, siediti!» disse Binghuan a Ye Lianzi, che se ne stava sulla porta a capo chino.

Benché fosse una cosa un tantino sconveniente, a Ye Lianzi non importava affatto, ansiosa com'era di ottenere qualche informazione di Shi Qiao, e così entrò.

La stanza era in penombra e scarsamente ammobiliata. D'un tratto provò la sensazione di trovarsi accanto a

Shi Qiao, ma, non sapendo come affrontare il discorso, attaccò con un «Ero venuta per vedere il signor Shi, che... da un po' non mi fa avere sue notizie, e sono un po' in pensiero». Sollevò lo sguardo, segnato da un misto di rassegnazione e di preoccupazione.

A Hu Binghuan si strinse il cuore.

Non si sa cosa le disse Hu Binghuan, ma dopo quell'incontro Ye Lianzi parve ancora più segnata dal dolore, come se avesse intuito che non avrebbe mai più rivisto Shi Qiao.

Qualche giorno dopo Hu Binghuan tornò a casa.

Andò nella stanza della madre e dopo averla salutata le si mise accanto, in piedi, a guardarla giocare a Go. Dal tintinnio del braccialetto che la donna aveva al polso si capiva che era indecisa sulla mossa successiva.

Lui osservò la scacchiera poi decretò: «Il nero perde».

Lei mise giù un po' a casaccio la pedina che aveva tenuto in mano pensierosa, e commentò, lo sguardo incollato alla scacchiera: «A giocare contro se stessi si vince comunque. Si dice che vince sempre quel generale che conosce se stesso e l'avversario... ma se vinco contro me stessa, posso considerarla davvero una vittoria?»

«Come mai sei tornato?» gli chiese poi alzando la testa, guardando con un sorriso quel ragazzone alto dalla lunga tunica grigia. La sua stessa postura parlava di una dignitosa semplicità, non certo banale o disadorna. Della semplicità era la sintesi, una semplicità autentica e priva di fronzoli.

«Sono venuto a trovarti» fu la risposta di Hu Binghuan, che non capiva il perché di quel sorriso sul volto della madre.

«Hai mangiato? Va' a farti preparare qualcosa dai domestici, dev'essere rimasta un po' di carne di montone»

« No, ho già cenato ».

« È venuta la suocera di tua zia, voleva che tu scrivessi una dedica sul ventaglio per la signorina Jin ».

« Non era meglio che la scrivessi tu? »

« Per me scrivere è un passatempo, ma per te è un esercizio. Scrivile tu una dedica! »

Un passatempo! Certo sua madre ne aveva parecchi, di passatempi... Per questo Binghuan avvertiva sempre, prima di tornare a casa in visita. Meglio se c'era anche suo padre, ma non c'era praticamente mai, non era il caso di aspettare che tornasse.

Diversamente dalle altre donne, sua madre non si metteva a digiunare implorando Buddha ogni volta che il marito andava a donne. Lo riteneva un atteggiamento blasfemo. Se doveva pregare pregava col cuore, non per disperazione. Forse era per questo che spesso giocava a Go da sola.

« Ho capito, ho capito » rispose Binghuan, senza lasciar trapelare se l'avrebbe fatto o meno. « Mamma, vorrei andare a trovare il nonno ».

« Ma non ti stavi preparando per l'esame di laurea? »

Lui stette lì fermo senza rispondere.

Nemmeno la madre aggiunse altro, ma lo fissò, forse un po' insistentemente. Poi disse: « Non hai intenzione di andare a trovare il tuo terzo fratello in ospedale, prima di ripartire? »

Il terzogenito era ricoverato per una tubercolosi cronica. I suoi figli erano uno diverso dall'altro, e nessuno le assomigliava.

« Non so, questa volta ho pochissimo tempo, magari la prossima » le rispose Binghuan dopo averci pensato su.

Ripensandoci a posteriori, sentiva che la risposta del figlio era stata perfettamente consona e credibile, e non le aveva detto niente che facesse pensare che non sarebbe più tornato. Per questo, quando venne a sapere della sua scomparsa, lei non si rattristò, perché se non si faceva vedere, pensava, doveva avere i suoi buoni motivi, e comunque non credette affatto che potesse essersi suicidato.

Hu Binghuan ripose la pedina che teneva in mano carezzandola, poi disse: « Mamma, tu continua a giocare, io vado in camera ».

« Vai, e guarda che il ventaglio è sulla scrivania ».

« Va bene ».

La madre lo osservò da dietro mentre si allontanava e sospirò.

Invece di prendere il ventaglio, dalla scrivania Hu Binghuan prese la pietra da inchiostro e se la portò in camera.

Quella notte non chiuse occhio, non fece che fissare la pietra sulla quale non era inciso nient'altro che la parola 'indefinito'.

Stava scrutando dentro di sé? La sua fede nel buddismo era forse frutto dell'influenza della moda corrente, come per suo fratello e gli altri intellettuali? O era credente per natura?

Per lui la vita era solo un fiume che corre verso la foce, mentre per suo fratello Bingchen, sempre entusiasta, la vita era come un sogno, e per l'altro fratello, che lottava disperatamente con la tubercolosi, poteva essere rappresentata dal lasciarsi trascinare dallo scorrere dell'acqua. Che senso aveva interrogarsi sulla vita?

Forse lo scopo era quello di ottenere una rivelazione? Che genere di rivelazione? Su ciò che è giusto o ingiusto? Sul 'piacere della vita' o sul 'dolore della morte'? E lui, cos'avrebbe abbandonato, morendo?

Non che a Binghuan non interessasse la signorina Jin: un rapporto costruito sul rispetto reciproco, un amore duraturo e pieno di poesia… chi non sognerebbe uno scenario del genere? Ma come ambientarlo in un periodo di instabilità? Se non era in grado di garantire quel tipo di vita alla signorina Jin, allora meglio non intrappolarla in un'illusione, non rischiare di comportarsi come Shi Qiao con Ye Lianzi.

Forse anche i suoi all'inizio avevano costruito il rapporto sul rispetto reciproco, ma poi perché la madre si era ridotta a dover ingannare il tempo giocando? Pensò al suo braccialetto tintinnante.

Al mondo tutti soffrivano e lui non intravedeva salvezza alcuna...

Era calmo, tranquillo. Ma il comportamento dell'amico l'aveva turbato.

Forse è un paragone azzardato, ma fu come nella poesia di Li Qingzhao,* quella in cui « Una barca tanto esile non può, temo, traghettar tanto dolore »: Hu Binghuan sentì che la sua barca colava a picco d'un tratto, affondata da un peso minimo, più simile a un malessere che a un dolore.

Chissà se affondò davvero?

Dopo la sua scomparsa non saltò fuori nemmeno un foglio scritto di suo pugno, né a casa né in università. Con tutta probabilità aveva bruciato tutto prima di partire.

Molti anni dopo, quando Hu Bingchen fece ritorno in quella casa ormai cadente ma un tempo piena di vita, trovò, in cortile, alcuni vasi crepati e non resistette alla voglia di toccarli. Sotto uno di essi scoprì quella pietra da inchiostro.

Chi l'aveva messa sotto il vaso? Certamente non la concubina del padre, che aveva svuotato la casa prima di andare a vivere con un altro uomo.

Perché la pietra era stata messa sotto il vaso? Forse non era nemmeno la sola cosa a essere stata messa lì!

* Poetessa vissuta nel periodo dei Song Settentrionali (960-1126).

La raccolse con infinita commozione e la guardò controluce. Ma era una pietra da inchiostro opaca, nient'altro che un sasso…

Di fronte a quella pietra ormai priva di bagliori, Hu Bingchen, che si credeva invulnerabile, si rese conto che la lama arrugginita delle vicissitudini passate aveva opacizzato anche lui.

Chissà che cos'avevano deciso di fare, insieme, in quella nottata di tanti anni prima, Hu Binghuan e la pietra.

7

Una notte, quando era ancora la seconda moglie di Hu Bingchen, Wu Wei si mise improvvisamente a urlare concitatamente nel sonno: « Aspetta, per favore, aspetta un momento! » Non sembrava rivolgersi a uno sconosciuto, ma piuttosto a qualcuno che aveva ritrovato dopo tanto tempo e che non voleva assolutamente perdere di nuovo. Pur essendo una cosa che detestava fare, Bingchen la toccò per svegliarla e le chiese: « Hai avuto un incubo? »

« No, ho sognato un uomo » rispose lei con gli occhi sbarrati e lo sguardo perso nel vuoto. « Forse eri tu… No, non eri tu » continuò poi scuotendo energicamente la testa. « Ti assomigliava in tutto e per tutto… No, non è vero neppure questo, era molto diverso… indossava una tunica da monaco taoista, volava su un bastone nelle nebbie fitte della montagna… »

Il pensiero di Hu Bingchen andò al fratello maggiore, Hu Binghuan, ma non indagò oltre sul sogno di Wu Wei, né cercò di capire insieme a lei chi potesse essere quell'uomo tanto simile a lui.

Quando il fratello era sparito senza lasciar tracce, tutti avevano sostenuto che si era tolto la vita in preda alla depressione. Per Bingchen, invece, alla base di quel presunto suicidio ci sarebbe stato un rifiuto a rassegnarsi alla solitudine.

Al tempo, però, lui aveva un'altra convinzione: pensava che quel fratello sempre tra le nuvole avesse reciso ogni legame col mondo e si fosse ritirato nelle foreste vergini delle più remote montagne per praticare il taoismo.

Con il sogno di Wu Wei, il passato pareva essere improvvisamente tornato a portargli una prova a sostegno della sua ipotesi.

Ma che legame c'era tra Wu Wei e suo fratello? Se neppure lui l'aveva mai visto in sogno, perché avrebbe dovuto vederlo lei?

Si sentì rizzare i capelli in testa.

Wu Wei non gliel'aveva raccontato tutto, il sogno. Lei, che mai gli aveva nascosto qualcosa, da allora sembrò custodire un segreto importante. Quale non avrebbe saputo dirlo neanche lei, ma spesso le affiorava sul volto l'aria scontenta di chi non sa che pesci prendere.

8

Nel 1934 la centododicesima divisione dell'Esercito del Nordest si trasferì a Dingxian, nella provincia dello Hebei.

Uno dei primi giorni di primavera l'ufficiale di grado inferiore Gu Qiushui lasciò l'accampamento in bicicletta per andare in città.

Passando davanti alla sede del quartier generale, vide uscire un risciò con una ragazza a bordo.

Gu Qiushui non aveva niente di particolare da fare in

città, andava a comprarsi un po' di tabacco o qualcosa del genere. Era un giorno festivo, non c'erano battaglie da combattere, obiettivi da distruggere e tantomeno donne con cui spassarsela. Per un giovane ufficiale di venticinque anni, amante di vizi e stravizi, una giornata come quella era una vera noia e va da sé, quindi, che l'apparizione di quella donna in risciò attirasse tutta la sua attenzione.

Gli parve alta e sottile, anche se era seduta. A quell'epoca, poche donne avevano un fisico così longilineo, la grazia di 'un alberello di giada accarezzato dal vento', come diceva la metafora popolare che quella fugace visione gli suggerì.

Peccato che vicino alla porta della città ci fosse una discesa e che i freni della sua bicicletta non funzionassero: impotente, si trovò a superare a tutta velocità il risciò allontanandosene come il vento. Ma questo non basta certo a fermare un uomo che ha puntato una donna, tantomeno uno come Gu Qiushui.

Era uscita dal comando della centododicesima divisione e quindi doveva certamente essere parente di qualche ufficiale.

Lui raccontava sempre che quella era stata la prima volta che aveva visto Ye Lianzi.

In realtà si sbagliava, quella giovane bellezza era senz'altro una parente di qualche ufficiale del comando della divisione, non certo Ye Lianzi.

Perché sarebbe stato impossibile che lei sedesse su un risciò, tantomeno per uscire dal quartier generale della divisione.

Dopo essere venuta a stare in città con il padre e la matrigna, Ye Lianzi, che finalmente mangiava a sufficienza, era cresciuta e ingrassata, ma quanto alla sua vita… ci sono tante cose da dire.

Chiunque ha bisogno di qualche soldo da spendere. Per esempio, una ragazza in 'piena fioritura' ha bisogno ogni mese di qualche assorbente, ma Ye Lianzi non aveva neanche un centesimo di cui disporre autonomamente.

I suoi bisogni finanziari erano semplici e complicati al contempo. Oltre agli indispensabili assorbenti, voleva, per esempio, fare ogni tanto un regalino alla matrigna; voleva, per esempio, continuare a studiare, mantenendosi da sola.

È difficile capire perché fosse così fissata con l'idea di andare a scuola. Un grande ideale? Ma quali grandi ideali poteva avere?

Forse l'incontro con Shi Qiao aveva rafforzato questo suo desiderio, anche se ormai di lui non sapeva più nulla.

Per fortuna a Dingxian si producevano impiastri medicinali per impacchi, secondo la medicina tradizionale.

Tutta la città li fabbricava: ogni famiglia era dedita a quest'attività, compresa la figlia della padrona di casa, e Ye Lianzi con lei. Il compenso veniva ritirato alla consegna.

La prima volta che ricevette quei pochi spiccioli, li serrò tanto forte nella mano che si scaldarono. Sulla via del ritorno guardava le bancarelle che costeggiavano la strada, cercando qualcosa da portare alla matrigna come segno del suo rispetto filiale.

Vicino a casa vide un venditore di focacce: alla matrigna piacevano le focaccine al sesamo, pensò, e ne comprò quattro. Il ragazzo della bancarella le estrasse con un lungo pinzone di ferro dall'interno del forno: erano belle gonfie, calde, sprizzavano allegria. Perché non si raffreddassero se le strinse al petto, al quale quel calore si trasmise, pensando che la matrigna l'avrebbe certamente accolta con la stessa affettuosa allegria che scaturiva dalle focacce.

S'affrettò verso casa e bussò impazientemente alla porta, ma all'interno c'era un vociare indistinto e nessuno la sentì.

Tese l'orecchio per ascoltare. La matrigna stava dicendo: « È già in età da marito e ancora non la fai sposare? »

« A chi vuoi che la faccia sposare? » replicò il padre.

« Al comandante Wang! Non è appena rimasto vedovo? »

« Quello è un puttaniere... »

« Ahimè, e chi di voi uomini non lo è? » proferì la matrigna con l'aria di dire una verità sacrosanta.

Ye Lianzi non sapeva neanche chi fosse questo comandante Wang, ma era certa che avesse i denti d'oro, i capelli tirati all'indietro e una bocca dalla quale usciva solo una volgarità dietro l'altra; sicuramente con le donne non usava altro che le mani, o per pestarle o per palpar loro il sedere.

In preda all'agitazione, bussò più forte.

« Chi è? » chiese seccata la matrigna.

« Sono io » rispose Lianzi con una vocina sottile.

« Oh! Lianzi! » l'accolse una voce piena di tenerezza.

Impaziente di consegnare il regalo, sbirciò dalla fessura della porta, ma incrociò subito lo sguardo della matrigna: due pupille nere, di solito infossate ai lati dell'attaccatura del naso, che ora fissavano spavalde i due battenti. Già da quella distanza, fuori dalla porta, sentì su di sé la forza crudele di quello sguardo.

Il cuore le si gelò all'istante, nonostante il calore delle focacce.

Appena mise piede in casa, si scordò del perché avesse bussato con tanta impazienza e restò lì con lo sguardo perso nel vuoto.

« Sei tornata? » chiese la matrigna.

Finalmente le vennero in mente le focacce che teneva in seno. « Mamma, le ho comprate per te ». Memore dello sguardo penetrante che le era giunto attraverso la porta, temette che la matrigna le rifiutasse.

Quella prese invece un'aria affettuosa e toccando le focaccine esclamò: « Ah! Sono ancora calde! » Ma subito dopo lanciò un'occhiata di fuoco a Ye Zhiqing: dove aveva preso i soldi Lianzi? Era stato lui a darglieli?

Ye Lianzi percepì l'arrivo di una discussione coniugale e con tatto si ritirò. Aveva in ogni caso capito che le sue speranze di tornare a scuola erano definitivamente svanite.

Che la ragazza sul risciò fosse stata o meno Ye Lianzi non è importante. Ciò che conta fu che Gu Qiushui arrivò a conoscerla proprio grazie a quel malinteso.

Fra tanti meravigliosi fiori profumati, Ye Lianzi appariva un po' incolore, come una tazza di tè chiaro che smorza l'arsura dopo un'abboffata.

Qualcuno gli disse: « ... Quella è la figlia di Ye, l'ufficiale addetto ai rifornimenti. Abita nello stesso cortile del comandante Sun ».

Allora prese la bici e andò in quel cortile, dove c'erano palme, cachi e addirittura un rullo di pietra per la trebbiatura. Non l'appoggiò sotto la finestra dei Sun, ma sotto quella della famiglia Ye; in fatto di strategie per far cadere la preda nella propria trappola (e ancor più per conquistare una donna), Gu Qiushui e Hu Bingchen avevano lo stesso talento.

Da quel giorno, la finestra di Ye Lianzi s'arricchì di un nuovo elemento decorativo. Elemento decorativo che una volta entrato nel campo visivo di una ragazza da marito assume un significato ben preciso.

Era scontato che i militari sapessero cavalcare, soprattutto quelli dell'Esercito del Nordest che provenivano da famiglie di 'banditi'; era invece un tipo speciale e alla moda chi sapeva andare in bicicletta.

Ye Zhiqing era ansioso di assecondare la moglie e approfittare dell'occasione per mandar fuori di casa la figlia, ma nello stesso tempo desiderava garantire a Ye Lianzi una vita felice e non vedeva di buon occhio quel Gu Qiushui, sfacciato sciupafemmine, famoso in tutta la compagnia per le sue avventure. Correva addirittura la voce che il giorno in cui aveva mandato un amico a chiedere a Ye Zhiqing la mano della figlia, Gu Qiushui se la stesse spassando tra le braccia della moglie del comandante Xiang. Perciò la risposta fu: « Mia figlia è ancora giovane, non ha fretta di sposarsi ».

Anche Gu Qiushui detestava Ye Zhiqing, pingue nanerottolo che sgranava gli occhi per sottolineare l'irreprensibilità delle sue parole e del suo comportamento, o per conferire un certo tono alla propria stupidità.

Non fosse stato per le difficoltà in cui si trovava, Ye Lianzi non avrebbe puntato tutto su quell'unica occasione. I suoi genitori erano ancora giovani e lei doveva stare sempre attenta a non incappare in situazioni imbarazzanti, sia di notte sia di giorno. Non capiva perché il padre, che non navigava certo in cattive acque, non si decidesse a prendere in affitto un'altra stanza.

Dove poteva rifugiarsi? Come ritagliarsi un piccolo spazio privato?

Suo padre e la matrigna non l'avrebbero certo tenuta in casa per sempre e non solo per l'onere che lei rappresentava, ma perché, in quell'epoca, non era concepibile che una ragazza non si sposasse.

Ma chi poteva sposare? Era in ansia, molto in ansia.

Con Shi Qiao era stato un sogno, perfetto, ma 'il sole di ieri oggi è ormai svanito'.

Se avesse aspettato ancora avrebbe perso la giovinezza e probabilmente il padre l'avrebbe data in seconde nozze a un militare vedovo, campione di vizi come quel comandante Wang. Dopo Shi Qiao, come avrebbe potuto rassegnarsi a una soluzione del genere?

Non c'era alternativa, doveva accettare il primo che le capitava. Tra tutti quei militari, Gu Qiushui in fondo aveva un qualcosa che lo distingueva... non si poteva proprio lasciar scappare quell'occasione.

Fatti bene i suoi calcoli, Ye Lianzi si sforzò di dimenticare Shi Qiao. La determinazione a lasciare la famiglia le indicò la via da seguire e, senza più esitazioni, scrisse un bigliettino che infilò nella tasca del padre, giusto un lapidario « sono d'accordo ».

'La figlia matura non resti in casa' fu il detto che affiorò nella mente di Ye Zhiqing quando lesse il biglietto. Se non la faceva sposare a Gu Qiushui, a chi l'avrebbe potuta dare? In fondo, tra gli ufficiali ce n'erano anche di peggiori di quel Gu e poi lui non poteva certo tornare in campagna a cercarle un marito: non gli restava che dare il suo consenso a quelle nozze.

Quel biglietto dettato da una disperazione di bestia braccata fu presto sulla bocca di tutti. Nessuno riusciva a credere che una ragazza silenziosa e riservata come Ye Lianzi fosse stata capace di tanta audacia.

Si fidanzarono subito, ma dopo pochi giorni Gu Qiushui dovette seguire Bao Tianjian in una campagna per 'sgominare i banditi' nella regione del Hubei.

Sotto le direttive del generale Zhang Xueliang, capo della spedizione nella zona di confine tra Hubei, Henan e Anhui, la centododicesima divisione si stanziò lungo la ferrovia Pechino-Wuhan con il compito di sopprimere le truppe comuniste di Xu Haidong operanti nella zona di Yangloudong. Ma i nemici restavano nascosti, evitando ogni scontro diretto per risparmiare forze e continuare a ingrossare, clandestinamente, le loro file.

A differenza dell'incontro con Shi Qiao, il matrimonio di Ye Lianzi nacque dunque da considerazioni d'interesse. C'è un dettaglio che forse può far capire meglio la situazione: né prima né dopo le nozze lei si rivolse a Gu Qiushui con parole dolci e passionali, non gli disse mai: « Ti amo ». Solo in seguito quest'unione nata per caso si trasformò gradualmente fino a incarnare l'ideale di una vita e Shi Qiao fu sepolto definitivamente tra i sogni.

Era prevedibile che una donna come Ye Lianzi, educata a rassegnarsi e ad accontentarsi dell'uomo che aveva accanto, alla fine, per abitudine, avrebbe amato Gu Qiushui arrivando persino a provare un sentimento autentico.

Poco tempo dopo, Ye Lianzi si trasferì con il padre nell'accampamento di Xianning, una cittadina tra Wuhan e Puqi. Al seguito di Bao Tianjian, anche Gu Qiushui venne trasferito lì vicino, a Puqi. Per questa ragione, il giorno prima delle nozze, Ye Lianzi dovette raggiungere Puqi con la matrigna e pernottare in una locanda.

Nonostante la sua abituale parsimonia, Ye Zhiqing non badò a spese per il matrimonio della figlia, arrivando a chiedere alla moglie di accompagnare Ye Lianzi a Wuhan per provvedere alla dote.

Gu Qiushui non viaggiò con loro né alloggiò nello stesso albergo. Fissò un incontro in città per il giorno seguente, perché aveva un callo sul piede sinistro che gli faceva così male da non permettergli di appoggiare il piede a terra. Zoppicava, ma non voleva farsi vedere dalla futura moglie in quello stato. La sera in cui giunse a Wuhan, si recò subito in un bagno pubblico vicino all'albergo e si fece togliere il callo.

Il callista fu davvero bravo e quel callo, tolto nella primavera del 1935, non ricrebbe più. In realtà, il ricordo più profondo che Gu Qiushui serbò di quel viaggio a Wuhan non furono i preparativi per le nozze, ma l'abile maestria di quel callista. Peccato per Ye Lianzi, che s'ostinava a ricamarci sopra ghirigori romantici.

Ye Lianzi e la matrigna trovarono alloggio in una via molto affollata e piena di locande.

Il mattino seguente i tre s'incontrarono davanti alla statua di bronzo di Sun Yat-sen, il padre della patria, e percorsero in lungo e in largo le tre vie che da lì si diramavano e i cui nomi, via della Nazione, del Potere del popolo e del Benessere del popolo, incarnavano l'essenza del pensiero politico e dello spirito rivoluzionario di quel grande personaggio. Comprarono coperte, tende, trapunte, due cassapanche di legno di canfora e altre cose necessarie per metter su casa. Era la prima volta che Ye Lianzi programmava il futuro insieme a un uomo e si buttò nell'impresa con tutta se stessa, con impazienza e senza un attimo d'esitazione.

Entrarono in un negozio di stoffe dove fecero confezionare abiti su misura. Lianzi afferrava uno scampolo dopo l'altro e se li drappeggiava addosso per vederne l'effetto, poi impartiva ordini al sarto: «Un po' più stretto qui, più lungo lì...» Si fece fare tre *qipao*: uno di raso rosa pallido con bordure rosso scuro, un altro di seta grigio chiaro con un motivo di fiori e foglie sul violetto e i bordi grigi, e infine uno di seta giallo pallido con fiorellini grigi e bordi gialli. Il modello era all'ultimo grido: lunghezza tre quarti, tre bottoncini in sbieco sul collo e alamari di seta laterali sul busto e lungo il fianco. La fattura era superba, da far sospirare di nostalgia per quei tempi le donne d'oggi: non se ne trovano più, ormai, di cose così!

Nei due *qipao* di seta a motivi floreali scelti da Ye Lianzi erano studiate alla perfezione anche le sfumature di un colore sull'altro.

Dove aveva coltivato un così raffinato senso estetico una come lei, che non aveva mai avuto un soldo a disposizione? Poteva solo averlo ereditato da sua madre Mohe.

È vero che le mode cambiano di continuo, ma, pensava Lianzi, 'i fiori sono senz'altro un classico intramontabile'.

Le donne a cui piacciono i motivi floreali sono deboli, introverse, rassegnate, titubanti, raffinate, delicate... sono fragili, spesso sentimentali e molto più vulnerabili di fronte alle situazioni difficili o imbarazzanti. Le più facili da calpestare, insomma.

Invece Gu Qiushui se la cavò con poco, comprando a Ye Lianzi solo un braccialetto d'oro e un orologio, oggetti che in seguito avrebbero avuto un ruolo importante.

Anche le spese per la cerimonia nuziale furono sostenute quasi tutte da Ye Zhiqing, cosa che ben si confaceva ai principi di Gu Qiushui: « Io non spendo mai per una donna, quella che vuole farmi spendere certo non è me che ama ».

In fondo, forse, un po' di ragione ce l'aveva.

Accompagnata dalla matrigna, il giorno prima delle nozze Ye Lianzi partì da Xianning per raggiungere il futuro sposo a Puqi, dove alloggiò nell'unico albergo della città.

Le nozze furono celebrate nella sede della compagnia di trasporti Ma Yonghua.

Gu Qiushui si presentò volutamente in ritardo, forse per rimarcare ancora una volta il proprio stile. Il responsabile della cerimonia entrava e usciva dalla sala in preda all'agitazione, chiedendo di continuo: « Perché non arriva lo sposo? »

Non si erano accordati su come vestirsi e quel giorno,

del tutto casualmente, Gu Qiushui indossava un completo grigio, mentre Ye Lianzi portava il *qipao* di raso rosa pallido bordato da tre striscioline rosso scuro e un paio di scarpe ricamate dello stesso colore, anch'esse di raso.

Il grigio è un colore altruista, il cui destino sembra essere solo quello di dare risalto agli altri colori e renderli più belli nel contrasto.

Messo in risalto dal grigio dell'abito di Gu Qiushui, il rosa un po' melenso del *qipao* di Ye Lianzi emanava una grazia inaspettata, tanto che i presenti commentarono ammirati: « Una coppia perfetta: la bella e il letterato ».

Tre giorni dopo andarono insieme dal fotografo di Puqi a farsi scattare la foto di matrimonio. Ye Lianzi indossava lo stesso *qipao* rosa, mentre Gu Qiushui, con un abito più scuro, si mise ritto dietro alla sposa ostentando le grandi orecchie a sventola.

Wu Wei riteneva di non aver ricevuto dal padre nient'altro che quelle due grandi orecchie a sventola.

Magari la cosa fosse stata semplice come pensava lei, magari avesse ereditato da Gu Qiushui solo un paio di orecchie!

Benché il suo grado militare non fosse alto, Gu Qiushui godeva dell'alta considerazione del comandante della divisione e quindi alle nozze parteciparono moltissime persone, tanto che si dovette spostare la cerimonia dalla sala, non abbastanza capiente, alla piazzetta davanti alla compagnia di trasporti.

Il matrimonio si svolse con tutti i crismi e Gu Qiushui, come di rito, pronunciò il suo discorso: « Mi sposo in un momento di grave difficoltà per il nostro paese, ma la dolcezza della vita coniugale non mi distrarrà dalla lotta per la salvezza della patria, che è sempre al primo posto nei miei pensieri. Spero che anche Ye Lianzi non passerà il tempo a farsi bella con ciprie e rossetti, ma si dedicherà alla guerra contro il Giappone e per la riconquista dei territori occupati». Una sequela di scempiaggini che però suscitarono l'ammirazione di tutti gli ospiti, commuovendo non solo signore e signorine, ma anche i militari lontani dalle loro famiglie.

Erano vicini alla linea di combattimento e non poterono quindi fare le cose troppo in grande. Il banchetto fu tuttavia piuttosto ricco, con tutti i piatti tipici del luogo, dal pesce alla carne, dal *tofu* al loto... insomma, cinque o sei tavoli ben imbanditi.

Per punire lo sposo del suo ritardo lo fecero bere parecchio, ma lui resse bene: era abituato all'alcol.

Dopo la cerimonia, Ye Lianzi indossò il *qipao* grigio con fiori e foglie grigio-viola e salì su una portantina retta da due uomini.

La portantina procedette barcollando nelle viuzze lastricate del borgo di Puqi raggiungendo presto la nuova casa degli sposi, al primo piano di una palazzina di legno e mattoni presso la porta occidentale della città.

Dalle finestre sul retro si vedevano due laghetti, uno su ogni lato della porta occidentale. Nella camera da letto c'era un antico letto di palissandro col baldacchino e un tavolo tradizionale quadrato con due sedie. Era stata portata lì e sistemata in un'altra stanza anche la branda di ferro di Gu Qiushui, perché talvolta avrebbero dormito separati, come gli occidentali. Il terzo locale era uno studio, arredato con grande eleganza.

Gli occhi 'premonitori' di Ye Lianzi non ebbero quiete neppure durante la luna di miele.

Poco dopo le nozze, d'un tratto indicò la coppia di cassapanche di canfora: «Non le abbiamo scelte bene, sembra che quei due uccelli si stiano beccando, non ti pare un segno di malaugurio?»

Gu Qiushui si volse a guardare le due casse: vi erano dipinti degli alberi, su uno dei quali era posata una coppia di uccelli. Non ci vide niente di strano e, sollevando con le dita il mento delicato della sposa, disse: «Che ci stanno a fare queste vecchie superstizioni nella tua testolina?»

Ma ci furono altre cose strane che Ye Lianzi notò subito dopo le nozze. Su una striscia augurale di seta rossa che avevano ricevuto in regalo trovò scritti due versi tratti da *Il padiglione Tengwang*:* 'Le nubi rosee del tramonto (*luoxia*) volano con la solitaria anitra selvatica, le acque autunnali (*qiushui*) hanno lo stesso colore del cielo'. E poi la dedica: 'Auguri di felice matrimonio al signor Qiushui e alla signora Luoxia'.

«Chi è Luoxia?» chiese al marito.

«Forse non sapevano il tuo nome, o forse è uno scherzo, si sono divertiti ad accoppiare i due nomi che comparivano nella poesia».

Molto probabilmente chi aveva regalato loro quella striscia di seta aveva automaticamente abbinato il nome Luoxia a quello di Qiushui, com'era nella poesia. Ma non si era reso conto di quanto tristi e deprimenti fossero espressioni come 'nubi rosee del tramonto' e 'solitaria anitra selvatica'?

E ancora: la persona chiamata per preparare il letto di nozze doveva, per tradizione, essere una donna virtuosa e di buona famiglia, con figli maschi e figlie femmine. Quella che era venuta da loro, invece, era addirittura una divorziata! Chi l'aveva chiamata?

Non ce l'avevano fatta a controllare tutti i dettagli prima del matrimonio per scongiurare eventuali problemi futuri.

Lianzi rimase turbata da queste cose per parecchi gior-

* Poesia di Wang Bo (649-676 d.C).

ni, pensando che fossero segni premonitori di un matrimonio breve. Ma finì col dimenticarsene in fretta.

E la canzone che amava sempre cantare? Oltre a leggere romanzi, a Ye Lianzi piacevano le canzoni dei film. Prima di conoscere Gu Qiushui aveva imparato una canzone intitolata *Ti aspetto con ardore* (*wangchuan qiushui*): strana coincidenza aver trovato un marito che si chiamava proprio 'Qiushui'!

Un giorno, dopo le nozze, la stava cantando soprappensiero:

Ti aspetto con ardore
ma non vedo la tua ombra.
Solitaria, l'anitra lancia i suoi richiami
e i ricordi del passato
mi rendono ancor più triste.
Piango tutte le mie lacrime
la mia anima non trova rifugio…
Quando tornerai
mio amato bene?
Quando riattraverserai quella foresta?
L'ombra dell'alta pagoda
e gli stormi di anitre,
tutto è come allora.
Solo tua figlia è cambiata,
è cresciuta, allegra e innocente.
Solo la figlia che hai lasciato
consola il mio cuore spezzato!

E cantava, cantava, senza pensare, quando d'un tratto la sua attenzione si soffermò sul testo. Le parole le parvero di cattivo auspicio e le sembrò strano che quella fosse stata la sua canzone preferita: si era appena sposata, perché avrebbe dovuto aspettare ardentemente?… Da allora non la cantò più.

Anche Gu Qiushui si era chiesto perché cantasse sempre quel motivo. Presagiva qualcosa?

Ye Lianzi evitava quella canzone come fosse un tabù, ma il destino, invece, aveva deciso che l'avrebbe cantata ancora.

Nei primi tempi del loro matrimonio, Gu Qiushui la portava spesso in gita ad ammirare i paesaggi fuori della porta settentrionale della città o alcune rovine che risalivano all'epoca dei Tre Regni.

L'ex fotografo del generale Zhang Xueliang era un amico di Gu Qiushui e, quando aveva tempo, faceva loro un sacco di foto. A Qiushui ne piaceva in particolare una scattata vicino a un laghetto di fior di loto: erano seduti su una panca e lui teneva la moglie stretta per le spalle con il braccio sinistro.

Tutti i vestiti che Ye Lianzi si fece fare dopo il matrimonio erano disegnati da Gu Qiushui.

Un giorno, durante un viaggio in treno, lei indossava un tailleur beige con gonna corta, una camicetta lilla con un fiocchetto nero al collo e in testa un berretto beige: una *mise* decisamente audace per quell'epoca, soprattutto considerando che la zona era piena di militari.

Bao Tianjian la prese per un'attrice e mandò subito un inserviente a raccogliere informazioni tra le carrozze: venne a sapere allora che era la moglie di Gu Qiushui. Da quel giorno, tutte le signore della divisione vollero farsi disegnare gli abiti da Gu, ma, anche se lui ci metteva lo stesso impegno, indossati da loro non avevano la stessa grazia che avevano addosso a Lianzi.

Una volta, mentre tornava dalla sede della divisione, vide da lontano la moglie che lo aspettava davanti alla porta di casa, quasi torreggiante nel suo *qipao* sul quale aveva infilato il gilet del marito... Chi le aveva insegnato a vestirsi così?

Quando ripensava alla sua vita prima del matrimonio, Ye Lianzi si rendeva conto di aver vissuto di avanzi. Solo ora aveva una posizione, era una moglie, aveva diritto di parola. E tutto questo lo doveva a Gu Qiushui: come non amarlo? I suoi ricordi più felici appartenevano a quel periodo: nessuna felicità futura avrebbe potuto, per lei, eclissare la felicità di quei giorni, che infatti non rinnegò mai, neanche dopo tutte le angherie che Gu Qiushui le inflisse.

A chi si dedica anima e corpo a qualcosa, può capitare, col tempo, di diventare una persona completamente diversa. A quel punto la pedissequa fedeltà precedentemente sperimentata non gli apparirà più come una virtù, ma come un carico opprimente.

Questo successe a Gu Qiushui, che a poco a poco cominciò a sentire il peso della convivenza con Ye Lianzi.

Un giorno, per esempio, fecero una gita. S'immersero in un paesaggio meraviglioso, tutto monti e ruscelli, s'inerpicarono su sentieri tortuosi, accarezzati dal dolce calore della brezza di tarda primavera, ammirando gli sgargianti rododendri in piena fioritura che segnavano il profilo irregolare delle colline. Ye Lianzi, avvolta in un *qipao* di velluto leggero del color dello zaffiro, s'addentrò nell'ombra di un boschetto.

Il cinguettio intermittente degli uccelli pareva una lingua in codice che, con le sue pause, invitava il pensiero a posarsi su mille cose. Gu Qiushui si avvicinò alla sua donna e le cinse la vita. A quel gesto, Ye Lianzi sbarrò gli occhi con aria interrogativa.

«Ti è piaciuto ieri sera?» le sussurrò lui in un orecchio sorridendo.

In tutta risposta lei produsse, dopo una seria riflessione, un laconico borbottio che certo non suonava come una decisa affermazione, ma piuttosto come un tiepido, indifferente consenso. Poteva essere interpretato come un'approvazione dell'ampiezza del letto, del calore delle coperte, del candore delle lenzuola o dell'altezza del cuscino... insomma, non era certo quello che Gu Qiushui voleva sentire.

L'amore tra un uomo e una donna ha bisogno di essere continuamente alimentato, stimolato, ravvivato. Invece, qualunque cosa lui dicesse, la risposta di lei era un invariabile 'Va bene'. Era comprensibile, vista l'infanzia trascurata che aveva vissuto e il fatto che in più di vent'anni non aveva mai 'letto il libro dell'amore'. Ma la cosa strana era che non dimostrasse alcun desiderio di aprirlo, quel libro. Una donna senza desideri, senza richieste, è insipida e non potrà mai tener vivo l'interesse di un uomo.

Di regola, il saluto che accoglieva Gu Qiushui ogni volta che rientrava a casa era un semplice 'Bentornato', che non voleva dire niente, anzi, era ancora più deprimente del silenzio.

Quando la portava al ristorante o a teatro, sul più bello della cena o dello spettacolo, lei se ne usciva con: «Che ore sono?»

«Le nove».

«Oddio! Già le nove!» come se avesse qualcosa di urgente da sbrigare che doveva essere fatto assolutamente entro quell'ora.

E dopo un po' chiedeva di nuovo: «Che ore sono?»

«Le nove e venti».

«Mamma mia, già le nove e venti!» con l'aria di soffrire per lo scorrere inesorabile del tempo.

«Hai qualcosa da fare?» le chiedeva il marito.

«No, niente».

Ma ormai gli aveva rovinato il piacere della cena o del teatro e se ne tornava rassegnato a casa con lei.

A casa a far che? A guardarsi in faccia, seduti uno di fronte all'altra.

Se cercava di stuzzicarla, lei non reagiva. Le diceva, per esempio: « Dove sei stata finora? Mi trascuri, io ti ho aspettato per mangiare. Se non fossi così bella ti prenderei a bastonate, ma proprio non ci riesco! »

Tutto quello che otteneva era un blando sorriso. È vero che, se una donna è bella, sul resto si può soprassedere, ma non fino a questo punto!

Le aveva presentato le mogli di alcuni colleghi perché giocasse con loro a *majiang*, ma lei ci andò solo una o due volte.

Finito di giocare, le signore usavano andare a fare uno spuntino. Offriva sempre la moglie del comandante Yu, che era molto generosa, ma Ye Lianzi si ostinava a pagare la sua parte.

Era una donna che non creava mai problemi, eppure spesso la gente si sentiva a disagio con lei: non perché facesse qualcosa di male, ma proprio perché quel suo non far niente di male turbava quel che gli altri facevano. Cos'erano mai quattro soldi per un brodo di ravioli o una fetta di torta di riso? Poteva mangiare tranquilla, era un segno d'amicizia verso le signore.

O si invita o si accetta serenamente l'invito, ma Ye Lianzi, invece, doveva assolutamente restituire i soldi, rovinando l'allegra intimità di quelle riunioni femminili.

La signora Yu era una donna appagata, che teneva al proprio benessere e non sopportava le situazioni che la mettevano a disagio. Che a turbarla fosse una cosa o una persona, non poteva esimersi dall'intervenire. Perciò, davanti al comportamento di Ye Lianzi, che infastidiva sia lei sia le amiche, disse: « Vale la pena di discutere per questi pochi soldi? Vuoi proprio darmeli per sdebitarti? La prossima volta offri tu e tutto finisce lì. Va be', va be', te li prendo, che non succeda, per carità, che tu non dorma di notte per quattro soldi! »

Per un momento, l'allegro chiacchiericcio delle signore s'interruppe e tutte si misero a mangiare in silenzio.

Ye Lianzi, incurante di violare le regole di quel circolo femminile e imperturbabile di fronte alle parole della signora, guardò i prezzi sul menù e pose sul tavolo l'esatto ammontare di quello che aveva consumato.

無字

Capitolo Terzo

1

Con i primi anni cinquanta, Gu Qiushui, conclusa finalmente la vita da lacchè che aveva condotto sin dalla fine del 1935, ottenne un lavoro vero e proprio. Non possedendo pressoché nulla, né un tetto sulla testa, né un palmo di terra sotto i piedi e tantomeno un centesimo in tasca, poteva considerarsi a ragion veduta uno dei padroni della nuova Cina, uno di quei contadini poveri (di certo alla classe dei medio-bassi non ci arrivava) emancipatisi con la rivoluzione. Senza contare che militava nella Lega Democratica che aveva combattuto i giapponesi nella guerra di resistenza e contribuito alla guerra di liberazione, dunque poteva essere senz'altro definito cittadino meritevole, e come tale si sentiva di poter avanzare qualche diritto nella nuova società. E poi in fin dei conti era stato anche a Yan'an, per cui era convinto di aver messo da parte un certo capitale politico, seppur nebuloso... Sembrava ignorare che sul passato non si possono fare ipoteche, che ancora non era ben chiaro se la Lega Democratica fosse davvero considerata vicina al Partito Comunista e che del contadino povero, lui, non aveva proprio niente. Soprattutto, si era dimenticato che a Yan'an era finito sulla lista delle persone poco affidabili? E che, in un mondo che divideva tutto in bianco o nero, non gli sarebbe stato facile spiegare le mille sfumature del suo curriculum?

Ma finché non fu etichettato come elemento di destra, Gu Qiushui non solo se la passava bene, sempre lindo e pinto nel vestire, nemmeno sfiorato dalla nuova coscienza politica che suggeriva un atteggiamento più dimesso, ma trasudava addirittura, con scarsissima attitudine ad afferrare l'aria dei tempi, un tanfo di vecchio che per i criteri di quei tempi sapeva insopportabilmente di marcio. Era insomma in tutto e per tutto una figura della 'vecchia società'.

Con quelle scarpe a mascherina bianche e marroni, per esempio;

oppure quell'odioso vezzo, in contrasto con le usanze delle 'vecchie zone liberate', di infilarsi la camicia nei pantaloni anziché lasciarla ricadere sopra;

o l'uniforme militare da imperialista americano e i capi casual all'inglese che comprava a prezzi stracciati alle aste o ai mercatini. A quel tempo, intorno al tempio Longfu, a Pechino, era pieno di bancarelle che vendevano merce di questo genere, perché i benestanti e i nobili di un tempo avevano cominciato a raschiare il fondo dei patrimoni vendendo le loro cose inutili ma utilissime per sbarcare il lunario. Erano dei veri e propri mercatini delle pulci, come la gente imparò a chiamarli quando la Cina riaprì le porte al mondo esterno;

o i capelli impomatati con dosi così massicce di brillantina che, come commentavano con un'immagine sarcastica ma azzeccatissima quelli delle 'vecchie zone liberate' appena arrivavano in quelle 'nuove': 'ci scivolerebbe anche una mosca con la piccozza';

o infine il vezzo di prendere le donne sottobraccio (nella Pechino dell'inizio degli anni cinquanta c'erano donne non ancora rieducate che permettevano agli uomini di prenderle a braccetto) e passeggiare pavoneggiandosi e scuotendo il capo (in realtà non lo scuoteva affatto ma dava quest'impressione).

Forte delle conquiste fatte a Yan'an, era arrivato, sopravvalutando il proprio fascino, a far la corte addirittura a una giovane veterana della rivoluzione, una donna che veniva dalle zone liberate, bellissima e con un'ottima posizione. Si era dimenticato però che a Yan'an era stato nel 1939, periodo in cui si dovevano 'unire tutte le forze possibili' e tutto era concesso pur di raggiungere la vittoria finale. Ma con l'aria che tirava in Cina dopo il '49, era facile immaginare cosa poteva succedere: fu una fortuna se non finì condannato per condotta immorale...

Non aveva corretto di una virgola quei commenti da sbruffone che tanto infastidivano il generale Ying Detian, responsabile del dipartimento politico di Zhang Xueliang ai tempi in cui Gu Qiushui prestava servizio nella centododicesima divisione.

Durante la campagna contro la destra del 1957, centinaia di migliaia di persone furono perseguitate pur non avendo nemmeno aperto bocca: era scontato che uno spaccone che parlava a ruota libera come lui cadesse vittima di questo movimento politico.

Gu Qiushui non aveva mai avuto la lungimiranza né la prudenza di Hu Bingchen, che al contrario era sempre attento a non scoprire mai il fianco.

A niente gli era servito il viaggio a Yan'an, nonostante le innumerevoli difficoltà per raggiungerla. Anche tralasciando i benefici pratici, diciamo che da quest'esperienza avrebbe almeno potuto imparare a barcamenarsi nella vita, cosa che, nel percorso irto e altalenante degli anni seguenti, avrebbe costituito una ricchezza inestimabile, tanto sul piano spirituale quanto su quello politico.

Insomma, una dopo l'altra, Gu Qiushui traghettò oltre la soglia del '49 le cose che avrebbe dovuto lasciare al di là.

In un'epoca di fervente spirito rivoluzionario lui spiccava per eccentricità e decadenza. Uno che, pur immerso in un'atmosfera di euforica adesione ai modelli rivoluzionari, trasudi 'puzza di vecchiume' appare inevitabilmente disgustoso, assurdo, comico, ridicolo.

Ma lui no, non la vedeva affatto così, non si rendeva conto di quanto potessero nuocergli eccentricità e decadenza ed era anzi ben felice di distinguersi, come una gru in un pollaio.

Sull'angolo nordovest di Dongdan c'era una sala da ballo, meta di svago per le classi abbienti nella Pechino degli anni trenta, che dopo il '49 fu trasformata nel Cinema della Gioventù.

All'inizio degli anni cinquanta, passando davanti a quel cinema già sala da ballo di Dongdan, l'ancor baldanzoso Gu Qiushui spesso si fermava, assalito dai ricordi. Era proprio da lì, infatti, che era iniziato il suo viaggio verso Yan'an, luogo sacro della rivoluzione, insieme a Bao Tianjian. E ripensava allora anche all'aitante comandante Wang, assiduo frequentatore di quel locale insieme a Bao Tianjian, morto da martire nella prigione di Zhazidong,* e allo stesso Bao Tianjian, ucciso dagli stenti e dalla malattia poco dopo la Liberazione.

Se ne allontanava nostalgico, sospirando: « Che tempi, ah! Che tempi! » Pensava ingenuamente che la sua situazione fosse ben diversa da quella di Bao Tianjian e che ormai il mondo fosse in pace. Credeva che il regno del Partito Comunista fosse anche il suo e che in qualche modo, su una superficie così vasta, un posticino, per quanto piccolo, per poggiare i piedi l'avrebbe sempre avuto.

* Famigerata prigione del Partito Nazionalista nei pressi di Chongqing.

Come tanti altri, aveva gioito troppo presto. La pace altro non era che una tregua, come la pausa tra due frasi musicali, la pausa pranzo in una giornata di lavoro, il sonnellino della tigre.

Nel 1935 Bao Tianjian lasciò l'Esercito del Nordest: passava le giornate tra balli e partite di *majiang*, ma ciò non significava che disperasse di trovare una via d'uscita.

E non era casuale che, in un momento così critico per il paese, il comandante Wang lo seguisse per più d'un anno in quella vita di vizi e lussi, tra sale da ballo e tavoli da gioco.

Il previdente comandante stava semplicemente aspettando il momento giusto.

Chi è il più paziente degli esseri viventi? Il gatto, o insomma un felino, in caccia.

Connaturate a questa specie, oltre a una vista acutissima anche al buio e una velocità sorprendente, sono la rancorosa ostilità verso il nemico e un'assoluta fedeltà al clan.

Gli unici che possono essere paragonati a questa specie sono forse i membri del Partito rivoluzionario dell'inizio del Novecento, quando erano nel pieno svolgimento di una missione.

Ma l'occasione non arrivava mai.

Nell'estate del 1937, appena prima della canicola, la situazione al fronte era tesissima, mentre in città i ristoranti di lusso andavano a gonfie vele con banchetti che visti da fuori apparivano assurdi, con tutti quei commensali che parevano non avere niente in comune, ma per chi era addentro erano veri e propri capolavori di 'tessitura'.

Dopo un lungo periodo in cui nessuno più lo cercava, di punto in bianco Bao Tianjian fu convocato a uno di questi banchetti. Dopo l'Incidente di Mukden quei bigliettini d'invito avevano cominciato a farsi sempre più rari fino ad andare quasi fuori stampa alla vigilia dell'Incidente del Ponte di Marco Polo. Inutile dire che Bao fu entusiasta di averne uno tra le mani.

Anche se il seguito non fu un'esperienza piacevole.

Inaspettatamente, al banchetto c'era anche un tizio filogiapponese, da qualche tempo scomparso dalla circolazione, la cui popolarità tra i commensali pareva ora essere alle stelle. A cena girava la voce che costui sarebbe tornato alle alte vette del potere. Bao Tianjian fu molto sorpreso della cosa: possibile che Pechino fosse già caduta nelle mani dei giapponesi ancor prima di cominciare a combattere?

Poi si rese conto che il tavolo a cui era seduto rispecchiava fedelmente il campo di battaglia della Cina del Nord nel periodo tra la primavera e l'estate del 1937.

Non capiva perché mai fosse stato invitato, tanto che gli venne persino il dubbio che ci fosse stato un equivoco. Dal canto suo osservava in silenzio quei signori che, ognuno con le sue macchinazioni, si affaccendavano a sfilare davanti al novello uomo di punta, ansiosi di fargli buona impressione.

Pensava, non senza rammarico, che quanto a potere, ricchezza, territorio, armi e forza nessuno degli 'eroi' che aveva davanti avrebbe potuto competere con l'Esercito del Nordest, ma da quando quest'ultimo aveva perso i loro territori, le truppe inefficienti di quegli uomini lo guardavano dall'alto in basso.

Si trattava di armate raffazzonate che lui aveva sempre disprezzato, ma che bene o male avevano mantenuto i propri domini, un posto ben delimitato in cui poter stare in pace senza subire il controllo di nessuno. Lui, invece?

Nessuno lo invitava a bere, nessuno gli proponeva un brindisi e lui non poteva far altro che starsene lì seduto con quel patetico bicchiere in mano. D'un tratto ebbe un moto di ribellione verso quel gelido trattamento e si alzò in piedi di scatto, abbandonando il tavolo senza salutare.

Nessuno si accorse della sua defezione ma se anche qualcuno l'avesse notata avrebbe pensato che se ne andasse pure così, non poteva mica pretendere inchini e salamelecchi, adesso che i tempi erano cambiati!

All'uscita l'autista, Dong Gui, gli corse incontro stupito: « Ma come, ha già cenato? Così in fretta? »

« Torniamo a casa » gli ordinò lui.

Anche nella propria vettura si sentiva un cane randagio, senza meta.

Pechino non era ancora caduta in mano nemica, ma lui era già uno 'schiavo senza patria'.

I giapponesi arrivarono rapidamente al Ponte di Marco Polo e per Bao Tianjian giunse il momento di fare la sua scelta.

Non avrebbe mai potuto continuare a vivere in una Pechino occupata. Anche volendo, cos'avrebbe potuto ormai offrire ai giapponesi come merce di scambio? Comprarsi una posizione era impensabile, ma sarebbe stato difficile anche assicurarsi la semplice incolumità.

Dopo aver ballato il suo 'ultimo tango', con un tempismo perfetto il comandante Wang gli rivelò che, sebbene la situazione fosse molto pericolosa, c'era ancora una via d'uscita: da tempo il Partito Comunista accarezzava l'idea di sostenere il ritorno degli uomini dell'Esercito del Nordest nelle proprie terre e, in nome dell'amicizia che li legava, lui avrebbe volentieri fatto tutto ciò che poteva per aiutare Bao Tianjian.

Nonostante le pressioni giapponesi dopo l'Incidente di Mukden, il padre di Bao Tianjian, uno dei patriarchi dell'Esercito del Nordest nonché uomo rispettosissimo delle virtù confuciane, che mai avrebbe potuto accettare di diventare un traditore della patria, non ebbe altra scelta che rimanere alla testa del suo clan e dissipare l'ingente patrimonio di famiglia.

Finita la guerra di resistenza contro il Giappone, la loro situazione economica divenne tanto insostenibile da costringerli all'elemosina. Ma il vecchio patriarca preferì lasciarsi morire piuttosto che vedere i Bao, un tempo 'Re del Nordest', ridotti a mendicare per strada: sarebbe stata una vergogna insopportabile. Ma di questo parleremo in seguito.

Per quanto patriottica fosse la famiglia Bao, gli eroi dell'Esercito del Nordest lo furono ancor di più.

Quel poveraccio di Gu Qiushui seguì i Bao con un entusiasmo cieco. Che vantaggio aveva lui, a tornare nel Nordest? A parte il fatto che non sapeva vivere se non appoggiandosi a qualcuno, l'unica altra ragione che lo spinse ad andare fu quel poco di ideologia progressista in più che aveva assorbito rispetto a Bao Tianjian.

2

Comunque siano poi andate le cose, il fatto di essersi rifugiati sotto l'ala del Partito Comunista prima della caduta di Pechino faceva di Bao Tianjian e Gu Qiushui due uomini fortunati, con una via di scampo e delle prospettive.

Le persone comuni, invece, che non avevano avuto i soldi per scappare o l'occasione di conoscere un 'comandante Wang' che le portasse verso un 'futuro radioso', furono costrette a rimanere sotto il giogo degli stranieri nei territori occupati, rischiando non solo di essere ammazzate dai giapponesi in qualsiasi momento, ma soprattutto, negli anni che seguirono, di subire l'accusa di collaborazionismo solo per aver fatto qualche lavoretto per campare, magari l'insegnante elementare, il giornalista locale o il cameriere, finendo nello stesso calderone dei veri collaborazionisti dei governi fantoccio giapponesi.

Anche coloro che sfuggirono a un'accusa così pesante furono in ogni caso classificati come 'personale del vecchio regime da impiegare sotto controllo': una volta bollati era impossibile liberarsi di questa etichetta e sperare in un futuro diverso, per quanti sforzi si facessero.

In tanti si lamentavano d'esser 'nati troppo presto'. Nascere nel momento sbagliato voleva dire essere cresciuti nella vecchia società, incappare nella guerra contro il Giappone, finire schiavi del nemico a Pechino, guadagnarsi da vivere sotto un regime fantoccio…

Il padrone di casa di Gu Qiushui, il piccolo ambulante Yang, non aveva potuto che rimanere a Pechino e per questo motivo suo figlio, che pur era un progressista, per molti anni non era poi riuscito a entrare nel Partito. 'Com'è che i rampolli dei grandi proprietari terrieri e dei capitalisti sono dirigenti di Partito, mentre io, con tutto che mio padre ha solo quattro stanze, non posso nemmeno entrarci?' si chiedeva il giovane.

Già, perché?

Bao Tianjian arrivò molto rapidamente a Taiyuan, dove, grazie ai contatti con la rete clandestina del Partito, incontrò Zhou Enlai che in quel periodo dirigeva le operazioni in quell'area.

Zhou Enlai gli disse: «Tra l'Esercito del Nordest e l'Ottava Armata c'è un legame indissolubile. Dopo l'Incidente di Xi'an, Chiang Kai-shek ha distrutto le vostre forze ed è nostro dovere aiutarvi a riorganizzarvi e riprendere la vostra terra. Il nuovo Esercito del Nordest sarà l'Armata della resistenza al Giappone sotto la guida del Partito Comunista».

Si può ben immaginare l'effetto dirompente di queste parole che, come un dito premuto sul nodo vitale di un esercito che tutto aveva perduto, sembravano capaci di riportarlo in vita.

Ma tanto a Bao Tianjian che al suo pur dotato tirapiedi Gu Qiushui sfuggì l'accenno di Zhou Enlai a un 'nuovo Esercito del Nordest'.

L'aggettivo 'nuovo' implicava non solo che i 'Re del Nordest' e le loro famiglie non avrebbero recuperato il paradiso perduto, ma anzi, che quel paradiso sarebbe stato ulteriormente smantellato.

Il 'nuovo Esercito del Nordest' non sarebbe più stato la vecchia armata di una famiglia, bensì una milizia innovativa che avrebbe dovuto combattere per la liberazione delle masse lavoratrici sotto l'egida del Partito Comunista.

Tutte le circostanze con cui dovettero in seguito fare i conti, incluse le contraddizioni del Partito Comunista, erano ascrivibili alla mancata comprensione del termine 'nuovo'.

Buttandosi con tanto entusiasmo nelle braccia del Partito, non fecero altro, in realtà, che scavarsi la fossa.

È un'espressione cruda, estrema, ma a tanto può condurre, talvolta, il 'fare la rivoluzione'.

Alcuni decenni più tardi, durante l'unica conversazione che ebbe con Hu Bingchen, Gu Qiushui raccontò: «A quel tempo ci appellammo al Partito Comunista con l'intenzione di appoggiarci alla sua forza per far risorgere l'Esercito del Nordest e mantenerlo indipendente...»

«Illusi!» lo interruppe spazientito Hu Bingchen. «Chi non consegnava armi, ricchezze, munizioni e uomini, limitandosi all'appoggio politico dei comunisti pur restando, per di più, in zone lontane dalla loro giurisdizione, veniva disintegrato, annichilito, ingoiato da loro. Gli avete offerto l'Esercito del Nordest su un piatto d'argento: perché rifiutarlo?»

Hu Bingchen si riferiva ai comunisti come se lui stesso non fosse un 'veterano del Partito', come se, molti anni prima, durante la sua attività clandestina, non avesse anche lui disintegrato, annichilito, ingoiato ogni forza che non fosse interna al Partito.

3

Uscendo dall'Ufficio dell'Ottava Armata a Wuhan, Gu Qiushui incrociò Hu Bingchen che entrava.

Mai si sarebbe immaginato che sua figlia Wu Wei, mezzo secolo dopo, proprio con l'uomo che quel giorno l'aveva sfiorato sarebbe stata protagonista del dramma che le avrebbe fatto perdere la voglia di vivere.

In quell'ufficio Hu Bingchen ci era andato per fare un rapporto urgente.

Quando aveva annunciato che avrebbe abbandonato l'università per l'impegno militare, alcuni suoi compagni, tra i quali Xu Dezhang, l'avevano subito avvicinato per condurlo con loro al fronte della resistenza antigiapponese.

La periferia di Shanghai era già occupata dai nemici, pertanto essi, fingendosi rifugiati, salirono sulle navi degli inglesi, che non avevano ancora dichiarato guerra al Giappone. Raggiunsero così Nantong e poi Nanchino.

La città era alla vigilia della resa e tutti gli esponenti degli organismi di Partito e di governo si stavano ritirando. Tra la folla in fuga, il gruppo di Hu Bingchen incontrò per caso un ex compagno di studi ora in servizio nell'aeronautica del Partito Nazionalista, che li esortò a salire, se volevano lasciare Nanchino, su un treno che stava giusto partendo per Wuhan.

A Wuhan, in quel periodo centro politico e culturale dell'intera Cina, crescevano e si rafforzavano tanto il fronte unito della resistenza quanto il movimento per la salvezza della patria. Nel 1938 il Partito Comunista vi aveva aperto, al terzo piano di una villa in stile occidentale situata nella concessione giapponese, l'"Ufficio dell'Ottava Armata'.

Il gruppetto di ragazzi partì quindi alla volta di Wuhan e uno di loro, sull'onda dell'entusiasmo, seguì l'ex compagno di scuola entrando immediatamente nell'aeronautica militare del Partito Nazionalista. Alla fine della guerra di resistenza, si verificò un incidente che destò grande scalpore: un B24 dell'aeronautica militare nazionalista si ribellò e volò a Yan'an. Il pilota era proprio quel ragazzo che si era arruolato con tanto ardore e che però, pochi giorni dopo essere atterrato a Yan'an, cambiò idea e cercò di andarsene in tutti i modi.

Scesi dal treno, Hu Bingchen e Xu Dezhang dovettero andare in bagno e dissero al loro compagno Tian Fang di aspettarli sotto un palo della luce. Quando uscirono, sotto il palo Tian Fang non c'era più. Che fossero loro a non ricordare bene il posto o Tian Fang a essersi spostato, fatto sta che lo cercarono per un bel po' senza risultato.

Non se ne preoccuparono più di tanto, naturalmente, perché ormai erano tutti a Wuhan e prima o poi si sarebbero senz'altro ritrovati.

Con i propri bagagli arrivarono in una piazza dove stava tenendo un discorso un famoso giornalista, del quale tanto Hu Bingchen quanto Xu Dezhang ammiravano gli articoli pieni di fervore patriottico. In una pausa della conferenza, Hu Bingchen si precipitò da lui e, nonostante l'abituale compostezza, gli parlò a cuore aperto della propria determinazione a combattere i giapponesi, chiedendogli di aiutarlo. Il giornalista gli scrisse immediatamente una lettera di presentazione indirizzata a Zhou Enlai.

Con quella lettera i ragazzi si rivolsero all'Ufficio dell'Ottava Armata, dove furono accolti da un aitante giovane militare di alto livello, che promise loro di aiutarli ad andare a Yan'an.

Mentre aspettava di partire per la nuova destinazione, Hu Bingchen venne a sapere che Tian Fang faceva l'istruttore nei corsi di addestramento per operatori radio di Wuhan. Andò subito a cercarlo.

L'amico, che ormai poteva contare su un proprio stipendio, lo invitò a pranzare al ristorante Caigenxiang, vicino alla Porta della grande saggezza.

Tian Fang non riusciva a spiegarsi come avessero potuto perdersi di vista al loro arrivo: « ... Vi ho aspettato invano sotto quel pilone, non osavo muovermi, sono stato lì finché non si è fatto buio e sono stato costretto anch'io ad andare in bagno. Ovvio che non potevate più essere dentro, ma vi ho cercato anche lì, cercato e ricercato... poi ho deciso di trovare un alberghetto per dormire, ma il giorno dopo sono tornato in stazione a cercarvi, senza risultato. Intanto ho letto sul giornale di questi corsi di addestramento per operatori radio per le comunicazioni legate alla resistenza e pur di essere utile alla resistenza mi sono fatto assumere, senza però smettere di cercarvi ».

« Che lavoro fai, in concreto? » gli chiese Hu Bingchen.

« Installo stazioni ricetrasmittenti ». Quindi, avvicinandosi all'orecchio, gli sussurrò: « Non credere alle fesserie che scrivono sui giornali: dietro ai corsi di addestramento per operatori radio si cela un'agenzia di spionaggio della Società della Rinascita... poco tempo fa il responsabile ha cercato di farsi una studentessa, ma lei non c'è stata e si è impiccata. Un sacco di gente sta cominciando a svignarsela, quattro credevano di avercela fatta ma poi sono stati riacciuffati e fucilati. Due di questi probabilmente li conoscevi anche tu, erano della nostra università, due anni avanti rispetto a noi. Io per ora non posso andarmene perché sono uno dei tecnici indispensabili, ma sto solo aspettando l'occasione giusta».

Hu Bingchen era sconvolto dalla pericolosità della cosa.

Dopo mangiato tornarono entrambi nei propri alloggi, ma Hu Bingchen non rimase con le mani in mano e andò subito all'Ufficio dell'Ottava Armata a raccontare al militare che li aveva accolti ciò che aveva saputo da Tian Fang.

«Torna dal tuo amico e digli di procurare una ricetrasmittente anche a noi».

Tian Fang esaudì la richiesta.

Avevano giocato insieme nella squadra di calcio dell'università, Tian Fang come mediano, Hu Bingchen in attacco: in campo avevano sempre avuto un'ottima intesa. La ricetrasmittente fu un ulteriore assist offerto da Tian Fang a Hu Bingchen.

L'eccellente collaborazione tra i due non finì qui. Quando Hu Bingchen, dopo infiniti passaggi, approdò all'organizzazione clandestina del Partito a Chongqing, vi fu trasferito anche Tian Fang, che a Wuhan era caduto nella tana del lupo, con la qualifica di ingegnere di alto livello del sistema di telecomunicazioni dell''Ufficio Statistiche del Comitato Militare del governo nazionalista', un'agenzia di spionaggio di cui la Società della Rinascita era stata l'antesignana.

Intorno all'ottobre del 1940, prima della seconda campagna contro i comunisti lanciata dal Partito Nazionalista, Hu Bingchen ricevette dai superiori l'ordine di raccogliere informazioni dettagliate sulla posizione e le attrezzature delle stazioni radio dell''Ufficio Statistiche' a Chongqing.

Era un compito molto delicato, impossibile da svolgere se non entrando nel cuore dell'Ufficio stesso.

Non aveva altra scelta, quindi, che rivolgersi a Tian Fang. Con il rischio che a quello, ora ingegnere di alto livello e gratificato dall'Ufficio Statistiche con una posizione di prestigio, nonché perfettamente al corrente dei trascorsi di Hu Bingchen, venisse la malaugurata idea di tradirlo per guadagnare potere… ma era l'unica via percorribile se voleva portare a termine la missione.

Con discrezione, Hu Bingchen s'informò su dove abitava Tian Fang. Studiò meticolosamente gli orari in cui usciva e rientrava dal suo alloggio, finché un giorno, sicuro di trovarlo in casa, andò a fargli visita.

Tian Fang, felicissimo di rivedere l'amico, non ebbe alcun sospetto. Dato che in casa c'erano altre persone Hu Bingchen buttò lì: «È tanto che non ci vediamo, non ti andrebbe di uscire a fare due chiacchiere da qualche parte?»

Tian Fang acconsentì senza la minima esitazione.

Quella sera, Hu Bingchen si era vestito con l'eleganza che gli era consueta in passato. Aveva passeggiato avanti e indietro di fronte allo specchio controllando camicia, cravatta, gilet, calze, scarpe di pelle, emettendo di tanto in tanto dei sospiri quasi fossero segni d'interpunzione. Cosa significavano quei sospiri? Rimpianto? Ammirazione? Un addio? Un ritrovarsi? Il ricordo di un amore? Magari riandava ai versi 'Non so dove sia andato quel volto, mentre i fiori di pesco continuano a sorridere alla brezza primaverile'?* Chissà.

Mai avrebbe pensato di imbattersi, in un corridoio del ristorante Dasanyuan, nel cugino Hu Bing'an. I due si fissarono senza abbassare gli occhi ma senza neppure accennare un saluto. L'ostilità di quegli sguardi e il silenzio dei due contendenti, che li facevano apparire duellanti in procinto di battersi, non crearono però alcun sospetto tra i presenti.

A Hu Bing'an bastò un'occhiata per mettere a disagio il cugino. Perché se agli altri la sua mise di quel giorno poteva sembrare perfetta, era impossibile salvarsi dallo sguardo attento di uno Hu. Alla luce fioca, non si notava se collo e polsini dell'abito occidentale fossero lisi, ma che fossero sbiaditi era evidente, come pure era lampante che quel completo aveva un taglio ormai fuori moda. Per non parlare della cravatta, decisamente improponibile. O dei dettagli che più di tutto tradiscono miseria, come le calze che ricadono a pieghe sulle caviglie... Che visione orripilante! Chissà che fatica aveva fatto a rimediare quell'abito con cui tentava di darsi un tono, povero Hu Bingchen! Hu Bing'an stava già per andarsene, ma non resistette e si girò per un'ultima occhiata al cugino, che malgrado tutto aveva un'aria imponente... l'abito, benché logoro e moscio, gli stava alla perfezione, ma non certo per merito di chi lo portava. Non era Hu Bingchen che indossava il vestito, ma il vestito che indossava lui! Che oltretutto pareva soddisfatto di avere addosso quello straccio! Un'onta per la famiglia Hu. 'Tutta apparenza' non poté fare a meno di sospirare Hu Bing'an, 'solo apparenza e niente sostanza:

* Dalla poesia *Ti ducheng nanzhuang*, 'Inciso su una porta nella periferia sud della capitale', di Cui Hu (fine 700).

per quanto ti sia dato da fare, caro Bingchen, oggi sei solo merce grossolana, roba da bancarelle'.

Intanto Hu Bingchen era preoccupato che quell'incontro potesse mettere a repentaglio la sua copertura, ma non poteva far altro che affrontare il rischio, perché andandosene avrebbe potuto destare sospetti.

Hu Bing'an era la pecora nera della famiglia Hu.

Aveva fondato una banca dichiarando poi bancarotta fraudolenta, mangiandosi tutti i soldi dei clienti. Era arrivato anche a frodare la nonna di Hu Bingchen, accaparrandosene i risparmi.

Visto che i porti erano ormai tutti occupati dai giapponesi, l'unica strada percorribile per il commercio con l'estero era quella che collegava la Cina alla Birmania e su quella via Hu Bing'an si era fatto una fortuna approfittando delle difficoltà del paese. Importava da Rangoon e Lashio merci disperatamente richieste in Cina, come apparecchiature per le telecomunicazioni, medicine occidentali, cosmetici, tessuti di qualità, calze di nylon, tutta roba che faceva trasportare a Chongqing, passando per Kunming e Guiyang, dove le rivendeva, con un guadagno enorme a fronte di un investimento minimo. Durante quei viaggi trasportava illegalmente passeggeri e oppio... oltretutto, essendo in combutta con il segretario di Long Yun,* aveva garantiti prestiti e valuta straniera al cambio ufficiale, oltre a una scorta militare durante i trasporti, per cui i suoi affari erano in una botte di ferro.

Chissà, forse anche il pesce che avrebbero mangiato quella sera era arrivato dall'India in uno dei 'voli sulle gobbe del mondo'** organizzati dal cugino.

* Signore della guerra e governatore dello Yunnan dal 1927 alla fine della guerra civile.

** Il vocabolo si riferisce ai pericolosi voli sopra le vette dell'Himalaya operati dal 1942 al 1945 dagli americani per portare forniture ai nazionalisti cinesi dall'India.

Hu Bing'an aveva un'espressione sempre più volgare. Neppure a cena rinunciava a quella sua aria da predatore...

Hu Bingchen era più che mai convinto che la disonestà e la mancanza di scrupoli cambiasse inesorabilmente l'espressione e il portamento di chi vi aveva costruito la propria ricchezza: 'Hu Bing'an, sarai anche placcato d'oro massiccio, ma resti solo un volgare contrabbandiere!'

Mentre squadrava Hu Bing'an dall'alto della sua irreprensibile onestà, Hu Bingchen non avrebbe mai immaginato che alcuni decenni più tardi avrebbe spinto Furong a legare con il figlio di quel cugino, né che avrebbe chiesto a Wu Wei, in visita a Hong Kong, di trovare l'indirizzo dei figli di quell'uomo, e che avrebbe chiesto loro di invitarlo in quella città e che addirittura proprio con loro avrebbe poi gestito in Cina delle proprietà immobiliari.

Dopo la resa del Giappone, Hu Bing'an si era trasferito a Hong Kong dove aveva aperto un ippodromo, si era arricchito truccando le corse ed era diventato un capobanda della criminalità locale, omaggiato a capodanno e a tutte le feste da attrici e ballerine che gli si prostravano ai piedi.

Donne ne aveva quante ne voleva, tutte più belle della cugina Lu Yun, per non parlare poi della moglie, la più bella tra le belle. Hu Bing'an non aveva mai dato grande peso all'intrusione di Hu Bingchen nella sua relazione con la cugina, né aveva mai rimpianto di averla lasciata. Per lui le donne erano guanti: indispensabili, ma si possono togliere e mettere.

Della morte di Hu Bing'an si può dire che fu perfetta. La festa del suo ultimo compleanno fu grandiosa, una delle più sfarzose di Hong Kong e tutti gli Hu che si trovavano in città vennero a fargli gli auguri. Liberatosi dall'abbraccio di una bellona alla sua destra e della moglie alla sua sinistra, Hu Bing'an afferrò il coltello per affondarlo nella torta e a quel punto fu colpito da un ictus. Ma anziché crollare a terra di botto, si accasciò su un divano, serafico, i vestiti che non facevano una grinza, gambe e braccia rilassati e l'espressione di chi aveva raggiunto la meta.

Lasciò il mondo senza pentirsi delle proprie colpe, senza rimpianti né recriminazioni.

Forse nell'istante prima di morire pensò alla storia della famiglia Hu, generazione dopo generazione. Chissà se pensò anche al suo eterno rivale, a quell'uomo dal fisico aitante che aveva passato tutta la vita a riflettere sulla storia degli ultimi decenni del paese. Un uomo, questo Hu Bingchen, che anziché trascorrere la vecchiaia a badare alla propria salute, a decantare 'le gioie del tramonto', si sforzò invece di lasciare ai posteri un libro con le sue riflessioni sulla storia della Cina contemporanea, ma per tutta una serie di ragioni lasciò l'opera a metà, pieno di nostalgici ripensamenti...

Se Hu Bing'an pensò al cugino, probabilmente fu soltanto per misurarsi con lui in un ultimo, immaginario duello, convincendosi d'aver raggiunto per lo meno il pareggio. Ritraendo la spada avrà mormorato fra sé: «Ho avuto tutto, ricchezza e potere, non ho di certo vissuto invano».

Ma di questo parleremo in seguito.

Dopo qualche giro di bevute, approfittando del fatto che la conversazione era caduta sui ricordi, Hu Bingchen accennò alla ricetrasmittente che Tian Fang aveva regalato al Partito Comunista a Wuhan, cercando un po' ambiguamente di metterlo alle strette.

Tian Fang appoggiò il bicchiere e rimase in silenzio, immerso nei pensieri.

Il suo viso, fino a quel momento radioso, si spense di colpo come il sole al tramonto, abbandonato su un collo che se poco prima era ritto e pieno di vigore come un girasole al mattino, adesso si era avvizzito come lo stesso fiore dopo il tramonto.

'Si mette male' pensò Hu Bingchen.

Dopo un lungo silenzio, Tian Fang finalmente disse: «Amico mio, io e te siamo sempre stati come fratelli, dai tempi dell'università. Io mediano e tu attaccante nella squadra di calcio: eri eccezionale, riuscivi quasi sempre a segnare, perché hai tutte le doti dell'attaccante: concentrazione, rigore, grinta, determinazione, precisione, freddezza davanti alla porta... qualità che sembrano fatte apposta anche per il lavoro che svolgi adesso. Adoravo la scioltezza con cui portavi avanti il pallone seguendo un tuo schema, l'abilità superlativa dei tuoi piedi, lo slancio ispirato con cui scattavi verso la porta per dare vita alle esplosioni geniali dei tuoi goal. Insomma, ero il tuo ammiratore più sfegatato... Mentre non mi sembra che con queste parole tu mi dimostri tanta stima, non ti pare? Come mai sei così cambiato in questi pochi anni in cui non ci siamo visti? Se quel giorno non fossi andato in bagno appena sceso dal treno e non ci fossimo persi di vista, probabilmente saremmo finiti entrambi nella tana del lupo dove mi trovo adesso, o magari sarei venuto anch'io alla conferenza di quel giornalista e ti avrei seguito a Yan'an: non si comanda al destino... Non devi parlarmi in questo modo, come non serve che citi la storia di Wuhan: quella volta avrei potuto rifiutarmi di aiutarti, non pensi? In termini calcistici, la ricetrasmittente di Wuhan non è stata altro che una palla che ti ho passato. Non devi aggiungere altro, i nostri ruoli sono già stati decisi dal destino. Se ti offrirò un altro assist, non sarà per le tue minacce, ma perché il Partito Comunista è effettivamente migliore di quello nazionalista: sarà l'ultimo mio contributo da mediano a questa partita, perché tra poco probabilmente scapperò da questo covo di lupi... »

Hu Bingchen rimase muto, non perché avesse riconosciuto di aver mancato di rispetto all'amico, ma perché non aveva niente da ribattere. Ripensò ai numerosi, impeccabili passaggi di palla offertigli da Tian Fang sul campo di calcio e al suo stile di gioco, semplice e naturale: se è vero che lo scritto rispecchia l'animo dell'autore, si può dire anche che lo stile rispecchi l'animo del calciatore.

Tian Fang si aprì totalmente e illustrò a Hu Bingchen l'intero sistema di telecomunicazioni dell'Ufficio Statistiche, senza omettere i dettagli delle tre stazioni radio che venivano usate per intercettare i comunisti: una a Chongqing, un'altra a Guilin e la terza a Lanzhou. Dai punti in cui si intersecavano i segnali di queste stazioni era possibile individuare dove operavano gli organi dirigenti del Partito e carpire molte altre informazioni: gli esperti del settore riuscivano a distinguere i segnali amici da quelli nemici semplicemente dal modo con cui venivano trasmessi.

Quello di Tian Fang era stato davvero un ottimo assist, perché solo lui avrebbe potuto fornirgli un quadro così preciso, mentre chiunque altro si sarebbe limitato a passargli qualche informazione frammentaria e lacunosa.

Quanto poi questo assist del 1940 e la perfetta intesa tra i due giocatori abbia contribuito alla vittoria nella guerra di resistenza e nella guerra civile, nessuno lo può sapere.

Poco tempo dopo, Tian Fang scappò davvero in America, per tornare poi, superando con mille difficoltà la barriera dell'Ufficio Immigrazione statunitense, nella Nuova Cina nel 1952, dove lavorò come esperto di telecomunicazioni sotto la direzione di Hu Bingchen fino al 1957, quando venne bollato come elemento di destra.

Quando successe, Tian Fang pensò che, in virtù della loro vecchia amicizia, Hu Bingchen avrebbe senz'altro potuto testimoniare a suo favore, confutando le false accuse che gli erano piovute addosso. Ma quando fu davanti alla casa dell'amico e alzò la mano per bussare alla porta, per qualche strano motivo gli tornò in mente quella conversazione al ristorante Dasanyuan. Ritrasse la mano e se ne andò.

Essendo suo diretto superiore, Hu Bingchen aveva visto la lista degli elementi di destra della sua unità di lavoro ma, nonostante una piccola esitazione davanti a quel nome, l'aveva avallata senza obiezioni.

Non si può dire che la sua sia stata pura ingratitudine. Da 'veterano del Partito' qual era, Hu Bingchen aveva considerato il fatto che se anche Tian Fang fosse riuscito a eludere le accuse di destrismo, nel suo curriculum avrebbe pur sempre pesato la collaborazione con l'Ufficio Statistiche. E poi, se anche lui stesso si fosse adoperato per chiarire la posizione dell'amico, come avrebbero reagito gli altri? Avrebbero considerato sufficienti le chiarificazioni di Hu Bingchen? E ancora, chiunque avrebbe osservato che erano vecchi compagni di scuola e vecchi amici. Sarebbe stato meglio che non fossero stati così legati. Chi avrebbe chiuso un occhio sul fatto che il fatidico mediano che gli aveva passato il pallone era proprio Tian Fang? Quando sarebbe finita quella partita?

Vent'anni più tardi, quando si rincontrarono dopo la riabilitazione di Tian Fang, a Hu Bingchen toccò l'amaro boccone del disprezzo. Tra loro non solo non c'era più la magnifica intesa di un tempo, ma si era spezzato ogni tipo di legame.

Sulla base delle informazioni ottenute da Tian Fang, Hu Bingchen allacciò le relazioni sociali necessarie e, spacciandosi per l'ingegner Hu Zongnan che doveva visionare i macchinari per acquistarne di simili, dopo qualche mese si presentò a ispezionare di persona le stazioni radio dell'Ufficio Statistiche di Chongqing.

Non avrebbe potuto affidare ad altri una missione così difficile, nessun altro sarebbe stato in grado di portarla a termine.

Naturalmente entrava in gioco anche quell'amore per il rischio, nei confronti del quale lui provava un'innata fascinazione.

All'inizio della relazione con Wu Wei, quando non avevano un posto dove incontrarsi ed erano costretti a passeggiare avanti e indietro in qualche vicolo defilato, lui portava un cappello calato sul volto per non farsi riconoscere anche quando faceva caldissimo, come ai tempi dell'attività clandestina. Ma, ogni tanto, all'improvviso la trascinava dentro un edificio in costruzione e la stringeva a sé baciandola appassionatamente tra un pilone di cemento e un altro. Le sferrava attacchi a sorpresa soprattutto all'Accademia delle belle arti, tra due paraventi dipinti dove non c'erano visitatori o sulla curva delle scale, stampandole un bacio sulla bocca. Era convinto che quella sorta di blitz di guerra affascinasse le donne più di un bacio normale, ma Wu Wei diceva: «Non crederti tanto furbo, chi vede quattro gambe così vicine da sotto il paravento capisce subito cosa stai facendo».

Riusciva sempre a rovinare l'atmosfera con commenti del genere.

Questi piccoli rischi che tanto lo appagavano, Wu

Wei li viveva invece come vere e proprie umiliazioni: perché mai potevano amoreggiare soltanto tra piloni di cemento, nell'accozzaglia di tubi di ferro e mattoni rotti di un cantiere?

Hu Bingchen arrivò a ispezionare anche un'importantissima stazione di monitoraggio dell'Ufficio Statistiche sulla riva meridionale del fiume Jialing, poco lontano dalla villa di Chiang Kai-shek sulle Montagne Gialle.

« È un sito di massima segretezza » commentò impaurito il giovane ingegnere che l'accompagnava, « nemmeno gli americani ci hanno mai messo piede ».

« In qualità di acquirenti dobbiamo necessariamente vedere la merce prima di comprare, no? » lo tranquillizzò Hu Bingchen. « E poi Hu Zongnan non è un estraneo… »

Nella stazione c'erano ottanta telegrafi di fabbricazione americana che potevano ricevere fino a seimila dispacci al giorno, ma gli operatori erano dei tali scansafatiche che staccavano dopo i primi tremila, lasciando che il resto del lavoro fosse sbrigato dalla sede centrale dell'Ufficio Statistiche in città.

Fu proprio nel corso di quella minuziosissima ispezione che Hu Bingchen scoprì, in uno spiazzo su un'altura rocciosa lungo la riva sinistra del fiume Jialing, sulla strada che da Shangqing si dirigeva verso il ponte Hualong, una stazione che l'Ufficio Statistiche usava per contattare i collaborazionisti e il governo fantoccio. Per non mettere a repentaglio l'immagine di 'leader della resistenza' con cui Chiang Kai-shek si era paludato, quel sistema di collegamento con il nemico era noto a pochissime persone anche all'interno dello stesso Ufficio Statistiche. Il Generalissimo, sempre attento a non far trapelare alcun indizio sulla propria collusione col regime fantoccio, mai e poi mai avrebbe immaginato che un tale segreto sarebbe stato smascherato da un certo Hu Bingchen, grazie all'aiuto di un certo Tian Fang dell'Ufficio Statistiche.

In realtà Hu Bingchen aveva già portato a termine la missione che gli era stata affidata, ma invece di tornare a casa con la coscienza di aver fatto anche più del dovuto, decise di infilarsi nel covo della tigre.

Questo perché, oltre alla responsabilità di membro del Partito, lo spingeva ad agire anche l'irresistibile attrazione per la rischiosità di un'impresa dall'esito assai incerto.

Ma quando, completata l'ispezione, uscì soddisfatto dalla stazione radio, si trovò davanti Hu Bing'an e un alto funzionario dell'Ufficio Statistiche, responsabile delle telecomunicazioni. Si era verificato un guasto in un macchinario e il fornitore, Hu Bing'an, doveva naturalmente garantire il servizio di riparazione.

'È finita' fu il pensiero che balenò in testa a Bingchen.

L'unico suo rimpianto era che le informazioni che aveva ottenuto sarebbero andate sprecate e l'organizzazione clandestina del Partito non avrebbe nemmeno saputo come e perché lui fosse scomparso dalla faccia della terra. A parte questo, il dolore di lasciare qualcosa o qualcuno, per esempio Bai Fan, neppure lo sfiorò.

Durante quel faccia a faccia che, seppur brevissimo, parve durare un'eternità, gli occhi di Hu Bingchen passarono dal nero al giallastro per poi tingersi d'un grigio ferro, che rispecchiava una determinazione sorda e assoluta, come se il suo io stesse forgiando, cristallizzandola, la quintessenza del suo modo di essere uomo.

Fu in quell'istante che nacque il nuovo Hu Bingchen, e con lui quel fascino radioso che esercitava tanto sulle donne quanto nella causa rivoluzionaria, prodotto sopraffino creato dalla fede in quella causa.

Le capacità e l'efficienza che continuò poi a dimostrare per tutta la vita non eguagliarono più l'intensità del magico cambiamento che avvenne quel giorno.

Se prima lo si poteva descrivere semplicemente come un 'bell'uomo', dopo quell'incontro con la morte il suo fascino s'arricchì di una ferma risolutezza che incuteva un timore reverenziale e che conferiva al suo viso, come al suo spirito, una bellezza eroica, sublime.

Proprio di questo s'innamorò poi la donna di nome Wu Wei.

Inaspettatamente, fu proprio l'eterno rivale Hu Bing'an a fornirgli la scappatoia. Il cugino, infatti, gli si avvicinò chiedendogli: « Hai controllato la macchina? Spero che non ci siano grossi problemi. Accompagno il mio cliente a vederla e poi torno a sentire cosa ne pensi ». Quindi spiegò al funzionario dell'Ufficio Statistiche: « È mio cugino, un esperto di telecomunicazioni. L'ho invitato io a venire qui, perché volevo sentire la sua opinione... se la macchina l'ha vista lui, sono tranquillo ».

Hu Bingchen fece il saluto militare al funzionario, che guardò con sospetto i due uomini, uguali come due gocce d'acqua tanto da sembrare gemelli. Probabilmente si chiedeva perché mai Hu Bing'an avesse convocato il cugino in un posto tanto cruciale. Ma d'altronde, doveva aver concluso, Hu Bing'an non era che un mercante, all'oscuro della vera funzione di quella stazione radio. E poi non poteva non fidarsi di quell'uomo con il quale collaborava già da tanto tempo e dal quale aveva ottenuto non pochi favori. Oltretutto, pensò ancora, a parte Hu Bing'an nessun altro esterno conosceva l'esistenza di quel luogo segreto e quindi Hu Bingchen non poteva che essere stato chiamato dal cugino. Non c'era quindi ragione di dubitare che Hu Bingchen alla stazione non fosse venuto se non con l'esclusiva missione di un controllo tecnico.

Il giovane ingegnere che accompagnava Hu Bingcheng era ancora più perplesso, perché sapeva che le cose non stavano così, ma nello stesso tempo, per non correre rischi, non osava dir niente, sperando soltanto che quella situazione di estrema tensione si risolvesse il più presto possibile.

Quando i due cugini si salutarono con due pacche sulle spalle, Hu Bingchen si rese conto che Hu Bing'an era certamente più calmo e composto di lui e fu costretto ad ammirare la prontezza del cugino nell'adattarsi alle situazioni, nonché, naturalmente, le grandi capacità degli uomini della famiglia Hu. La scenetta che i due avevano testé rappresentato era senz'altro all'altezza della famiglia e nessun altro che non fosse uno Hu sarebbe riuscito a cavarsela in modo altrettanto brillante.

Ciononostante, Hu Bingchen non provò particolari sentimenti di gratitudine e preferì pensare di essere stato baciato dalla fortuna.

S'avviò verso l'uscita con una sorta di insofferenza nel cuore per essere stato costretto ad accettare, nonostante la propria riluttanza, l'ancora di salvezza che il cugino gli aveva riservato. Solo dopo che ebbe superato i vari posti di blocco il cuore cominciò a battergli all'impazzata.

Perché Hu Bing'an si era comportato così? Forse per un moto di coscienza, ripensando al torto che aveva fatto alla nonna sottraendole i risparmi con l'inganno? O aveva agito in nome del legame di sangue che li univa?

Naturalmente anche Hu Bingchen teneva in considerazione quel legame, ma ciò non gli impedì, anni più tardi, di buttarsi senza remore su quel terreno vergine che era Lu Yun, la fidanzata di Hu Bing'an.

Quando Hu Bingchen partì verso ovest, anche il responsabile dell'Ufficio dell'Ottava Armata di Wuhan gli scrisse una lettera di raccomandazione.

Con in mano la lettera del famoso giornalista e quella dell'Ufficio dell'Ottava Armata, raggiunse senza intoppi Xi'an, dove consegnò entrambe le missive a Zhou Enlai.

Zhou Enlai ebbe naturalmente un occhio di riguardo per quest'uomo che, ancora prima di aver messo piede a Yan'an, aveva consegnato al Partito una piccola stazione radio, per di più in un periodo in cui c'era un disperato bisogno di attrezzature per le telecomunicazioni. Zhou Enlai notò anche l'uomo che stava al fianco di Hu Bingchen, Xu Dezhang, ma non ne rimase per niente colpito.

Grazie a queste circostanze, alla vigilia della partenza per Yan'an Hu Bingchen ricevette un'altra lettera di presentazione scritta di proprio pugno dal futuro premier, che costituì una base inattaccabile per la sua carriera futura.

Bisogna ammettere che Hu Bingchen era nato e vissuto sotto una buona stella, giacché tempi, luoghi e relazioni umane parevano crearsi e intrecciarsi perfettamente al solo scopo di spianargli la strada, tanto da far pensare che il cielo nutrisse per lui un amore davvero profondo.

Con tutte quelle lettere di raccomandazione ad accompagnarlo nel viaggio, Hu Bingchen avrebbe dovuto avere un futuro radioso, ma le cose non furono così semplici.

4

Qualificandosi come rappresentanti dell'Esercito del Nordest, Bao Tianjian e i suoi uomini chiesero al dipartimento responsabile delle ferrovie tre vagoni per trasferire gli armamenti dell'esercito da Wuhan verso Xi'an.

Le tre carrozze cariche di armi pesanti si sarebbero dirette all'Ufficio di collegamento delle retrovie dell'Esercito del Nordest, situato nella città di Xianyang, e avrebbero percorso una linea secondaria viaggiando sigillate, in quanto trasportavano forniture militari, e accompagnate da una scorta.

Questo perché, se le armi fossero state inviate direttamente a Yan'an, i nazionalisti le avrebbero sicuramente sequestrate. Una volta arrivate a Xianyang, si sarebbe trovato il modo di trasportarle fino alla destinazione finale.

Bao Tianjian e il suo seguito, invece, partirono direttamente per Yan'an, portando con sé quattro casse di pistole. Arrivati presso Ganquan, a un'ottantina di chilometri da Yan'an, la vettura dovette fermarsi a causa delle cattive condizioni della strada, che le recenti gelate avevano reso impercorribile, tanto da costringerli a proseguire a piedi. Depositate le quattro casse di pistole nell'ufficio di una compagnia dell'Ottava Armata, lasciarono di guardia Gu Qiushui. Due settimane dopo, la strada tornò a essere percorribile e Gu Qiushui fu in grado di trasportare le casse fino a Yan'an.

Quando arrivò a destinazione, trovò che Bao Tianjian e il suo entourage avevano già iniziato a frequentare l'"Università politica e militare antigiapponese del popolo cinese'.

I piatti di lamiera e il loro contenuto di fagiolini sconditi, germogli di soia e peperoncini saltati non erano un problema per Bao Tianjian e i suoi, che frequentavano un ristorantino in città dove si serviva un'ottima carne saltata con i fagiolini, il riso fritto alle uova e la frittata col pomodoro.

A parte Bao Tianjian, Gu Qiushui e gli uomini del loro gruppo, in quel periodo di magra il ristorante non aveva che pochissimi clienti. In un ambiente del genere, Gu Qiushui, capo di stato maggiore della prima colonna guerrigliera con ancora quattro soldi in tasca, appariva più appetibile dei bifolchi dell'Ottava Armata. Le donne cominciarono a provare sempre più interesse per lui, che diventò l'accompagnatore di tutte. Probabilmente perché in vita loro di nobili ne avevano visto pochi o nessuno, le femmine locali lo consideravano un nobile, senza rendersi conto che la sua era una ben misera nobiltà. Ma a parte quell'inguaribile romantica di Liu Caiyun, nessuna lo prendeva sul serio. Stavano al gioco tanto per passare una serata al ristorante, ma quando il discorso cadeva sul matrimonio, saltava fuori che tutte volevano sposare 'un ufficiale comandante, con pelliccia, cavallo bianco e servitù'.

Col passare del tempo, Bao Tianjian s'incupiva sempre di più, scosso com'era dalle continue defezioni dei suoi uomini.

Un comandante di reggimento che, appena diplomato all'Università antigiapponese, era stato mandato al fronte se l'era data a gambe prima ancora di arrivarci soltanto perché non aveva un cavallo e non sopportava più la fatica della marcia.

Un altro comandante di reggimento aveva ceduto perché non aveva retto il lavoro di bonifica dei campi. Poco dopo era stato seguito anche da due comandanti di battaglione.

Si diceva che fossero scappati per paura della fatica fisica, ma in realtà se n'erano andati perché non vedevano un futuro. Cosa poteva esserci nel loro futuro? Una qualche posizione ufficiale in seno al Partito Comunista? Non riuscendo a immaginare una prospettiva del genere, non ce la fecero più ad aspettare.

Ma la cosa più difficile da accettare era che ogni minima cosa, persino un colpo di tosse, veniva immancabilmente riferita ai superiori. Se Bao Tianjian e Gu Qiushui volevano parlarsi, lo facevano soltanto lungo la strada che portava al ristorante. Neanche davanti alle cameriere osavano abbassare la guardia: nessuno garantiva che non fossero anche loro spie del Partito.

I mesi passavano. Ben presto l'Università antigiapponese avrebbe sfornato una serie di laureati che sarebbero dovuti andare al fronte subito dopo il diploma. Era però necessario armarli e quindi divenne impellente recuperare le armi pesanti in deposito a Xianyang.

Ma chi poteva andarle a prendere? Nessuno aveva la rete di relazioni necessaria per quell'impresa, non certo gli studenti, che nella loro vita fino a quel momento non avevano fatto altro che studiare. Non rimaneva che mandare Gu Qiushui.

Il piano prevedeva che andasse al Passo Pianguan* a chiedere alla guarnigione dell'Esercito del Nordest che presidiava la zona di farsi mandare le armi da Xianyang, come fornitura per le proprie truppe. Per arrivare a Pianguan il veicolo che le avrebbe trasportate sarebbe passato necessariamente per Yan'an: a quel punto scaricare le armi di Bao Tianjian a Yan'an sarebbe stato un gioco da ragazzi.

Quando partì, Gu Qiushui neppure sapeva dove fosse Pianguan. Uscì da Yan'an per dirigersi verso Yulin, a nord, senza nessun documento, solo con una fascia dell'Ottava Armata da mettere attorno al braccio. Si

* Nome di un passo della Grande Muraglia e della contea dove è situato, nella provincia dello Shanxi.

accodò a una carovana di mercanti con degli asini carichi di merce, diretti a nord, verso Yulin, fermandosi a dormire dove gli capitava, nei villaggi o in qualche taverna. I mercanti non avevano mappe e non conoscevano la strada, per cui procedevano un po' alla cieca, ma per fortuna Gu Qiushui da buon militare di notte riusciva a orientarsi guardando le stelle, e più di una volta corresse la rotta.

Superata Yulin, lasciò la carovana e proseguì da solo nel deserto, viaggiando due giorni con l'unica compagnia della sua ombra, che appariva e scompariva.

Era piena estate. Quando il sole era allo zenit e persino l'ombra si riparava sotto le piante dei piedi, lui restava solo in compagnia della sete e dell'arsura. Sabbia dappertutto, a perdita d'occhio: era impossibile trovare acqua, ma lui, pur rendendosene conto, reso folle dalla sete si mise lo stesso a scavare, quasi volesse aprire un pozzo. Si fermò quasi subito, esausto, le dita escoriate e l'ultima goccia di liquido rimastagli in corpo evaporata nello sforzo... ma, proprio quando la sete lo stava facendo uscire di senno, miracolosamente le pareti dello scavo cominciarono a trasudare acqua. Si sdraiò per terra leccando e succhiando l'acqua con la testa infilata nel buco come un animale al pascolo.

Sarà stata suggestione, ma quell'acqua sporca di sabbia gli parve il più nobile dei distillati.

Eppure l'acqua avrebbe dovuto dargli tutt'altra sensazione. Ma la percezione di Gu Qiushui non fu assurda, perché il liquido che usciva dalla sabbia era, in fondo, la preziosissima essenza del deserto.

Da quel giorno in cui quasi impazzì per l'arsura, Gu Qiushui sviluppò un odio viscerale verso la sete e di conseguenza anche la brutta abitudine di bere quantità smodate di acqua. Non ebbe mai, invece, a lamentarsi della sua traversata solitaria del deserto.

Sempre, quando si fa un investimento, si ha in mente uno scopo preciso, perlopiù ci si attende di riceverne un ritorno. Anche chi abbraccia una religione, in fondo, lo fa sperando di avere un riscontro positivo nella vita futura. Come tanti altri, Gu Qiushui era convinto che la sua carriera fosse direttamente proporzionale al suo impegno e durante tutto il viaggio pensò soltanto alla ricompensa che il padrone gli avrebbe accordato per ogni fucile e ogni pallottola che avrebbe portato a Yan'an.

Arrivato nell'area di Suiyuan,* scorse la Grande Muraglia, o meglio, il profilo indistinto delle sue rovine lambite dalla sabbia del deserto. In alcuni momenti Gu Qiushui diventava sentimentale e infatti, davanti a quella vista, sospirò.

Dal giorno in cui era sorta, la Muraglia aveva aspettato con le mani legate la propria morte, giorno dopo giorno e secolo per secolo sferzata dalla sabbia senza forma, senza origine, senza corpo, senza limiti... il suo corpo era stato ingoiato dal tempo e dalla sabbia, che le avevano lasciato solo l'enorme spina dorsale.

Chi mai potrà assistere alla sua morte (e alla sua umiliazione)? La gente comune ne vede solo la 'toccante solennità'.

All'improvviso Gu Qiushui cadde in ginocchio, prostrandosi davanti al deserto: quali altre armi potevano competere con quella forza maligna che in silenzio riusciva a erodere fino al midollo la vita di opere così possenti?

Spolverando la sabbia dai mattoni sparsi lì intorno come resti sparpagliati del corpo della Muraglia, non

* Provincia, cancellata nel 1954, corrispondente all'attuale parte meridionale della Mongolia interna.

si trovava traccia del nome di chi li aveva creati, né una menzione alla loro storia o alla loro identità. Quei mattoni, tanto quanto il vago profilo della spina dorsale lambita dalla sabbia, non erano mai stati decantati da poeti e letterati, mai citati né omaggiati neppure di un filo d'erba. Erano rimasti semplicemente lì in silenzio, senza un lamento, sempre in assetto da combattimento a guardia di un confine remoto, sempre in attesa di un ordine che non sarebbe mai arrivato.

S'alzò un ventaccio che gonfiò le increspature del deserto trasformandole in onde mastodontiche. La sabbia, negazione dell'acqua, rombava come un acquazzone, come un mare in tempesta, rivendicando un anelito all'acqua e maledicendone la mancanza.

Quando la furia del vento si calmò, le increspature della sabbia ripresero la loro forma, la tempesta e il rumore delle onde pian piano s'acquietarono e il fragore del deserto si tramutò in un poco consono singhiozzo.

Quando anche il sole, più potente della Muraglia, fu costretto a tramontare, iniziò il coro notturno dei lupi.

Gli ululati si alzarono contemporaneamente da tutte le parti, come se avessero obbedito a un comando, e Gu Qiushui si trovò circondato. Non aveva con sé neanche un'arma, perché, da buon soldato qual era, sapeva che a Yan'an le munizioni erano preziose e ogni pallottola era destinata al fronte. Doveva quindi affrontare a mani nude chissà quante belve nascoste nel buio. Non riusciva neppure a decidere da che parte girarsi, circondato com'era dai loro occhi che baluginavano tutt'intorno come fuochi fatui gialli e verdi. Ma pur di contribuire alla causa del Partito consegnando le armi di Bao Tianjian, Gu Qiushui riuscì a evitare di contribuire a sfamare i lupi.

In una serata senza stelle, Gu Qiushui perse l'orientamento. Era su un altopiano brullo, non un'anima né una luce in vista.

La gente del posto, infatti, abitava in un tipo di *yaodong* chiamati '*yaodong* infossati', perché erano costruiti lungo le pareti di uno spiazzo quadrato a cielo aperto, scavato sotto il livello della superficie. Erano abitazioni calde d'inverno e fresche d'estate, arieggiate da due prese d'aria grandi come ciotole, una sopra e una sotto la porta, che rimanevano aperte in tutte le stagioni.

Per raggiungere lo spiazzo dello scavo bisognava percorrere un corridoio, quindi scendere lungo un canale scosceso: quando di colpo appariva la luce, ci si trovava in una specie di piccolo cortile, simile a quello delle case del Sud della Cina.

Ecco perché quella sera Gu Qiushui non vedeva nessuna luce e non incontrava nessuno. Solo quando mise un piede nel vuoto e cadde sopra una catasta di legna sentì i cani abbaiare e trovò le abitazioni. Passò la notte in uno di quegli *yaodong*, si rifocillò e poi ripartì seguendo le indicazioni che gli avevano dato i suoi ospiti.

Il ritorno, una volta completata la sua missione, andò molto più liscio. Già il secondo giorno arrivò a una stazione di collegamento dell'Ottava Armata, dove un giovane soldato gli diede un asino per proseguire. Pur essendo un cavallerizzo provetto, Gu Qiushui con gli asini non se la cavava bene e come salì in groppa ruzzolò a terra. Il ragazzino che gli aveva portato l'animale ne fu atterrito, immaginando forse che a cadere fosse stato un alto ufficiale.

Raggiunse il Fiume Giallo in groppa all'asino e, subito dopo averlo attraversato, s'imbatté nella macchina di una pattuglia. Saputo che stavano tornando a Xi'an decise di farsi dare un passaggio. Era già in auto, quando salì anche un piccolo ufficiale che spingendolo fuori gli chiese: « E tu dove vai? »

« A Xi'an ».

« Chi ti ci manda? »

« Il comandante ». A quel punto il suo interlocutore non osò più fargli altre domande e così, bluffando giusto un pochino, Gu Qiushui a Yan'an ci arrivò in macchina. Ciononostante arrivò dopo la cerimonia delle lauree e i neodiplomati erano già lì a testa alta in attesa delle armi da lui procurate per andare al fronte.

A Yan'an Gu Qiushui aveva una ragazza, Liu Caiyun, che dopo quell'impresa lo considerava un perfetto eroe solitario: in una ventina di giorni, tra andata e ritorno aveva percorso più di cinquecento chilometri, passando per Qingjian, Suide e Shenmu, aveva attraversato il Fiume Giallo, valicato il Passo Pianguan, costeggiato la Grande Muraglia, camminato nel deserto sotto il sole cocente per portare le armi da Xianyang a Yan'an tra mille rischiose peripezie.

Lui invece non ci aveva visto niente di eroico, in quella missione che non era stato neppure sicuro di riuscire a portare a termine con successo. Tantomeno l'aveva mosso la lealtà verso il Partito Comunista: dopo qualche mese a Yan'an, si era reso conto che il Partito non lo considerava uno dei suoi, come del resto neppure lui si sentiva parte del Partito.

In tutto quel che faceva, lui si affidava al destino, cercando semplicemente di dare il meglio senza mai dimenticare che era stato per tutta la vita un cane al servizio del padrone. E un cane deve dimostrare al padrone di essergli utile, altrimenti viene cacciato con una pedata.

Qualche tempo dopo, Bao Tianjian invitò Gu Qiushui al solito ristorante e gli parlò così: « ... I nostri uomini sono sempre più divisi, sparsi qua e là; se anche riuscissimo a riunirci non ci resterebbero che gli occhi per piangere... »

« Ma non s'illuda di fondare un regno indipendente con quel manipolo di uomini, non è assolutamente possibile » lo raffreddò Gu Qiushui, certo più lucido del suo capo.

Tanta lucidità svanì completamente al momento di partire per il fronte con la prima colonna di guerriglieri, quando Gu Qiushui chiese ai superiori di portare con loro anche la sua ragazza.

Secondo le disposizioni vigenti a Yan'an in quel periodo, ogni squadra di militari doveva avere un addetto alle attività sportive e culturali, ma siccome quello della sua squadra era un incapace, Gu Qiushui era stato costretto a sostituirlo nella riunione generale di programmazione. Finiti i lavori, Liu Caiyun, responsabile del settore, l'aveva raggiunto per discutere sulle attività da svolgere. Gu Qiushui le aveva risposto: « Non sono io il responsabile della mia squadra, oggi l'ho solo sostituito alla riunione ».

Lei aveva piegato la testa da un lato e con uno sguardo dolce gli aveva detto: « Non te la senti di assumerti una responsabilità del genere...? »

Era stato così che avevano cominciato a frequentarsi.

Liu Caiyun era un membro del Partito, ma proveniva da una famiglia agiata. Laureatasi in letteratura inglese, avrebbe senz'altro avuto la possibilità di condurre un'esistenza vecchio stile, magari a Londra. Ma un giorno un giapponese le aveva dato uno schiaffo per strada, e di fronte a quell'affronto insopportabile per una ragazza del suo rango, lei aveva dato una svolta radicale alla sua vita e in un accesso d'ira era corsa a Yan'an.

Non era difficile, per gli studenti di Pechino, uscire dalla città per raggiungere Yan'an. Pechino era occupata dai giapponesi, ma i dintorni erano in mano all'Ottava

Armata e a Mendougou* c'erano i guerriglieri, mentre in città erano attive anche le forze clandestine del Partito Nazionalista.

Durante il viaggio verso Yan'an, la migliore amica di Liu Caiyun le aveva soffiato il fidanzato e lei era arrivata a destinazione col cuore infranto. Qui, però, ebbe la sorpresa di ritrovare molti dei compagni che incontrava alle feste a Pechino, come se i giovani della città avessero trasferito lì anche i loro divertimenti.

In virtù della sua preparazione e delle sue doti di recitazione, le fu affidata la gestione delle attività culturali e sportive, incarico che le permetteva di avere molti contatti, soprattutto con le persone dal temperamento più 'artistico'. E data la scarsità di donne che regnava a Yan'an, la disinibita Liu Caiyun divenne ben presto un'esperta di faccende di cuore.

Gu Qiushui aveva molto riguardo per quella relazione con un'universitaria, e da fidanzato modello si asteneva persino dai rapporti sessuali, che le altre coppie consumavano di nascosto, nei campi, per non venir meno alle ferree regole di Yan'an.

Il motivo per cui voleva portare Liu Caiyun con sé al fronte, quindi, era puramente sentimentale: voleva dividere il destino con lei, vita o morte che fosse.

«Che rapporto c'è tra di voi?» gli chiese il comandante.

«Siamo innamorati» gli rispose lui.

«Allora non se ne parla» decretò il comandante senza pensarci nemmeno un secondo, «non puoi portarla al fronte».

«Perché ad altri è permesso, allora?» insistette Gu Qiushui.

* Distretto a ovest di Pechino.

Lo sguardo stupito del comandante, che neanche si degnò di rispondergli, lo mandò su tutte le furie, tanto che cominciò a inveire: «Perché mi hai chiesto che rapporto c'è tra noi? Tanto avevi già deciso di non lasciarla venire al fronte, no? Volevi solo soddisfare qualche tua morbosa curiosità, immagino... Di solito i cazzi hanno tutti gli stessi diritti, a chiunque appartengano, mentre qui a Yan'an anche loro sono ordinati secondo gerarchia!»

Dopo quello sfogo, andò a perorare la propria causa ai vari organi dirigenti, senza tuttavia trovare nessuno che approvasse la sua storia d'amore con Liu Caiyun, né tantomeno gli accordasse il permesso di portarla al fronte.

Si aggirava imprecando e recriminando: «Sono nell'esercito da quand'ero bambino, conosco bene il codice militare e non reagirei mai di fronte a un superiore, neanche se mi mollasse un ceffone senza motivo. Ma che un uomo possa andare a letto con una donna non può dipendere dalla gerarchia! Se uno è stato un signore della guerra, il suo cazzo non ne ha nessuna colpa e dovrebbe poter godere del sacrosanto diritto di scopare chi e quanto vuole, al pari degli altri. Che razza di comunismo è questo?»

Non fu punito solo perché era un veterano dell'Esercito del Nordest.

Con Liu Caiyun, che era membro del Partito, i dirigenti ci andarono invece pesanti. L'avvertirono che se non avesse fatto come dicevano loro la sua carriera sarebbe finita lì, distrutta da quella storia d'amore, ma l'argomento non ebbe molta presa su un tipo romantico qual era lei. Non rimase altro che spedirla a frequentare un corso di rieducazione. La cosa fu organizzata con una segretezza e rapidità tali che nessuno sapeva dove fosse finita. Gu Qiushui arrivò a inscenare una provocatoria affissione di volantini che chiedevano informazioni sulla sua scomparsa, ma per tutto il tempo che rimase a Yan'an non riuscì più a rintracciarla.

Non si dava pace al pensiero che Liu Caiyun fosse morta, e con lei il suo amore devoto e fedele. Quanto al proprio, di amore, era sicuro che figurasse ormai, assieme al proprio cazzo, nella lista nera del Partito, che di certo non lo considerava uno dei suoi.

La loro storia, tra fragore e volantini, scosse l'intera Yan'an e arrivò anche alle orecchie di Hu Bingchen, che s'inventò un pretesto per andare all'unità a cui era stata assegnata Liu Caiyun per ammirarne le grazie. « Niente di speciale » fu il suo deluso commento.

Di certo non pensava che qualche decade più tardi quello stesso Gu Qiushui sarebbe diventato suo suocero e che con lui avrebbe avuto una lunga chiacchierata.

In realtà Liu Caiyun dimenticò quell'amore molto più in fretta del nostro playboy.

Qualche giorno prima di capodanno un alto dirigente, responsabile delle attività artistiche e culturali, tipo disinibito e anticonformista, andò da Liu Caiyun per avere informazioni sulla festa che lei stava organizzando per l'occasione.

Si sposarono e chiamarono il primogenito Dickens e la figlia Brontë, probabilmente per quell'amore per l'Inghilterra che in lei non era mai venuto meno dai tempi degli studi. A quel Gu Qiushui, invece, che per lei aveva pianto, fatto un putiferio e minacciato d'impiccarsi, non pensò mai più.

Dopo alcuni anni si incontrarono di nuovo, ma neppure si riconobbero né tantomeno ripensarono alla vecchia storia che aveva messo a repentaglio le loro vite.

Comunque siano andate le cose, una cosa è certa: Gu Qiushui aveva completamente dimenticato Ye Lianzi.

Col cuore gonfio di rabbia, Gu Qiushui lasciò Yan'an e raggiunse il comando delle truppe stanziate nella zona di confine.

Il rappresentante di Partito della prima colonna di guerriglieri pose subito a chi di dovere la questione del potenziamento dell'Esercito del Nordest. La mozione fu approvata, ma nessuno si prendeva mai la responsabilità di attuarla.

Bao Tianjian cominciò a chiedersi se le belle parole di Zhou Enlai, che a Taiyuan gli aveva promesso di sostenere il suo esercito, non fossero state altro che chiacchiere senza fondamento. A distanza di un anno, infatti, la Prima Colonna della guerriglia esisteva ancora solo sulla carta.

Sì, ripensandoci era proprio così: quella promessa era un conto in banca i cui movimenti erano garantiti, nella migliore delle ipotesi, da cambiali senza valore.

Erano stati presi in giro, sbattuti di qua e di là senza prospettive, ecco com'era andata. Ma di chi fosse la responsabilità di quel conto nebuloso non lo sapeva neanche Bao Tianjian, che decise allora di tornare nelle retrovie a Yan'an, con la speranza di ottenere lumi dal signor Zhou Enlai e dal presidente Mao Zedong.

Chiese a Gu Qiushui di accompagnarlo, ma lui non ne poteva più di seguirlo in quell'impresa senza capo né coda che lo portava immancabilmente a sbattere la testa contro un muro. Voleva invece approfittare di quel po' d'influenza che il suo capo ancora esercitava per lasciare definitivamente Yan'an, per andare dove non lo sapeva nemmeno lui.

Ma non seppe resistere alle preghiere di Bao Tianjian e partì con lui. La sua cocciuta fedeltà, però, questa volta per poco non gli costò la vita e segnò anche la fine del suo lungo rapporto con il padrone.

Bao Tianjian partì accompagnato solo dai quaranta

ufficiali che aveva portato con sé a Yan'an. Ognuno di loro aveva un fucile automatico e una mitragliatrice, mentre Gu Qiushui solo una piccola pistola. Il resto degli uomini rimase nella zona di confine, insieme ad armi e cavalli.

Nella scorta c'era il capitano di reggimento Wang, un provocatore nato di cui tutti, compreso Bao Tianjian, subivano l'influenza. Convinto che a Yan'an non sarebbero mai riusciti a ottenere delle garanzie sul futuro del loro esercito, spinse Bao ad andare a Chongqing.

Fu così che invece di tornare a Yan'an a parlare con Zhou Enlai e con il presidente Mao, Bao Tianjian si diresse a Chongqing, lasciando i pochi uomini e le armi che aveva con sé all'Ufficio dell'Esercito del Nordest. Lui che aveva passato una vita nell'esercito senza mai separarsi dal fucile era diventato un comandante disarmato e senza più nessuno da comandare.

La sua avventura a Yan'an era finita. Rimase solo con il fedele Gu Qiushui.

Prima di lasciare i compagni, Gu Qiushui fece loro lucidare le armi. Lustre e pulite in fila sui loro appoggi, avevano un'aria solenne, come se stessero partecipando a un funerale.

Rimase a guardarle a lungo, da solo: non erano più fucili, ma uomini che intonavano un canto di dolore. Non resistette, ne prese uno in mano e accarezzandone la canna nerissima disse: « Fucili così non se ne trovano in tutto il paese! »

Per molto tempo, anche dopo che ebbe abbandonato la vita militare, udì in sogno il loro pianto. Si svegliava e guardava la donna sempre diversa che gli dormiva accanto, allora si rendeva conto di non avere nessuno con cui parlare di quel pianto e sussurrava nel buio: « Lo sai come piangono i fucili? E lo sai com'è un uomo, un uomo vero?» Se a letto era da solo, scoppiava a piangere gridando: «Figli! Figli miei!»

Aveva sempre desiderato un figlio, un ragazzo che al pari di quei fucili sapesse tener testa alle intemperie della natura e alle angherie dei propri simili, che lo aiutasse e gli infondesse forza durante il cammino della vita. Ye Lianzi invece gli aveva dato soltanto una figlia.

Ma in questo sbagliava. Non aveva mai potuto né voluto capire che, nonostante fosse una donna, Wu Wei era forte come quei fucili e sapeva tener testa alle intemperie come alle più terribili angherie dei suoi simili.

Nonostante gli antichi rancori, a Chongqing Chiang Kai-shek ricevette Bao Tianjian, in un incontro che durò più dei canonici cinque minuti e al termine del quale Bao commentò laconico: «Ha parlato sempre lui».

Dalla reticenza sul contenuto del colloquio, Gu Qiushui dedusse che il padrone si fosse sorbito una sequela d'insulti.

In effetti Chiang Kai-shek l'aveva pesantemente redarguito: «I comunisti sono una banda di farabutti… Lo so bene io, che in Unione Sovietica mi ero fidato di loro e ben prima di te avevo accettato le loro teorie. Ti sei fatto abbindolare come un babbeo… Ma ti perdono, in nome del rispetto che ho per tuo padre».

E Bao Tianjian se la cavò anche questa volta.

Circa un mese più tardi Chiang Kai-shek lo invitò a un banchetto e, grazie all'intercessione di alcuni amici, lo nominò generalmaggiore della Commissione militare, una carica priva di qualsiasi potere. Bao Tianjian, che era tenente generale, fu molto amareggiato da quell'abbassamento di grado.

«Ma come, non si rende conto» gli diceva Gu Qiushui per fargli accettare la situazione, «che con i suoi trascorsi chiunque vorrebbe ucciderla? Chiang Kai-shek è stato anche troppo generoso, si accontenti di essere ancora vivo e non pretenda anche una promozione! Ma probabilmente il Generalissimo non le ha salvato la vita per niente: avrà pensato che suo padre, il vecchio Bao, è ancora a Tianjin sotto il regime fantoccio dei giapponesi e potrebbe tornargli utile».

Qualche tempo dopo Bao Tianjian venne a sapere per vie traverse di essere ricercato da Dai Li, il capo supremo dei servizi segreti. La cosa lo precipitò nel terrore.

Gu Qiushui ne approfittò per spingerlo a lasciare Chongqing, dove era oramai evidente che non avrebbero ottenuto niente di buono: «Meglio andare a Hong Kong» suggerì, «ma dobbiamo farlo subito, per non rischiare di rimanere bloccati qui».

Bao Tianjian si procurò immediatamente due biglietti aerei per Hong Kong e partì insieme a Gu Qiushui.

Chiang Kai-shek non si preoccupò mai di chiedere dove fosse finito quel generalmaggiore della Commissione militare, che non doveva mai aver nemmeno considerato.

Di per sé, la spedizione a Yan'an non era stata un problema. Erano stati loro, Bao Tianjian e Gu Qiushui, a creare preoccupazioni e malintesi: non potevano che biasimare se stessi.

無字

Capitolo Quarto

1

Nessuno aveva previsto che con la fine d'agosto del '37 le linee ferroviarie Pechino-Suiyuan, Pechino-Wuhan e Tianjin-Nanchino sarebbero finite sotto il controllo dei giapponesi e che le comunicazioni tra il Nord e il Sud della Cina sarebbero state quindi interrotte.

A quel punto, Gu Qiushui non sarebbe più potuto tornare nemmeno se l'avesse voluto, così come Ye Lianzi non aveva alcuna possibilità di raggiungerlo: la guerra li aveva inesorabilmente divisi.

Da quando era partito, Gu Qiushui non si era più fatto sentire.

La generosa Ye Lianzi andava ripetendosi che da 'là' dove lui si trovava non era facile spedire lettere; non altrettanto generosi, quei due soldi che teneva nascosti qua e là diminuivano a vista d'occhio. La pena amorosa che aveva provato al momento del distacco dal marito si era ora trasformata in una difficoltà pratica che faceva di lei un naufrago in mezzo a un mare di gente, senza appigli né approdi.

Il letto, pur saldamente ancorato alla parete, le pareva una scialuppa in balia dei flutti. Di parenti o amici che la supportassero non ne aveva, ma oramai si erano dileguati anche coloro che di bene non gliene avevano mai voluto. Al cospetto delle difficoltà che stava affrontando adesso, i giorni trascorsi a casa sua, in campagna, le apparivano quasi rosei, tanto che si rimproverava d'essere stata così miope ed esigente.

Fu colta di sorpresa dal frinire di un grillo che stava ai piedi della parete. Un canto lento, cadenzato, simile al suono di uno strumento a corde e che di colpo tacque, quasi volesse provocare una risposta. Che posto scomodo aveva scelto, quel grillo! Ma col suo canto fatto di note pizzicate alternate al silenzio riusciva a portare, soprattutto di notte, qualche dolce illusione anche a chi era poco incline a vedere il lato bello della vita. E i giorni di Ye Lianzi scorrevano così, accompagnati da quei trilli ora lenti ora frenetici.

Sui rami ormai spogli della vecchia robinia non rimaneva che un nido. Di giorno era tutto un viavai di volatili, mentre con la sera calava il silenzio. Ma fuori dal nido rimaneva appollaiato un uccello, che al minimo fruscio usciva dal suo torpore per spiccare il volo d'ispezione. Era il maschio, di guardia per difendere il riposo della femmina e dei piccoli nel nido. Dorme sonni tranquilli una famiglia protetta da un maschio.

Fu subito inverno.

La notte Ye Lianzi stava rannicchiata sotto le coperte irrigidite dal gelo con Wu Wei tra le braccia, in ascolto dei rumori che venivano da fuori, con l'orecchio sempre pronto a captare possibili pericoli.

Passi concitati, felpati, malfermi, leggeri, esitanti, pesanti… le sembrava che non fossero al di là del muro, ma sopra le loro teste. Succedeva che uno sparo improvviso o un urlo misterioso penetrassero il freddo della notte, cogliendola impreparata come la canna fredda di un fucile puntato all'improvviso alla schiena.

Ye Lianzi pensava allora in cuor suo che fosse un bene che Gu Qiushui non fosse lì e che la vita, per quanto dura, aveva un senso.

Le risate, invece, maschili o femminili che fossero, o il rumore dei passi malfermi di un ubriaco, le voci impastate dall'alcol e i rutti fragorosi le confermavano che in fondo la vita era sempre la stessa, anche se Gu Qiushui era partito ed erano arrivati i giapponesi.

« Panini! Panini di segale! » La voce del venditore ambulante che giungeva spezzata dalla gelida tramontana vagolava senza meta radendo i muri del vicolo, rimbalzando a destra e a sinistra e finendo per acciambellarsi in un angolo, come un verme.

Nella Pechino di quel tempo gli strilli degli ambulanti s'intrecciavano numerosi, diversi di stagione in stagione, ma a Ye Lianzi rimase impresso soltanto quel richiamo che riecheggiava nelle sere d'inverno.

La padrona di casa, la signora Yang, le raccontò che una volta uno dei loro vicini era sceso in strada in piena notte affamato, dopo una partita di *majiang*, e aveva comprato uno di quei panini da un ambulante senza mento: « Un fantasma, capisci? »

Anche Wu Wei, che aveva allora sei o sette mesi, restò colpita dal richiamo del venditore, tanto che questo tornò puntualmente a visitarla nelle serate più rigide, ogni inverno della sua vita, anche se solo nel ricordo.

Ye Lianzi le aveva parlato spesso di quell'uomo senza mento che vendeva panini di segale, ma i racconti non si erano avvinti all'animo di Wu Wei con la stessa tenacia di quel grido che vagava nell'aria senza posa, trasportato dal vento come una piuma. Una presenza costante, inafferrabile, che tornava ad attanagliarle il cuore anche quando pareva dimenticata. Wu Wei, insomma, ci metteva del suo a rovinarsi la vita, tendendo a mescolarla a quella degli altri: se fu infelice non fu solo colpa del fato.

Ogni mattina Ye Lianzi affrontava il nuovo giorno con l'angoscia di veder finire i pochi soldi che le rimanevano.

Delle due stanze che aveva preso in affitto con il marito ne aveva disdetta una e si era ritirata nell'altra. Non si era lasciata sopraffare dalla malinconia, nel riporre le piccole cose messe insieme durante la sua vita con Gu Qiushui, convinta com'era che prima o poi sarebbe tornato tutto a posto. Si era concessa giusto di sfiorare a lungo la tovaglia bianca dai bordi ricamati a grappoli e viticci, quella che Gu aveva comprato in un negozio di roba usata.

Pur vergognandosi della sua provenienza, non volle mai buttarla via, neppure quando cominciò a vagabondare per tutta la Cina: dovunque andasse, appena riusciva a fermarsi in un posto un po' più a lungo la stendeva per rivivere il sogno di un tempo, per quanto rozzo, instabile o addirittura zoppo potesse essere il tavolo. Lo fece anche nel fatiscente *yaodong* sull'altipiano, senza rendersi conto che la tovaglia malconcia aggiungeva miseria alla miseria di quel tugurio diroccato e all'incomprensibile declino della sua vita.

Quando aveva lasciato la campagna, Gu Qiushui, figlio di un falegname, non ci aveva messo molto a prendere gusto alle cose belle di città.

Non che fosse uno sprecone: si accontentava di una povera tovaglia, di un ninnolo comprato da un rigattiere, di un vestito elegante ma usato, che costava meno di niente. Tutte cose la cui origine, però, metteva in imbarazzo Ye Lianzi, figlia di Mohe.

I fiori venivano dal giardino della famiglia Bao, mai da un negozio...

Così avevano vissuto, procurandosi cose belle a buon mercato.

Non c'è dunque da stupirsi che, il giorno in cui era

nata Wu Wei, Gu Qiushui si fosse presentato con un rametto di glicine preso dal giardino dei Bao.

Ye Lianzi, che aveva imparato fin da piccola a gestire le povere razioni di cibo in modo da farle durare il più a lungo possibile, era un'abilissima pianificatrice. Tutto quel che di inutilizzato raccattava, lo conservava e imballava secondo criteri ben precisi, per poi ripescare un dato oggetto quando le serviva scambiarlo con qualcosa, non foss'altro che una scatola di fiammiferi. La stufa le serviva solo per cucinare, del freddo non aveva paura. Per una come lei, che aveva affrontato il gelo del Nordest della Cina con addosso soltanto una giacca imbottita di coriandolini di cotone, il freddo non era certo un problema.

Wu Wei dal canto suo piangeva disperatamente.

Ye Lianzi fu costretta allora a tappare gli spifferi delle finestre con le riviste alla moda di Gu Qiushui, e a usare tutte le coperte, gli indumenti, qualsiasi cosa che potesse scaldare per coprire la figlia. Quando soffiava la tramontana e cadeva la neve, si sedeva sul letto con la bambina in braccio, immobile per paura di disperdere quel po' di calore necessario a proteggerla dal freddo. Nelle belle giornate la portava fuori al sole, la cullava sul muretto a sud della casa, fissandolo come in trance, quel muretto che le ricordava quando Gu Qiushui le aveva preso la mano e l'aveva guidata a premere il grilletto della pistola.

Vedendola sempre sola, i vicini cercavano di attaccar bottone, chiacchierando del più e del meno, ma lei si limitava a sorridere imbarazzata.

A volte non resisteva e sbirciava nel giardino dei Bao, di fianco a casa sua, dove sapeva essere rimasto solo il custode perché la famiglia si era trasferita a Tianjin. A quel luogo era in qualche modo legata la vita di Gu

Qiushui e di riflesso la sua. «Lo sa che non mi hanno ancora mandato lo stipendio del mese scorso?» sbottava il custode prima ancora che lei aprisse bocca. «Qua non si fa vivo più nessuno!» Non era certo questo che Ye Lianzi voleva sentire!

Cominciò a farsi sempre più scrupolosa con le spese. Amava la pulizia, ma non osava cambiarsi e fare spesso il bucato, perché ogni secchio d'acqua costava due monete di rame. Cercava dunque di limitare al massimo il bucato, tranne, naturalmente, che per i pannolini di Wu Wei.

In tutto l'inverno non si concesse mai un cavolo bianco, verdura che a Pechino non mancava mai neppure nelle case più povere. Un giorno le prese una voglia tale di mangiarne che le pareva di morire se non l'avesse fatto, perciò decise di andare dall'ortolano. Camminando pensava tra sé e sé: 'Costi quel che costi, oggi lo compro!' Ma arrivata alla soglia della bottega, la sua determinazione svanì di colpo. Passeggiò avanti e indietro per un'eternità, guardando gli scarti del cavolo buttati in un angolo fuori dalla porta. 'Perché comprarlo? Basta prendere qualcuna di queste foglie' pensò. Più volte fu sul punto di chinarsi a raccoglierle, ma l'orgoglio le irrigidiva le gambe, impedendole di piegare le ginocchia.

A quel punto si fece forza e andò a chiedere il prezzo.

Pochi centesimi, ma pur sempre troppi per lei. «Non ha niente di più economico?» chiese, sperando che le foglie ammucchiate là fuori avessero un prezzo abbordabile.

Per l'ortolano, che non era così malmesso, era impossibile capire la situazione di chi, come Ye Lianzi, non possedeva assolutamente niente. Un dollaro d'argento valeva quattrocentosessanta monete di rame, ma quella donna che trovava caro anche un prezzo tanto insignificante doveva essere proprio al verde. «Se le cose stanno così, tientele strette, le tue monetine» le rispose allora. Venderle gli scarti gli pareva improponibile: non concepiva che della roba strappata alla bell'e meglio e buttata per terra potesse chiamarsi cavolo.

La risposta dell'ortolano mise a tacere di colpo la golosità di Ye Lianzi, che parve risvegliarsi all'improvviso da un sortilegio.

Mangiò zuppa di farina di mais per tutto l'inverno, condendola soltanto con un po' di sale, non avendo verdura in salamoia per insaporirla.

2

Al posto suo, Wu Wei non si sarebbe certo fatta scrupoli a chinarsi e raccogliere le foglie di cavolo.

Delle tre donne della famiglia, tra madre, figlia e nipote, Wu Wei era quella che meno badava alla dignità. Molti dei suoi errori Ye Lianzi e Chanyue non li avrebbero mai commessi.

Per esempio, ogni volta che le tornava alla mente quello squallido pranzo, pensava di aver mostrato una dignità ineccepibile.

Era stato un pasto semplicissimo, una sola pietanza, un misto di cubetti di carne, rapa, fagioli e tofu saltati, e una zuppa di uova e pomodori.

Ma davanti a quella portata si era sentita vulnerabile come davanti all'amore.

La mano le tremava a tal punto che con le bacchette non riusciva ad afferrare neppure carne o tofu o verdure, figuriamoci i fagioli.

Ma non poteva certo tradire, con la sua impazienza, il fatto che da tempo non mangiava praticamente niente.

Doveva pungolarsi di continuo per non tenere gli occhi fissi sul cibo o sui padroni di casa, o per ricordarsi di parlare ogni tanto e non pensare solo ad abboffarsi. Oltre a quell'immane sforzo di autocontrollo, doveva anche tirar fuori qualche idea, ricordarsi se aveva già parlato dell'ultimo film e, in quel caso, cambiare argomento e commentare il funerale di qualcuno... doveva stare attentissima, non lasciarsi sfuggire niente: un'impresa.

Durante quel pranzo estenuante, la fronte le s'imperlò di goccioloni di sudore tanto grossi quanto insipidi.

Mentre continuava a ingozzarsi, si rese conto a un certo punto che la padrona aveva già posato le bacchette, come del resto anche il marito e il figlio, un ragazzone grande e grosso. Non le restò che rimettere la ciotola sul tavolo e fingersi sazia. Nell'imbarazzo, riuscì pure a inventare una scusa plausibile per giustificare la propria ingordigia: «Mi fa impazzire questa cucina casalinga, sono due mesi che non mangio qualcosa del genere. Sono fuori sede da troppo tempo, e finisco col pranzare e cenare sempre in mensa, dove la cucina non è certo come questa! Neanche al ristorante, del resto...»

Notò il dubbio malcelato che comparve sul volto della padrona di casa, un misto di quell'imbarazzata compassione e di quell'altezzosa accondiscendenza che i ricchi dispensano agli amici poveri incapaci di ammettere la propria condizione...

Un conto è apprezzare la buona cucina, un altro essere morti di fame.

Mentre aiutava la signora a riordinare e a lavare i piatti, setacciava la cucina con lo sguardo, in cerca di qualcosa da mangiare. Sul davanzale vide una scatola piena di fagioli di soia bolliti. L'aria li aveva così seccati che parevano crudi.

«Cosa ci fanno lì quei fagioli?» chiese con una finta indifferenza che mascherava un intenso lavorio della mente.

«Volevo saltarli con le spezie, ma non è la varietà giusta, sono amari».

«Ma è un peccato buttarli via. Potrei portarli a casa per sfamare gli uccellini. Ce ne sono tanti lì attorno alla pensione dove sto, al mattino mi svegliano cantando sul davanzale». Non si era dimenticata che la sua arguta ospite l'aveva colta in castagna quando aveva cercato di inventare scuse per la propria ingordigia, ma d'altra parte non poteva non dar retta al suo povero stomaco, vuoto da troppo tempo.

Wu Wei era in tutto e per tutto una persona ordinaria e come tale non sapeva resistere neanche alle tentazioni più banali. Come avrebbe poi potuto resistere allora a quelle più grandi, come l'amore? E quando non si sa resistere, tanto vale caderci a capofitto.

«Ma sì, anche a me spiace buttarli, li ho messi lì ma non sapevo proprio cosa farne». Che tatto, che diplomazia!

Una volta in camera sua, Wu Wei chiuse per bene la porta e cominciò a schiacciare i fagioli secchi tra i molari, finché non cominciò a dolerle la mandibola. Ogni volta che finiva di masticarne una manciata, le sembrava di avere la lingua tutta spellata.

In effetti quei fagioli aspri e amarognoli non erano buoni, ma lei svuotò a poco a poco tutta la scatola, spronandosi, mentre masticava: 'Forza, sono tutte proteine'.

La situazione faceva acqua da tutti i buchi.

C'era stato il furto, ma fin dal primo momento Wu Wei aveva dedotto che il ladro fosse un lettore, e al di là dell'amarezza gli era stata quasi grata perché non se li era presi tutti, i soldi nascosti tra le pagine del libro.

Colpa sua, di Wu Wei, che aveva giudicato superficialmente la categoria dei ladri, etichettandoli tutti come fannulloni e parassiti, gente che, lei pensava, mai e poi mai avrebbe aperto un libro, che dunque sarebbe stato un nascondiglio a prova di bomba.

I calcoli sono presto fatti:

novanta *yuan* per tre mesi di lavoro fuori sede voleva dire trenta *yuan* al mese, ovvero uno al giorno.

Metà le erano stati rubati, quindi doveva vivere con cinquanta centesimi al giorno. Tra riso e panini al vapore, quattro centesimi all'etto al ritmo di tre etti e mezzo al giorno fanno quattordici: le rimanevano trentasei centesimi. Impossibile poi fare a meno di assorbenti, carta igienica, dentifricio e sapone, beni di prima necessità.

Non si vive di soli cereali, si ha bisogno anche di un po' di carne e verdura, esattamente come di un qualche nutrimento spirituale.

Ma come procurarsene? A casa avrebbe potuto ricavare qualcosa da un brodo di ossi di maiale, ma lì dove si trovava era costretta ad andare in mensa, dove, a parte le verdure in salamoia a due centesimi della colazione, di piatti a prezzi accessibili era impossibile trovarne.

Non poteva chiedere aiuto a sua madre. Venendo via, Wu Wei aveva portato con sé esattamente un terzo della quota mensile di cui le tre donne disponevano per campare un mese. Chiedere aiuto a Ye Lianzi significava togliere il pane di bocca a lei e a Chanyue.

Quegli anni di stenti non le avevano permesso di colmare le carenze alimentari sofferte durante la carestia dei primi anni sessanta: dopo un mese a riso e salsa di soia le si annebbiò la vista, le gambe cedettero e si trovò a terra svenuta. Quando la fecero sdraiare, il suo corpo le parve uno strato sottile saldamente incollato alla panca.

«Niente di grave» sentenziò il medico, «solo una forte anemia. Deve mangiare qualcosa di più nutriente».

'Una parola, qualcosa di più nutriente!'

Quel monito le giunse nitidissimo all'orecchio e altrettanto nitido arrivò alle orecchie delle persone che le stavano intorno. Wu Wei tenne gli occhi serrati, rifiutandosi di rinvenire. Era l'unico modo che aveva per sottrarsi dall'imbarazzo.

E così la disperazione che Wu Wei cercava di tenere nascosta non fu più un segreto.

Non mangiava mai presso la mensa statale, troppo cara.

Si portava da casa una porzione di riso integrale con verdure in salamoia e uno sparuto accenno di carne trita, la pietanza che aveva l'onere di nutrire tutta la famiglia.

D'estate lo consumava freddo, d'inverno metteva la gamella sopra il termosifone dell'ufficio, così che prendesse un po' di tepore almeno alla base, mentre il contenuto s'intiepidiva solo una volta nello stomaco. Avrebbe potuto chiedere al cuoco della mensa di lasciargliela scaldare nel cesto dei panini al vapore, ma non lo fece mai. Perfettamente consapevole della propria situazione, sapeva che per una come lei, che non godeva di una buona reputazione, era meglio non andare a cercarsi altre umiliazioni oltre a quelle che già riceveva.

Quand'era di buonumore si accarezzava lo stomaco e lo ringraziava per essere così comprensivo da non darle altro che minimi disturbi, nonostante mangiasse quasi sempre cibi freddi. I problemi seri sarebbero venuti più tardi, con l'avanzare dell'età.

Tranne che nelle manifestazioni o nelle assemblee, Wu Wei mangiava sempre voltando le spalle agli altri, proprio come Ye Lianzi un tempo chiudeva la porta di casa a chiave perché nessuno sapesse che quella signora così distinta non beveva altro che brodo con farina di mais, per tutto l'inverno, senza neppure un pezzettino di verdura in salamoia.

In quelle occasioni pubbliche, le prime volte Wu Wei si portava un panino al vapore con un po' di verdura. Poi però si era resa conto che non c'era un angolo dove nascondersi e che ovunque si girasse c'era qualcuno che la osservava. Il brutto era che persino quelli che di solito neanche le rivolgevano la parola per non rischiare di compromettere la propria integrità morale in quei casi venivano a chiederle conto della sua salute e della sua dieta. E quante ce n'erano, tra manifestazioni e assemblee, in quegli anni! Bastava per esempio che quel Castro, il leader di Cuba, facesse uno starnuto, gli venisse l'influenza o gli crescesse un callo che bisognava andare in manifestazione…

Decise allora di comprarsi, per quando doveva pranzare in pubblico, il 'pane alle vitamine'. Era una pagnottella morbida e soffice, così colorata che più che pane sembrava il mango che Mao Zedong aveva ricevuto in dono e poi regalato alle masse rivoluzionarie.* Wu Wei si premurava di esibirla per bene davanti al naso di tutti gli impiccioni che le chiedevano della sua salute e della sua dieta, poi la portava a casa per darla a Chanyue. « Mangia, che dentro c'è la vitamina B6 » le diceva.

* Riferimento al famoso episodio dei sette manghi offerti in dono al presidente Mao, nel 1968, da una delegazione ufficiale pakistana in visita a Pechino. Mao (che odiava il mango) offrì platealmente i frutti ad altrettante squadre di propaganda della capitale, incaricate di riportare l'ordine in quel periodo di tumulti.

Per Wu Wei le vitamine erano sacre.

Divorziando da Han Mulin, Wu Wei si rifiutò di chiedergli gli alimenti, senza nemmeno consultarsi con Ye Lianzi e Chanyue. Non contenta, rimandò al mittente anche i settanta *yuan* che lui aveva dato a Chanyue come compenso simbolico. Una nobile decisione, dettata però solo dall'orgoglio e presa senza considerare che, con i cento *yuan* che lei e Ye Lianzi riuscivano a malapena a mettere insieme ogni mese, sarebbe stata ben dura mantenere una famiglia di tre persone. Aveva pensato solo a se stessa, non certo al bene di sua madre e di sua figlia. Era stata un'egoista.

In effetti Wu Wei era così egoista da trascurare i doveri verso madre e figlia pur di non perdere quel po' di faccia che le era rimasta. E proprio quel suo spaventoso egoismo avrebbe in seguito causato a Ye Lianzi, Chanyue e Fengdan, sua figlia naturale, un'umiliazione dopo l'altra.

Fu solo grazie alla resistenza che Ye Lianzi aveva sviluppato in anni e anni di stenti che riuscirono a far fronte a tanta povertà.

Dopo che si fu stabilita all'estero, a Chanyue capitava, nelle sere d'inverno in cui si sedeva vicino al camino con un bicchiere di vino in mano, di ripensare a quella nonna piccina che nella miseria più nera lottava per trasformare il niente in qualcosa, il poco in molto.

Chanyue chiamava Ye Lianzi 'nonnina'.

Prima di cominciare le scuole, andava spesso con lei a fare la spesa.

Stavano in piedi per ore davanti al bancone del macellaio anche in pieno inverno, aspettando con pazienza che quello finisse di spolpare gli ossi di maiale. La carne non potevano permettersela, dunque compravano solo gli ossi.

Il mercato era attraversato da correnti d'aria fredde e puzzolenti, il pavimento era un'umida fanghiglia nerastra.

In fila ad aspettare gli ossi c'erano perlopiù vecchiette vestite di stracci, mentre l'abito di Ye Lianzi, nonostante gli otto rammendi, era impeccabilmente stirato, come stirate erano anche le toppe sugli abiti di Wu Wei e Chanyue.

Davanti all'aspetto decoroso di quel misero abbigliamento, il macellaio propose: « Prenda anche un po' di cotenna, gliela metto quattordici centesimi al chilo ». Erano tutti gentili con Ye Lianzi, mentre con Wu Wei non sempre, probabilmente perché è vero il detto 'nel cuore degli uomini è innata una bilancia'.

Arrossendo di gratitudine, Ye Lianzi lo ringraziò ripetutamente.

Che bei tempi, quelli! Con sette centesimi ci si portava a casa mezzo chilo di ossi di maiale e con venti ci si faceva un pentolone di zuppa densa e saporita.

« Ci aggiungo un po' di cavolo e tiriamo avanti una settimana ».

Di quella zuppa ne bevevano litri, ma certo non ingrassavano.

Al ritorno dal mercato, Ye Lianzi si metteva in ginocchio a spezzare gli ossi con una vecchia mannaia, per poterli letteralmente 'spremere fino al midollo'.

La mannaia arrugginita e consunta aveva la lama sempre sul punto di saltar via dal manico. Per fortuna i colpi di Ye Lianzi non erano granché, per cui la lama non volava molto lontano. La nonna raccomandava sempre alla nipotina di starle lontano, mentre tagliava, che non si facesse male alla testa.

Negli ossi maciullati s'intravedeva il bianco del midollo. « Il midollo fa crescere » diceva Ye Lianzi toccando uno per uno i ditini storti e sottili come germogli di soia della nipote. Oltre alle dita, Chanyue aveva storte anche le braccia, che si piegavano all'infuori all'altezza dei gomiti.

La pentola doveva stare sul fuoco per ore e la zuppa poteva dirsi pronta solo dopo che Ye Lianzi aveva fatto uscire tutto il midollo punzecchiando ogni osso con le bacchette. Le linee delle mani di Ye Lianzi erano spesso incrostate di quel grasso che non veniva via neanche a lavarlo con acqua e sale. Per fortuna nessuno le faceva il baciamano. E quelle mani così ruvide e screpolate sembravano fatte apposta per grattare la schiena di Chanyue.

«Su, mangia. Buono?» diceva Ye Lianzi porgendo alla nipotina un pezzetto di midollo.

«Buonissimo!» rispondeva Chanyue che a quel punto si accingeva a un'ultima, radicale pulizia degli ossi già svuotati dalla nonna, fermandosi solo quando non ne usciva più neanche una goccia di grasso.

Qualche volta Ye Lianzi chiedeva al macellaio anche venti centesimi di carne, naturalmente non di quella magra, poi si girava verso Chanyue sorridendole come se fosse un premio per lei.

Da quei sorrisi Chanyue si era resa conto che la nonna non aveva grandi ambizioni nella vita e che il suo unico desiderio era fare crescere lei, come prima aveva cresciuto sua madre, nonostante la miseria. Per questo Gu Qiushui l'aveva abbandonata. «Che gusto c'è» aveva detto, «a parlare con una donna senza ambizioni?»

Venti centesimi di carne, grasso incluso.

Ye Lianzi continuava a molare il coltello sul bordo della giara di terracotta: più era affilato più sottile tagliava la carne e più sottili erano le striscioline, più carne sembrava ci fosse nel piatto. Nella giara c'era la senape cinese che aveva marinato lei stessa secondo la seguente ricetta: lasciava all'aria per un paio di giorni le foglie appena raccolte, poi le mescolava delicatamente con il sale grosso e le riponeva nella giara alternando uno strato di senape con uno di sale e uno di pepe selvatico. Uno di senape, uno di sale e uno di pepe selvatico...

La carne saltata con la senape cinese era il piatto forte di Ye Lianzi, che trasformava quei pochi centesimi di striscioline di carne in un capolavoro, con la parte grassa che diventava lucida e trasparente e quella magra, d'un bel rosso cupo, saporitissima.

Nonostante fossero così sottili, Ye Lianzi riusciva a scovare fino all'ultima strisciolina per depositarla sul riso della nipote.

Quando ebbero qualche soldo in più, Chanyue portò la nonna a mangiare al ristorante, dove lei ordinò carne saltata con senape cinese.

« Non l'abbiamo, mi spiace » le disse il cameriere.

« Ma una volta c'era » protestò Ye Lianzi.

« Sì, ma tanto tempo fa! » obiettò il cameriere. « Come potremmo servire un piatto del genere, adesso che siamo un ristorante a partecipazione straniera? »

« Ordina qualcos'altro » le suggerì Chanyue, « qualcosa che ti piaccia ».

Ye Lianzi scosse la testa, non le veniva in mente niente di più buono della carne con la senape cinese. Al massimo avrebbe potuto ordinare la pignatta mongola che aveva mangiato con Shi Qiao al ristorante Donglaishun più di mezzo secolo prima.

Un giorno che Wu Wei si era alzata presto per mettersi in coda al Donglaishun, quando Ye Lianzi era arrivata insieme a Chanyue, davanti a tutte le salse e le fette di montone disposte sul tavolo, aveva esclamato: « Ma questo non è più il Donglaishun di una volta! »

Certo che non era più il Donglaishun dove aveva mangiato con Shi Qiao tanti anni prima.

Qualche volta, quando le telefonava dall'estero, d'inverno, Chanyue le chiedeva: « Nonna, hai messo ancora a marinare la senape? »

« No, non ce la faccio più! » rispondeva lei.

Chanyue aspettava sempre con ansia la stagione delle angurie, quando i contadini le portavano in città sui carri.

Ancora immersa nel sonno, sentiva lo scalpiccio tranquillo dei cavalli che avanzavano col primo sole.

Di buon'ora andava con Ye Lianzi nel posto dove si fermavano i carri e lì aspettavano finché il sole bruciava alto nel cielo e i contadini, dopo aver mangiato, bevuto e fumato, cominciavano a scaricare la merce.

Uno sul carro e uno sotto, gli uomini si passavano un'anguria dopo l'altra come fossero palloni. Nonna e nipote seguivano fino allo stordimento quel su e giù di mani e angurie. Gocce di sudore scendevano copiose sul faccino di bambina di Chanyue e sul vecchio viso di Ye Lianzi, come se sperimentassero loro stesse la fatica degli scaricatori.

Ogni tanto si sentiva un tonfo sordo, segno che il contadino che stava sotto mancava la presa, l'anguria finiva per terra e si spaccava. Una volta saziatisi con qualcuna delle angurie cadute, i due erano disposti a svendere le altre a venti centesimi l'una.

Certo andavano consumate subito, non si poteva conservarle, ma d'altronde quelle sane erano troppo care.

Inutile dire che Chanyue adorava quel tonfo sordo.

Spesso succedeva però d'imbattersi in uomini particolarmente abili e allora niente tonfi. In questi casi Ye Lianzi sentiva un peso opprimerle la fronte e le rughe le si raggrinzivano di colpo.

Ma subito si riprendeva e consolava Chanyue: « Torniamo domani ».

Se andava male anche il giorno seguente, l'anguria andavano a comprarsela al negozio.

Chanyue allora la tirava per la mano, dicendo: « Nonna, comprami un ghiacciolo, invece dell'anguria! »

Un ghiacciolo costava solo cinque centesimi, anzi, ce n'erano pure da tre, ma Ye Lianzi, contrariamente al solito, non assecondava il desiderio della nipotina. Quando pagava l'anguria, però, contava e ricontava i soldi un sacco di volte.

Di nascosto da Wu Wei, era andata anche a chiedere di vendere il sangue. Sorrideva magnanima come se lo stesse facendo per una nobilissima causa, tanto che le infermiere si domandavano curiose quale fosse il motivo che aveva spinto quella signora così distinta a rivolgersi a loro.

D'altra parte, in qualche modo doveva pur comprare un cappotto alla figlia. Con la tramontana che sferzava così pungente da scorticare la carne, Wu Wei era costretta ad andare al lavoro con una misera giacchettina imbottita, il che la costringeva a zampettare controvento con le spalle incassate e il corpo piegato, così intirizzita che pareva un cane con la coda tra le gambe.

Ogni mese, poi, doveva mettere da parte cinque *yuan* per Chanyue. Risparmiando sessanta *yuan* all'anno, quando la nipotina sarebbe diventata grande avrebbe potuto consegnarle cinque o seicento *yuan*, una bella sommetta. Chanyue avrebbe potuto usarli come voleva, sarebbero stati il regalo della nonna per la maggiore età.

Per garantire alla bambina un frutto al giorno, girava tutte le bancarelle in cerca di scarti. Le mele piccole come un uovo d'anatra e quelle bacate costavano molto meno. Tolte le parti marce, erano pur sempre mele, come lo erano anche quelle troppo piccole.

Una volta a casa, le mele passavano un ulteriore vaglio: le più grandi erano per Chanyue, da mangiare subito o da portare a scuola in modo che i suoi compagni non la prendessero in giro perché era troppo povera; quelle inverosimilmente piccole rimanevano per lei e Wu Wei.

Alla luce delle fiochissime lampadine di casa, quei frutti parevano così verdi e aspri da far dubitare persino Ye Lianzi che quelle cose simili alle mine inesplose che aveva visto in un film fossero effettivamente mele.

Ciononostante, sussurrava ogni volta a Wu Wei, in tono solenne: « Mangiala tu ».

« No, mangiala tu, mamma » ribatteva Wu Wei con lo stesso tono solenne e quasi sussurrato, neanche stessero officiando un rito sacro. In effetti, fin da piccola Wu Wei era abituata a considerare sacro ogni pasto. Solo quando cominciò a guadagnare perse la venerazione per il cibo e mangiare divenne per lei una cosa normale.

Quelle mele, né dolci né aspre, non sapevano proprio di niente, forse perché non erano ancora mature, forse perché un sapore non l'avrebbero mai avuto. Ma le due donne le ruminavano adagio, con rispetto, come fossero un lusso, felici di poter assorbire un po' di vitamina C.

Peccato che all'ospedale il sangue di Ye Lianzi non interessasse, perché era troppo vecchia.

Il giorno del compleanno di Chanyue, Ye Lianzi mandò Wu Wei a comprare la torta nella pasticceria più raffinata della città. Non ci andò lei, perché pensava di essere impresentabile, di avere un'aria troppo misera per un posto del genere. Scelse l'abito migliore che Wu Wei aveva, lo stirò alla perfezione e glielo fece indossare. Era frequentata da gente ricca, quella pasticceria, e Wu Wei non solo non doveva mostrare la sua povertà, ma doveva sembrare una cliente abituale.

Non potendo permettersi una torta intera, ne comprò soltanto qualche fetta. Sempre torta era, comunque.

Il fatto che la commessa prendesse le fette con le pinze anziché con le mani luride come facevano in altri posti le sembrò il colmo della raffinatezza. Quando poi le sistemò nella scatola di cartone immacolato, Wu Wei provò una tale sensazione di pulizia che si sentì riscattata dalla propria miseria.

Chanyue voleva assolutamente dividere la torta con loro, almeno un morso a testa: « Mangiane anche tu, mamma! Anche tu, nonna! »

Non potevano rifiutarsi davanti a tanta insistenza: poggiarono giusto le labbra su una fetta, ma Chanyue schiacciò la torta contro i loro denti serrati cercando di infilargliela in bocca. Le briciole cadevano e quello spreco stringeva il cuore, perciò misero la mano sotto il mento per raccoglierle e poi le leccarono piano. A vederle sembravano tante; una volta in bocca, però, erano come piume senza sostanza. Ma dal sapore celestiale.

Chanyue masticava il più lentamente possibile, per non finire troppo presto.

Le due donne osservavano senza fiatare quella bambina che sbocconcellava con parsimonia le sue fette. Wu Wei giurò a se stessa che un giorno avrebbe fatto sì che sua figlia e sua madre potessero masticare in tutta libertà, senza alcuna riserva, quanto e come avessero voluto.

Una volta, mentre passava davanti a un ristorantino insieme a Chanyue, Ye Lianzi vide i camerieri che buttavano via gli avanzi. « Aspetta, voglio dare un'occhiata » disse alla nipotina.

«Nonna, ti prego...» la trattenne Chanyue.

«Ma guarda quante cose buone, e che porzioni!» insistette Ye Lianzi, ma Chanyue fu inflessibile. Che tutto quel bendiddio di proteine e grassi non potesse nutrire Wu Wei e Chanyue, però, era davvero un peccato.

Appena rientrarono, Ye Lianzi uscì di nuovo: quegli avanzi erano per lei un chiodo fisso. Ne comprò due piatti e quando tornò a casa s'accorse che c'era un sacco di carne dentro. Aveva proprio fatto un affare! Quando mai, sennò, avrebbe osato servire a Chanyue un brasato alla soia? Non che non avesse i soldi per comprarlo, ma non poteva spendere oggi anche i soldi di domani. Se si fossero abboffate un giorno senza pensare alle conseguenze, cosa avrebbero fatto se a fine mese la pentola fosse rimasta vuota?

La dignità e l'orgoglio che doveva aver ereditato da Mohe perdevano ogni effetto, in quelle condizioni di estrema povertà. Aveva un bel ripetersi che quella era roba comprata e non raccolta frugando nella spazzatura, ma sapeva benissimo come stavano le cose.

Chanyue entrò in cucina e vedendo l'espressione eccitata della nonna si raggelò. «Hai comprato gli avanzi!» l'assalì schiumante di rabbia, come se Ye Lianzi avesse commesso un crimine imperdonabile. Ma non potendo rimproverarla si limitò a dire: «Io non ne voglio, mangia tu, se ti va». Detto questo, uscì per andare a scuola senza toccare neppure il riso, vanificando del tutto gli sforzi di Ye Lianzi.

La donna rimase sola a riflettere davanti al piatto caldo, certo, tutt'altro che soddisfatta del proprio gesto. Forse nemmeno Chanyue, tuttavia, una volta adulta e magari con dei figli ma senza il becco di un quattrino, sarebbe riuscita a conservare tanto orgoglio, vedendoli soffrire la fame.

Considerando la sua storia familiare, è comprensibile che Chanyue in casa non abbia mai chiesto niente per sé.

Non mancavano coloro che, ricordandole il vecchio adagio che ammoniva 'Trovati un marito che ti dia riso e vestito', cercavano di aiutare Wu Wei a trovare una via d'uscita, magari sotto forma del dirigente di buon livello che aveva quindi garantita mutua e pensione, o di un fisico rimasto prematuramente vedovo e senza discendenza, che quindi avrebbe potuto sposarla senza le pastoie del matrimonio precedente. Tutte persone che avrebbero assicurato a lei, alla madre e alla figlia una vita libera dalla miseria, ma Wu Wei non aveva voluto cedere. In nome di quella bagattella che fu l'amore di Hu Bingchen, dimenticò la responsabilità verso se stessa e i doveri verso Ye Lianzi e Chanyue.

Ma non era necessario che si pentisse, sarebbero stati gli altri, come lo stesso Hu Bingchen, a ricordarle il suo passato sputandole addosso un 'Puttana che non sei altro!' in un qualsiasi momento di malumore.

A tenerle compagnia in quei giorni di ristrettezze, Wu Wei non aveva che quell'amore incerto e irrealizzabile.

Molto tempo dopo, Hu Bingchen le chiese: « Perché non mi hai detto che eri in difficoltà? Se l'avessi saputo, avrei fatto di tutto per aiutarti ».

Parole che non solo le riempirono il cuore di felicità, ma che le fecero addirittura dimenticare le sofferenze di quel periodo; o meglio, la indussero a pensare, povera sciocca, di averle superate al suo fianco, scordandosi completamente dell'umiliazione che lui, invece, le aveva inflitto davanti a tutti per salvare la propria reputazione.

« Era necessario dirglielo, che eri povera? Bastava che ci pensasse per rendersene conto » era stato il commento di Chanyue.

3

Ye Lianzi era ossessionata dal risparmio e non cambiò stile nemmeno quando Wu Wei divenne una scrittrice e i soldi non furono più un problema. Le era rimasto il terrore della miseria.

Sempre angosciata dal futuro, aveva impresse nel cuore le giaculatorie dei mendicanti: «Abbia pietà, signora, signorina, mi dia qualche avanzo...» Una mattina che era uscita a portare la spazzatura, vide all'imboccatura del vicolo il corpo di un barbone che qualche anima pietosa aveva coperto con uno stuoino malconcio dal quale uscivano soltanto i piedi scalzi, lividi dal freddo, pieni di grinze e incrostati di fango. Il secchio dell'immondizia le cadde di mano facendo un gran fracasso: chi le garantiva che non avrebbero fatto quella fine anche loro?

Avendo sentito parlare delle mense per i poveri, un giorno era andata con Wu Wei in braccio a quella del tempio Guanghua, nella zona dei laghi di Pechino. Servivano una zuppa di riso molto più densa di quella che mangiavano loro a casa e che aveva scatenato la sua invidia. Quando poi aveva visto uno dei mendicanti svuotare d'un fiato una ciotola enorme, aveva pensato che fosse uno spreco: una zuppa così densa bastava allungarla con un po' d'acqua e sarebbe bastata per un giorno intero...

Al momento, quella visita l'aveva un po' rincuorata: in mancanza di meglio, sarebbe sempre potuta andar lì a prendere un piatto di minestra. In fondo, che differenza c'era tra lei e quei poveracci? Neanche lei aveva entrate, né di che vestirsi e saziarsi. Ma poi sentì una cantilena: «Quando suona la sirena si comincia a servir la cena, alle bimbe un pochino, alle vecchie il brodino, alle belle donne un intero catino». Forse era meglio lasciar perdere.

Un giorno ricevette l'inattesa visita di Dong Gui, l'autista di casa Bao. Si prodigò per accoglierlo degnamente, accendendo anche la stufa: «Si è preso la briga di venire a trovarmi con questo freddo!» gli disse. «Non so come ringraziarla... le preparo subito una tazza d'acqua calda».

Data la povertà e la desolazione di quella casa che non aveva il sostegno di un uomo, era ovvio che del tè non ci fosse neppure l'ombra e che il massimo che Ye Lianzi potesse offrire a Dong Gui fosse una tazza di acqua calda.

«Come sta, signora Gu?» le chiese lui per toglierla dall'imbarazzo.

«Benissimo, grazie, sia io che mia figlia». Nonostante il tono sereno, lo sguardo tradiva il contrario. Fece un gesto con la mano, come per scusarsi dello spazio ristretto, ma in realtà la stanza era praticamente vuota, a parte un letto e un tavolo.

Ye Lianzi era la moglie più virtuosa della centododicesima divisione visto che, nonostante la miseria in cui era ridotta, si faceva forza per barcamenarsi senza chiedere aiuto né lamentarsi, neppure con lui, che in fondo era amico di Gu Qiushui.

«Capisco che non sia facile per lei tirare avanti, ora che i Bao si sono trasferiti a Tianjin e che il capocomandante Gu se n'è andato con il signor Bao. La famiglia dovrebbe darle una mano. A breve mi sposterò anch'io a Tianjin con i miei e a Pechino non resterà più nessuno della centododicesima divisione. Prima di partire, il capocomandante Gu si era raccomandato che vegliassi su di lei e mi chiedo se è disposta a venire a

Tianjin con noi... sarebbe sempre meglio che rimanere qui da sola».

«Non so come ringraziarla» accettò lei con gli occhi umidi.

Fu così che Dong Gui portò Ye Lianzi a Tianjin insieme alla propria famiglia.

Ye Lianzi prese in affitto una stanza giusto di fronte alla casa dei Dong, in un cortile nella zona cinese* a sud del fiume. Il fatto di vedere dei volti familiari ogni volta che apriva la porta la faceva sentire più sicura. Soldi continuava a non averne, ma la paura era meno assillante.

4

Con la famiglia Dong vicina, Ye Lianzi si sentiva certamente più tranquilla, ma c'era un altro problema.

Come sua dirimpettaia, la moglie di Dong Gui passava spesso a trovarla senza preavviso e lei era terrorizzata che arrivasse all'ora di pranzo.

«Ha mangiato? Che cos'ha mangiato?» si informava premurosa la signora.

Ye Lianzi si risolse a mettere il chiavistello alla porta durante i pasti, in modo da evitare che la vicina si rendesse conto che sulla tavola c'era solo zuppa di mais, sempre che ci fosse qualcosa.

* Il riferimento è alla zona di Tianjin rimasta sotto la giurisdizione cinese nel periodo delle concessioni straniere. Con il Trattato di Tianjin, firmato nel 1858 alla fine della Seconda guerra dell'oppio, la città fu aperta al commercio con l'estero e l'impero cinese dovette cedere parti del territorio della città, chiamate 'concessioni', ai governi stranieri. Le concessioni inglese e francese nacquero già nel 1860, mentre quelle belga, italiana, tedesca, giapponese e russa si stabilirono tra la fine dell'Ottocento e l'inizio del Novecento.

Non che i Dong fossero nababbi e si concedessero le prelibatezze di Tianjin, come il pesce con le focaccine, lo stufato di maiale alla soia o i ravioli, ma l'indispensabile non mancava mai.

A poco a poco la signora Dong intuì come stavano le cose e quando preparava i panini al vapore con un misto di farina bianca e farina gialla, mandava sempre i figli a portarne un paio a Ye Lianzi.

Lei esibiva un gentile rifiuto, ma i ragazzini li lasciavano lì e se ne andavano senza dir niente.

Una volta rimasta sola, Ye Lianzi faceva annusare il panino a Wu Wei, perché ne sentisse la fragranza, poi madre e figlia cominciavano a sbocconcellarlo lentamente. Era tanto, tanto tempo che non ne mangiavano.

Nonostante avesse soltanto dieci mesi, Wu Wei spingeva il panino verso la bocca della madre, farfugliando « Mamma, mamma ».

Ye Lianzi allora l'abbracciava, stringendosi al petto la sua testolina e asciugandosi le lacrime sul pancino morbido. Com'era possibile che una bambina di dieci mesi si rendesse già conto che quella era una prelibatezza che non mangiavano da un sacco di tempo? E come faceva a sapere di doverne dare prima alla madre?

Fino in punto di morte, Ye Lianzi pensò sempre che i momenti più felici della sua vita fossero stati i due anni passati con Gu Qiushui dopo il matrimonio, ma in realtà chi l'aveva amata di più era stata Wu Wei.

Appena vedeva che i Dong si sedevano a tavola, Ye Lianzi chiudeva la porta a chiave e usciva.

Con Wu Wei in braccio, girava per le strade e s'intrufolava nei vicoli, sbirciando dentro i portoni per vedere come se la passassero i poveri diavoli che ci abitavano:

ecco una sposina che esce per comprare aghi e fili a una bancarella;

una giovane coppia, lui davanti e lei dietro, viene a trovare i parenti;

chissà di chi è quel cane che segue Ye Lianzi con aria feroce e abbaia così forte che Wu Wei si mette a piangere spaventata;

un uomo cammina con passi concitati, forse ha fretta di tornare a casa. I suoi lo staranno aspettando per il pranzo, padre, madre, moglie e figli… oltrepassatolo, Ye Lianzi si gira a guardare in quale porta è entrato.

Vedendo avvicinarsi un ambulante, Ye Lianzi fu presa dalla tentazione di comprare a Wu Wei una pera o una rapa, qualcosa, insomma, da mettere sotto quei dentini ai quali non aveva ancora mai dato niente da rosicchiare. Poi però, per paura di giorni ancora più grami, si fece forza e tirò dritto.

Ma, chissà perché, in quella zona c'erano tantissimi ambulanti, ne spuntavano uno dopo l'altro, come se volessero costringerla a comprare qualcosa alla figlia.

Ye Lianzi fermò un vecchietto arzillo e ciarliero, uno che conosceva bene la vita e il proprio mestiere, al quale bastò un'occhiata per capire cosa stava passando nella mente di Ye Lianzi.

« Vuole qualcosa per la bambina? » le chiese.

Lei sorrise: cos'avrebbe potuto comprarle?

Diede un'occhiata da una parte ai dolci: troppo cari; dall'altra alla frutta: carissima anche quella; tutto quel che vedeva era al di là delle sue possibilità.

« Prenda dei biscotti » le suggerì il vecchio, « sono la cosa migliore per una bambina che sta mettendo i denti. O dei ravanelli, che potete dividervi. Anche quelli fanno bene ai dentini… »

Più il vecchio parlava, più Ye Lianzi piombava nell'imbarazzo, perché non era sicura che avrebbe comprato qualcosa e pensava di non meritare tutta quell'attenzione.

E più il vecchio parlava, più lei si sentiva indecisa su cosa comprare, e più lei era indecisa, più si sentiva obbligata a comprare.

Finalmente l'uomo tacque. Aveva capito che quella che aveva davanti era una donna di buona famiglia caduta in una miseria peggiore della sua, tanto da non riuscire a decidersi davanti alle cose da quattro soldi che vendeva.

Seguì un silenzio opprimente. Pur di sottrarsi all'imbarazzo Ye Lianzi individuò la cosa più economica: « Mi dia uno di quei lecca lecca » si decise.

Dopo aver incassato i soldi, il vecchio le porse due lecca lecca.

« No, ne ho chiesto uno solo » obiettò lei.

« Questo lo regalo io alla bambina » replicò il vecchio.

Ye Lianzi arrossì di colpo: quell'uomo le stava facendo la carità!

Come poteva accettare? D'altra parte, se avesse rifiutato l'avrebbe offeso, si sarebbe mostrata ingrata. Non le restò altro che dargli un'altra moneta e ringraziarlo del pensiero, allontanandosi in fretta.

Wu Wei assaggiò il lecca lecca che impugnava con entrambe le manine, poi cercò di offrirlo alla mamma, ma siccome Ye Lianzi non voleva saperne cercava di spingerglielo ripetutamente in bocca, invocando « Mamma, mamma ».

Ormai a prendersi cura di Ye Lianzi era rimasto solo quell'esserino di dieci mesi, che invece sarebbe dovuto dipendere dalle sue cure.

Di fronte a tanta cocciutaggine Ye Lianzi cedette e aprì la bocca. Mamma e figlia continuarono a girare per strade e vicoletti, leccando a turno il lecca lecca, asciugando qualche lacrima e aspettando che i Dong finissero di mangiare per tornare a casa.

Per quanto durissimi, i giorni volavano e fu subito primavera, anno 1938. Wu Wei s'ammalò di morbillo, che l'inesperta Ye Lianzi scambiò per una banale infreddatura.

Fu la signora Dong, vedendo la bambina, a commentare: « Accidenti, è morbillo, non vedi le macchioline anche intorno agli occhi? Devi coprirla bene e tenerla lontana dalle correnti, o saranno guai ».

Troppo tardi: Wu Wei freddo doveva averne già preso, perché le venne un febbrone altissimo. Non piangeva né si lamentava, però. Bambina di solito vivacissima, quando si ammalava o le succedeva qualcosa di grave diventava la tranquillità in persona. Come dimostrò mantenendo una calma incredibile allorché, all'età di cinque anni, s'imbatté in un'altra catastrofe.

Ye Lianzi fu costretta a impegnare l'orologio che Gu Qiushui le aveva regalato per le nozze. Mai avrebbe voluto separarsi da quell'oggetto, se non per disperazione.

Ma al banco dei pegni scoprì che era solo una bella patacca che non valeva niente, in puro stile Gu Qiushui.

In ogni caso, con i pochi spiccioli racimolati poteva finalmente portare Wu Wei dal dottore.

Aveva sentito che c'era un bravo medico nella concessione francese e partì a piedi con la bambina in braccio, ben avvolta in una piccola trapunta, perché adesso sapeva che non doveva farle prendere aria. Non poteva permettersi un risciò, perché non aveva idea di quanto sarebbero costate le cure per Wu Wei e non doveva sprecare neanche un centesimo.

Se in un primo tempo la piccola non le pesava, presa com'era dall'imperativo di camminare il più in fretta possibile, dopo un po' il fardello si fece sentire, mentre la trapunta, non più aderente al corpicino, andava allentandosi fin quasi a toccar terra. A un certo punto le si infilò addirittura tra le gambe, rischiando di farla inciampare. La cosa l'atterrì e sudò freddo: guai se fossero cadute!

Era in momenti come questi che si vedevano le tragiche conseguenze della malnutrizione. Mai, nemmeno da piccola, aveva mangiato cibi nutrienti e da un anno si cibava esclusivamente di zuppa di mais.

Doveva fermarsi di continuo, accucciarsi e risistemare la trapunta. Ne teneva un capo in bocca e con le mani riavvolgeva l'altro capo intorno a Wu Wei, continuando a ripetersi: 'Non deve prender freddo, non deve prender freddo'.

A ogni passo si chiedeva quanto mancasse all'ambulatorio. Non ce la faceva più a reggere la bambina e non ce la faceva più ad andare avanti. Si trascinava da un palo della luce all'altro.

Ye Lianzi aveva trent'anni, ma non avendo mai avuto esperienza di malattie e di medici era convinta che bastasse aver pagato la visita, avuto una diagnosi e aver preso le medicine prescritte dal medico e sua figlia sarebbe guarita di colpo.

Invece la febbre non scendeva, il respiro era affannoso e ogni tanto la trapunta sussultava all'improvviso per gli spasmi del corpicino scosso dalle convulsioni. Ye Lianzi infilava una mano sotto le coltri e tastava quel cosino pelle e ossa, che ormai non aveva più un grammo di ciccia nemmeno sulle cosce e sul sedere. Gli occhi non si aprivano più, solo le narici si allargavano e stringevano freneticamente.

Vedendo lo sforzo che la bambina faceva per respirare, la signora Dong, madre di quattro figli e reduce da altrettanti casi di morbillo, esclamò: « Dev'essere un problema di cuore! Sta male, sta troppo male questa bambina! »

Quelle parole colpirono Ye Lianzi in piena faccia, deformandone i bei tratti come uno schiaffo arrivato dal cielo. Si girò verso la signora e mormorò qualcosa che né la donna né Dong Gui riuscirono a capire.

Dong Gui, turbato da quel viso contorto dal dolore, disse: « Stia tranquilla, so che qui vicino c'è un bravo medico tradizionale. Vado a chiamarlo, a questo punto bisogna tentare tutto il possibile ».

Wu Wei, i cui peccati evidentemente il destino non prevedeva finissero così, prese le medicine tradizionali e a poco a poco si ristabilì.

In seguito Wu Wei si chiese spesso perché Ye Lianzi non avesse lasciato che se ne andasse. Sarebbe stato meglio per tutt'e due.

Dopo quell'episodio, Ye Lianzi non riuscì più a condurre la vita ritirata di prima, ma cominciò a frequentare la famiglia Dong. Metteva Wu Wei sul loro *kang* e la bambina gattonava buona buona avanti e indietro giocando da sola, senza mai farci la pipì sopra.

In effetti in quel periodo Wu Wei non bagnava mai il letto, il problema sarebbe cominciato più tardi.

Ye Lianzi aspettò in silenzio che la signora Dong finisse le sue faccende, poi le chiese: « Quando pensa che tornerà, mio marito? »

Cosa ne sapeva la signora Dong? E cos'avrebbe potuto risponderle? Casomai era una domanda da fare alla famiglia Bao, magari avrebbero potuto dirle qualcosa.

In realtà Ye Lianzi non si aspettava una risposta, l'aveva chiesto semplicemente perché esasperata dalla solitudine e dall'ansia.

Se ne pentì subito, però, perché temeva di aver messo

in imbarazzo la signora. Allora sorrise e si scusò con fare timido: «Non volevo metterla in difficoltà».

Per dimostrare poi che non intendeva più importunarla, cominciò a cantare cullando Wu Wei: «Corron le nubi, brillan le stelle, si placano le onde, taccion gli uccellini, dormono i bambini...» Ma mentre cantava le venne il magone.

La signora Dong, che al momento la consolò dicendole che tutti, nella vita, hanno le loro preoccupazioni, la sera ne parlò col marito: «Chi non sarebbe in pena, nella sua situazione? Non ha soldi e per quanto risparmi non ce la fa più a tirare avanti. Non vedi che non possono permettersi neanche un panino di mais? Te lo dico io, quelle due non ce la fanno».

«Il fatto è» le rispose il marito, «che lei s'illudeva che la guerra fosse un affare di un paio di giorni e che sarebbe bastato tener duro per un po' e il capocomandante Gu sarebbe tornato».

«Il comandante di divisione Bao le ha portato via il marito senza preoccuparsi di quello che sarebbe successo a lei e alla bambina. Lei poi è troppo dignitosa per rivolgersi ai Bao, ma così la faccenda non si risolverà mai. Vai tu a parlare con Bao padre, non penso che rimarrà con le mani in mano a guardarle morir di fame».

Dong Gui andò quindi dal vecchio signor Bao e gli spiegò la situazione: «Il capocomandante Gu è partito al seguito di vostro figlio, ma ora la sua famiglia non ha più soldi per vivere. Potete fare qualcosa per loro?»

«Certo, dobbiamo aiutarli!» rispose ben disposto il signor Bao, famoso in tutta la centododicesima divisione per essere un uomo retto. «Anzi, vado subito a parlarne alla Vecchia signora».

Ma la consorte, fervente buddista, gli aveva fatto notare che non poteva prendersi cura di tutti gli uomini della centododicesima divisione, perciò il vecchio Bao si rimangiò il proposito.

Il ragionamento non stava in piedi, pensò Dong Gui, perché gli altri avevano tutti una posizione e uno stipendio nell'esercito, pertanto non avevano motivo di chiedere aiuti finanziari ai Bao. La situazione di Gu Qiushui era ben diversa, perché era stato il comandante Bao a strapparlo all'esercito tre anni prima per farne il proprio segretario, o attendente che dir si voglia, per poi trascinarlo lontano: chi altri, se non i Bao, dovevano preoccuparsi di come campavano la moglie e la figlia?

Ma rendendosi conto che non c'era speranza di convincere il vecchio, Dong Gui decise di andare a parlare con la Seconda signora, che abitava nel cortile anteriore. Dong Gui lavorava in quella famiglia sin da quando era piccolo e conosceva bene il carattere di tutti i suoi membri: rispetto agli altri Bao, la seconda moglie di Bao Tianjian mostrava di avere un po' più di buon cuore e una forte influenza sul marito.

Le case che il vecchio signor Bao aveva fatto costruire per i suoi numerosi figli, tutte indipendenti ma comunicanti, si affacciavano sul grande cortile della sua abitazione.

Anche se proveniva da una famiglia di 'briganti', quando si era costruito casa il vecchio Bao aveva preteso tutte le comodità occidentali, tanto che persino il bagno dei servi nel seminterrato aveva lo sciacquone.

Quando, cinquant'anni dopo, Wu Wei era tornata a visitare i luoghi legati alla sua vita passata, le case dei Bao erano ancora in piedi, ma snaturate e stravolte nell'aspetto dai nuovi inquilini, nessuno dei quali aveva legami con i proprietari originali. Scrutando quei visi sconosciuti aveva pensato con tristezza che con quelle abitazioni non c'entravano niente.

A loro volta, i nuovi residenti l'avevano guardata con sospetto e qualcuno le aveva chiesto se fosse tornata a riprendersi la proprietà.

« Non è roba mia » aveva risposto Wu Wei. « Io non ero che la figlia della serva ».

Fu solo parlando con Dong che la Seconda signora si ricordò della lettera giuntale qualche mese prima dalla signora Gu, in cui con bella calligrafia le elencava in dettaglio tutte le spese mensili che doveva sostenere tra affitto, riso, farina, olio, sale... cercando di farle capire indirettamente le sue difficoltà. « Visto che mio marito le ha portato via il suo, sarebbe assurdo non prendersi cura di lei » disse allora. « Falle venire a stare qui tutte e due, madre e figlia, così almeno non dovranno più preoccuparsi di vitto e alloggio ». Poi si fermò a riflettere un attimo e aggiunse: « Non serve che sappiano altro, si sistemeranno nelle stanze delle serve, nel seminterrato, e mangeranno con loro ».

'Ma come, è la moglie di un capocomandante e la tratta come una serva?' pensò tra sé e sé Dong Gui. D'altra parte era pur sempre meglio che morire di fame, non c'erano alternative.

Fu così che Ye Lianzi si trasferì a casa della Seconda signora.

All'inizio, la signora era gentile e quand'era di buonumore capitava che regalasse persino un dolcetto a Wu Wei, che non ne aveva mai assaggiati in vita sua. Per questo, a un anno soltanto Wu Wei aveva già imparato a strizzare gli occhietti e a guardare la padrona con aria sorniona per attirarsene le simpatie.

Alla Seconda signora piacevano i bambini, soprattutto Wu Wei che stava facendo i primi passi e si muoveva incerta e traballante come un anatroccolo. La sera dopo cena si divertiva a insegnarle a camminare in cortile, vicino a un mucchio di sabbia: si accucciava da un lato e con un cenno della mano invitava Wu Wei, che stava dall'altra parte, a raggiungerla: « Su, vieni qua da me! »

Erano le serve, invece, a comportarsi da padrone più della padrona stessa. La prima umiliazione, infatti, Ye Lianzi la ricevette da mamma Wen, che accolse le sue due valigie di pelle esclamando: « Cosa sono 'sti due valigioni? Mica sei la sposina in visita ai parenti, sei qua a servire, tu! »

« Non parlare così, mamma Wen » intervenne mamma Liu, « può capitare a chiunque di passare un momento brutto e lei lo sta vivendo adesso, se è ridotta a questo. Chi lo sa cosa ci riserva il futuro? Bisogna sempre tenersi aperta una via d'uscita! » Mamma Liu consolava spesso Ye Lianzi dicendole: « Non prendertela, c'è sempre un modo per venirne fuori, e non badare a queste donnette, non sono loro che ti danno da mangiare ».

Ye Lianzi portò sempre con sé gli incoraggiamenti di mamma Liu. Spesso lei stessa consolava a sua volta Wu Wei: « Quando sei disperata, a volte basta una parola buona a ridarti fiducia ».

Col passar del tempo, la Seconda signora dovette ridurre sempre più il suo tenore di vita, finché fu costretta a licenziare la governante, i cui compiti ricaddero sulle spalle di Ye Lianzi. Ora che la nuova arrivata era diventata ufficialmente una cameriera, esattamente come lei, mamma Wen divenne ancora più arrogante e aggressiva.

Dicevano che il marito di Ye Lianzi fosse il segretario del comandante Bao e che al suo seguito facesse grandi cose. Ma cos'era un segretario? Niente di più di un galoppino, a quanto pareva, altrimenti la Seconda signora non si sarebbe certamente comportata così con sua moglie. Non la trattava né da serva né da amica e, se quello era l'atteggiamento della padrona, era superfluo che mamma Wen si facesse scrupoli a disprezzarla apertamente.

A parte mamma Liu, Ye Lianzi non parlava con nessuna delle sue colleghe: era una di loro, eppure era diversa.

La sera tutte si riunivano intorno al tavolo da *majiang*, invece guardala lì, quella Ye Lianzi, sdegnosamente in disparte come una padrona, sempre a pensare ai fatti suoi con gli occhi fissi sulla lampada o al muro. Quel riserbo non faceva che scatenare in mamma Wen, abituata a ficcare il naso dappertutto e dappertutto comandare, la consapevolezza di essere una serva, nient'altro, niente di più che una serva.

Se per caso Wu Wei di notte piangeva, mamma Wen sbraitava contro Ye Lianzi: « Falla star zitta quella bambina! Chi riesce a dormire con questo baccano? »

Ye Lianzi non osava ribattere e abbracciava ancora più stretta sua figlia, sussurrandole: « Su, da brava, non piangere, non piangere più, altrimenti ci sgridano ».

Erano sferzate contro un cane caduto in acqua le ingiurie di mamma Wen. Non tutti i cani sanno nuotare, alcuni sì, altri no, e mamma Wen si avventava su quello che non lo sapeva fare. Peccato che nessun orecchio abbia raccolto il guaito di quel cane, ammesso che il cane abbia pianto.

Ye Lianzi, infatti, sorrideva sempre, quasi a voler ammantare di dignità lo squallore della propria vita, come i nobili decaduti, per quanto in basso siano precipitati, si ostinano a esibire in pubblico la veste tradizionale per ribadire la rispettabilità di un tempo. Rattoppata e rammendata quanto si volesse, era pur sempre una tunica.

Ma il sorriso di Ye Lianzi era più che altro una supplica a non sollevare la veste, a non svelare e nemmeno immaginare lo squallore e la miseria che con sforzo immane venivano celati là sotto.

Quando Wu Wei ripensava alla mamma ormai defunta, se la ricordava proprio con quel sorriso, non con l'espressione sofferente. Ye Lianzi aveva nascosto così bene il dolore e l'imbarazzo della miseria che neanche Wu Wei ne era stata del tutto cosciente.

Terminate le sue incombenze, Ye Lianzi si rannicchiava in un angolo con aria assente, come un'ombra dietro una tenda. Chi le passava accanto neanche si accorgeva di lei, o se la notava era solo perché veniva investito dal gelo che sprigionava tanta desolazione.

Fu in quel periodo che Wu Wei si abituò a dover scrutare le facce degli altri prima di soddisfare qualsiasi bisogno, che si trattasse di piangere, ridere, manifestare un dolore, andare a far pipì, mangiare, grattarsi... Se trovava che quelle facce non erano ben disposte, non riusciva a piangere neppure se si schiacciava le dita nella porta, non poteva andare in bagno neanche quando non riusciva più a trattenersi, non poteva dire di aver fame neppure se il suo stomaco brontolava, né grattarsi quando il prurito diventava insopportabile... sua madre ne avrebbe pagato le conseguenze.

Stando così le cose, cosa potevano fare per non essere umiliate?

Una soluzione c'era.

Era quella di umiliarsi da sole, prima che lo facessero gli altri, degradarsi a tal punto da non offrire agli altri la minima occasione di infierire.

Cedere, sopportare, ingraziarsi chi avevano intorno divenne quindi il loro modo d'essere: sempre pronte a sacrificare i propri bisogni, anche vitali, per soddisfare quelli degli altri, anche se superflui. Un atteggiamento che si radicò così profondamente in loro da indurle a non smettere di umiliarsi senza pretendere il dovuto, persino quando non ebbero più bisogno di chiedere favori ma anzi furono in grado di dispensarne. Continuavano a credersi dipendenti dall'altrui tutela.

Il che fu anche all'origine della loro esagerata suscettibilità, perché se capitava che qualcuno violasse l'ultimo brandello di dignità sopravvissuto a tanta autoflagellazione, il risentimento accumulato in anni e anni di soprusi esplodeva come una bomba a orologeria.

Questo spiega anche perché Wu Wei, dopo il matrimonio con Hu Bingchen, abbia continuato a cercare di accattivarsi la benevolenza di tutti coloro che gravitavano attorno al marito, come se lei non fosse altro che una concubina. Era tutta ossequi e moine persino con la segretaria, tanto che Hu Bingchen un giorno la prese in giro dicendo: «Non capisci il senso del detto 'Le donne e i sottoposti sono difficili da trattare'? Possibile che tu non riesca a darti un tono? Se ti comporti così, loro ti guarderanno dall'alto in basso, e non ti rispetteranno».

Con la figlia di lui, Furong, Wu Wei raggiungeva poi degli eccessi tali che Rufeng aveva definito il suo comportamento 'servilismo allo stato puro': «Sembra che tu consideri l'amore di Hu Bingchen un favore che non ti meriti, non riesco a spiegarmi i tuoi atteggiamenti» aveva commentato l'amica. Con l'affetto che da sempre le portava, Rufeng le ricordava spesso: «C'è una persona a cui dovresti mostrare più rispetto, e quella persona è Wu Wei. Se non lo fai tu, chi mai può farlo?» Rufeng non sapeva che il loro atteggiamento verso gli altri aveva origini lontane: era cominciato a due anni per Wu Wei, quando abitava in casa Bao, e a cinque per Ye Lianzi, quando aveva perso la mamma. Un po' troppo presto, dunque.

Wu Wei non parlava ancora correttamente che già imitava la mamma e s'inginocchiava con lei a dare la cera a pavimenti e scale.

Era così piccola che il suo faccino aveva ancora i tratti indefiniti della primissima infanzia, quando nasino, occhietti e boccuccia sono poco più che puntini inespressi, la spina dorsale ancora debole e stortignaccola...

Per Wu Wei dare la cera era un vero e proprio lavoro, non il gioco di una bambina curiosa che si diverte a imitare gli adulti. Gattonava veloce con il dorso così incurvato che pareva un riccio e resisteva a ogni fatica, non sapendo nemmeno cosa fossero mal di schiena e stanchezza delle gambe, né ansimava per gli sforzi, lei che aveva tutta una vita davanti a sé.

Nessuno le aveva insegnato a fare quel lavoro.

O forse l'aveva imparato semplicemente studiando i goccioloni di sudore che cadevano dalla fronte di Ye Lianzi, o le rughe che vi erano comparse di colpo.

A ventisette anni, dopo soltanto un anno che Gu Qiushui se n'era andato, il viso di Ye Lianzi aveva le rughe di una cinquantenne.

Preoccupazioni? Fame?

Solchi profondi che segnavano il suo destino.

Ogni tanto Wu Wei alzava la faccetta sudata e farfugliava: « Sai che mamma Wen di notte *ruggisce*? »

« Ma no » la correggeva Ye Lianzi ridendo, « si dice *russa* ».

« E quando fa le bamboline di zucchero soffia, fa *pfff*... *pfff* ».

« Mamma, la signora mi ha regalato una caramella! » Persino Wu Wei sapeva che bisognava chiamarla 'signora' e non 'Seconda signora'.

« Le hai detto 'Grazie'? »

« Gra... zie ».

« Era buona la caramella? »

« Mmm, buo... na! »

Ye Lianzi si rendeva conto che la bambina era per lei una grande consolazione, ma quel che non sapeva era che sarebbe stata anche la sua unica vera compagna di vita.

Dopo la morte della madre, Wu Wei riuscì, lottando con le unghie e con i denti, a riscattare col suo impegno la povera famiglia Ye. Lei ce la metteva tutta, in tutto quel che faceva, come del resto si buttava a capofitto nell'amore, anche a costo di mettere in gioco tutta se stessa.

Dopo un anno senza lo spettro della fame, nell'estate del 1939 il fiume Hai ruppe gli argini.

Il maggiordomo lasciò liberi i servi di mettersi in salvo dove volevano e in un baleno tutti sciamarono verso le famiglie d'origine, nelle campagne dei dintorni, per avere almeno la consolazione di morire insieme ai propri cari, se non fossero riusciti a sopravvivere all'alluvione.

Mamma Liu fu la sola ad accomiatarsi da Ye Lianzi e sua figlia con uno sguardo pietoso. Aprì la bocca ma la richiuse subito e se ne andò a testa bassa, preoccupata. D'altra parte, cos'avrebbe potuto fare mamma Liu in quella situazione?, pensò Ye Lianzi. Era già tanto che si fosse fermata a guardarle.

Cominciò a fuoriuscire dalle fogne un'acqua nera e fetida, e quello stesso giorno già verso le tre del pomeriggio tutta Tianjin era sommersa. I cadaveri scorrevano galleggiando per le strade diventate fiumi. A sera l'acqua era arrivata al secondo piano, dalle finestre 'Più nulla si scorgeva sul mare aperto, chi sa verso quale riva [le barche] erano andate?'*

* Verso della poesia *Beidaihe* scritta nel 1954 da Mao Zedong, tradotta da Renata Pisu in *36 fiori di carta*, Franco Maria Ricci, Milano 1978 (e Mondadori, Milano 1998).

Tutti si rifugiarono ai piani alti.

Il vecchio signor Bao prese in affitto delle barche e ordinò ai figli di rifugiarsi a Pechino con gli oggetti di valore.

Correvano tutti freneticamente avanti e indietro, senza far caso a Ye Lianzi che pure era lì, davanti ai loro occhi, rigida come un palo con la figlia in braccio.

Anche chi di solito le sorrideva e le chiedeva come stava ora non le rivolgeva più la parola, come se manco la conoscesse.

Wu Wei, che tante volte aveva divertito e distratto la Seconda signora, adesso era una bambola buttata in un angolo, un giocattolo di cui ci si era stancati. A poco più di due anni non capiva la gravità dell'alluvione, ma era spaventata dai comportamenti insoliti di chi le stava attorno. Sapeva che in quel momento non doveva piangere né ridere e tantomeno chiamare col suo vocino infantile, cosa che normalmente divertiva la signora che le dava, se era di buonumore, un dolcetto o due caramelle. Ora Wu Wei se ne stava impaurita in braccio alla mamma, a fissare con gli occhi sbarrati la gente che le voltava le spalle.

Finiti i preparativi, salirono tutti sulle barche con le loro valigie.

Ye Lianzi non si rassegnava e seguiva con lo sguardo le sagome che si allontanavano, convinta che qualcuno si sarebbe girato e vedendole avrebbe avuto il buon cuore di dire: «Ehi, ci sono ancora la signora Gu e sua figlia, portiamole con noi».

Nessuno si girò.

Se fosse successo, se qualcuno si fosse girato verso di loro, lei avrebbe implorato ad alta voce: «Vi supplico, portateci con voi, non lasciateci sole! Per favore!»

Ma non riuscì ad aprir bocca. Dalla morte di Mohe questo era il suo destino: essere la prima della fila, quando si trattava di calamità, disgrazie o morte, l'ultima quando c'era la possibilità di salvarsi, di appigliarsi a un briciolo di felicità. Ci aveva fatto l'abitudine, e nei momenti cruciali si rassegnava alla sorte, come aveva imparato a fare da bambina, sapendo di non avere altra scelta.

Poteva cercarsi anche lei un rifugio come il resto della servitù: ma dove?

Doveva affittare una barca? E con che soldi? In quei momenti affittare una barca equivaleva a comprare il proprio destino, e il prezzo era troppo alto.

Bisogna dire che la sfortuna di Ye Lianzi non fu di incontrare persone cattive, ma di vivere in un'epoca di caos totale in cui ognuno pensava soltanto a se stesso, semplicemente perché non poteva pensare agli altri.

Se ne andarono tutti, lasciandola sola con Wu Wei nella casa vuota.

Sulle abitazioni e sui cortili fino a poco prima animati da un gran viavai di persone e da una confusione di voci, calò un silenzio mortale.

L'acqua torbida saliva a ritmo costante beffandosi di tutto e di tutti, centimetro dopo centimetro, implacabile. Sulla sua superficie galleggiavano tetti di paglia, mobili, pezzi di legno ai quali erano abbarbicati gatti, cani e ratti che urlavano disperati ogni volta che un piccolo vortice o una debole onda rischiavano di farli cadere.

A poco a poco si fece buio.

In piedi immobile nell'oscurità, Ye Lianzi stringeva Wu Wei e ascoltava terrorizzata i passi della morte che avanzava guadando la marea nera, in cerca di nuove vittime.

« Mamma, ho fame! » piagnucolò Wu Wei.

Quel richiamo ridestò di colpo Ye Lianzi. Provò ad accendere la luce del corridoio, ma invano. Poi tentò con quella delle scale, delle camere padronali, ma non se ne accese nessuna: mancava l'elettricità...

E subito dopo un altro colpo al cuore: la cucina era al primo piano, mentre lì sopra da mangiare non c'era niente.

Fece sedere Wu Wei sul pavimento e le raccomandò: « Rimani qui, da brava, altrimenti non ci troviamo più. Io vado a cercare qualcosa da mangiare ».

Trovò a tentoni l'imboccatura delle scale e cominciò a scendere appoggiandosi al corrimano, gradino per gradino, tastando col piede. Ma non era ancora al primo piano, che l'acqua gelida cominciò a lambirle un piede. Approfittando della poca luce che veniva da fuori guardò giù: gli scalini, ogni centimetro di pavimento e tutte le stanze che conoscevano così bene e avevano pulito tante volte erano diventati un'enorme bocca nera pronta a ingoiarle senza nessuna pietà.

Si girò di scatto: per fortuna Wu Wei era rimasta al suo posto. Si fece forza e provò a consolarla: « Non piangere, sei una brava bambina, tu. Quando farà chiaro andrò a cercare qualcosa da mangiare, ma adesso è troppo buio, lo vedi anche tu, vero? »

Wu Wei capì.

Dalla notte sempre più nera arrivavano l'urlo dell'acqua, il singhiozzare del vento e un pianto intermittente portato da vento e acqua insieme, macabro segnale di morte che faceva accapponare la pelle e raggelare il sangue. Persino Wu Wei era così spaventata che si stringeva alla mamma senza osare dire una parola.

Anche da adulta, ogni volta che una disgrazia incombeva su di lei, nelle orecchie di Wu Wei risuonava improvviso quel lugubre segnale, così nitido da farle provare la sensazione di annegare. Una sensazione che lei sola, forse, aveva sperimentato con tale intensità, accompagnata dal rumore sordo e implacabile di una marea montante, che la riempiva di terrore.

Ma ecco che qualcosa si avvicinava, là, fuori dalla finestra. Ye Lianzi si riscosse: forse qualcuno stava venendo a salvarle?

S'incollò al vetro a fissare ansiosa quel qualcosa che galleggiava lento verso di lei, ormai era vicino... ma sì, certo che era un uomo, adesso lo vedeva chiaramente, un cadavere d'un biancore spettrale e gonfio per essere stato chissà quanto a mollo. La cosa più impressionante era l'espressione del viso... con un guizzo improvviso il corpo si erse sul pelo dell'acqua e quella maschera gonfia apparve di colpo davanti alla finestra, quasi volesse entrare in casa.

In pochi istanti i cadaveri in acqua si moltiplicarono... Ye Lianzi girava lo sguardo a destra e a sinistra, rimanendo immobile dove si trovava. Poi guardò disperata verso la sagoma della portineria che s'intravedeva, nella poca luce, emergere appena dall'acqua. Ci sarà stato ancora il vecchio custode? Ma anche se fosse riuscita a gridare così forte da farsi sentire, a che cosa sarebbe servito? Tra di loro c'era ormai un immenso mare d'acqua nera, impossibile chiedere aiuto, scappare, nascondersi!

Alla fine appoggiò la schiena al muro e si piegò per coprire Wu Wei. Col petto incollato a quello della bambina ne sentiva forte e netto il battito del cuoricino e si confortava al pensiero di avere accanto un essere vivente.

Rimasero così, immobili, per parecchio tempo. Poi Ye Lianzi alzò la testa lentamente e guardò fuori dalla finestra: la faccia era sparita.

Alle prime luci dell'alba, Ye Lianzi cominciò a cercare qualcosa da mangiare.

All'inizio era fiduciosa, sicura che in qualche stanza di quel piano ci fossero biscotti, dolcetti o cose del genere. Ma non era così.

Aprì barattoli, scatole di latta, contenitori di ogni tipo, senza però trovare alcunché. Fu a questo punto che le si annebbiò la vista e restò per sempre annebbiata, come se davanti agli occhi avesse uno strato di quella bruma che indugia sulle Montagne Gialle anche quando c'è il sole, quella che si addensa minacciosa all'avvicinarsi di una calamità. E sempre quel giorno, l'interno della bocca le si coprì di ulcere che la perseguitarono per tutta la vita, tornando ad aggredirla in ogni momento di tensione. Guarì senza cure solo due anni prima di morire, probabilmente perché sentiva che la vita stava ormai per abbandonarla e che nessuna disgrazia sarebbe più venuta a tormentarla.

Dove poteva trovare qualcosa per Wu Wei? E se l'acqua non si fosse ritirata prima di dieci o quindici giorni, come avrebbero fatto a non morire di fame, bloccate in casa com'erano?

Per questo pianse di gioia quando trovò un barattolo di farina e una stufetta a cherosene.

Prese della farina, la mescolò a un po' d'acqua e mise l'impasto a cuocere sulla stufa.

Ripensava spesso con gratitudine immensa a quella scatola di farina, perché fu grazie a essa se sopravvissero all'alluvione.

Anche Wu Wei portò sempre con sé le immagini e le sensazioni di quei giorni. Ogni volta che le tornavano in mente piangeva a dirotto, e camminando freneticamente avanti e indietro ripeteva tra sé e sé: « È stato atroce, veramente atroce ».

Una ventina di giorni dopo l'acqua si ritirò, i padroni rientrarono e così pure la servitù.

Nessuno chiese a Ye Lianzi e a Wu Wei, visibilmente ridotte a due scheletri, come se la fossero cavata, se avessero avuto paura o se avessero trovato da mangiare...

Come se l'alluvione se la fossero sognata solo loro due...

La vita riprese i ritmi di sempre.

Ogni giorno bisognava pulire le quattro camere di sopra, la sala e la cucina di sotto. Orgogliosa com'era, Ye Lianzi non tollerava che qualcuno trovasse un granello di polvere nelle stanze, sui tavoli, le sedie, i letti e i davanzali che aveva spolverato lei.

Doveva cambiare quotidianamente copripiumini, lenzuola e federe di sei letti, tra singoli e matrimoniali, e lavarli insieme ai vestiti. E poi, naturalmente, stirare tutto: a farne un mucchio, della roba lavata e stirata da Ye Lianzi fino al 1940, quando lasciò casa Bao, se ne otterrebbe letteralmente una montagna. Era bravissima a stirare, così precisa che le cose stirate da lei sembravano appena uscite dal negozio. Wu Wei non riuscì mai a eguagliarne l'abilità, neppure da vecchia.

E oltre a ciò, ogni tanto doveva dare la cera a scala e pavimenti.

Alla Seconda signora, poi, era venuta la fissa di farsi fare le pantofole a mano e voleva che lei gliele confezionasse in un lampo, come se non avesse altro da mettersi ai piedi.

Le suole di stoffa erano spesse e difficili da cucire. Ye Lianzi vi conficcava a fatica l'ago, continuando a passarlo nella cera della candela per farlo scivolare meglio. Quando finalmente la punta trapassava tutti gli strati di stoffa, finiva anche lei, busto e testa, contro la suola. E non era ancora finita! Più difficile ancora era estrarre l'ago: Ye Lianzi ne prendeva tra i denti la punta che fuoriusciva appena e lo strattonava scuotendo la testa. Il tutto andava fatto in fretta, sempre più in fretta, con le braccia sempre più stanche, sempre più gonfie...

Quando aveva un po' di tempo libero, prendeva in braccio Wu Wei e la portava al parco Daming, non lontano da casa.

Non che fosse chissà quale parco, era semplicemente un grande spazio vuoto con al centro un campo da calcio e una pista da corsa. Intorno alla pista c'erano le tribune, dietro le quali si ergevano degli alberi d'alto fusto. A parte le rare volte in cui c'erano degli stranieri che giocavano a calcio, per il resto le sembrava che quel parco fosse solo suo e della figlia.

Tutti hanno bisogno di un posto dove sentirsi a proprio agio, nella vita. Per loro questo posto era il parco Daming.

Madre e figlia si sedevano nelle tribune deserte e Wu Wei stava lì tranquilla a godersi quel gioco con la palla per il quale i suoi connazionali avrebbero cominciato a impazzire decine di anni dopo.

Ye Lianzi invece piangeva in silenzio.

Nel loro parco poteva piangere e disperarsi quanto e come voleva: nessuno poteva vederla, era a casa sua, lì!

Tra sospiri e gemiti, le lacrime scendevano tiepide sul collo di Wu Wei, facendole il solletico e raffreddandosi strada facendo. Ma lei restava immobile senza dire una parola.

Bagnata e concimata da una pioggia così amara e disperata, mai e poi mai Wu Wei sarebbe sbocciata in un albero rigoglioso!

Da quelle tribune assistettero al passaggio della primavera fiorita, dell'estate piovosa, dell'autunno dalle foglie rosse e della neve d'inverno, mentre la loro vita scorreva aspra come sempre. Wu Wei compiva tre anni.

Quando capitava che la Seconda signora scendesse le scale mentre loro erano in ginocchio a dare la cera, Wu Wei alzava il faccino e l'accoglieva con un sorrisetto accattivante.

Nonostante fosse piccola aveva capito che se la padrona era allegra le offriva una caramella o un dolcetto e con la mamma sarebbe stata gentile... Wu Wei sapeva già distinguere le espressioni di un volto.

Se invece la padrona era di malumore, la piccola si acquattava di lato, guardandosi di continuo le manine come se ci fosse qualcosa da studiare, lì sopra; oppure abbassava la testa e si stringeva a Ye Lianzi, facendosi ancora più piccola per lasciare spazio al passaggio di quei piedi che teneva sotto controllo con la coda dell'occhio.

Per quanto Wu Wei abbia cercato in tutti i modi di non diventare una schiava, la sua spina dorsale era già stata piegata a due anni, per non raddrizzarsi mai più. Da allora, chiunque poteva diventare suo padrone. Non solo era figlia di una schiava, ma lo era lei stessa. Per tutta la vita avrebbe considerato ogni briciolo d'amore o di affetto, anche se involontario, o falso, come un dono immeritato che gli altri le elargivano e per il quale doveva mostrare immediata gratitudine, trasformandosi in cane fedele o bestia da soma al servizio del benefattore del momento, al quale si donava con tutta se stessa.

Anche in seguito, una volta lontana da quella scala, continuò inconsciamente a stringersi nel suo piccolo spazio per lasciare il passaggio agli altri, sempre ossessionata dalla sensazione di dover scontare una sorta di peccato originale...

Per questo Chanyue le diceva: «Mamma, perché sei sempre così severa con te stessa? Perché deve essere sempre colpa tua?»

Nemmeno lei era esente dal piacere di ricevere un regalo, ma data la sua scarsa autostima aspirava al massimo a un avanzo, un osso già rosicchiato o uno straccio senza valore.

In realtà i suoi comportamenti sconvenienti, le sfuriate che innescava per un nonnulla o le sue plateali ostentazioni altro non erano che espedienti per esibire una forza che non possedeva, per nascondere la paura del mondo, per tenere a bada la sua natura servile e il disgusto che ne provava, quasi a voler smentire anche a se stessa le ripercussioni che la sua vita aveva avuto sul suo carattere.

Fu certamente quella scala a infliggere il primo colpo all'amor proprio di Wu Wei. Fu la scala a determinare la peculiarità del carattere di Wu Wei e a imprimere alla sua esistenza quella certa direzione. La sua rovina iniziò a due anni.

Per questo le restò per sempre impressa nella mente.

Ed era stato proprio Gu Qiushui a gettarla su quei gradini.

Da questo nasceva il suo odio per il padre che nessuno, neppure Ye Lianzi, riuscì mai a capire fino in fondo.

Una volta Hu Bingchen le chiese: «Non pensi di essere troppo crudele con il tuo vecchio? In fondo sei una scrittrice e dovresti sapere che gli uomini vanno a donne e amano sempre di più l'ultima che hanno accanto».

Lei gli aveva risposto: «Non è crudeltà, la mia. Lui era libero di amare chi voleva, è nella natura dei sentimenti umani, nell'uomo come nella donna. Quello che non gli perdono è di non averci aiutate economicamente. Soldi ne aveva, visto che si comprava completi inglesi da settanta *yuan* mentre io e mia madre campavamo un mese con sei... sarebbe stato sufficiente che ci avesse dato dieci *yuan* al mese, dieci miseri *yuan*, e non avrei avuto la vita rovinata già a due anni, non sarei diventata una serva alla mercé di tutti, soprattutto degli uomini. Per non parlare poi della sua crudeltà, quella per cui poi chiunque mi mostrasse un sorriso mi appariva un redentore... dimmi, ti sembra possibile che la mia vita valesse meno di un completo inglese?... »

5

Per tutta la vita Wu Wei cercò in ogni modo di vendicarsi di quel Gu Qiushui che l'aveva abbandonata sulle scale e le restò il rimpianto di non aver potuto assaporare la gioia di ucciderlo con le proprie mani.

Nel 1952, un giorno il professor Qin, ormai preside della scuola, convocò con grande imbarazzo Ye Lianzi nel proprio ufficio e cominciò a parlarle prendendola molto alla larga: « Maestra Ye, la scuola, i professori e gli studenti sono tutti molto soddisfatti del tuo lavoro. Wu Wei adesso frequenta le medie, ma ho sentito che non hai fatto domanda per la borsa di studio... Sempre troppo orgogliosa, mi pare ».

Dal 1949 si erano frequentati pochissimo, per evitare di evocare legami col passato prerivoluzionario che dessero adito a pettegolezzi. Cercavano di vivere in pace la propria vita, limitandosi ciascuno a fare il proprio lavoro.

« Ora che ho una certa sicurezza economica e i prezzi sono stabili, posso mantenere Wu Wei con il mio stipendio anche senza la borsa di studio ».

« Non penso che tu navighi nell'oro, però ».

« Ma me la cavo molto meglio di prima, ti ricordi che prima del '49... »

«Certo, certo!» Eccome se se ne ricordava, il professor Qin, di quando Ye Lianzi, che non aveva la qualifica per fare l'insegnante, si era messa anima e corpo a studiare sull'enciclopedia fino a diventare un'ottima maestra.

Per risparmiare l'olio della lampada, la sera studiava in ufficio, lasciando Wu Wei da sola nella loro stanzetta. La piccola passava tutta la sera in silenzio, immersa in chissà quali pensieri, oppure si addormentava da sola, prestissimo, forse rischiarata dalla luce di qualche stella che riusciva a penetrare in quella misera stanza vicina al tempio. Cresceva come un cucciolo selvaggio che non ha mai preteso le cure dei grandi.

Quando Ye Lianzi aveva bisogno di un chiarimento e si rivolgeva agli altri insegnanti, succedeva spesso che la prendessero in giro, al che lei si chiudeva in un ostinato silenzio, senza piangere né ribattere...

Ora che madre e figlia se la passavano meglio e Ye Lianzi poteva finalmente tirare il fiato, era arrivata quella lettera.

La vita è davvero crudele: passando attraverso la polizia Gu Qiushui era riuscito con grande fatica a rintracciare Ye Lianzi, ma soltanto per chiederle di formalizzare il divorzio. Anche un tipo sregolato come lui si era reso conto che dopo il 1949 doveva rispettare le leggi e non era più libero di far tutto quello che gli pareva come prima, neanche con una donna che si poteva cacciar via con un calcio come Ye Lianzi.

«Mi sembri in buona salute, stai meglio di una volta».

«Sì».

«Wu Wei va bene a scuola?»

«Mah, è sempre la solita monella, non s'impegna come dovrebbe».

Il professor Qin sorrise: «Non preoccuparti, le bambine migliorano crescendo. Hai nient'altro che ti preoccupa?»

Lei ci pensò su e rispose: «No, niente».

Liquidò in un lampo la sua vita passata. Adesso aveva un lavoro e dunque uno stipendio, e avere uno stipendio significava avere da mangiare per tutte e due. E poi Wu Wei andava anche a scuola...

«Ci sarebbe una lettera per te...» Da come reagì era chiaro che la notizia la colse del tutto alla sprovvista: alzò la testa, le rughe sulla fronte s'infittirono. «... Da parte del compagno Gu Qiushui» continuò il professor Qin.

Il corpo di Ye Lianzi, di solito impettito, s'afflosciò di colpo; il viso, di norma impassibile al punto da sembrare smorto, divenne di tutti i colori, segno di una tempesta che si stava scatenando in tutta la sua furia. Quella reazione spinse il professor Qin a darle la notizia il più in fretta possibile: «Vuole divorziare ufficialmente».

Lei parve non aver capito e gli chiese conferma, non a parole, ma con il viso e tutto il corpo. Il professor Qin ripeté la frase, questa volta con meno fatica.

Sul volto di Ye Lianzi si scatenò una nuova tempesta, che lasciò poi il posto a una calma assopita, come succede al malato terminale che si riprende per un momento e poi si rassegna alla morte. «Be', io...» stava per dire che era d'accordo, ma esitò un attimo e chiese invece: «Posso parlargli di persona?»

Ovvio, Gu Qiushui non poteva certo pensare di liberarsi di Ye Lianzi con un pezzo di carta. «Va bene» le rispose il professor Qin. «Puoi andare a Pechino nelle vacanze invernali, che ormai sono vicine».

L'ultimo dell'anno Ye Lianzi prese il treno insieme a Wu Wei. Era pressoché vuoto, perché chi era potuto tornare a casa per la festa di capodanno l'aveva già fatto.

Appena salita, Wu Wei si sdraiò sui sedili e s'addormentò profondamente: di vedere suo padre a lei non importava niente.

Ye Lianzi invece era in preda a un tumulto di sentimenti: un momento si convinceva che sarebbe stato possibile recuperare il rapporto di un tempo, un momento dopo rivedeva tutti i tentativi falliti del passato.

Prima di partire si era fatta la permanente e si era guardata e riguardata allo specchio, concludendo che in fondo aveva un bel viso, anche se Gu Qiushui le aveva detto: « Sì, sei una bella statuetta, ma ti manca quel 'non so che' che piace agli uomini ».

Quale 'non so che'?

Le tornò in mente A Su.

Non ce l'aveva più con lei, adesso che non doveva più lottare per sopravvivere e che i suoi orizzonti erano più ampi. Al contrario, voleva capire le ragioni del suo successo con gli uomini.

Presto detto: A Su era un animale godereccio che, senza pretendere un matrimonio né uno status sociale, offriva agli uomini un piacere libertino senza remore né vincoli, ed era ovvio che gli uomini cogliessero al volo una così ghiotta occasione.

Arrivò alla stazione di Qianmen, a Pechino, con la sua faccia, già priva di quel certo 'non so che', per di più stanca e sporca per il viaggio.

Naturalmente non c'era nessuno ad aspettarla, proprio come la volta che aveva fatto chilometri su chilometri per andare a Hong Kong a cercare il marito.

Ma ora era tutto più semplice, perché Wu Wei, molto più alta e forte dei suoi dodici anni, portava con disinvoltura la valigia e procedeva spedita chiedendo indicazioni, senza bisogno che lei si preoccupasse di niente.

Alla stazione dei tram, Wu Wei salì decisa tirando su la madre con una mano mentre con l'altra teneva la valigia che aveva in spalla. In vettura trovò anche un posto a sedere per Ye Lianzi che le chiese perplessa: « Sei sicura che sia la linea giusta? »

« Sì ».

« È qui che dobbiamo scendere? »

« Stai seduta tranquilla, sono sette fermate ».

Ma ogni volta che il tram si fermava, Ye Lianzi non riusciva a trattenersi dal chiedere: « Scendiamo qui? »

E Wu Wei rispondeva: « Sette, mamma, sono sette fermate! »

« Il bagaglio, attenta al bagaglio, che non vada perso ». La vita sull'altipiano aveva trasformato Ye Lianzi in una provinciale timorosa.

« Lo tengo fermo con il piede ».

Ma dopo un attimo, Ye Lianzi tornava a chiedere: « E la valigia? »

Scese dal tram, dovevano prendere un autobus e ancora una volta Wu Wei prese in mano la situazione guidando Ye Lianzi a destra e a sinistra, come se sapesse già dove andare.

Wu Wei stessa trovava strana la cosa: a Pechino ci era soltanto nata senza mai più tornarci, neanche in sogno, eppure ci si orientava alla perfezione. Forse, nei dieci anni in cui era stata lontana, la sua anima era rimasta in quella città, e lì aveva vissuto ed era cresciuta.

Ora era la figlia a guidare la madre. Quando, invece, erano partite da Xuzhou per andare a Hong Kong, Ye Lianzi non riusciva a salire i gradini del treno perché con un braccio reggeva Wu Wei e con l'altra mano la valigia. Un giapponese, scocciato dalla sua lentezza, l'aveva spinta assestandole un colpo sulla schiena col calcio del fucile e lei era caduta: la bambina aveva battuto la testa perdendo sangue mentre lei si era sbucciata un ginocchio. Ora, senza rendersene conto, si erano scambiate i ruoli.

Sentendola ansimare, Wu Wei le chiese: «Sei stanca?»

«No». In effetti, più che stanca era agitata.

Attraversando i vicoli e guardando i muri grigi, i cortili, le decorazioni sui pannelli di pietra che secondo la tradizione servono a respingere gli spiriti, aveva la sensazione che tutto le fosse familiare eppure estraneo... In quei luoghi aveva vissuto da sposina ingenua perennemente di guardia alla casa vuota, in attesa del rientro del marito per realizzare il suo ideale. Ora era una maestra e aveva con sé una figlia ormai grande, eppure era di nuovo qui a sperare di realizzare lo stesso ideale di allora.

Cercarono per un bel po' l'ente per cui lavorava Gu Qiushui, ma quando finalmente lo trovarono Ye Lianzi fu colta dalla paura, perché si era ricordata la frase con cui lui l'aveva accolta a Hong Kong: «Cosa ci fai qui?» La ferita di quelle parole le doleva ancora. «Entra prima tu» disse a Wu Wei.

«Sei tu Nannan?» esordì scioccamente Gu Qiushui, rivolgendosi a Wu Wei con il vezzeggiativo che usavano a casa.

'E chi altri potrei essere?' Wu Wei squadrava l'uomo che aveva davanti studiandolo senza farsi alcun riguardo. Sembrava una bomba pronta a dilaniarlo da un momento all'altro.

Allora era quello, suo padre? Quel residuato della vecchia società?

Pur essendo cresciuta nel selvaggio altipiano di terra gialla, Wu Wei capiva benissimo che quanto di vecchio vedeva in Gu Qiushui non aveva niente a che fare con l'antica tradizione delle famiglie dei letterati, ma era un condensato di vecchia stupidità e cafonaggine che lo rendeva insopportabilmente volgare. Si vergognava di avere come padre un personaggio ridicolo che era l'esatto contrario degli ideali della nuova società: allora tanto meglio i nuovi dirigenti, coi loro abiti di stoffa grezza e la loro onesta grossolanità.

Abbassò il viso screpolato dal vento dell'altipiano e guardò le scarpe di pezza che Ye Lianzi le aveva cucito con le sue mani apposta per quell'incontro. Poi si tolse con rabbia il cappello, scoprendo la testa sudata. «La mamma è qui fuori che aspetta» disse infine.

Col berretto Wu Wei sembrava proprio un maschio, era molto diversa dalla bambina di cinque anni della fotografia che aveva Gu Qiushui.

Nel frattempo, all'orecchio di Ye Lianzi arrivavano tutti i suoni tipici della festa, dal sibilo, ora forte ora debole, del diablo con cui qualcuno stava giocando, allo scoppio dei petardi. La sua mente tornò al capodanno passato con Gu Qiushui, quando non c'era ancora Wu Wei.

Questa volta lui non l'assalì con un 'Cosa ci fai qui?': a quanto pareva il 1949 aveva proprio distrutto e riplasmato tutto. Si scambiarono invece qualche civile convenevole, proprio come due estranei.

«Benarrivata, come è andato il viaggio?»

«Bene, grazie, abbiamo dovuto cambiare treno solo una volta». Gu Qiushui guardò quella testa coperta di ricciolini fitti che ricordavano il vello di una pecora e aggrottò le sopracciglia come se gli facesse pena. Poi si decise a portarle a casa.

Wu Wei in testa, risoluta, oscillava vigorosamente le braccia come un vero e proprio facchino. Gu Qiushui non sapeva che da quando aveva dieci anni sua figlia si sobbarcava i lavori di casa pesanti al posto suo, trasportando, per esempio, sacchi di farina da venti chili dalla valle fin su sull'altipiano. D'altra parte, chi altri avrebbe potuto farli? Non certo la debole e malaticcia Ye Lianzi, che barcollava ogni tre passi.

Davanti a Wu Wei, comunque, Gu Qiushui provava inconsciamente la sensazione di essere sotto l'ispezione di un ufficiale. Quando quei giovani e bellissimi occhi si posavano silenziosamente su di lui vi leggeva commiserazione, derisione e critica. Questo lo fece sussultare, come se si fosse improvvisamente reso conto di aver trovato un avversario, un rivale da non sottovalutare.

Le portò al ristorante, poi a fare un giro al mercato di Dong'an e intorno al tempio Longfu. Quando salirono in autobus e passarono davanti all'imboccatura del primo vicolo di Dongsi, Ye Lianzi, che non staccava gli occhi dalla strada, disse a Wu Wei: « È qui che sei nata ».

Wu Wei si voltò e diede un'occhiata rapida e superficiale alla viuzza, per lei uguale a tutti gli altri vicoli di Pechino. Ci sarebbe voluto qualche decennio perché apprezzasse quella stradina di cui aveva avuto solo una fugace visuale.

Durante quel primo incontro con il padre, l'unico pensiero di Wu Wei fu la vendetta, il desiderio di far pagare a Gu Qiushui il fatto di averla costretta a un'educazione che aveva fatto di lei una serva.

Le bancarelle di roba usata vendevano giacconi col cappuccio color verde oliva, dell'esercito americano; tende di fattura americana; mobili, stoffe, *qipao*... In qualche caso erano i servi che, per farsi qualche soldo, vendevano le cose appartenute ai padroni scappati definitivamente dalla Cina, in altri erano gli stessi proprietari a venderle, costretti dalla miseria.

Gu Qiushui si fermò davanti a una delle bancarelle e comprò a Ye Lianzi un paio di vecchi stivali di pelle con il tacco. Uno era piuttosto malconcio, ma lui disse: « Se li fai risuolare, puoi usarli ancora a lungo ».

Guardando la scena, Wu Wei si chiedeva se non

avesse soldi, se stesse prendendo in giro sua madre o se quella vecchia robaccia gli piacesse davvero. Wu Wei, che aveva preso molto dalla nonna, anche volendo non sarebbe mai riuscita a liberarsi dal senso estetico di famiglia.

Ye Lianzi, invece, era raggiante, non tanto per il paio di stivali rotti, ma perché con quel regalo le pareva che Gu Qiushui volesse riallacciare l'antico legame.

Quegli stivali furono per lei un dono inestimabile, anche se era evidente che non li avrebbe mai portati. Nemmeno fosse stata in miseria avrebbe indossato un paio di scarpe comprate in una bancarella dell'usato, eppure quel dono rinverdiva i suoi sogni di sposa, ravvivando in lei le speranze.

Se avesse immaginato le conseguenze del suo gesto, Gu Qiushui non si sarebbe mai azzardato a farlo.

A casa Ye Lianzi tirò fuori i soldi che aveva cucito all'interno della giacca e disse a Wu Wei: «Adesso che il papà è tornato al lavoro, mi accompagni a far la spesa a Dong'an?»

Al mercato comprò un tagliere, un coltello, un colino, un matterello, una pentola, un mestolo, delle stoviglie... Spese più di venti *yuan*, quasi tutto quello che aveva, ma senza alcun rammarico. Anzi, girando e rigirando tra le mani la pentola d'alluminio la guardava ammirata e commentava: «Vedrai, Wu Wei, come verrà buono il riso, con questa pentola!»

Una pentola così bella non l'avevano mai avuta, loro che avevano sempre usato pentole di ghisa, nere e pesanti.

Wu Wei invece osservava perplessa gli utensili nuovi di zecca chiedendosi che figura avrebbero fatto nella loro stamberga nell'altipiano. Perché la loro casa era davvero malridotta: il pavimento era così irregolare che bisognava mettere mattoni sotto le gambe dei tavoli e del letto per non farli traballare; il letto consisteva in due panche coperte da qualche asse di legno; la vecchia valigia di pelle che Gu Qiushui aveva lasciato loro molti anni prima era appoggiata su un'altra panca; e poi c'erano due misere sedie e due vecchi banchi di scuola, uno riservato a Ye Lianzi per correggere i compiti e preparare le lezioni, l'altro usato come piano d'appoggio per olio, sale, salsa di soia, aceto, tagliere, stoviglie... Eppure la sua mamma era finalmente felice, finalmente si era decisa a spendere dei soldi, e parecchi in un colpo solo.

Mentre procedeva carica di acquisti, Wu Wei sbirciava curiosa le vetrine dei negozi, finché vide un violino da venticinque *yuan*. Non aveva alcuna intenzione di imparare a suonarlo, ma decise di farselo comprare dal padre.

A quell'età non poteva che concepire una vendetta così, infantile e ingenua. Per questo non vedeva l'ora di crescere, convinta che il desiderio di vendetta sarebbe cresciuto e maturato con lei.

Quando tornarono nell'alloggio di Gu, Wu Wei vide la madre sistemarvi tutti i nuovi acquisti e finalmente capì che erano destinati al padre: « Mamma! » esclamò con un tono di severa riprovazione.

Ye Lianzi neanche le rispose, immersa com'era a fissare Gu Qiushui con occhi pieni di trepidazione.

Era arrivato il momento di mettere le carte in tavola. Gu Qiushui versò a Ye Lianzi una tazza di tè e la invitò a sedersi.

« No, grazie, niente tè, altrimenti non dormo » disse lei.

Lui le guardò gli occhi, due grandi occhi che effettivamente non avrebbero dormito dopo una tazza di tè. Ma se gli si fosse buttata un'altra volta al collo avrebbe finito per detestare anche quegli occhi.

Neanche lui capiva perché l'attaccamento spasmodico e profondo di Ye Lianzi gli provocasse soltanto il desiderio di ferirla, anziché di ricambiarla. Avrebbe voluto prenderla a calci, coprirla di insulti o picchiarla a sangue come aveva fatto in passato, invece, come aprì la bocca per dire « Devo parlarti di una cosa... », scoppiò in un pianto dirotto, isterico, come se fosse lui e non Ye Lianzi ad aver sofferto finora e finalmente avesse l'occasione di sfogare tutto il suo dolore.

Continuava a piangere, senza capire neppure lui il perché. Era lo sfogo di tutte le umiliazioni che aveva subito o il rimpianto di non avere un passato degno di essere ricordato? Comunque fosse, il suo pianto si faceva sempre più angosciato.

Ye Lianzi, che non l'aveva mai visto in quello stato, immaginò che il rivederla dopo tanti anni tormentati gli avesse fatto ripensare alle sue mancanze nella vita coniugale, e cercò di consolarlo: « Non importa, non importa, è tutto passato, basta che da oggi... »

Quest'ultima frase di Ye Lianzi lo ridestò di colpo dalle visioni elegiache della sua vita passata. Senza smettere di piangere disse: « Devo chiedere scusa a entrambe, è colpa mia, lo so, ma non posso tornare con te. Ti prego di lasciarmi andare, di perdonarmi e di concedermi il divorzio. Tu sei la migliore delle donne, ma non posso amarti; se tornassimo a vivere insieme, ricomincerei a odiarti e a picchiarti ».

Vedendolo piangere così disperatamente, Ye Lianzi provava una desolazione enorme, tanto da non riuscire più ad aprir bocca. In confronto a quel pianto che spezzava il cuore, i suoi patimenti erano ben poca cosa! Se rimettersi con lei gli procurava una tale sofferenza, meglio rinunciare.

Ye Lianzi non oppose alcuna resistenza. Dimenticò se stessa, archiviò il motivo per cui era venuta a Pechino e si affrettò a dire: « Faccio quello che vuoi ».

Quindi firmò l'accordo di divorzio che Gu Qiushui aveva già preparato da tempo, preoccupandosi addirittura di scrivere bene nonostante la mano le tremasse come una foglia, per paura che i caratteri poco chiari potessero inficiare la validità del documento.

Una volta firmato, si rese conto che ormai era tutto finito e annunciò: «Parto domani, voglio passare dalle mie parti».

«Rimani ancora qualche giorno» la trattenne Gu Qiushui, «ci sono tante cose da vedere, qui a Pechino».

Era sincero. Nonostante fino a un istante prima della firma avesse pensato che Ye Lianzi era una donnetta appiccicosa che non riusciva a scollarsi di dosso, ora che non era più sua moglie la vedeva come una gran donna degna del più alto rispetto, non più un essere da liquidare con quattro pedate.

«No, no, non posso». Ye Lianzi era così confusa che non si rese neppure conto di aver parlato, né di che cosa avesse detto.

Solo il giorno dopo, in treno, prese coscienza della situazione. Questa volta era davvero un viaggio di sola andata, non per il treno, ma per quel sogno cullato per anni e ora completamente finito. Sentì un grande vuoto nel cuore: l'uomo che aveva sempre amato e aspettato adesso non aveva più niente a che fare con lei. I suoi maltrattamenti, i suoi insulti, la sua cattiveria, con lei non c'entravano più. Scoppiò a piangere, sopraffatta dal dolore.

Wu Wei voltò la testa dall'altra parte, provando compassione e rabbia per quella madre senza nerbo, incapace di capire, insomma, come si potesse amare un uomo così triviale. Poi si girò di nuovo e guardò il violino appoggiato sulla valigia, pensando che la sua vendetta era ancora acerba.

Va detto che il comportamento di Gu Qiushui fu molto più onesto di quello di Hu Bingchen, perché dal giorno del divorzio non andò più a importunare Ye Lianzi, dandole dunque modo di rassegnarsi e vivere tranquillamente la seconda metà della sua vita.

Dopo il divorzio da Wu Wei, invece, Hu Bingchen più di una volta le disse: «Nessun uomo deve toccare quel che è stato mio», aggiungendo poi con un sorrisetto malizioso: «Soprattutto quella parte, la più importante».

«Mi credi ancora qui a scodinzolarti intorno come quarant'anni fa?» ribatteva Wu Wei.

In realtà, Hu Bingchen non immaginava che Wu Wei potesse avere altre avventure, semplicemente non voleva che lei lo dimenticasse, quindi cercava in tutti i modi di trasformarla da ex moglie in amante.

Si era dato da fare al punto che Bai Fan era tornata a bussare alla porta della rivale. «Bai Fan mi segue anche in bagno» riferiva tronfio Hu Bingchen a Wu Wei, «quando vado in ufficio a controllare qualche documento, mi segue e mi aspetta in macchina, perché teme che venga qui da te».

Dal canto suo, invece, Wu Wei aveva fatto piazza pulita di questa maratona d'amore durata mezzo secolo e gli aveva replicato impietosamente: «Non voglio più assumermi responsabilità al posto tuo in questa storia. Con Bai Fan devi essere sincero. I tuoi tradimenti non sono mai stati colpa mia: né questo, né quello di tanti anni fa. Se non hai ancora il coraggio di dirle come stanno davvero le cose e lei torna a cercarmi a casa, chiamerò la polizia».

Conoscendo bene l'impulsività di Wu Wei, Hu Bingchen convinse Bai Fan a lasciarla in pace, consigliandole di non andare a cercarsi umiliazioni.

Lui, però, continuò a frequentare Wu Wei quasi quotidianamente tanto che lei, per troncare definitivamente quella storia che non poteva che nuocere a tutti, un giorno gli disse: «Non venire più, ho un nuovo compagno».

«Come?! Donna senza cuore! In così poco tempo ti sei già trovata un altro!»

«Grazie, ma il primato non è mio, è tuo: sei tu che dopo neanche un mese dal divorzio eri già sposato con Bai Fan» replicò lei, compiacendosi per la prontezza della propria reazione. Quando si rinsavisce, si può davvero comandare a vento e pioggia, si esce finalmente dal regno della necessità per entrare in quello della libertà.

«No! Io non posso non venire da te!»

«Mi spiace, ma mi metti in difficoltà».

«Perché?»

«Perché lui può arrivare in qualsiasi momento. A me non piace tenere il piede in tante scarpe come fai tu».

«Da dove arriva questo bastardo? Sarà senz'altro a caccia dei tuoi soldi».

Wu Wei fece una risatina amara. Stava per dirgli che lui l'aveva ripulita di qualcosa di ben più prezioso dei soldi e che ora non le restava più niente da perdere, ma ingoiò le parole prima di pronunciarle: neanche a quel punto della loro storia riusciva a sopportare l'idea di ferirlo mortalmente, per cui si limitò a dirgli: «Non ho più niente che meriti d'esser rubato». Ma poi, non soddisfatta, volle aggiungere qualcosa di più cattivo: «Oltretutto ha più soldi di me e nessun uomo mi ha mai coperta di attenzioni come lui. Non m'aspettavo di incontrare una persona del genere a questo punto della vita...»

Chissà se l'attaccamento di Hu Bingchen a Wu Wei dopo il divorzio era sincero? E la spietatezza di Wu Wei non era forse figlia dell'odio generato da un grande amore?

Le poche volte che si incontrarono, Wu Wei e Gu Qiushui arrivarono a trattarsi quasi da amici, ma lei non accantonò mai i suoi propositi di vendetta. Erano amici perché lei non trovava l'occasione di vendicarsi, ma appena questa si presentò, ne approfittò senza alcuna pietà.

Nella disperazione che precedette la pazzia, si era illusa che, grazie ai rapporti di sangue che li legavano, lui avrebbe avuto la forza di tirarla fuori dal baratro. Per questo era persino andata a trovarlo nella cittadina dove abitava.

Era andata dal suo nemico giurato per trovare un modo di uscire dalla pazzia: questo dovrebbe far capire quanto crudele sia stata per lei questa ricerca e in che abisso di disperazione fosse finita.

Purtroppo l'ostilità prevalse e non riuscirono a dialogare. Per di più, proprio nel loro ultimo incontro Wu Wei finalmente trovò il modo di vendicarsi di Gu Qiushui, infliggendogli una pugnalata mortale.

Quell'incontro segnò la fine di entrambi.

Il fatto che lui la ostacolasse non fu l'unica ragione di quel fallimento. Ma quello, unito all'odio mai sopito di lei, trascinò Wu Wei nel gorgo della pazzia, fino alla distruzione totale.

無字

Capitolo Quinto

1

Che quel giorno ci fosse qualcosa di strano se n'erano accorti tutti, visto che a mezzogiorno passato nessuno aveva ancora dato ordine di servire il pranzo.

Nessun rumore dalla stanza della Seconda signora. Per quanto tardi fosse solita alzarsi, a quell'ora avrebbe almeno dovuto chiamare mamma Liu perché l'aiutasse a lavarsi e pettinarsi. Solo la pendola continuava a segnare le ore, ma anch'essa con un suono tremulo e trascinato, quasi affettato, artificioso.

In seguito, mamma Wen aveva commentato: «Quella mattina anche i corvi gracchiavano in modo strano. Neanche sputandogli contro tre volte sono riuscita a scacciare il malocchio... »

Il cuoco, il vecchio Wei, era sulle spine: se non l'avesse subito portato in tavola, il suo bel pollo croccante sarebbe diventato immangiabile. Non faceva che sporgersi dalla cucina per sbirciare verso il piano superiore, borbottando fra i denti: «Una parola, fare il cuoco. La roba andrebbe servita al momento giusto, né un attimo prima né un attimo dopo. Se lei rispettasse gli orari, cara signora, almeno sapremmo come regolarci, se no finisce che ci dice che non siamo all'altezza! »

Mentre il cuoco stava ancora brontolando, rientrò mamma Wen dalla scuola dov'era andata a prendere

Bao Li, che, appena messo piede in casa, strillò: «Ho fame! Ho fame! Perché non è ancora pronto?»

Vedendo che nessuno gli dava retta, entrò difilato in cucina e senza chiedere permesso strappò una coscia al pollo, sotto lo sguardo impotente del vecchio Wei che si limitò a implorarlo: «Signorino, aspetti! La sua mamma non l'ha ancora assaggiato».

Il vecchio Wei si rivolse allora a mamma Wen: «La prego di farmi il favore di salire a vedere cosa succede. Se la signora ha intenzione di mangiar fuori, basta che ce lo dica».

«Adesso che ti serve un favore diventi gentile» replicò lei dandosi un tono, «eppure ieri sera, quando ti abbiamo chiesto di prepararci dei ravioli dopo la partita a carte, ti sei ben guardato!» Ciò nonostante, salì e si fermò davanti alla porta della Seconda signora.

«Signora» chiamò, «siamo tornati e il padroncino si lamenta che ha fame. Devo ordinare di servire il pranzo?»

Nessuna risposta. Mamma Wen ripeté la frase a voce più alta.

Non ricevendo ancora risposta, prima spiò attraverso una fessura, dopo di che spalancò con forza la porta ed entrò nella stanza.

Il letto era un ammasso di coperte e lenzuola in disordine, gli armadi erano tutti aperti, con i vestiti sparsi per terra o appesi alle ante, mentre scarpe di pelle e pantofole di stoffa ricamata giacevano buttate qua e là, una per sorte. Mamma Wen cominciò a chiamare per tutta la stanza: «Signora! Signora!...»

Precipitatasi fuori, gridò ai servi di sotto: «È successa una cosa terribile! La signora non c'è più, non c'è più!» Aveva già capito che era scappata con tutte le cose di valore, ma non osò dirlo.

A quell'annuncio, i servi corsero di sopra pensando

che la signora fosse morta, ma vedendo la stanza sottosopra intuirono l'accaduto. « Bisogna avvertire subito il vecchio signor Bao » decise mamma Liu.

La famiglia Bao cercò la Seconda signora per mari e per monti, invano. Non potendo, naturalmente, mettere un annuncio sul giornale, furono costretti a rivolgersi a un investigatore privato, dal quale vennero presto a sapere che era fuggita insieme al cognato Bao Tianxin, fratello minore di suo marito.

Il clamore della vicenda si calmò solo quando Bao Tianxin pubblicò sul giornale un annuncio in cui dichiarava di voler rompere ogni legame con la famiglia.

« L'avevo capito da un bel po', io, che c'era sotto qualcosa! » commentava mamma Wen accompagnando le parole con un fragoroso ruminar di rapa. « Non vi siete accorti che ultimamente era tutta un *qipao* e una scarpetta ricamata di raso rosso? A cosa le serviva, quella roba, a quarant'anni suonati? »

« Da quella volta che le ho portato dei dolci in camera, poi » continuò, « e ho visto il cognatino che le giaceva in grembo, con me è sempre stata gentilissima, tanto che, persino quando ho rotto il vaso, invece di rimproverarmi mi ha solo raccomandato di stare più attenta ».

Liquidata in un baleno la rapa con tanto di rutto finale, dichiarò che « Una rapa e un bel tè al giorno tolgono il medico di torno », conscia che quei due elementi non le sarebbero mai mancati, visto che le foglie di tè le trovava nella camera della signora e le rape in cucina.

Appena le acque si calmarono, le persone che avevano vissuto con la Seconda signora presero ciascuna la propria strada. Bao Li tornò dalla sua vera madre, la Terza signora, e il vecchio Wei si licenziò, perché ormai non aveva più nessuno per cui cucinare.

Quella chiacchierona di mamma Wen finì a servizio dal vecchio signor Bao, mentre, chi prima e chi dopo, tutti gli altri servi partirono, lasciando solo mamma Liu e Ye Lianzi a badare alla casa. In cuor suo Ye Lianzi sapeva che due persone erano troppe, per una casa vuota.

Lei che era rimasta al servizio della Seconda signora per più di due anni era considerata una sua dipendente. Non era affatto scontato, quindi, che il vecchio Bao e le nuore tenessero lei licenziando l'altra domestica, peraltro bravissima.

Per questo lavorava con ancora più lena in quella casa senza padroni, sperando che la sua dedizione toccasse il cuore del vecchio signor Bao, convincendolo a concedere una ciotola di riso a lei e alla figlia.

2

Lasciando casa Bao, la Seconda signora si era illusa di cavarsela grazie alle sue precedenti esperienze di vita in società, a una discreta intelligenza e a quel po' di denaro che aveva con sé.

Appena arrivata a Shanghai prese in affitto una casa e cominciò a subaffittarne le stanze. Ma si rivelò una sprovveduta: tanto per cominciare, nel prendere la casa non aveva pensato di richiedere la ricevuta della cauzione, e con gli inquilini non stipulava che accordi generici, per cui le capitava poi di non riuscire, a volte, nemmeno a riscuotere una somma sufficiente a coprire la spesa del proprio affitto. Con l'inflazione che galoppava in modo selvaggio, lei a gonfiare gli affitti in modo altrettanto selvaggio non ce la faceva. Se provava ad alzare il canone, gli inquilini, tutta gente molto più esperta di lei in quel genere di battaglie, se la mangiavano in un boccone, e a lei non restava che soccombere. Le sue esperienze di vita si basavano esclusivamente sugli anni passati nei bordelli, che tuttavia non le avevano insegnato ad affrontare il mondo crudele e spietato degli affari. Fu quindi costretta ad abbandonare l'attività di subaffitto e a disdire la casa. Non avendo una ricevuta, perse ovviamente tutti i soldi della caparra.

Un suo inquilino la introdusse a un traffico di sigarette e stoffe tra Shanghai e Jiaxing, nel quale poteva speculare sulla differenza dei prezzi tra le due città. Giù giù, sempre più in basso, da Seconda signora Bao ad affittacamere, da affittacamere a contrabbandiera.

Nessuno l'avrebbe più riconosciuta in quella donna affaticata dal viaggio, carica di borse e fagotti, costretta a nascondersi dalla polizia per non vedersi confiscata la merce. Una vita dura, per una donna abituata a vivere in una lussuosa villa in stile tedesco.

Seguendo il consiglio di qualcuno, investì gli ultimi soldi rimasti in centottanta *mu* di terra, a Jiaxing, con l'intenzione di darli in affitto.

Ma tornò subito dalla campagna senza un soldo. I contadini erano messi peggio di lei e lei non aveva avuto cuore di spremerli fino all'ultima goccia di sangue. Dovette quindi rivendere la terra, dimostrando di non possedere neppure la stoffa della proprietaria terriera. E intanto i soldi erano finiti.

Non le rimaneva che prostituirsi, benché ormai appassita e poco appetibile sul mercato.

Che altro poteva fare? Arrivò a pensare addirittura di farsi monaca.

La festosa allegria che precede il capodanno le rendeva ancor più penosa la sua condizione di donna sola e raminga. Ma non reagiva piangendo, o fumando una sigaretta dopo l'altra; piuttosto giaceva sul letto a meditare con espressione cupa.

Non aveva nessuno con cui condividere le sue pene. Bao Tianxin era a Hong Kong a studiare e, benché continuassero a scriversi, lei non gli fece mai cenno della sua situazione. Ci sono cose che si possono raccontare, altre no, non per mancanza di intimità o confidenza, ma semplicemente perché è inutile: il fardello che il destino ti ha riservato te lo devi portare da solo.

Eppure continuava a mandare soldi a Bao Tianxin, puntualmente, ogni mese. Giusto una decina di *yuan*, quel tanto che gli bastava per pagare vitto e alloggio a Hong Kong, ma che lo inducevano a convincersi che lei non se la passasse affatto male.

Se agli occhi di lei Bao Tianxin non era certo un eroe forte e coraggioso, era però una brava persona che, quando aveva abbandonato la famiglia, non si era tenuto neppure l'anello di platino che portava al dito e si era anzi preoccupato di dichiarare pubblicamente sui giornali la rottura di ogni rapporto coi suoi, dimostrando così un'indubbia integrità morale.

Quando era arrivata a Shanghai e aveva preso una cassetta di sicurezza, mandava sempre lui a prelevare soldi o gioielli. Fosse stato un disonesto, avrebbe potuto rubarle tutto, ma non successe.

Purtroppo però, essendo nato e cresciuto nell'ovatta, Bao Tianxin conosceva il mondo ancora meno di lei, né aveva relazioni sociali al di fuori di quelle della famiglia Bao, sparite quando lui aveva tagliato i rapporti.

Tante cose affiorano alla memoria, quando si è infelici. A partire dalle più tristi.

Tanto per cominciare, lei non aveva avuto due bravi genitori. Il padre era stato un perdigiorno che la madre disprezzava a tal punto da farlo scappare a suon di botte, cosa insolita per un uomo. Da allora non era più tornato né aveva dato sue notizie.

In seguito la madre si era trovata un altro uomo, un tipo così previdente da convincerla a costringere la figlia, allora sedicenne, a prostituirsi e diventare la loro gallina dalle uova d'oro.

Quando un dipendente del monopolio del sale chiese di sposare la ragazza, la madre approfittò del buon cuore dell'uomo per alzare la tariffa, incurante del fatto che la figlia rischiasse di perdere l'occasione di rifarsi una vita. « Non lo faccio per cattiveria » dichiarò perfettamente convinta di essere nel giusto, « ma se perdo mia figlia, chi mi mantiene? »

Fu soltanto quando si trasferì a sud con il marito che la Seconda signora scoprì l'esistenza di una Prima signora, per fortuna una persona colta e assennata, che gestiva bene la situazione. Purtroppo, però, il marito s'ammalò di tubercolosi e morì.

Non potendo pretendere un aiuto dalla Prima signora, anche lei ora priva di fonti di sostentamento, le chiese soltanto i soldi per il viaggio e tornò a casa, pensando che il malloppo che sua madre aveva estorto al genero in occasione del suo matrimonio non fosse ancora esaurito.

Invece la somma era già stata ampiamente scialacquata e a lei non rimase che tornare a prostituirsi.

Fu nel bordello che incontrò un Bao Tianjian non ancora comandante di divisione e squattrinato, nonostante provenisse da una famiglia ricca.

Quando lui le propose di sposarlo, lei disse: « Non voglio essere comprata. Noi ci amiamo, dunque mi basta che tu prometta di trattarmi bene, di mantenere mia madre e di aiutare mio fratello negli studi ».

Dopo il matrimonio ufficiale, fu accolta in casa Bao come Seconda signora, cosa che lei accettò con grande magnanimità, dicendo: « Il mio destino è deciso dal nostro amore e pur di stare con te sarò una seconda moglie ».

Bao Tianjian la rispettava moltissimo e si fidava ciecamente di lei, al punto da affidarle non solo tutti i suoi beni, ma anche la gestione di ogni faccenda interna ed esterna alla famiglia.

L'unico problema era la sua infertilità. Il vecchio signor Bao pungolava spesso il figlio su questa questione, ricordandogli che doveva avere un erede, e che anche se la famiglia contava più di cento membri, doveva avere un discendente che fosse sangue del suo sangue. A quel punto Bao Tianjian prese una terza moglie che sistemò in un appartamento al di fuori della casa, perché si sentiva in colpa nei confronti della Seconda signora.

Non fosse stato per la morte della nonna Bao, quando la Seconda signora notò il nome di un certo Bao Li nella lista dei discendenti che partecipavano al funerale, sarebbe rimasta all'oscuro di tutto.

Chi era Bao Li?, cominciò a chiedere ai parenti, che farfugliavano risposte indecifrabili.

Difficile tener cucite cento bocche, soprattutto con una Seconda signora determinatissima a scoprire il segreto.

Quando venne finalmente a sapere dell'esistenza non solo di una Terza signora ma anche di un figlio, fece una scenata a Bao Tianjian, costringendolo ad ammettere.

Chiese poi che questa terza moglie fosse allontanata, ma lui obiettò: « Ha un figlio, come posso mandarla via? Non è stata infedeltà, la mia... » Non osava tirare in ballo la questione della sterilità, temendo di colpirla là dov'era più vulnerabile.

Ma lei, conscia del proprio punto debole, ribatté: « Lo so, ho capito, ma è colpa mia se non posso avere figli? Che senso aveva, allora, il giuramento solenne che ci siamo fatti? Parlavi di amore sincero, invece anche per te conta solo l'erede. Basta, non parliamone più! Facciamo così, io adotto Bao Li e tu mandi via quella donna».

Bao Tianjian acconsentì a malincuore.

Come vide il bambino, la Seconda signora se ne innamorò. Era necessaria una balia, perché Bao Li aveva solo qualche mese, ma non accontentandosi di quelle ignorantone che si trovavano in giro, la signora chiamò un'infermiera. Al piccolo comprava venti vestitini a botta, alcuni dei quali già non gli stavano più ancor prima di metterli, tanto in fretta cresceva. Così viziato, Bao Li era destinato a diventare una 'mela marcia' sia a scuola che nella vita.

Quando Ye Lianzi arrivò in casa Bao, il ragazzino aveva già sette o otto anni.

Spesso strappava di mano il piatto a Wu Wei, dicendole: «Con che diritto mangi il nostro riso?»

Wu Wei rimaneva lì a testa bassa, con un broncio umiliato.

Farla piangere era lo scopo di Bao Li, ma siccome lei si tratteneva, lui s'infuriava e le urlava, battendo i piedi con rabbia: «Piccola accattona che non sei altro!»

Perché negare un boccone di riso a Wu Wei, quando dalle cucine di casa Bao si buttavano nella fogna secchi di avanzi ogni giorno?

All'ora dei pasti Ye Lianzi sperava ardentemente che Bao Li non scendesse nelle stanze della servitù, così che Wu Wei potesse mangiare in pace, ma il ragazzino saltava e correva dappertutto, e nessuno faceva nulla per fermarlo.

Un giorno arrivò con un fucile ad acqua, pretendendo che Wu Wei giocasse con lui. Quando lei si rifiutò, cominciò a spruzzarle l'acqua in faccia con una violenza tale da impedirle di tenere gli occhi aperti.

Ye Lianzi, che osservava impotente, cercò di distrarlo con le buone: « Padroncino, la signora ti chiama, ti cerca! »

Data la situazione, Wu Wei naturalmente era sempre meno disposta a giocare con Bao Li, ma più lei se ne stava sulle sue e più lui si arrabbiava, finché, esasperato, cominciò a picchiarla.

Davanti alle botte, neanche la paziente Ye Lianzi riuscì a starsene in disparte. Strinse Wu Wei al seno per proteggerla e fu lei a prendersi i pugni del ragazzino. Era una serva e non avrebbe certo potuto far osservazioni al figlio dei padroni: si limitava a fissarlo con occhi carichi d'odio.

« Che male può farle qualche pugno del padroncino? » intervenne mamma Wen.

« Anche mia figlia è una bambina, che gusto ci prova a picchiarla? » ribatté Ye Lianzi.

« Dimentichi che sei una serva? » le rammentò mamma Wen.

« Io sono una serva, ma mia figlia no! » replicò Ye Lianzi.

« I servi non dovrebbero avere i figli con sé! Ringrazia che te la lasciano tenere, invece di lamentarti per qualche pugno del signorino! E poi lo stai guardando come se fossi tu la padrona, vuoi capirlo che non lo sei? » infierì ulteriormente mamma Wen.

« Ma brava! » intervenne mamma Liu. « Vorrei vedere se picchiassero la tua, di figlia! »

Da quando Bao Tianjian era partito, quanto a soldi la Seconda signora non se la passava molto bene, ma pur di non chiedere aiuto al vecchio signor Bao si arrabattava vendendo i gioielli. Ma i gioielli sono come giocattoli, mica son fatti per viverci! E impegnarli al monte di pietà non era certo una bella cosa. Se si fosse saputo in giro, chissà cos'avrebbe detto la gente!

Lei poi era convinta che il marito si fosse liberato della Terza signora, ma non era così.

Poco dopo la partenza di Bao Tianjian, infatti, la Terza signora venne a batter cassa dal vecchio signor Bao informandolo che i tremila *yuan* che il marito le aveva lasciato erano finiti. Pur non essendo sicuro che dicesse la verità, per amore dei nipoti il vecchio acconsentì a darle un contributo di cento *yuan* al mese, che però nessuno osava recapitarle, per paura che la Seconda signora venisse a saperlo e sollevasse un putiferio.

Alla fine l'incombenza ricadde su Bao Tianxin, che non aveva nessuna remora in proposito e che poteva facilmente passare da lei andando o tornando da scuola.

Quella fu la prima volta che Bao Tianxin incontrò la Terza signora. La trovò giovane e carina, ma non si rese conto che era anche piuttosto astuta. Non che fosse all'altezza delle furbizie del mondo esterno, ma nell'ambito della famiglia Bao, dove vigevano rapporti piuttosto franchi e diretti, non era seconda a nessuno. Non appena, per esempio, Bao Tianjian entrò entusiasta nel Partito Comunista, lei commentò con grande lucidità: «Ma cosa sta facendo? I fasti della famiglia Bao sono finiti con l'Incidente di Mukden, questa mossa non porterà niente di buono».

Provava grande disprezzo per i Bao, anche se aveva dato loro dei figli. Il matrimonio con Bao Tianjian non era stato certo una sua scelta.

Era per questo, forse, che approfittava di ogni occasione per spillargli dei soldi?

La morte del vecchio signor Bao segnò lo sfacelo totale della famiglia.

Le villette, progettate e costruite da ingegneri tedeschi intorno al cortile centrale, passarono da un proprietario all'altro, fino a ridursi in uno stato pietoso.

Quando la famiglia di Bao Tianjian si trasferì nella residenza di Pechino, la Terza signora, non avendo altri mezzi di sostentamento, si decise a comprare un camion per aprire un'attività di trasporto. Ma si era alla vigilia della Liberazione, e data l'instabilità della situazione politica le ditte avevano cautamente ridotto al minimo gli affari, per cui c'era ben poco da trasportare. Guadagni non se ne vedevano e la signora sfogava la sua frustrazione sul povero autista Dong Gui.

Dopo il 1949, i Bao furono costretti a licenziare tutta la servitù. Dong Gui, che era stato al loro servizio sin da piccolo, si aspettava una buonuscita appropriata, ma la Terza signora non volle assolutamente prendersene carico. « È stato con voi tutta la vita! » cercò di convincerla Bao Tianxin.

« Piacerebbe anche a me fare la parte della benefattrice » replicò lei, « ma chi si occuperà di me e dei miei figli se non ci resterà niente da mangiare? »

Non appena Bao Tianjian esalò l'ultimo respiro, lei pensò subito a vendere la casa. Era costata quaranta lingotti d'oro, ma ora poteva rivenderla soltanto a dieci. Nonostante il prezzo stracciato, l'acquirente continuava a tirare al ribasso dicendo: « Considerando la situazione politica, temo che non sia una buona mossa questa che sto facendo, e che il mio investimento andrà in fumo in una decina d'anni ».

« Non è una reggia, ma a Pechino è senz'altro una casa di prim'ordine, per dieci lingotti non potrebbe pretendere di più » ribatté lei. In effetti era una casa molto bella e costava veramente poco. L'unico problema di cui l'acquirente non si rendeva conto era che il fatto d'essere salito all'ultimo momento sul treno dei ricchi avrebbe influito negativamente sulla sua posizione sociale negli anni a venire.

Secondo la legge, la Terza signora avrebbe dovuto dividere equamente il ricavato della vendita con la Prima signora, o al massimo tenersene una quota maggiore, in base al numero dei figli. Invece, prima ancora che Bao Tianjian fosse deposto nella bara, lei aveva già convocato i propri parenti perché dichiarassero di averle prestato due lingotti per le cure del marito, in realtà pagate con i soldi che, dopo la morte della madre di Bao Tianjian, erano custoditi dalle varie sorelle.

Chiese aiuto anche agli amici del marito, spiegando loro che Bao Tianjian l'aveva lasciata povera in canna a mantenere tutta la famiglia e pregandoli quindi, per amore dei suoi figli, di dire alla famiglia che Bao Tianjian aveva dei debiti in sospeso con loro.

Con questi stratagemmi, la Terza signora dedusse dal totale da dividere un po' di lingotti che tenne per sé, ai quali si aggiunsero poi le quote dei figli. A quel punto la Prima signora, rimasta solo con qualche oncia d'oro, fu costretta a risposarsi, non avendo altre risorse per vivere.

Certo questa donna scaltra se la cavò decisamente meglio della Seconda signora, costretta a vivere di contrabbando.

In seguito, per un po' di anni la Terza signora e i figli di Bao Tianjian tirarono avanti vendendo oro e oggetti di valore, che però a volte era necessario svendere, come nel caso di un tavolino da tè con tanto di sedie, tutto di mogano intarsiato in marmo, dato via a fatica per quindici miseri *yuan*. Finiti anche i lingotti, la Terza signora si vide costretta ad andare a lavorare in un maglificio. Nel 1966, allo scoppio della Rivoluzione Culturale, picchiata a sangue dalle guardie rosse fu condannata a pulire le strade, controllata a vista dai supervisori. La casa di Tianjin venne confiscata e chi ancora ci abitava fu confinato nelle stanze del seminterrato dove aveva abitato Ye Lianzi…

Mentre, malconcia e lacera, spazzava i vicoli di Pechino, la Terza signora cercava di far pulizia anche nel proprio passato. La realtà che le apparve sotto la polvere con inequivocabile chiarezza fu che lei stessa non era stata altro che una suppellettile da seppellire col defunto: arrivata quando i Bao erano già in pieno declino, non solo non aveva ricevuto amore, ma neppure ricchezza né prestigio, e alla fine era stata lei, più che la Seconda signora, a trovarsi a mani vuote. La frase che più l'assillava era quella pronunciata da Bao Tianjian alla vigilia della Liberazione: « Andiamocene, o faremo una brutta fine ». Sarebbe stata l'unica scelta sensata di quel marito inetto che lei tanto disprezzava. Un proposito che non aveva potuto realizzare.

I Bao erano una famiglia numerosa e variegata, in cui qualsiasi segreto prima o poi veniva a galla.

Quando la Seconda signora venne a sapere che la Terza non solo non era stata allontanata ma anzi riceveva un trattamento migliore del suo, ne fu profondamente scossa e chiese spiegazioni a Bao Tianxin, che le rispose: « Ha dei figli, non si può non aver cura di lei. Per te è diverso, tu abiti qui in casa, c'è sempre qualcuno che ti può aiutare se hai bisogno, mentre lei è in una situazione più precaria, non pensi? »

La Seconda signora gli chiese allora dove abitasse quell'altra, ma Bao Tianxin si rifiutò di dirglielo. « Non ho intenzione di litigarci » insistette lei, « pensavo solo di farla venire a stare qui, tanto per risparmiare sulle spese ».

« Sei così irascibile, tu, chi mi garantisce che non finirà male? »

La Seconda signora, pur cresciuta in un bordello, non era molto attaccata ai soldi e chi non bada al denaro spesso è intransigente su altri aspetti, in particolare nei sentimenti. Nel suo caso, forse questo derivava dalla mancanza di affetto patita sin da piccola.

Chi è stato poco amato rischia di avere reazioni emotive abnormi: una sola goccia d'amore lo travolge come un fiume in piena in cui si getta anima e corpo, ma non appena avverte il rischio di essere deprivato di quel capitale affettivo e finire in povertà, come per esempio nel caso di una donna tradita da un uomo, si pente dello slancio iniziale, sente svanire il senso d'abnegazione e passa all'estremo opposto.

In questo senso si può dire che la Seconda signora e Wu Wei avevano parecchio in comune.

Pochi giorni più tardi, infatti, la Seconda signora annunciò a Bao Tianxin: «Tuo fratello ha tradito la mia fiducia e io ho chiuso con lui, perciò me ne vado».

Sul perché Bao Tianxin se ne andò con la Seconda signora si possono fare diverse considerazioni.

Certo fu influenzato dalle idee moderne che si stavano affermando e che lo spinsero ad andar via di casa com'era di moda tra i figli dei ricchi. O forse, lui che un po' di cultura ce l'aveva, desiderava davvero sbarazzarsi di quella grande famiglia immersa negli intrighi di potere ma ignorante, in cui le sorelle non erano neanche andate a scuola e in cui vigeva un'opprimente mentalità feudale. Quando andava a casa di qualche compagno, quasi sempre figlio di impiegati, ne invidiava l'atmosfera calda, vivace, nonostante le condizioni economiche inferiori.

La madre, che l'aveva tanto amato, purtroppo non c'era più e ora, ogni volta che aveva bisogno di denaro, doveva chiederlo alle sorelle, che però glielo davano col contagocce, facendogli patire ancor di più la mancanza della madre.

Invece, quando il cuoco preparava qualcosa di buono, la Seconda signora mandava sempre Bao Li a chiamare lo zio e, anche se non si trattava di chissà quali manicaretti, queste attenzioni lo portavano a sentirsi più amato da lei che dalle sorelle.

E non sopportava più i pranzi col vecchio signor Bao: tutti attorno al desco a mangiare porro e salsa di soia simulando felicità, per poi scappare ognuno per conto proprio al ristorante a rifocillarsi.

O forse ancora seguì la Seconda signora semplicemente perché si trovava bene con lei, ma tra uomo e donna il confine fra amicizia e amore è spesso labile. Altrimenti perché dichiarare pubblicamente sul giornale la sua rottura con i Bao?

In realtà Bao Tianxin non aveva nessun motivo di lasciare la famiglia, era soltanto capitato in un'epoca in cui andarsene di casa era comune. Non aveva, come Bao Tianjian, l'ambizione di recuperare il potere sul Nordest, né i grandi ideali di Hu Bingchen; si lasciò semplicemente trascinare dalla moda, in voga tra gli studenti dell'epoca, di trasferirsi nelle città dell'interno o a Hong Kong, via da una famiglia in cui non si trovava, pur non sapendo bene perché.

Quando le sorelle gli negarono i soldi per il viaggio, fu la Seconda signora a dirgli: « Se vuoi veramente andartene, ci penso io ».

Insieme partirono per Shanghai, e lui solo andò poi a Hong Kong a studiare.

Improvvisamente, dalla Seconda signora non arrivarono più soldi. Lui le mandò una lettera che tornò al mittente con la scritta 'destinatario sconosciuto', allora fu costretto a rivolgersi alle sorelle. Nel frattempo, però,

Bao Tianjian era rientrato a Tianjin e il ritorno del fuggiasco in seno alla famiglia dipendeva dalla sua reazione: poteva anche non essere stata una fuga d'amore, ma Bao Tianxin era pur sempre scappato con sua moglie.

Ma come poteva impedirgli di tornare? Sarebbe stato un atto inqualificabile, da parte di un fratello maggiore, tener lontano da casa un fratello minore in ristrettezze economiche.

Bao Tianxin fu riaccolto in famiglia come un figliol prodigo, ma, lungi dall'aver imparato la lezione e intrapreso una nuova vita, era rimasto il signorino di prima, interessato solo a fare scorribande in città su una bicicletta di marca con tanto di specchietto sul manubrio e addobbi sulle ruote...

Poco prima della Liberazione, nel 1949, Bao Tianjian consigliò al fratello di scappare il prima possibile, ma dopo quel viaggio a Shanghai e Hong Kong, Bao Tianxin non voleva più saperne di vagabondare.

«Se sei deciso a rimanere, preparati a una raffica di attacchi politici» l'aveva allora avvisato in tono preoccupato Bao Tianjian, che era stato a Yan'an.

Ma Bao Tianxin continuava a sfrecciare tranquillo sulla sua bellissima bici pensando: 'Non ho fatto niente contro il Partito Comunista e le loro campagne politiche non mi toccheranno. Mi guadagnerò la vita lavorando, la cosa non mi spaventa'.

Finché si trattava di lavorare, nessun problema, l'aveva già fatto durante le sue peregrinazioni. Quello che non immaginava, però, era che non avrebbe più potuto dire la verità, cosa decisamente più insopportabile del lavoro in sé.

Nel 1958, durante il Grande balzo in avanti, il direttore della sua fabbrica annunciò che andava raddoppiata la produzione. Lui, al tempo responsabile della programmazione, obiettò che con i macchinari che avevano a disposizione sarebbe stato impossibile.

Il direttore non apprezzò affatto l'obiezione, ma Bao Tianxin non se ne preoccupò. Pensava che, se anche l'avessero licenziato, avrebbe trovato lavoro da un'altra parte, perché al mondo c'è posto per tutti. Non fu così: Bao Tianxin finì a fare il custode della fabbrica.

Come ultima risorsa, la Seconda signora pensò di stabilirsi a Pechino, nella casa che aveva comprato alla madre prima di lasciare la famiglia Bao. Quando passava dalle parti del tempio Longfu, le capitava ogni tanto di ricordarsi che la residenza di Bao Tianjian era in quella zona.

Dopo la morte della madre vendette la proprietà e comprò due stanze al pianoterra sulla strada, vicino a Baitasi. Vi aprì una piccola latteria e cercò a fatica di tirare avanti con quell'attività.

Nel 1949 trasformò la latteria in un allevamento di polli e cominciò a vendere uova. Le duecento e più galline che aveva comprato svolazzavano in giro sporcando dappertutto, ma gli affari erano così fiacchi che faceva fatica a mettere insieme il pranzo con la cena. Un'epidemia stroncò poi tutte le galline e a quel punto, non avendo più niente di valore da impegnare, si rassegnò a guadagnarsi da vivere assemblando scatole. Ma quel lavoro nuovo non le era affatto congeniale. Disprezzata da tutti, guardata dall'alto in basso dai responsabili del quartiere e dai vicini, lei, orgogliosa com'era, si chiuse in un totale isolamento, evitando qualsiasi rapporto. A volte la dignità cozza contro un destino infausto.

Quando anche Ye Lianzi, molti anni dopo, si risistemò a Pechino, ripensava spesso a quella signora che le aveva dato la possibilità di salvarsi dalla fame e che avrebbe tanto voluto rivedere per ricambiare il favore. Passava spesso per Baitasi, quando andava, secchio d'acqua in mano, a comprare il pesce vivo per Chanyue al mercato di Xidan, ma non sapeva che quella persona che tanto cercava abitasse proprio lì a due passi.

In una Pechino che a quei tempi non era certo una grande città, Bao Tianxin venne presto a sapere che la Seconda signora non navigava in buone acque. Adesso che lavorava, lui cominciò a passarle ogni mese trenta dei settanta *yuan* del suo stipendio. Era un modo per ripagarla dei due anni in cui l'aveva mantenuto, e per mettersi in pace con la coscienza.

La moglie di Bao Tianxin, che non s'interessava assolutamente della gestione economica della casa, non gli chiedeva certo conto delle sue entrate. Quando l'aveva sposato non aveva portato niente in dote, se non un vecchio pianoforte che suonava tutto il giorno, estraniandosi completamente dal mondo. Chiunque andasse a casa di Bao Tianxin non vedeva mai la moglie, sentiva solo il piano. Tutti dicevano che fosse un po' suonata, ma forse lei in cuor suo se la rideva chiedendosi chi fosse, in realtà, suonato per davvero.

Bao Tianxin era l'unico a frequentare la casa della Seconda signora. Mettevano in tavola una brocca di liquore e un piattino di arachidi, poi bevevano un po' mesti, a testa bassa, senza parlare né ubriacarsi. Quindi, Bao Tianxin le lasciava dei soldi o qualche altra cosa per poi andarsene, in silenzio.

3

L'autunno avanzava inesorabilmente, insieme ai problemi vecchi e nuovi di Ye Lianzi, che chissà quando avrebbero trovato una soluzione.

Un giorno, aprendo il baule per prendere i vestiti invernali di Wu Wei, vide cadere un involucro di carta bianca. Lo aprì e ci trovò ventiquattro *yuan* e una busta indirizzata a lei.

Strappò la busta e lesse subito la firma. Era della Seconda signora:

«... Mi sento oltraggiata, il comandante Bao mi ha tradito e non posso più rimanere in questa casa. Quando me ne sarò andata, qui ti tratteranno ancora peggio, perciò smettila di aspettare invano Gu Qiushui e vai a cercarlo, so che è a Hong Kong... Ti lascio dei soldi, sono pochi, ma non sapendo cosa mi aspetta non posso dartene di più...»

Fu così che Ye Lianzi venne a sapere che Gu Qiushui era a Hong Kong.

La signora aveva sicuramente ricevuto l'informazione da una lettera del marito, ma se il comandante Bao riusciva a spedire lettere, perché Gu Qiushui non poteva fare altrettanto? Perché la inchiodava lì ad aspettarlo senza dirle niente di cosa stava succedendo, per di più preoccupata che lui non sapesse che si era trasferita dai Bao a Tianjin e la cercasse a Pechino?

Naturalmente si pentì subito di quei pensieri: Gu Qiushui stava rischiando la vita in quel periodo tumultuoso, e se non le scriveva doveva avere sicuramente le sue buone ragioni.

Quand'era partito le aveva detto di aspettarlo e così avrebbe fatto. Se non poteva tornare subito, sarebbe tornato di sicuro quando la situazione si fosse normalizzata.

Per quanto vaga, quella notizia le infuse la speranza di un'alternativa che poteva affrancarla dalla tazza di riso che i Bao potevano toglierle da un momento all'altro.

Ne parlò subito a Dong Gui, che commentò la cosa in privato, con sua moglie: «Perché Gu Qiushui non le scrive? E soprattutto, perché non viene a prenderle?

Le ha abbandonate qui dai Bao? Forse è per questo che vengono trattate peggio dei servi».

«Quale marito sta lontano senza mai dare notizie?» rincarò la moglie. «Se ha delle difficoltà, deve farlo sapere a casa, coi tempi che corrono deve almeno rassicurare i familiari che è ancora vivo!»

Naturalmente tennero questi discorsi per sé, senza dir niente a Ye Lianzi.

Discussero a lungo, sviscerando i tanti dubbi.

Era chiaro che i Bao non potevano mantenerle all'infinito e che Ye Lianzi doveva trovare un'altra soluzione.

Ma il pensiero di partire la terrorizzava, perché non aveva mai viaggiato da sola, anche a Tianjin era venuta con Dong Gui. Adesso invece sarebbe dovuta andare in un posto lontanissimo come Hong Kong senza nessuno che l'accompagnasse.

'Ventiquattro *yuan* non le basteranno neanche per le spese di viaggio' pensava Dong Gui.

Era angosciato dal fatto che Ye Lianzi, fragile com'era, non ce l'avrebbe mai fatta, ma se le fosse successo qualcosa, lui si sarebbe sentito responsabile davanti a Gu Qiushui.

Ye Lianzi si decise. «Ce la farò» proclamò con convinzione. E data la situazione, doveva farcela a tutti i costi.

«Nessuno oserebbe avventurarsi in un viaggio del genere, neanche un uomo!» commentò la signora Dong.

Oltretutto senza aver ricevuto risposta alla lettera che aveva mandato a Gu Qiushui.

«Ti conviene procedere per gradi» le consigliò Dong Gui dopo averci riflettuto. «Prima vai da tuo padre, a Huai'an, nel Jiangsu, dove è di stanza la centododicesima divisione. Una volta lì, in base a come stanno le cose deciderai come andare a Hong Kong. Già non sarà facile arrivare a Huai'an, per una donna giovane e sola con una bambina di tre anni al seguito. Dovrai attraversare le zone controllate dai giapponesi e dal governo collaborazionista di Wang Jingwei... »

« Ce la farò » ripeté Ye Lianzi senza alzare la testa.

Dong Gui studiò per bene l'itinerario, che illustrò più volte a Ye Lianzi. Le disse quando scendere da un treno e dove prenderne un altro, chi contattare nei vari posti fino all'ultima tappa, dove qualcuno l'avrebbe accompagnata alla base della centododicesima divisione... Ye Lianzi si fissò tutto nella mente.

L'aiutò anche a vendere l'unico braccialetto d'oro che le era rimasto. Non lo portava più da quando Gu Qiushui era partito, ma di notte, quando nessuno poteva vederla e Wu Wei dormiva, lo tirava fuori, se lo metteva al braccio e lo rimirava, fantasticando di essere con suo marito. Ma ora, se voleva affrontare quel lungo viaggio e andare a trovarlo, doveva venderlo.

Dong Gui l'accompagnò anche in banca a cambiare il ricavato nella valuta in corso nelle aree occupate, le comprò il biglietto e infine la mise sul treno per Xuzhou. Si prodigò in tutti i modi, insomma, per rispettare la promessa fatta a Gu Qiushui.

Ye Lianzi, che mai dimenticò le premure di Dong Gui nei suoi confronti, ricordava spesso a Wu Wei l'amicizia con la sua famiglia. Purtroppo, dopo quella separazione non si incontrarono più, nonostante vent'anni dopo, negli anni settanta, abitassero anche loro a Pechino, intorno a Xizhimen.

Si pensava che dopo la Liberazione il potere sarebbe passato nelle mani dei poveri, ma subentrarono nuove preoccupazioni nelle vite di ciascuno, nuovi affanni e difficoltà che tolsero calore alle relazioni umane. In quegli anni di stenti forse anche peggiori dei precedenti, anche chi aveva sempre dimostrato interesse per gli altri si vedeva costretto a pensare solo a se stesso e a come tirare avanti.

Solo dopo la morte di Ye Lianzi, Wu Wei riuscì a rintracciarli, trovandoli ancora in buona salute.

L'accolsero con le lacrime agli occhi: «Dev'essere stata dura per tua madre, e anche per te, piccolina, che fatica diventar grande!»

Si guardavano in silenzio, piangendo. In quel pianto erano condensate intere vite di miseria e sofferenze.

Tornata a casa, Wu Wei aveva raccontato commossa quell'incontro a Hu Bingchen, che si era limitato ad ascoltarla annuendo.

Il giorno del matrimonio, Ye Lianzi aveva pensato che in quella famiglia non sarebbe più tornata, e invece eccola lì, a soli cinque o sei anni di distanza, oltretutto senza un soldo.

Svanito il ricordo della festa, la coppia che quel giorno era parsa perfetta era appassita in fretta, sposo e sposa ognuno per conto proprio. Ye Lianzi stessa, che notò subito che la matrigna indossava ancora il *qipao* delle nozze, si sentiva sfiorita. Il suo abito da sposa era finito al banco dei pegni.

«Bentornata» fu il laconico saluto della matrigna, non certo in vena di convenevoli. «Questa è Wu Wei?» chiese poi guardando la piccola. «Non saluti la nonna?»

Wu Wei s'avvinghiò terrorizzata alla madre.

«È timida con chi non conosce» si premurò di giustificarla Ye Lianzi, ma la matrigna non pareva offesa, perché in fondo non era davvero sua nipote.

«Com'è andato il viaggio?» le chiese il padre, in un tono molto più gentile di quello che usava quando Ye Lianzi non era ancora sposata.

«Bene... molto bene».

Agli occhi del padre, Ye Lianzi non era più la scheletrica ragazzina di campagna di un tempo, bensì una donna matura. Eppure non aveva perso l'aria spaurita che la contraddistingueva da piccola, che anzi appariva ancor più evidente, consapevole, inguaribile. Ye Zhiqing ne provò una profonda tristezza, perché un padre, in fondo, è sempre un padre.

«Ma bravi, questi Gu che sono riusciti a liberarsi del fardello della nuora!» commentò la matrigna pulendosi le orecchie con la forcina che si era tolta dalla crocchia.

«L'ho deciso io, di partire».

«Non credo avessi altra scelta, no?» continuò la donna rigirando il coltello nella piaga.

Ye Lianzi cercò con gli occhi l'aiuto del padre. «Lascia qui le valigie e vai a darti una rinfrescata, che poi prepariamo qualcosa da mangiare» intervenne lui in suo soccorso.

Wu Wei seguì la mamma, incollata alle sue gambe.

Appena uscite dalla stanza, sentirono la matrigna chiedere al padre: «Cosa intendi fare?»

«Scriverò a suo marito» rispose lui.

«Lianzi non ha detto che gli ha già scritto prima di venire qua? È ben strano che non le risponda. Speri che quel bastardo venga a riprendersela? L'avevo capito subito, io, che era un disgraziato! Prima di sposare tua figlia scavalcava il muro della casa del comandante di divisione Guo per corteggiare la moglie del capobattaglione Li al tavolo del *majiang*».

Ye Zhiqing guardò fuori della stanza. Non voleva che Ye Lianzi sentisse, perché era chiaro che la figlia non aveva alternative.

«Perché non l'hai detto a suo tempo?»

«Perché Lianzi non vedeva l'ora di sposarsi».

«Questo non è vero, sai benissimo che non è quel genere di persona» ribatté lui un po' risentito.

«Non ti ricordi del biglietto che ti aveva infilato in tasca?»

Non sapendo come rispondere, Ye Zhiqing se la prese in cuor suo con la figlia, che se gli avesse dato retta non si sarebbe messa in quella situazione. In realtà in che situazione fosse non lo sapeva con certezza, né lei gliel'aveva spiegato, ma era facile intuirlo.

«A essere sinceri, Lianzi un pochino se l'è andata a cercare, ma è pur sempre tua figlia e non puoi non prenderti cura di lei: una soluzione dobbiamo trovarla» concluse la matrigna chiudendo la frase con un sospiro denso di sofferenza, come se fosse lei a trovarsi in quel marasma.

Nella centododicesima divisione erano molti a conoscere Gu Qiushui. Tra questi il suo amico più caro, Yu Gaoxiang, appena vide Wu Wei la prese in braccio e commentò: «Ditemi voi se questa bambina non è il ritratto di Gu Qiushui! Basta guardarla per capire che è sua figlia».

Yu Gaoxiang, che a differenza di Ye Lianzi riceveva regolarmente le lettere di Gu Qiushui, fu in grado di fornirle l'indirizzo esatto del marito.

Wu Wei s'ingozzava e Ye Lianzi la guardava preoccupata svuotare la tazza di riso e avventarsi sull'uovo. Sarebbe stato un problema mantenere una bambina tanto ingorda, pensava.

Riso e uova non ne vedeva da così tanto tempo che adesso Wu Wei li assaporava piano, come per prolungare un bellissimo sogno che poteva svanire da un momento all'altro per non tornare mai più.

Ye Lianzi lanciava occhiate continue verso la stanza dei genitori, temendo che la matrigna tornasse in cucina prima che Wu Wei fosse sazia.

I bambini non capiscono le situazioni e vorrebbero

sempre riempirsi la pancia fino a scoppiare. D'altro canto Ye Lianzi era contenta che Wu Wei mangiasse un po' di più, perché per i poveri riempire la pancia è la cosa più importante del mondo.

«Mamma, ne voglio un altro» disse Wu Wei appena ebbe finito l'uovo.

«Senti com'è già pieno il tuo pancino!» obiettò Ye Lianzi tamburellandole sullo stomaco.

«Mamma, un altro!»

«No, basta».

«Uno solo!» insistette Wu Wei allungando le manine, un po' per implorare un po' per promettere che sarebbe stata l'ultima richiesta.

«No, hai già mangiato tanto» rispose Ye Lianzi categorica.

Wu Wei scoppiò a piangere, lanciando strilli così acuti che Ye Lianzi si precipitò a tapparle la bocca. Se casa Bao era così grande che dalle loro camere i signori non sentivano cosa succedeva nelle stanze della servitù, qui dai suoi, invece, anche se nessuno rimproverava apertamente Wu Wei, Ye Lianzi si sentiva sempre schiacciata in una morsa invisibile, non forte né dolorosa, ma opprimente al punto da impedirle di tenere la schiena diritta.

Wu Wei aveva la fronte sudata e le vene bluastre per lo sforzo del pianto: quanta disperazione per un uovo, non per una stella o la luna, né per una perla o un pezzo d'oro.

Pensando a questo, Ye Lianzi si fece coraggio e prese un altro uovo dalla credenza.

Wu Wei tacque all'istante, aspettando tranquilla che la mamma glielo sbucciasse. Poi lo prese con le sue manine e cominciò a sbocconcellarlo in silenzio, fissandolo con gli occhi ancora umidi di pianto, senza neppure battere le palpebre.

Guardandola, a Ye Lianzi si stringeva il cuore, ma si trattenne dal piangere: se Wu Wei piangeva aveva la sua mamma, ma se piangeva lei, chi mai poteva consolarla?

Cadde sul tavolo un pochino di tuorlo, che Wu Wei tentò di raccogliere tra le dita, sbriciolandolo ulteriormente e creando una specie di sfarinatura d'uovo che dell'uovo non aveva più nemmeno il sapore. Eppure la piccola ne raccolse con cura anche il più minuscolo frammento, ficcandoseli in bocca uno per uno.

In quei giorni, la matrigna non faceva che lamentarsi che in casa era sparito questo o quello e ogni volta Ye Lianzi arrossiva fino all'inverosimile, sentendosi accusata.

La rabbia le provocava il mal di stomaco e la faceva sentire impotente: non poteva certo fare una scenata e andarsene, ma non si sentiva libera nemmeno di arrossire.

Dopo un mese, da Gu Qiushui non era ancora arrivata notizia. La matrigna era sicura che avesse un'altra donna, perché si sa che gli uomini sono così, succede anche quando li tieni sott'occhio, immagina quando, come in questo caso, sono lontani da ogni controllo per più di tre anni. Se aveva davvero un'altra donna, però, bisognava mandar via subito Ye Lianzi e sua figlia, altrimenti sarebbero rimaste lì all'infinito.

Tenne però per sé le sue congetture e al marito disse soltanto: «Forse è meglio che la famigliola si ricongiunga. Dato il periodo turbolento potrebbe capitarle qualcosa, e allora come ci giustificheremmo con tuo genero?»

«Ma è un viaggio costoso» obiettò Ye Zhiqing.

«A lei è rimasto qualche soldo del braccialetto e il resto, da buon padre, dovresti mettercelo tu» suggerì la matrigna. Aveva fatto i suoi conti e aveva concluso che contribuire alle spese del viaggio sarebbe stato di certo più conveniente che mantenere madre e figlia per chissà quanto tempo.

« Se non risponde alla lettera, forse ha cambiato casa, o è morto. E se Lianzi non dovesse trovarlo? Non ha neanche i soldi per tornare indietro... e ha la bambina con sé... come potrà cavarsela? »

« D'altronde l'indirizzo è sicuramente giusto, ce l'ha dato Yu Gaoxiang! »

La matrigna parlò poi direttamente a Ye Lianzi: « Tuo marito continua a non rispondere... a questo punto penso che tu e la bambina dovreste andare a cercarlo, sarà pur sempre meglio se state insieme ».

Aveva ragione, non poteva stare lì ad aspettare invano una lettera che non arrivava mai, doveva andare a cercarlo. All'improvviso, per la prima volta nella sua vita, Ye Lianzi vide tutto con estrema chiarezza.

Non le importava che non le avesse risposto, né che potesse essersi trasferito o essere morto. Se fosse morto, sarebbe andata a visitare la sua tomba. A come tornare se non l'avesse trovato non ci pensò nemmeno. Intanto doveva partire.

無字

Capitolo Sesto

1

Ye Lianzi si sentì tranquilla solo quando la nave salpò e fu sicura che nessun giapponese sarebbe più potuto salire a bordo per ammazzare qualcuno.

Wu Wei, scatenata, correva avanti e indietro sul ponte, finalmente libera di fare quel che voleva senza preoccuparsi degli altri. Se la rideva, incurante di tutto e di tutti. Se all'inizio le sue risatine incontravano e diffondevano allegria, dopo un po' cominciarono a creare una certa ansia, pur senza che nessuno ne capisse il motivo.

In prima classe c'era una signora, grandi occhi e ciglia folte, che un giorno indossava una tunica bianca e un paio di scarpe col tacco alto, di pelle traforata, anch'esse bianche, in testa un cappello panama, il giorno dopo, invece, era avvolta in un *qipao* di seta stampata... se ne stava spesso sul ponte seduta a leggere libri o giornali, con aria rilassata, o semplicemente a guardare il mare, gli occhi nascosti dagli occhiali da sole.

Wu Wei le passò davanti correndo...

La signora non poté fare a meno di farle un cenno. Wu Wei le si avvicinò con disinvoltura e prese la caramella che la donna le porgeva, poi con aria furbetta le accarezzò il dorso della mano e accompagnò il suo « Grazie » con un sorriso ingenuo e dolcissimo.

Fin da piccola Wu Wei era sempre stata attratta dalle donne, in particolare da quelle di un certo rango, dotate di eleganza e carattere. Magari avrebbe avuto delle tendenze omosessuali. Forse anche il modo con cui si rivolse a quella signora, il gesto di accarezzarle la mano, erano segni di un'innata voglia di sedurre. Ma quel dio che ne aveva deciso il destino, dopo un attimo di esitazione, l'aveva poi scaraventata nei tormenti dell'amore eterosessuale.

«Quanti anni hai, cara?»

Wu Wei alzò quattro ditini corti e tozzi e ci mise vicino il palmo grassoccio dell'altra mano. «Quattro e mezzo» dichiarò. Due mani non ancora cresciute ma dall'aspetto già piuttosto mascolino.

«E come ti chiami?»

«Nannan».

«Come? Esiste un nome del genere?» La signora si guardò intorno in cerca di qualcuno che le desse una spiegazione, perché le sembrava impossibile che la bambina si chiamasse 'Catastrofe'. Pensò di non aver capito bene perché Wu Wei, ancora piccolina, forse non pronunciava correttamente.

Intervenne Ye Lianzi, che si era tenuta in disparte: «Si chiama Nannan, scritto con il carattere che significa 'sud'»* spiegò.

«È nata nel Sud?»

«No, a Pechino» rispose Ye Lianzi con un sorriso cortese, il sorriso distante e controllato di chi ha tanto patito, una maschera indossata per nascondere il vero volto.

«Ah, Pechino! Ci sono stata». La signora cominciò a studiare Ye Lianzi.

Il tempo aveva distrutto molto della bellezza di Ye

* Le parole 'catastrofe' e 'sud' si pronunciano in cinese con la stessa sillaba, modulata con toni diversi.

Lianzi, ma al tempo stesso, come una sapiente stagionatura, l'aveva arricchita di un fascino impossibile da definire.

«Ho un parente che abita in vicolo Rongxian, poco lontano dalla Città proibita... e voi dove abitate?» La signora aveva un forte accento del Sud.

«Nella parte orientale della città, vicino all'arco di Dongsi».

«Ci state andando da sole, a Hong Kong?»

«Sì».

«E suo marito?»

«Io... noi, stiamo andando da lui». Ansia e desolazione cominciarono ad affiorare sul viso di Ye Lianzi: s'infittirono le rughe tra le sopracciglia, mentre un'ombra scura le attraversò gli occhi, rabbuiandone persino la sclera. Tacque di colpo e, congedatasi con un cenno del capo, si alzò per rincorrere Wu Wei.

La signora ebbe l'impressione che su quella donna incombesse davvero una catastrofe.

Quando il mare s'infuria c'è poco da fare. Anche l'imponente *Roosevelt* cominciò a rollare spaventosamente, resistendo a fatica a quella prova, quasi fosse un giocattolo in balia delle onde.

In preda ai capogiri, Ye Lianzi cominciò a vomitare. Quand'era salita sulla nave aveva scoperto che il prezzo del biglietto includeva anche i pasti, il che dava anche a lei il diritto di riempirsi la pancia come gli altri passeggeri. E adesso le toccava vomitarlo, tutto quel bendiddio che finalmente aveva potuto mangiare gratis! Arrivata a sputare nient'altro che succhi gastrici, prese atto con rammarico che il suo stomaco era tornato vuoto.

Solo quando, in prossimità di Kowloon, la tempesta si placò, Ye Lianzi si rese conto della propria temerarietà: era partita precipitosamente, senza pensare a cosa l'aspettava, senza valutare i rischi, senza avvisare Gu

Qiushui, fidandosi dell'indirizzo che le aveva dato Yu Gaoxiang e che forse non era nemmeno giusto.

Che cosa l'aveva spinta a quella scelta disperata?

Era stato come se qualcuno, da chissà dove, le avesse sussurrato che, se avesse avvertito Gu Qiushui delle sue intenzioni, non ci sarebbe stato nessun viaggio.

Quel pensiero l'aveva lasciata perplessa, perché le era parso sleale nei confronti di Gu Qiushui... Ma ben presto si sarebbe resa conto che quella voce aveva un suo fondamento.

In piedi sul ponte in uno stato di semitrance si chiedeva se mai avrebbe rintracciato il marito a Hong Kong e cos'avrebbe fatto se non ci fosse riuscita. Dopo l'acquisto del biglietto era rimasta quasi al verde; il cantonese non lo capiva né tantomeno lo parlava, e trovare un lavoretto sarebbe stato difficile... ciononostante, prima che la nave attraccasse, si affrettò a cambiarsi per indossare il *qipao* nero bordato di raso, regalo della Seconda signora.

Con Wu Wei per mano, si mescolò alla ressa dei passeggeri che prendevano d'assalto l'approdo. Mise così finalmente piede su quella terra nota per la sua esuberante operosità, di cui avvertì subito la morsa opprimente.

La frenesia di arricchirsi fagocita, costringe a non fermarsi, isola. Una cosa, insomma, che da allora Wu Wei detestò per tutta la vita.

Tra le urla e gli schiamazzi del porto brulicante di gente, Ye Lianzi si guardava intorno con il sorriso ebete e terrorizzato di chi non sa assolutamente cosa fare, sempre tenendo Wu Wei per mano e la valigia come unico accompagnatore, dunque di nessun aiuto, ma anzi d'impiccio. Era l'immagine della desolazione.

Mostrava ai passanti il biglietto con l'indirizzo, ma quelli le davano indicazioni in una lingua incomprensibilmente modulata tra toni alti e bassi che la confinavano nel buio più totale. Il sole picchiava feroce sul molo, lei sudava freddo.

La folla si diradò pian piano e sulla banchina non rimasero che poche persone, ma lei non aveva ancora capito da che parte doveva andare.

Finalmente la signora che aveva incontrato sulla nave le si avvicinò circondata da amici e parenti e le chiese: « Suo marito non è venuto a prenderla? »

Ye Lianzi scosse la testa con un'aria così triste da spezzare il cuore: « Non sa che siamo qui ».

La signora vide confermati i suoi dubbi e capì perché quella donna trasmetteva un senso di desolazione al solo vederla. « Qui siamo ancora a Kowloon, non a Hong Kong » continuò la signora sorridendo, « ma non si preoccupi, sono venuti a prendermi in macchina e l'accompagnerò io. Almeno l'indirizzo l'avrà, spero! »

« Sì, quello sì ».

Alla signora bastò un'occhiata al foglietto: « Ah, *Vento e Nuvole*! È una rivista progressista, molte personalità ci scrivono articoli a sostegno della resistenza. Suo marito lavora nella redazione? »

« Non lo so » rispose Ye Lianzi sempre più imbarazzata.

La signora, che si era immaginata anche questo, continuò, facendo finta di niente: « Ma è sicura che sia ancora lì? »

Ye Lianzi si limitò ad annuire, salvo poi scuotere la testa.

« Andiamo a vedere, allora » concluse la signora porgendo un dito a Wu Wei che ci si aggrappò subito. Scortò madre e figlia alla macchina.

Ci volle poco per raggiungere la sede della rivista. La signora ordinò all'autista di aspettare mentre Ye Lianzi scendeva a chiedere informazioni.

Il custode dell'edificio confermò che sì, lì c'era un Gu Qiushui e disse a Ye Lianzi che sarebbe andato a chiamarlo.

Rossa in volto, abbandonata ogni riserva Ye Lianzi si precipitò in strada a riferire alla signora, che l'aspettava in macchina: « L'ho trovato! Grazie infinite, non so come avrei fatto senza di lei! »

Un uomo stava uscendo dalla penombra del portone. La signora lo guardò di sfuggita e disse con trasporto a Ye Lianzi: « Sono contenta che l'abbia trovato. Mi stia bene ». Quindi ordinò all'autista di ripartire.

Guardando la macchina che si allontanava, Ye Lianzi si rammaricò che Gu Qiushui non avesse avuto il tempo di ringraziarla.

La signora, invece, pensava che l'uomo che aveva intravisto, certamente il marito, avesse un'aria davvero squallida, d'uno squallore che non aveva niente a che fare con la miseria, perché c'è tanta gente povera che non è affatto squallida, come quella donna incontrata sulla nave, per esempio. E la poveretta aveva fatto tanta strada e sfidato coraggiosamente mille pericoli per un uomo del genere!

Se prima era preoccupata che Ye Lianzi non trovasse il marito, ora non era certo felice che ci fosse riuscita.

Dopodiché, la signora svanì dalla vita di Ye Lianzi come una meteora, nonostante l'aiuto fondamentale che le aveva fornito.

Eppure ogni tanto Wu Wei ci pensava, soprattutto dopo che ebbe conosciuto Hu Bingchen, e cominciò a fantasticare che fosse una sua parente.

Lo sperava, Wu Wei, sperava davvero che fosse così, perché voleva che tutte le cose positive che le capitavano fossero legate a Hu Bingchen e alla sua famiglia.

Strano a dirsi, quel che più emozionò Ye Lianzi al momento di ritrovare Gu Qiushui fu il suono dei suoi passi.

Eccolo lì, quel rumore che aspettava di sentire da quattro anni, quattro anni di sofferenze e amarezze, un rumore di passi veri, affidabili, che venivano verso di lei.

« Guarda » si chinò su Wu Wei, « arriva il papà! »

Ma Wu Wei dormiva seduta per terra, appoggiata alla valigia. L'uomo per cui tanto spasimava sua madre era già uscito dalla sua vita una mattina del luglio del 1937 e niente li univa, a parte il legame di sangue. Anche se per un breve periodo si frequentarono, Wu Wei considerò sempre suo padre alla stregua di un vicino di casa, anche se lui, forse, la pensava diversamente.

Quando Gu Qiushui le fu accanto, Ye Lianzi si commosse e gli sorrise, gli occhi pieni di lacrime.

Ma dovette ingoiarsi prontamente sia il sorriso che le lacrime, perché, anche se in quel breve istante non ebbe il tempo di decifrare tutte le informazioni che si susseguivano vorticosamente sul volto del marito, le fu subito chiaro che non era felice di vederla.

Davanti a tanta freddezza Ye Lianzi non sapeva più cosa fare. Lui la accolse con un rimbrotto: « Cosa ci fai qui? »

Non sapendo che pesci pigliare, Ye Lianzi svegliò Wu Wei e le disse: « Saluta il papà, su, salutalo ».

Wu Wei non aprì bocca.

Un bel caratterino, per una bambina di quattro anni e mezzo!

Gu Qiushui sorrise corrugando le sopracciglia, poi stuzzicando un po' controvoglia il mento di sua figlia, commentò: « Che tipetto, questa bambina! »

Wu Wei, di solito ragionevolmente docile, non volle sentir ragione, nonostante i tentativi di Ye Lianzi di convincerla a salutare il papà.

«Non importa» si arrese Gu Qiushui, imbarazzato. Si era dimenticato di quanto gli era stato doloroso lasciare quel fagottino a Pechino, quando se n'era andato.

Poi, non sapendo più cosa dirsi, si guardarono, si studiarono e s'accorsero d'essere entrambi molto cambiati, in quei quattro anni.

Negli occhi dolci di Ye Lianzi c'era ora un'insistenza ossessiva, uno sguardo implacabile, frutto di millecinquecento giorni di sofferenze, peripezie, peregrinazioni. Il suo bel viso era scolorito in qualcosa di freddo, smorto, come un film a colori improvvisamente tornato al fascino sbiadito del bianco e nero.

Quanto a lui, il suo innato senso di giustizia, magari irruento e grossolano, si era ora irrigidito ed estremizzato al punto da trasformarsi, come la verità che quando supera un certo limite diventa il suo contrario, in una cieca e violenta arroganza che toccava l'apice ogni volta che si sentiva fiero di qualcosa.

Insomma, niente a che vedere, ormai, con la bella famigliola di quattro anni prima.

2

Quelli trascorsi a Hong Kong erano stati probabilmente i giorni migliori della vita di Gu Qiushui.

Aveva seguito Bao Tianjian da Pechino a Yan'an e poi a Chongqing, rimanendogli sempre fedele nonostante la totale mancanza di prospettive. Quando erano arrivati a Hong Kong non aveva mai smesso di fargli domande sulle mosse successive, sollecitandolo a prendere una decisione: tornare nel Nordest per entrare nella lotta clandestina, o partire per l'estero.

Tutte pressioni che avevano messo in imbarazzo Bao Tianjian, ormai stanco di tutto, dopo la fuga da Yan'an.

Non pensava più alla resistenza contro il Giappone, né alla rinascita dell'Esercito del Nordest né a tornare a casa, ma neppure alla Seconda signora fuggita con suo fratello forse per amore, come mormorava la gente. Non gli interessavano più ricchezze, truppe e neppure ideali, che fossero alte aspirazioni o stupide follie... aveva rimosso il passato dalla mente e dal cuore, incurante che tutto venisse bollato come chimera o vana illusione. Da uomo sensuale e materiale qual era stato, improvvisamente aveva assunto il distacco ieratico di un monaco.

Non voleva neanche incontrare i molti veterani dell'Esercito del Nordest che si erano rifugiati a Hong Kong e tantomeno parlare con loro del passato, rifiutandosi di ricorrere a loro persino quando sprofondò nella miseria più nera. A quel punto aveva fatto piazza pulita di tutte le vecchie conoscenze, tanto che neppure Gu Qiushui sapeva in che stato fosse ridotto.

Anche se Bao Tianjian aveva devoluto tutti i suoi beni alla causa di Yan'an, Gu Qiushui pensava che potesse ancora contare sul sostegno del padre. Ma il vecchio signor Bao, purtroppo, anch'egli esule in patria dopo l'Incidente di Mukden, era costretto a mantenere un'enorme famiglia capace solo di chiedere ma non di guadagnare. Con un patrimonio che, per quanto ingente, si era ormai prosciugato, non poteva che garantire al figlio, con un invio mensile di denaro, la pura e semplice sopravvivenza. Ma essendo Tianjin occupata dai giapponesi, Bao Tianjian non poteva tornare a casa ed era costretto a rimanere a Hong Kong, tirando avanti come poteva.

Stando così le cose, Bao Tianjian dovette abbandonare Gu Qiushui al suo destino, anche se questi aveva rinunciato per lui alla carriera militare e l'aveva servito fedelmente per più di dieci anni. Per liberarsene, l'aveva mandato alla sede della rivista *Vento e Nuvole* dove il fondatore, suo cugino Zou Keren, gli aveva trovato un posto letto nel dormitorio del personale, mentre lui si era trasferito altrove. Dopo il primo mese in cui aveva coperto i quindici *yuan* di vitto e alloggio di Gu Qiushui, si era dileguato nel nulla.

Per caso Gu Qiushui l'aveva poi rintracciato tramite un generalmaggiore dell'Esercito del Nordest che aveva preso parte all'Incidente di Xi'an ed era finito anche lui nel dormitorio della redazione. Ma quand'era andato a cercarlo per chiedergli di continuare a mantenerlo, Bao gli aveva risposto: «Così non si può andare avanti, è meglio che ti trovi un altro modo per guadagnarti da vivere».

E Gu Qiushui: «Voglio tornare nel continente a combattere contro i giapponesi».

Bao Tianjian non volle esporsi di persona scrivendo per lui una lettera di raccomandazione da presentare al nuovo comandante dell'Esercito del Nordest, per evitare di accollarsi le spese di viaggio di quel poveraccio di Gu Qiushui: in teoria, lui l'aveva sottratto all'esercito e lui doveva riportarcelo.

L'unico a cui Gu Qiushui poteva rivolgersi per farsi prestare del denaro era Zou Keren, ma che motivo avrebbe avuto lui di darglielo?

D'altra parte, per uno come lui che non sapeva il cantonese e neppure l'inglese, trovare un lavoro a Hong Kong sarebbe stata un'impresa.

Gu Qiushui era indignato, non tanto per essere stato scaricato, ma perché il comportamento di Bao Tianjian aveva distrutto in lui i valori in cui aveva sempre creduto, uno su tutti la lealtà verso gli amici. Più ci pensava e più sentiva crescere dentro di sé odio e risentimento, tanto che un giorno arrivò a comprare un'ascia e a precipitarsi da Bao Tianjian, deciso a porre fine all'esistenza di entrambi.

Ma quello era già partito alla chetichella, diretto a Tianjin. Il che sancì l'insulsa fine di quel lungo rapporto tra servo e padrone, due che avevano condiviso ogni genere di avversità, rischiando insieme la morte.

Dopo aver girato mezza Cina, Bao Tianjian tornò a Tianjin con in tasca soltanto diciotto dollari d'argento. Nessuno si sarebbe mai aspettato un tale tracollo dal discendente di una nobile schiatta del Nordest, uno che si era fatto paladino della resistenza al Giappone, si era unito al Partito Comunista e aveva addirittura messo piede a Yan'an, sacra terra della rivoluzione.

Ormai non faceva altro che fissare la cartina della Cina con aria assente, o segnarci sopra il suo itinerario, chiedendosi poi come avesse fatto a rimanere intrappolato nel cerchio che aveva tracciato. Le cartine si logoravano in fretta e venivano allora sostituite da quelle nuove, finché la sua stanza, zeppa di carte di tutti i colori, non finì con l'assomigliare al magazzino di uno straccivendolo.

Era tornato da poco a Tianjin, quando suo padre si suicidò.

Il vecchio signor Bao sarebbe potuto tornare ai fasti di un tempo, perché i giapponesi cercarono più volte la sua collaborazione con l'intento di portare dalla loro parte le forze del Nordest, ma lui resistette a ogni pressione, rifiutandosi di tradire la patria.

Quando la famiglia si ridusse a non aver più neanche da mangiare, il vecchio patriarca preferì morire piuttosto che perdere la faccia davanti al mondo ammettendo un tale tracollo. Da tempo aveva previsto l'inevitabile rovina e aveva preferito togliersi la vita prima di assistere all'atto finale dello sfacelo.

Lo sfarzo ostentato in quella grande casa sempre piena di vita e di gente lasciò il posto alla più assoluta desolazione. Anche l'ala dove abitava Bao Tianjian era ormai così vuota e triste che lui preferì trasferirsi con la Terza signora e i figli a Pechino, tirando avanti sempre più faticosamente, vendendo i beni di famiglia.

Poiché la maggior parte delle stanze della residenza di Pechino era stata occupata dai collaborazionisti, Bao e la sua famiglia si sistemarono nei pochi piccoli locali del cortile sul retro, dove passavano il tempo giocando a *majiang*.

Dopo la vittoria sul Giappone recuperarono l'intera proprietà, ma ormai il patrimonio era stato dissipato. La Terza signora era spesso costretta a bussare alla porta di Dong Gui per elemosinare qualcosa da mangiare, arrivando a volte a chiedergli in prestito i soldi per pagare i debiti di gioco. Soldi che gli restituiva poi solo quando avevano ormai perso gran parte del loro valore, e che Dong Gui si vergognava ad accettare. Bao Tianjian lo spronava a farlo, invece, prima che si svalutassero del tutto.

Nel 1949, Bao Tianjian morì dopo una breve malattia e la casa fu venduta. Era costata quaranta pezzi d'oro e fu ceduta a dieci.

La gloriosa dinastia dei Bao, che aveva regnato per anni nel Nordest, scivolò così silenziosamente nell'oblio.

Per fortuna A Su, la cuoca della redazione della rivista, mossa a compassione dava ogni giorno a Gu Qiushui gli avanzi della mensa, evitandogli così di dover mendicare.

A Su era una contadina venuta a guadagnarsi da vivere a Hong Kong, dove l'unica prospettiva per le donne come lei era quella di andare a servizio. Senza tante illusioni né aspettative, condivideva il letto con Gu Qiushui, quando i colleghi tornavano ognuno a casa propria e il dormitorio rimaneva vuoto, perché era solo quanto lei. Insieme non avevano mai fatto una passeggiata in centro né visto un film e Gu Qiushui godeva del corpo e delle cure della donna senza doversi assumere alcuna responsabilità. Lei stessa non glielo chiedeva, era contenta di stargli vicino così, senza un titolo ufficiale, né di moglie, né di concubina e neppure di serva. Consapevole del proprio status, sapeva bene che una donna senza cultura come lei non poteva pretendere troppo. «Mi piacerebbe star con te tutta la vita, anche solo come governante» gli aveva detto una volta.

Per molti uomini è questo il modo ideale di vivere il rapporto con l'altro sesso.

Inoltre, A Su non sapeva niente del passato di Gu Qiushui, lo credeva il rampollo di una famiglia ricca e importante, che era sì momentaneamente in difficoltà ma che avrebbe senz'altro recuperato un giorno le sue fortune.

Per sfogare le frustrazioni accumulate, Gu Qiushui raccontò le sue vicissitudini in una novella intitolata *Il parassita*, la cui inaspettata pubblicazione gli fece scoprire una nuova via per guadagnarsi da vivere: una boccata d'aria, per uno ridotto in miseria come lui. Certo per lui la scrittura non fu la scanzonata passione di certi autori della fine del ventesimo secolo, buona per togliersi qualche sfizio, né tantomeno una missione vera e propria come per Wu Wei.

Da allora cominciò a scrivere racconti e saggi che venivano pubblicati nelle ultime pagine o nei supplementi di riviste e giornali. Fu con *Ricordi di dieci anni di peregrinazioni*, uno scritto in cui illustrava il suo percorso ideologico negli anni in cui aveva seguito Bao Tianjian, dall'Incidente di Mukden all'arrivo a Hong Kong, che attrasse l'attenzione del famoso intellettuale progressista Jin Fengru, il quale lo raccomandò al direttore di *Vento e Nuvole*, Zou Keren.

La rivista aveva giusto bisogno di personale e visto che Gu Qiushui non scriveva male, era stato a Yan'an e aveva anche frequentato l'Università antigiapponese, Zou Keren lo assunse, pensando che con il suo curriculum poteva diventare un'utile pedina. Oltretutto era una sua vecchia conoscenza, perché Zou era stato prorettore dell'Università del Nordest nel periodo in cui Gu Qiushui vi faceva l'istruttore militare, prima dell'Incidente del Ponte di Marco Polo.

Sotto la bandiera della 'democrazia', Zou stava cercando di organizzare un partito e radunare un esercito per riconquistare il potere e le ricchezze del Nordest, con lo scopo di proclamarsi signore della regione. Se anche non fosse riuscito a raggiungere il suo scopo, avere un partito gli sarebbe stato senz'altro utile nelle trattative con chiunque fosse salito al potere, che fossero i comunisti o i nazionalisti.

Era un politico scaltro e avveduto, come dimostra un episodio del 1957, in cui intuì subito che la campagna contro la destra, iniziata senza che nessuno se ne rendesse pienamente conto, avrebbe preso una brutta piega. Durante una riunione della Conferenza politica consultiva ebbe la prontezza di passare con grande disinvoltura un biglietto a Zhou Enlai, chiedendogli il permesso di assentarsi perché doveva andare a Hong Kong per motivi familiari. A quel tempo Hong Kong era ancora una colonia inglese e per raggiungerla bisognava espletare le formalità diplomatiche. La motivazione di Zou Keren era plausibile, visto che la sua famiglia risiedeva effettivamente in quella città, e Zhou Enlai, quindi, fu costretto ad accordargli il permesso. Il premier lesse a tutti la richiesta di Zou, poi setacciò la sala con sguardo glaciale e domandò: «Qualcun altro vuole andarsene? Così chiediamo un visto collettivo e vi scortiamo». La sala piombò nel silenzio più assoluto, ma Zou Keren, impassibile, si guardò bene dal ritirare la sua richiesta. E così quando la campagna fu nel pieno della sua violenza, lui era già al sicuro, lontano dalla Repubblica Popolare.

Il più sprovveduto Gu Qiushui, invece, nella campagna contro la destra ci cadde in pieno.

Quando poi, negli anni ottanta, Zou Keren tornò a Pechino, non solo nessuno gli rinfacciò quella fuga, ma anzi fu alloggiato nell'ala più prestigiosa del Beijing Hotel, riverito come un ospite d'onore.

Pagò invece un conto assai salato Jin Fengru, la cui promettente carriera venne stroncata da 'errori politici' che lo confinarono in una posizione subalterna.

Col suo ingresso nella redazione di *Vento e Nuvole* Gu Qiushui divenne quindi un burattino nelle mani di Zou Keren.

Il quale, al momento dell'assunzione, non mancò di fargli pesare la propria magnanimità ricordandogli: «Guarda che ti stiamo trattando coi guanti, a un altro non avremmo mai offerto una posizione del genere».

Grazie al nuovo lavoro, Gu Qiushui non solo fu finalmente libero dai quotidiani assilli economici, ma la sua vita conobbe un inatteso risvolto.

Dopo l'Incidente di Wannan,* la rivista pubblicò un numero speciale sui diritti umani che denunciava le macchinazioni e gli intrighi di Chiang Kai-shek, sostenendo che, sotto la falsa bandiera della guerra di resistenza, in realtà il Generalissimo volesse soltanto

* Gennaio 1941: attacco a sorpresa sferrato contro la Quarta Armata del Partito Comunista nel Sud della provincia dell'Anhui (Wannan) dalle truppe nazionaliste, nonostante la guerra civile fosse sospesa per unire le forze nella guerra di resistenza al Giappone.

combattere i comunisti e tradire il paese. L'articolo *Sulla lotta per i diritti umani*, firmato dall'editore capo Gu Qiushui, era un ottimo lavoro scritto con la collaborazione del grande progressista Jin Fengru.

Solo negli anni novanta Gu Qiushui venne a sapere che l'ormai defunto signor Jin era stato in realtà un membro del Partito Comunista, nonostante avesse sempre ricoperto cariche importanti all'interno della Lega Democratica sin dalla sua fondazione. Certo qualcuno l'aveva sempre sospettato, ma quando le congetture si dimostrarono realtà, Gu Qiushui si sentì ingannato: perché Jin Fengru aveva tenuto nascosta la sua identità? Cosa sarebbe successo se l'avesse rivelata?

Forse l'aveva nascosta all'inizio ed era rimasto intrappolato nella sua copertura? Continuava a pensarci, provando a mettersi nei panni di Jin Fengru. Ma perché non rivelarla subito? Che lungimiranza!

Erano domande che assillavano Gu Qiushui, che non riusciva a darsi una spiegazione. Finché ebbe un'intuizione raggelante: probabilmente Jin Fengru non era stato il solo a comportarsi in quel modo.

In effetti Gu Qiushui aveva sempre trattato Jin Fengru con circospezione, perché gli ricordava i giorni passati a Yan'an. E in effetti era proprio quello, di lui, che lo metteva a disagio ma allo stesso tempo gli era molto familiare, proprio la sua 'aria di Yan'an'.

In ogni caso, Gu Qiushui non era più l'uomo che aveva seguito per anni Bao Tianjian: per quanto fedele e affidabilissimo, non provava per Zou Keren l'affetto che l'aveva tenuto legato al vecchio padrone.

Anzi, dietro lo sguardo adulatore celava un certo disprezzo nei confronti di quell'uomo che, nonostante i vestiti alla moda e gli studi in America, con quel testone quadrato e il collo rosso e tozzo, gli ricordava più il padrone di una bettola di campagna che non l'uomo di punta della politica cinese.

Comunque, tanto Bao Tianjian quanto Zou Keren erano due incapaci che senza di lui non avrebbero combinato niente.

L'arrivo di Ye Lianzi, capitato proprio nel momento in cui Gu Qiushui stava cavalcando l'onda del successo, l'aveva posto di nuovo di fronte ai suoi doveri di padre e marito. Perché Gu Qiushui si era quasi dimenticato di avere una moglie e una figlia, e soprattutto negli ultimi tempi conduceva la vita libera e spensierata dell'uccel di bosco.

Se per esempio gli veniva offerta una colazione all'inglese, mangiava leggendo il giornale con la pipa tra i denti. Che poi la fumasse o no, è un'altra questione. Usava pipe inglesi autentiche, alcune comprate dai robivecchi, altre scartate da Zou Keren. Teneva anche una scorta di tabacco Morning Glory, da fumare solo davanti alle persone giuste, nelle occasioni giuste.

Qualche volta gli Zou lo portavano nei ristoranti occidentali, dove lui non solo esibiva i suoi modi da gentiluomo spostando la sedia per far sedere la signora, ma mostrava anche di saper scegliere il pane migliore: quando il cameriere serviva una *baguette*, prima la tastava lui col dorso della mano, attraverso il tovagliolo, per controllarne la temperatura, poi faceva cenno al cameriere di porgere il cestino alla signora.

Sul pane aveva una sua ineccepibile filosofia: «Non deve essere appena uscito dal forno, o saprà troppo di lievito; per gustarne appieno la fragranza bisogna aspettare che s'intiepidisca appena. La crosta, croccante e sottile, deve racchiudere una mollica elastica, soffice…»

Certe mattine usciva, con un cardigan grigio buttato sulle spalle, nel giardino della grande villa degli Zou a

Happy Valley per cogliere dei fiori da regalare alla signora. Non rose, naturalmente, perché Zou Keren aveva studiato in America e sapeva cosa significasse regalare rose a una donna. La signora lo ringraziava con un sorriso un po' forzato.

Lei, donna occidentalizzata, amava organizzare balli, picnic e feste in cui assumeva con gli altri uomini un atteggiamento espansivo che però non arrivava mai a urtare il marito, anch'egli molto aperto.

Quando l'accompagnava a fare spese, Gu Qiushui era impeccabile nel reggere cappotto, pacchi e pacchetti, nell'aprirle la portiera della macchina, le porte dei negozi, l'uscio di casa…

Era un uomo sufficientemente intelligente da riuscire ad assorbire i modi dell'alta società, dei quali subiva peraltro il fascino, e riprodurli con estrema naturalezza: aveva, per esempio, affinato perfettamente l'arte di quella ruffianeria il cui segreto stava nella capacità di non superare mai i limiti di un certo decoro, mantenendo il giusto equilibrio sia nei propri confronti che in quelli della persona adulata, per non mettere in ridicolo se stesso né disgustare l'altro.

Sapeva che, spinta all'eccesso, l'adulazione porta al disprezzo di chi assiste e al fastidio di chi viene adulato, che ne coglie la falsità, e a quel punto si corre il rischio di sortire effetti opposti a quelli sperati. Per questo motivo, nel commentare per esempio le poesie amatoriali di Zou Keren, Gu Qiushui non si lanciava subito in lodi sperticate, ma, dopo averle lette, declamate e averci riflettuto sopra a lungo, ne approvava solo il settanta per cento, cosicché Zou Keren, convinto che l'approvazione di quel settanta per cento suffragasse il suo genio poetico, non esitò a promuovere al cento per cento Gu Qiushui quando si trattò di decidere se confermargli l'incarico.

Per sua natura Gu Qiushui non era un leccapiedi, ma un tipo integerrimo. Per questo, quando faceva il tirapiedi di qualcuno aveva sempre dei modi solenni, quasi a voler dimostrare che anche in tali bassezze poteva trovare quel po' di dignità che gli permettesse di guardare in faccia la propria caparbia rettitudine.

3

L'arrivo di Ye Lianzi e Wu Wei avrebbe decretato la fine della sua vita da uccel di bosco.

Ecco perché aveva sbattuto in faccia alla moglie quel 'Cosa ci fai qui?', nonostante lei avesse attraversato mari e monti per raggiungerlo.

A quelle parole, Ye Lianzi, che dopo quel lungo viaggio pregustava una festosa accoglienza di abbracci e commozione, sentì bloccarsi in gola tutto ciò che avrebbe voluto dirgli, il racconto di tutte le sofferenze e le fatiche che aveva superato.

Lui le sorrise con l'aria rassegnata di chi accetta magnanimamente, in silenzio, un'ineluttabile responsabilità: « Andiamo, dobbiamo cercare una sistemazione ». E così uscì dalla redazione, appesantito dal fardello di moglie e figlia.

Camminava svelto e a testa bassa, con la valigia in mano, senza mai girarsi per vedere se Ye Lianzi riusciva a stargli al passo.

Da dietro, lei intanto studiava ogni particolare dell'uomo che aveva aspettato per quattro anni e lo trovò molto più elegante di un tempo, con le scarpe a mascherina bianche e marroni, il gilet di lana leggerissima e la camicia che non faceva una grinza. Ye Lianzi, che di stiratura se ne intendeva dopo gli anni passati a casa Bao, capì alla prima occhiata che quella camicia era stata stirata professionalmente, ma neppure la sfiorò la domanda che sarebbe sorta spontanea alla maggior parte delle donne: chi gliel'aveva stirata? La camicia era infilata dentro un paio di pantaloni dalla piega impeccabile e anche la cintura era 'roba di Hong Kong', non la vecchia cintura militare che gli aveva sempre conferito un'aria da soldato. Solo i capelli erano gli stessi, lisci, neri come l'inchiostro e pettinati con la scriminatura in mezzo.

Se quattro anni prima, per quanto si mettesse in ghingheri, Gu Qiushui era sempre e solo l'attendente di Bao Tianjian, adesso invece aveva l'aria di un uomo aitante e intraprendente. Lo si capiva anche dall'andatura, che, pur mantenendo una militaresca meccanicità, aveva acquistato scioltezza e baldanza.

Wu Wei, che si guardava intorno osservando ogni cosa, adocchiò una bancarella di roba da mangiare e indicandola chiamò petulante: « Mamma, mamma! »

Gu Qiushui non si fermò, come se neppure l'avesse sentita. E se lui non accennava a comprare qualcosa alla bambina, Ye Lianzi non osava certo chiederglielo. Diede un bacio a Wu Wei e subito buttò lì: « Certo che i bambini pensano soltanto a mangiare! » convinta che quelle parole l'avrebbero spinto a comprare qualcosa. Ma Gu Qiushui si limitò a voltarsi a guardarle, senza fermarsi.

A Ye Lianzi era dispiaciuto dover giustificare in quel modo la richiesta di Wu Wei: era ovvio che la bambina avesse fame! Non aveva mangiato niente da quando erano scese dalla nave e si sa che i piccoli hanno uno stomachino piccolo, che non può accumulare le riserve di un adulto.

Era imbarazzata, Ye Lianzi, e come sempre quando non sapeva come reagire, sul viso le comparve un'espressione ebete, un sorriso ottuso che Gu Qiushui notò, chiedendosi come avesse fatto a non accorgersi prima di quant'era stupida.

Attraversati i grandi viali s'addentrarono per vicoli e vicoletti, poi cominciarono a salire verso la collina, dove la sfavillante Hong Kong, gradatamente ritirandosi, lasciava spazio a un angolo di devastante desolazione.

Arrivati in cima, camminarono un altro po' lungo un percorso tortuoso e finalmente arrivarono davanti a una palazzina fatiscente, che a quanto pareva doveva essere la loro futura abitazione. Non furono, naturalmente, le condizioni della casa a colpire Ye Lianzi, abituata ormai a ogni genere di miserie, ma piuttosto il fatto che nella prospera Hong Kong esistessero edifici così malridotti.

Con Wu Wei in braccio, salì la scala dietro a Gu Qiushui fin sul tetto terrazzato, dal quale le si dispiegò il panorama della città: una giungla fittissima di parallelepipedi, sui cui tetti erano state tirate su altre abitazioni che più che baracche non potevano essere chiamate. Alcune protese in fuori come aggetti posticci, altre come torri di cubi giocattolo impilati in modo disordinato e pericolante.

Gu Qiushui ne prese una in affitto per loro, più fatiscente di una baracca.

Ye Lianzi, forse non del tutto cosciente della situazione o forse rifiutando inconsciamente di accettarla, pareva capace solo di chiedere cose come: «Come fa questo posto a chiamarsi Porto Profumato?»*

«Che domande fai? Solo perché si chiama così non è detto che sia tutto rose e fiori» ribatté Gu Qiushui con aria sprezzante.

«Eh?»

Ye Lianzi aggrottò le sopracciglia e guardò il marito

* Traduzione letterale del nome Hong Kong.

con certi occhi che lui un tempo avrebbe trovato splendidi ma ora gli parevano solo vuoti e tonti come lei, che non si capacitava del perché un posto chiamato 'Porto profumato' non profumasse affatto.

« Anche tu ti chiami 'semi di loto', eppure mica ti si mangia, no? »

« Ah » fece Ye Lianzi, che si guardò di nuovo intorno, scuotendo la testa con aria poco convinta e ripetendo: « Porto profumato! »

Gu Qiushui si rese conto che le sue parole erano cadute nel vuoto, e d'altra parte c'era da aspettarselo, che non entrassero in quel cervellino. Era stato al suo fianco due anni... Come aveva fatto a non capire che era una donna testarda, ostinata, che se si metteva in testa qualcosa non c'era verso di farle cambiare idea?

« Voi vi sistemate qua » disse infine Gu Qiushui, dopo aver messo giù i bagagli, « mentre io starò nella redazione. Qui è troppo lontano, sarebbe scomodo visto che spesso devo lavorare anche di sera ».

Lontano era lontano, pensò Ye Lianzi ricordando quanto avevano camminato per arrivare fin lì. « Sì, effettivamente è un po' fuori mano » confermò annuendo.

« Adesso riposatevi, se hai qualcosa da dirmi ne parliamo tra qualche giorno » concluse Gu.

« Vai, se hai da fare, non voglio che trascuri il lavoro per colpa nostra » lo spronò Ye Lianzi fiera di avere un marito così impegnato.

Lui non le chiese niente, né come se la fosse cavata in quegli anni, né se avesse incontrato problemi durante il viaggio e tantomeno se aveva soldi con sé… Piantò lì moglie e figlia e se ne andò come fosse la cosa più naturale del mondo, senza sporcarsi minimamente le mani.

Proprio come quando le aveva lasciate a Pechino senza un centesimo e senza accennare a come avrebbero fatto a campare in sua assenza. E proprio come quella volta, neanche adesso Ye Lianzi disse né chiese niente.

Non capiva che la reticenza che lui esibiva adesso era tutt'altra cosa rispetto a quella del congedo. Pensava che fosse davvero indaffarato, e che, come le aveva detto, avrebbero parlato in seguito. Era solo rimasta male perché si era aspettata che almeno, andandosene, si girasse a guardarle... ma non l'aveva fatto.

Dal canto suo, Gu Qiushui trovava strano non provare più niente per la donna dalla quale gli era tanto costato separarsi, quattro anni prima. E i colleghi si stupirono che avesse una moglie così bella...

Seduta sul pavimento, Wu Wei cominciò ad agitarsi. Vedendo la bambina irrequieta, Ye Lianzi si rese conto che Gu Qiushui non aveva nemmeno dato un bacio alla figlia, non l'aveva presa in braccio né le aveva rivolto la parola... si sentì ferita per lei. « Hai ragione, hai ragione, adesso mangiamo » le disse per consolarla.

Prima ancora di disfare la valigia, scese in strada con Wu Wei e a gesti e cenni comprò due ciotole di riso con carne e verdura dai venditori ambulanti lungo la strada. Si sentì rincuorata: anche se non sapeva il cantonese, riusciva almeno a far la spesa.

La sera, al momento di coricarsi, al di là della parete risuonò una raffica di scoregge, come se il vicino avesse un disturbo intestinale. A quel punto Ye Lianzi s'accorse che le abitazioni erano divise da pannelli che non arrivavano nemmeno al soffitto, cosicché una persona di una certa statura, sporgendosi, avrebbe potuto spiare ogni dettaglio della loro quotidianità, come se vivesse con loro. Per fortuna gli uomini di Hong Kong sono piuttosto bassi.

«... Ne parliamo tra qualche giorno» aveva detto Gu Qiushui, ma 'qualche giorno' divennero più di una decina.

Mentre aspettava, Ye Lianzi, che non conosceva la città né avrebbe saputo ritrovare la redazione di *Vento e Nuvole*, imparò a sopravvivere a Hong Kong, arrabattandosi a comprare, a gesti e con i soldi rimasti dal viaggio, riso, pasta e verdure e ricominciando la vita parsimoniosa di sempre.

Finché un giorno Gu Qiushui tornò, non più corrucciato come al loro arrivo, ma anzi con il sorriso stampato in faccia.

Per non rischiare di rovinargli il buonumore, Ye Lianzi si muoveva cauta, quasi furtiva, attenta a ogni suo minimo cambiamento d'espressione.

Quella sottomissione ebbe l'effetto di irritare Gu Qiushui, che si chiedeva il perché di quel comportamento così stupido e artificioso. Quando mai la signora Zou trattava così il marito? E nessuna delle mogli dei suoi amici aveva un atteggiamento così servile.

Ye Lianzi si faceva in quattro per compiacerlo. Notando che nella credenza non c'era niente da mangiare, si affrettò a dire: «Corro giù a comprare qualcosa».

«Lascia stare» ribatté lui, «bastano un po' di riso e qualche verdura».

Lei però restò lì esitante, indecisa se cucinare quel che lui le aveva chiesto o scendere a far la spesa.

Osservando il viso perfetto di lei, Gu Qiushui pensò che una bellezza così, senza cultura né cervello, lo innervosiva e basta.

Mentre tagliava le verdure, Ye Lianzi buttò lì: «Giù in strada ho visto gente che fa dei bei soldi, vendendo roba da mangiare... potrei provarci anch'io, potrebbe essere una buona entrata, tanto in casa non ho niente da fare». Il coltello seguiva gli alti e bassi della sua timidezza, battendo sul tagliere ora forte ora piano, senza un ritmo, cosa che irritò ancor di più Gu Qiushui, che di punto in bianco le chiese: «Quanto hai intenzione di fermarti qui?»

«Mmm» rispose meccanicamente lei, che non aveva capito bene la domanda.

Vedendo che non aveva la minima intenzione di levare le tende, Gu Qiushui decise che la situazione doveva essere chiarita subito, o rischiava di diventare insolubile. «Il giorno che sei arrivata, non ti ho detto niente perché eri troppo stanca. Sai bene perché ho lasciato Pechino per Yan'an e anche che a Yan'an non è andata come speravo, perciò sono venuto fino a qua, patendo tutto quel che ho patito... Ma il passato è passato, inutile rivangare. Ora la nostra situazione è cambiata, rispetto ai tempi di Pechino. Proprio il giorno prima che arrivaste era l'anniversario dell'Incidente di Mukden e io ho dato la mia parola a Zou Keren che mi dedicherò anima e corpo a combattere i giapponesi e Chiang Kai-shek, senza chiedere niente in cambio. Stando così le cose, capisci che la vostra presenza qui mi mette in difficoltà... Cioè, voglio dire che è meglio se tornate da tuo padre, tu e la bambina».

Dal giorno in cui aveva messo piede a Hong Kong, Ye Lianzi aspettava pazientemente che Gu Qiushui trovasse il tempo di parlarle, visto che tra loro due non c'era ancora stata una vera conversazione tra moglie e marito. E pensava che lui le avrebbe detto mille cose, mille parole d'amore. Tutto tranne quel 'Tornate da tuo padre, tu e la bambina'.

Aveva appena tolto la padella dal fornello, ma istintivamente allungò di nuovo la mano sul fuoco, avvertendo immediatamente odore di carne bruciata. Rossa in faccia, versò subito un po' di salsa di soia per lenire la scottatura, sempre voltando la schiena a Gu Qiushui e massaggiando a testa bassa la vescica che andava gonfiandosi sotto i suoi occhi. Da quando sua madre non c'era più, cos'altro poteva fare per proteggere se stessa, se non girare le spalle al mondo ingrato che la circondava?

Quello che le stava succedendo era una catastrofe ben peggiore dei soldi che se ne vanno troppo in fretta, della paura di dover andare a mendicare, in mancanza di un altro sostegno;

peggio dell'alluvione di Tianjin, che aveva privato lei e Wu Wei di cibo, soldi e via di scampo;

peggio delle umiliazioni di vivere alla mercé della misericordia altrui in casa Bao;

peggio dei pericoli che aveva dovuto affrontare attraversando i posti di blocco dei giapponesi e del regime collaborazionista, da Tianjin a Xuzhou e poi a Huai'an: quel 'Tornate da tuo padre, tu e la bambina' era più devastante di tutte queste cose messe insieme.

Prima, per quante difficoltà si era trovata ad affrontare, aveva pur sempre la speranza, speranza che ora Gu Qiushui distruggeva con quelle parole, che riducevano in polvere il loro amore e privavano di ogni senso le miserie che aveva patito.

Molti anni più tardi, Gu Qiushui e Wu Wei si scontrarono più volte su questo episodio.

Gu Qiushui diceva: « Se appena arrivato a Hong Kong le cose mi fossero andate bene, vi avrei subito fatte venire da me e non sarebbe andata così. Ma quando siete venute, avrei dovuto chiedere un aumento di stipendio e a me non piace chiedere… »

Se era vero che vergognarsi di chiedere era una tradizione di casa Gu, la situazione non era proprio in questi termini. Non l'aveva detto lui stesso che a Hong Kong bastavano cinquanta centesimi per mangiare una trentina di ravioli o una scodella di spaghetti? Ye Lianzi non avrebbe mai preteso trenta ravioli, le sarebbe bastata una ciotola di riso con qualche verdura in salamoia o addirittura solo il riso. E a quel tempo il mensile di Gu Qiushui superava già i duecento dollari d'argento.

Bao Tianxin, per esempio, quando studiava a Hong Kong a spese della Seconda signora, viveva con soli otto dollari d'argento al mese, vitto e alloggio compresi.

« Il problema è stato che tua madre non mi ha mai raccontato quanto ha sofferto dopo la mia partenza. Se me ne avesse parlato, ci avrei riflettuto, me la sarei presa più a cuore. Ma lei, orgogliosa com'era, non si è mai lasciata andare. Purtroppo, però, nella vita le occasioni sono passeggere e bisogna prenderle al volo, altrimenti ci sfuggono... Se avessi saputo come vi avevano trattate in casa Bao, sarei andato subito a fare i conti con quella gentaglia. Ma ormai non è rimasto più nessuno con cui potermi vendicare! »

Wu Wei replicava: « L'hai mai data a mia madre la possibilità di parlarti? E poi, anche se le cose non te le diceva, avresti potuto immaginartele. Sei partito senza lasciarle un soldo, come pensavi che potesse campare una donna con una bambina a carico, senza parenti, senza appoggi, senza un mestiere? Con chi vuoi fare i conti? Con chi vuoi vendicarti? Non sei tu quello con cui devi fare i conti e vendicarti? »

« Se i Bao vi avessero trattate meglio, tua madre non sarebbe venuta a cercarmi a Hong Kong. Se mi avesse aspettato a Tianjin, alla fine sarei sicuramente tornato da voi ».

« Perché te la prendi tanto con i Bao? Se l'hai abbandonata tu, che eri il marito, perché i Bao avrebbero dovuto farsi carico delle tue responsabilità e mantenerci durante gli otto anni di guerra? E osi dire che saresti tornato da noi? Ti sei dimenticato che anche dopo la fine della guerra di resistenza non ti sei mai curato di sapere se eravamo vive o morte? E che la prima cosa che hai fatto è stato mandare alla mamma una lettera per dirle che non potevi mantenerci, che volevi il divorzio e che doveva pensare a guadagnarsi da vivere da sola?»

In un attimo di lucidità Ye Lianzi intuì tutto, afferrò in un baleno la situazione.

Dopo millecinquecento giorni difficili, in cui era stata costretta a combattere a mani nude, senza mai intravedere la fine di tante sofferenze, senza mai cogliere il frutto delle sue fatiche, questa sarebbe stata la ricompensa, il frutto di tanto patire? L'invito a tornare sui suoi passi?

Cos'avrebbe detto a suo padre, che le aveva pagato il viaggio a Hong Kong nonostante il misero stipendio di ufficiale di basso rango?

E di che avrebbe vissuto, se fosse tornata dai suoi? Una figlia sposata non appartiene più alla famiglia d'origine, dunque suo padre non era certo tenuto a mantenere lei e Wu Wei al posto di Gu Qiushui. Per non parlare poi della matrigna, che non si era fatta scrupolo di mostrare, nei giorni che Ye Lianzi aveva passato da loro, quanto temesse che lei si stabilisse lì. Non c'era un posto dove l'avrebbero accolta, nessuno che la volesse. Perché? Cosa poteva fare della sua vita?

E come aveva potuto Gu Qiushui pronunciare una frase tanto insensata?

Esauriti coraggio, forza, spirito, lei non era più in grado di far fronte a questa nuova difficoltà.

A testa bassa, senza guardare in faccia Gu Qiushui, sussurrò calma un perentorio «No».

Un'unica parola, semplice ma più inattaccabile di una fortezza. A volte la semplicità è l'arma migliore, un invincibile talismano, la coerenza che trionfa sulla volubilità.

Forse proprio questo spiega l'esasperazione di Gu Qiushui che ebbe l'impulso di colpire con un martello il cranio di Ye Lianzi, per aprirlo e farle entrare in testa la situazione.

Persino la scottatura alla mano l'aveva fatto infuriare, come se lei se la fosse inferta di proposito, per costringerlo a compatirla.

Wu Wei guardava ora il padre e ora la madre. Se a quattro anni non era in grado di dare un giudizio su ciò cui stava assistendo, aveva però ben chiaro che, davanti a quell'uomo apparso improvvisamente nella sua vita e che lei doveva chiamare 'papà', sua madre non aveva neppure il coraggio di comprarle da mangiare quando aveva fame e che con i suoi discorsi quell'uomo terrorizzava Ye Lianzi più dell'alluvione di Tianjin...

Gu Qiushui non si aspettava tanta fermezza da parte di una donna che di solito accettava tutto con rassegnazione: « Va bene, ma pagherai a caro prezzo il tuo 'no' » le disse andandosene.

Ye Lianzi non cercò di trattenerlo.

Sapeva per esperienza che non si ottiene comprensione con le suppliche. Presa in braccio Wu Wei, rimase desolata a guardare dal tetto della palazzina la sagoma di Gu Qiushui che si allontanava, via via sempre più piccola, rendendosi finalmente conto che quella separazione era tutt'altra cosa rispetto all'addio di quattro anni prima, a Pechino.

Gu Qiushui mantenne la parola: non si preoccupò neanche più di chiedere se avessero da mangiare, da vestire o soldi per le spese.

Non per crudeltà e neppure per tirchieria, ma semplicemente perché in questo modo voleva costringere Ye Lianzi ad andarsene. Se se ne fosse interessato, Ye Lianzi si sarebbe illusa di nuovo, pensando che stesse tornando sui suoi passi e fosse disposto a tenerle con sé.

Dal viaggio le erano avanzati pochi spiccioli ma certo non poteva chiedere aiuto a Gu Qiushui, che in quel caso sarebbe ricorso a mezzi ancora più radicali per mandarle via da Hong Kong.

Comprò allora alcune tazze di rozza porcellana e un sacco di riso. Col suo metro e cinquanta d'altezza e i suoi quarantacinque chili scarsi di peso, fece una gran fatica a trascinare il tutto nella baracca sul tetto.

Nel quartiere non c'era acqua corrente, perciò doveva andarla a prendere da tutt'altra parte, secchio in una mano e Wu Wei nell'altra. E al ritorno non poteva camminare veloce, altrimenti la bambina non riusciva a starle dietro: doveva continuare a fermarsi e aspettare, con il secchio che diventava sempre più pesante.

Cominciò a preparare ciotole di riso coperto da uno strato di verdure, come usavano mangiare lì a Hong Kong. Non parlando cantonese, scrisse il prezzo su un cartone, così che quando qualcuno glielo chiedeva, lei indicava la scritta. Credendola muta, i clienti non le facevano domande, limitandosi a mangiare e pagare.

Per fortuna era un quartiere povero, abitato soprattutto da operai che apprezzavano quel piatto semplice che riempiva la pancia. Col suo buon cuore, poi, lei abbondava nelle dosi più degli altri, e la clientela non mancava.

Il successo dell'attività le diede un po' di fiducia in se stessa, nella propria resistenza: come la luce di una candela, che di giorno non si vede, ma al buio brilla.

In un batter d'occhio arrivò l'inverno e senza soldi l'inverno di Hong Kong era freddo, più freddo che nel Nordest, dove bastava andare in montagna a raccogliere un po' di foglie e legna per scaldare il *kang*, più freddo che in casa Bao, a Tianjin, dove c'era il riscaldamento. Naturalmente non poteva più portare con sé Wu Wei a vendere il riso, perché fuori era ancora più freddo: dal mare spirava un vento pungente che penetrava nelle ossa, accompagnato da un odore salmastro che dava la sensazione di essere immersi nella giara delle verdure in salamoia.

Ye Lianzi si vide costretta a chiudere a chiave Wu Wei nella baracca, lasciandola seduta sul letto avvolta nella trapunta, con il vaso da notte sul pavimento. Prima di uscire le raccomandava: « Non piangere, Nannan, e non avere paura. La mamma torna presto e quando torna ti porta tante caramelle! »

Caramelle che in realtà erano pezzi di zucchero di canna, comunissimo in quella regione, che non costavano niente ma si diceva facessero buon sangue.

Wu Wei alzava il faccino e prometteva docile: « Non piango, non piango, non piango ». Non aveva mai fatto capricci quand'era ora di lasciare la mamma, come fanno invece tanti altri bambini, e non cercò mai di trattenerla quando doveva andare a lavorare.

Davvero non aveva paura. Anche quando crebbe, non conobbe mai la paura, neanche davanti ai pericoli più insidiosi. Se in vita sua superò tante difficoltà fu proprio grazie alla sua audacia, cieca quanto impetuosa.

Andandosene, Ye Lianzi si girava a ogni passo a guardare la figlia che da sola, sul letto, piegava e ripiegava un fazzolettino. A sua madre si spezzava il cuore. Ma cos'altro avrebbe potuto fare? Se non andava, sarebbero rimaste senza cibo.

A Wu Wei, invece, la mamma non mancava, immersa com'era in quel gioco col fazzoletto che le piaceva da morire: lo piegava e ripiegava creando mille forme diverse, tutte frutto della sua fantasia.

Mentre giocava, ripeteva a mo' di cantilena: «Non piango e non ho paura, non piango e non ho paura...» Che altra canzoncina avrà mai conosciuto, da piccola, oltre a questa?

Quand'era stanca del gioco, scendeva dal letto, prendeva dalla credenza un bicchiere e beveva lo sciroppo di zucchero di canna che la mamma le aveva lasciato. Buonissimo, la cosa che amava di più dopo la mamma.

Con tutta quell'acqua zuccherata, faceva un sacco di pipì. Eccola scendere di nuovo dal letto e mirare per bene il vaso, stando attenta a non sporcare il pavimento, altrimenti la mamma avrebbe dovuto pulirlo in ginocchio, proprio come dalla Seconda signora.

Aveva quasi dimenticato i giorni passati dai Bao, ma l'immagine della madre inginocchiata sulla scala a sfregare il pavimento restava nitidissima nella sua mente.

Quando rientrava, Ye Lianzi trovava il vaso pieno di pipì ma neppure una goccia sul pavimento. Tutto pareva essere rimasto uguale, se non che la trapunta intorno a Wu Wei era appena un po' più allentata di quanto l'avesse avvolta lei.

«Hai freddo?» chiedeva sempre a Wu Wei, come seguendo un rituale.

«No».

«Fame?»

«Nemmeno».

Tutte risposte che rassicuravano la mamma. Ma appena il riso era pronto, Wu Wei ci si buttava sopra ingoiandolo senza preoccuparsi di scottarsi la lingua. E mentre si rimpinzava, teneva gli occhi puntati sul piatto di *tofu* con gli spinaci saltati.

Ogni tanto alzava la testa e sorrideva a Ye Lianzi, commentando: «Buono, buonissimo!» come se si sentisse in colpa d'aver trascurato la mamma per mangiare.

I soldi che Ye Lianzi guadagnava vendendo i suoi piatti coprivano l'affitto e il vitto e le permettevano anche di comprare ogni tanto una banana a Wu Wei, una di quelle un po' troppo mature, con le macchie nere sulla buccia, che costavano poco.

Per questo Wu Wei comprò sempre banane con le macchie nere, anche quando non ebbe più problemi di soldi. Le case editrici europee che la invitavano all'estero in occasione della presentazione dei suoi libri trovavano molto strano che quella scrittrice non mangiasse mai banane fresche ma le lasciasse maturare finché la buccia non si macchiava di nero. Solo molto più tardi Wu Wei capì che anche le banane fresche erano dolci e che non serviva aspettare che quasi marcissero.

Alla redazione della rivista, i colleghi più impicciom chiedevano a Gu Qiushui: « La bambina è appena arrivata, perché non le compri dei dolcetti? »

Lui rispondeva aggrottando le sopracciglia.

A Tang, addetta alla libreria, aveva una vera passione per i bambini. Comprò dei dolci cantonesi per Wu Wei e chiese a Gu Qiushui di portarglieli, non sapendo che lui non andava mai a trovare moglie e figlia. Wu Wei non assaggiò mai i dolci di A Tang, ma l'unica dolcezza che Hong Kong le riservò fu quella di una signora sconosciuta.

Qualcuno che passando nel quartiere dove abitava Ye Lianzi l'aveva vista vendere cibo in una bancarella raccontò tutto a Gu Qiushui, che, lungi dal muoversi a compassione, fu quasi compiaciuto dal resoconto: 'Ben le sta' pensava, 'chi le ha detto di venire qui? Che s'arrangi!' E in cuor suo sperava che nessuno comprasse i suoi piatti, che rimanesse senza mezzi per vivere e fosse finalmente costretta, non potendo tirare avanti, a tornarsene a casa.

Madre e figlia, invece, continuarono quella vita fino ai bombardamenti del 1941.

Era una bella giornata di dicembre. Gli aerei giapponesi arrivarono all'improvviso, quando Ye Lianzi era ancora in strada a vendere i suoi mangiarini. Alzò la testa, senza capire cosa stesse per succedere. Non l'avevano capito neppure gli americani, né la flotta del Pacifico che sarebbe stata di lì a poco distrutta dall'attacco.

Caddero le prime bombe, creando uno sconquasso di sangue e brandelli di carne che in pochi istanti trasformarono l'opulenta città in un cumulo di macerie, e la fastosa facciata di quella metropoli in una scena di morte accompagnata da urla e lamenti. Solo a quel punto Ye Lianzi abbandonò la sua bancarella per correre a casa sfidando le bombe, più volte bloccata dalle squadre antiaeree che l'esortavano a ripararsi nei rifugi. Ma lei continuava a correre gridando: « La mia bambina, la mia bambina! »

Per un'incredibile fortuna, mentre tutte le case intorno si erano sbriciolate, la loro palazzina era rimasta in piedi, pericolante come prima, ma in piedi.

Ye Lianzi non fece in tempo a gioirne, che un boato tremendo le squarciò i timpani e un'onda d'aria invisibile l'investì in pieno, gettandola a terra. Vide la bomba esplodere giusto all'incrocio accanto alla loro palazzina e sentì un bruciore lancinante agli occhi, come se l'ordigno le fosse esploso in faccia, anziché a terra.

'È finita' pensò disperata. Wu Wei, chiusa in casa per permetterle di andare a guadagnarsi da vivere, era sicuramente morta!

Non avrebbe più rivisto la figlia, povera bambina che in tutta la vita non aveva mai mangiato una caramella vera e un pasto come si deve, che non aveva mai avuto un giocattolo e aveva indossato soltanto abiti usati e scarpe vecchie, che non aveva mai conosciuto un sorriso se non quello della mamma, che era vissuta senza lamenti né pretese per soli quattro anni pieni di sofferenza, senza nemmeno rendersene conto, perché pensava che il mondo fosse così, che la crudeltà fosse la norma.

Il visetto di Wu Wei che le fluttuava davanti, però, non era quello di quest'ultimo periodo, ma il faccino sorridente di quando a due anni cercava di accattivarsi le grazie della Seconda signora...

Quando il fumo si diradò, Ye Lianzi stentò a credere ai propri occhi: la palazzina era ancora lì, tremolante tra le lingue di fuoco.

Corse sul tetto e si precipitò in casa, dove, tra bottiglie e stoviglie scaraventate a terra dalle scosse, regnava una gran confusione. Wu Wei, anch'essa buttata giù dal letto dallo spostamento d'aria, vide la mamma e non pianse, né fece scene, ma la guardò con gli occhi sbarrati, occhi interrogativi. Poi si girò e indicando il sederino disse: « Mamma, mi fa male ».

Ye Lianzi corse ad abbracciarla, ma a quel punto le gambe le cedettero e lei finì per terra, abbandonandosi a un pianto dirotto. Era la prima volta che si concedeva un pianto così spontaneo, senza freni né pudori.

Ed era anche la prima volta che Wu Wei vedeva la mamma piangere in quel modo.

Allungò la manina per asciugarle quei fiumi di lacrime, dicendo: « Mamma non piangere, non piangere ».

Ye Lianzi premette la guancia contro il palmo caldo e grassoccio di Wu Wei, ma neanche quel contatto riuscì a lenire il suo dolore.

Perché ogni dolore, ogni malattia ha una sua cura, non ce n'è una universale.

Si fece buio. Il bombardamento aveva spento l'intera città, la Hong Kong viziosa e festaiola era morta. Sembrava rivivere per un istante solo allo scoppio di un'altra bomba, quando il bagliore delle fiamme accendeva la città d'un rapido guizzo, lo spasmo di un moribondo.

Ogni sibilo pareva destinato a colpire la loro palazzina, che invece resisteva tranquilla in attesa che il bombardamento cessasse.

Solo a quel punto Ye Lianzi dovette ammettere di essere sola. In realtà, era da quando Gu Qiushui l'aveva lasciata a Pechino che si trovava in quella situazione, ed era sempre stata lei sola a salvare se stessa e la figlia da tutte le difficoltà che avevano incontrato. Peccato che fino all'ultimo si sia sempre considerata una persona debole.

La bomba che aveva rischiato di strapparle la figlia le tolse il coraggio di lasciare Wu Wei a casa mentre lei andava a lavorare. Oltretutto, nel giro di un giorno chiusero tutte le rivendite di riso, perché si diceva che i mercanti volessero speculare aspettando di affamare la gente.

E la fame non tardò ad arrivare. In città non si trovava più niente da mangiare, fare la spesa diventò una preoccupazione condivisa da poveri e ricchi, come succede solo in momenti come questo.

Hong Kong era ormai come un bel corpetto di marca, che non scalda né sfama, e lo si butta per terra senza pensarci due volte, in balia dei passanti che ci camminano sopra.

Per fortuna a Ye Lianzi era rimasto del riso, quindi non soffrirono la fame. Ma quando mangiava, si chiedeva sempre se anche Gu Qiushui avesse qualcosa da mettere sotto i denti. A quel pensiero il riso le si fermava in gola, non le andava più né su né giù.

無字

Capitolo Settimo

1

Quali che fossero le intenzioni di Gu Qiushui per mettere ordine nella sua vita sentimentale, la congiuntura politica lo costrinse ad abbandonare l'idea di rispedire Ye Lianzi in Cina.

Nel dicembre del 1941, infatti, lasciare Hong Kong divenne un'impresa impossibile, tanto quanto poi, negli anni successivi, sarebbe diventato difficilissimo tornarci.

L'aereo mandato in soccorso dal Partito Nazionalista la sera stessa dell'Incidente di Pearl Harbor aveva lasciato a terra addirittura molti importanti funzionari militari e politici del Partito stesso. La lista di chi poteva salire a bordo comprendeva soltanto i fedelissimi di Chiang Kaishek, mentre gli altri, tra i quali anche alcuni tra i fondatori della Repubblica o persone che avevano dato grandi contributi alla causa, furono respinti a pedate, come cani. Tantomeno, quindi, avevano speranza di essere tratti in salvo uomini come Zou Keren e gli 'Esuli del Nordest', gente legata a Zhang Xueliang e che osava tener testa al Generalissimo: costoro costituivano una forza politica non schierata né con i nazionalisti né con i giapponesi, a cui gli uni e gli altri non vedevano l'ora di far pagare il conto.

Allo scoppio di quel violento bombardamento, Gu Qiushui non poté fare a meno di preoccuparsi dell'incolumità di moglie e figlia. Per quanto ormai odiasse Ye Lianzi, il giorno seguente si costrinse ad andare da lei.

La trovò seduta in mezzo alla stanza, stretta a Wu Wei, lo sguardo attonito e le orecchie tese a captare gli incessanti rombi dell'artiglieria, come un viandante bloccato da una tempesta improvvisa in una landa deserta, che, pur intontito, non rinuncia ad ascoltare il fragore della bufera.

Come Gu Qiushui aveva previsto, Ye Lianzi interpretò subito il suo interessamento, dettato soltanto dalla coscienza, per un ritorno di amore coniugale. Ma certo! In un frangente così tragico chi poteva preoccuparsi di lei e della figlia se non l'amato consorte?

Cos'altro può provare un uomo se non un brivido di disgusto, quando la donna che ha scaricato continua a farsi illusioni su di lui?

Come lo vide entrare, Wu Wei nascose la testa sotto l'ascella della madre.

Lui, dal canto suo, nemmeno simulò una parvenza d'affetto, ma si limitò a lanciarle un'occhiata. Solo da vecchio si sarebbe reso conto d'essere stato e di essere ancora un padre. Disse asciutto a Ye Lianzi: « Preparati, vi porto in un posto più sicuro ».

E cosa mai doveva preparare Ye Lianzi? Da quando era a Hong Kong, aveva indossato sempre e solo la lunga tunica di cotone blu scuro con cui scendeva in strada a vendere il riso.

C'era una differenza sostanziale tra quella tunica blu e un elegante *qipao*, una differenza che andava ben oltre il tessuto, la fattura e il modello. La stessa che rende diversi gli uccelli, che pur essendo tutti volatili, sono distinti tra loro in una sorta di gerarchia di valori, magari non definita in modo netto ma immediatamente percepibile: la tunica di Ye Lianzi aveva tra gli abiti lo stesso rango di un semplice passero nel mondo degli uccelli.

La valigia di pelle che si era portata da Tianjin giaceva già pronta, senza che lei avesse nemmeno tirato fuori i preziosi vestiti indossati quando viveva con Gu Qiushui e che a Hong Kong non aveva mai usato. Non restava che prenderla, insieme al riso avanzato e che ora aveva un valore inestimabile, e partire.

S'incamminò dietro il marito con Wu Wei in braccio, senza nemmeno osare informarsi sulla destinazione. I sentimenti e i paesaggi che l'accompagnarono in quel tragitto erano molto diversi da quelli del giorno in cui era arrivata in città.

Gu Qiushui le condusse a Happy Valley, nella casa di Zou Keren, dove c'era un sotterraneo che fungeva da rifugio antiaereo.

Presentò Ye Lianzi alla signora Zou: « Mia moglie ».

La signora, nonostante fosse presissima dal far asciugare lo smalto alle unghie, si sforzò di fare a Ye Lianzi un sorriso misurato, non troppo caloroso né troppo freddo. Poi guardò Wu Wei e disse a Gu Qiushui: « Le assomiglia, questa bambina! »

« Io assomiglio alla mamma » intervenne Wu Wei imbronciata.

« Alla mamma? » rise la signora. « No, mia cara, assomigli proprio al papà ».

« Alla mamma! » confermò testarda Wu Wei.

« Un tipo deciso! » commentò la signora Zou che poi, rivolta a Gu Qiushui o a Ye Lianzi, aggiunse: « State tranquilli, questo è un posto sicuro ». Infine, uscendo dalla stanza con un sinuoso tacchettio di tacchi alti, impartì gli ordini alla servitù: « Mamma Zhou, aggiungi due persone per cena e fammi il piacere di portare nella stanza sotterranea la coperta di cammello ».

Dal tono pronto e squillante della risposta di mamma Zhou, si intuiva che la donna, a servizio da molto tempo in quella casa, aveva una certa intesa con la padrona.

A Ye Lianzi parve d'essere ripiombata nelle stanze della servitù di casa Bao. Ma là almeno c'era aria di casa, c'era la Seconda signora, mentre qui niente la faceva sentire a suo agio, niente porri cotti nella soia e sorgo bollito, nessun letto di mattoni con il fuoco sotto... anche se era coperta di diamanti, la signora Zou non le avrebbe mai lasciato dei soldi dietro la valigia come la Seconda signora, per spingerla ad andare in cerca del marito invece di continuare ad aspettare invano.

Gu Qiushui espresse a voce il suo ringraziamento per l'ospitalità, ma con un tono così poco convinto da dare l'impressione che la faccenda non lo toccasse. I signori Zou colsero in ogni caso la sua gratitudine e la cosa lo mise in qualche modo in imbarazzo. Poi disse a Ye Lianzi: «Tu rimani qua con la bambina, i signori Zou si prenderanno cura di voi. Io devo tornare in redazione, qualcuno se ne deve pur occupare, in questo momento difficile». Mentre parlava, sbirciava con la coda dell'occhio Zou Keren, evidentemente soddisfatto di quelle parole.

«No, noi veniamo con te» ribatté Ye Lianzi rendendosi conto che Gu Qiushui la stava abbandonando di nuovo. Voleva rimanere con lui anche a rischio della vita. Non le importava di stare al sicuro, se era da sola: chi poteva prevedere gli sviluppi di quella guerra? E se fossero rimasti separati per altri quattro anni? Non voleva assolutamente tornare a vivere in casa d'altri.

Anziché risponderle, Gu Qiushui le lanciò un'occhiata tagliente, che recise di netto ogni sua speranza. Non le restò altro che guardarlo andar via e rassegnarsi a convivere con la paura di un nuovo abbandono.

Quando un uccello si alza in volo, c'è sempre qualcuno che ne ammira il bel piumaggio. Ye Lianzi e Wu Wei, invece, erano un po' come quelle orrende zucche portate in dono dai parenti di campagna, che non solo sono immangiabili, ma non puoi buttarle finché i parenti sono ancora in casa e finisce che te le ritrovi sempre tra i piedi.

Ye Lianzi non riusciva a decidersi: doveva sforzarsi di chiacchierare con i padroni o con qualche domestica? Ma a loro avrebbe fatto piacere? Avrebbe forse dovuto dare una mano alla servitù? Ma in quella casa ci aveva appena messo piede e rischiava solo di fare disastri...

Si rassegnò a rimanere seduta su una sedia in un angolo, tornando a sentirsi una persona superflua, priva di una sua collocazione.

Per fortuna poteva stare a testa bassa con la scusa di badare a Wu Wei, fingendo di non vedere tutta quella gente che le passava davanti senza degnarla di uno sguardo. Poi di colpo tirava su la testa e abbozzava un sorriso come se si apprestasse a raccontare chissà cosa, ma guarda caso in quel momento non passava nessuno e lei stava zitta.

Fuori imperversava lo sconquasso dei bombardamenti e dei raid aerei, ma in casa Zou la vita era quella di sempre. Nel sotterraneo arrivavano puntualmente il caffè, il tè del pomeriggio, i dolci e tutto il resto, tutte cose che Wu Wei naturalmente fissava ingolosita. «Nannan, guarda la pendola sul muro» cercava di distrarla Ye Lianzi, «tra un po' esce un uccellino a fare cucù».

«Dove? Che uccellino, mamma?»

Purtroppo l'uccellino usciva solo una volta all'ora, impossibile tener calma Wu Wei per tutto quel tempo. E poi, anche quando usciva, dopo qualche cucù tornava a nascondersi dentro l'orologio.

«Ascolta, la mamma adesso ti racconta una storia. C'era una volta un vecchio monaco...»

«No, non ho voglia di ascoltare la storia, voglio mangiare quella, quella! » diceva Wu Wei indicando la torta sul vassoio della cameriera che le era passata davanti.

Dato lo spazio ristretto del sotterraneo, era impensabile che a Wu Wei sfuggisse il passaggio di tutte quelle leccornie. Eppure nessuno pareva rendersi conto di quanto dovesse patire una bambina costretta a guardare gli altri mangiare rimanendo a bocca asciutta. Ma la cosa non li riguardava: chi era mai questo Gu Qiushui? E sua figlia?

Ye Lianzi era veramente in imbarazzo. Gli Zou mangiavano dalla mattina alla sera: colazione, pranzo, merenda, cena, spuntini notturni, più frutta e dolci tra un pasto e l'altro. Come potevano le sue favole e l'uccellino del cucù contrastare quel continuo susseguirsi di tentazioni?

Una volta Wu Wei scoppiò a piangere, e più Ye Lianzi si agitava più la bambina strepitava. Zou Keren non disse niente, ma aggrottò le sopracciglia guardandole entrambe con aria di disapprovazione.

La signora Zou aveva studiato in una scuola per ragazze nobili del Nordest e, come Lu Yun, la cugina di Hu Bingchen, ballava, nuotava, guidava la macchina, giocava a tennis, gestiva la casa e le relazioni sociali, insomma era una donna di classe e carisma, una che aveva preso parte al battesimo dell'aria della prima compagnia aerea... Eppure pareva convinta che da un aereo si sentisse ogni minimo rumore prodotto sulla terra.

« Signora Gu » disse a Ye Lianzi sollevando gli occhi dalle ciglia perfettamente incurvate dal mascara d'importazione, « faccia star buona quella bambina! Piange così forte che la sentiranno anche dagli aerei giapponesi e ci sganceranno una bomba in testa! »

Ye Lianzi si sentì sprofondare dalla vergogna. Prese per mano Wu Wei e, senza pensare alle conseguenze, fece per uscire dal rifugio sotterraneo. La signora, rendendosi conto di aver esagerato, cercò di trattenerla: «Non esca, sparano ancora, là fuori, è troppo pericoloso! Volevo solo che la calmasse un po'!»

«Mia figlia non si fa calmare facilmente» rispose testarda Ye Lianzi, «e non vorrei causare problemi a voi, nel caso i giapponesi la sentissero. Vi ringrazio della vostra premura, ma è meglio che la porti via».

Esagerata fu certamente anche la reazione di Ye Lianzi, perché in periodo di guerra ci si deve adattare, lasciando da parte ogni orgoglio personale.

Le pallottole sembravano sfiorarle la testa. Con Wu Wei stretta al petto, Ye Lianzi attraversava veloce strade e vicoli, a capo chino, piegata in avanti per proteggere la bambina, come un filo d'erba secca sferzato dal vento.

La città, completamente buia, era illuminata a tratti solo dai bagliori degli scoppi, immersa in un caos primordiale dove esistevano solo fucili, pallottole e Ye Lianzi con la sua bambina.

Eppure, nonostante la preoccupazione per Wu Wei, Ye Lianzi si sentiva finalmente tranquilla, anche in mezzo a quell'inferno, perché non doveva più dipendere da nessuno se non da se stessa.

Giusto quando, a mezzanotte, arrivarono davanti alla Banca del Guangxi, una bomba cadde di fronte alla porta principale, come per accogliere Ye Lianzi. Una scheggia di vetro la colpì al volto, provocandole un taglio netto dal quale cominciarono a sgorgare perle vermiglie di sangue che ricordavano il trucco di un attore dell'Opera di Pechino, o una decorazione di rubini.

Finalmente arrivò alla redazione di *Vento e Nuvole*. Era deserta. Aprì una porta dopo l'altra, ma di Gu Qiushui neanche l'ombra: che gli fosse successo qualcosa? Dimenticandosi persino dell'incolumità di Wu Wei, cominciò a correre per le strade buie, perlustrando ogni angolo, incurante delle pallottole che volavano dappertutto.

Sarebbe parsa certo una scena tremenda a chi si fosse trovato ad assistervi: una donna sola, la faccia una maschera di sangue, che nel buio perlustrava le macerie con una bambina in braccio.

Non aveva senso rimanere lì, se Gu Qiushui non c'era; Ye Lianzi decise allora di tornare nella baracca in collina. Al da farsi avrebbe pensato dopo.

Esausta, salì le scale... Tutto si sarebbe aspettata, tranne che di trovare Gu Qiushui nudo che ballava una sorta di flamenco sul letto insieme a una donna altrettanto nuda, con l'accompagnamento assordante delle bombe e delle mitragliatrici giapponesi che scuoteva il cielo di Hong Kong.

La loro era una danza lenta, ma incalzante, sempre più intensa ed eccitante, come lo sono soltanto le note del *Bolero* di Ravel. Ye Lianzi rimase impietrita sulla soglia, mentre le sequenze ripetute del *Bolero* le penetravano calme e incalzanti nelle viscere, gettandola dentro un tritacarne che girava vorticosamente al ritmo sempre più intenso e violento della danza e che, quando la musica si fermò all'improvviso sull'ultima nota, l'aveva ormai ridotta in poltiglia.

Finalmente Ye Lianzi capì il motivo per cui Gu Qiushui voleva rispedirla da suo padre senza darle spiegazioni.

A Su non si scompose: visto che il suo uomo non era per niente turbato, perché avrebbe dovuto esserlo lei? È il generale che deve fermare i nemici, dice il proverbio, e in questo caso il suo generale non accennava a fermare nessuno. Si rivestì dunque in tutta calma e si sedette vicino al letto, sotto lo sguardo attonito e confuso della vera padrona di casa, Ye Lianzi.

Gu Qiushui era quasi sollevato che il suo legame con A Su fosse venuto alla luce, perché continuare a nasconderlo stava diventando troppo faticoso.

Perché si era sobbarcato quella fatica? Per non ferire i sentimenti di Ye Lianzi, ma ora era finalmente arrivato il momento di informarla del genuino rapporto che lo univa ad A Su.

«Chiariamo subito le cose» esordì lisciandosi le bretelle dei pantaloni all'occidentale, davanti a una Ye Lianzi letteralmente scioccata. «Non fosse stato per A Su sarei morto di fame, quando mi sono ritrovato a Hong Kong senza un quattrino. Insomma... Lei ha fatto per me più di quanto hai fatto tu e non potevo voltarle le spalle quando sei arrivata. Potrei anche sposarla, non ci sarebbe niente di male. Ecco, la situazione è questa: se tu riesci ad accettare lei, io accetterò te e la bambina, altrimenti io vivrò la mia vita con A Su e tu la tua per conto tuo. È tanto che volevo parlartene, ma avevo paura che non capissi e la prendessi male, per questo ho sempre rimandato».

Le parole di Gu Qiushui la colpirono con la violenza di un macigno. Ye Lianzi si rese conto che bastava una minima esitazione da parte sua e sarebbe stata abbandonata in quella terra sconosciuta dove, se anche avesse provato a chiedere aiuto, nessuno l'avrebbe capita.

D'altra parte erano tanti gli uomini che vivevano con più di una donna alla luce del sole, lo sapeva bene. Avrebbe dovuto rassegnarsi anche lei al suo destino, ma il cuore non voleva obbedire alla ragione.

Wu Wei si rannicchiò sempre più contro le gambe della madre. Era cresciuta e ormai le arrivava alle ginocchia, tanto che Ye Lianzi sembrava avere tre gambe e con tre gambe, in qualche modo, anche lei sarebbe riuscita a tenere in piedi il suo io traballante.

Cosa poteva dire? Gu Qiushui non si aspettava una risposta e lei, in tutto e per tutto dipendente da lui, non aveva altra scelta che accettare ogni sua decisione. Chissà, forse avrebbe dovuto prendersela con quel ficcanaso che le aveva dato l'indirizzo di Gu Qiushui a Hong Kong, ma ora che era lì non poteva far altro che tener duro.

Gu Qiushui si procurò una tavola di legno e ne fece un letto che sistemò sotto la finestra. « Qui dormiamo io e A Su » disse indicando il nuovo giaciglio, « tu e la bambina dormirete nell'altro. In tempo di guerra ci si deve adattare ». Perlomeno aveva dimostrato di rispettare una certa gerarchia, dando il letto migliore alla moglie.

Cominciò così la convivenza a quattro: mangiavano alla stessa tavola, lottavano nello stesso modo per sopravvivere, dormivano nella stessa baracca, in due letti a pochi centimetri l'uno dall'altro.

Ogni volta che si trovava davanti moglie e figlia, Gu Qiushui s'infuriava senza alcuna ragione.

Per esempio, una volta si trovò per caso dietro a Ye Lianzi che faceva il bucato. A lei venne spontaneo dire qualcosa per rompere l'assurdo silenzio che c'era tra loro, visto che in fondo erano ancora una famiglia.

« È acqua di mare, questa? » chiese tanto per parlare, riferendosi all'acqua del catino.

« No, è acqua dolce ».

« Ah! » disse lei senza smettere di fissare il catino con le sopracciglia aggrottate.

In quel momento arrivò Wu Wei, che doveva andare in bagno e voleva che la mamma le slacciasse la cintura dei pantaloni. Gu Qiushui batté forte i tacchi sul pavimento e sbottò: « Fila, tu, smorfiosa che non sei altro! Non sopporto quell'aria da bambina viziata! » Wu Wei scappò tenendosi su i pantaloni con le mani e trattenendo la pipì.

Ye Lianzi guardò la figlia che correva via zoppicando con quelle scarpe troppo strette, e non seppe far altro che ripetere: « È acqua di mare? »

A quel punto Gu Qiushui, sfiancato da tanta stupidità, prese il bucato e glielo tirò in faccia.

L'ora dei pasti, il momento in cui poter buttare qualcosa nel suo stomachino rinsecchito, divenne per Wu Wei un vero e proprio incubo a causa della presenza del padre. Per quanto lei si nascondesse dietro alla mamma, gli occhi severi di Gu Qiushui la scandagliavano come due radar. Di conseguenza, il suo faccino malnutrito, che mangiando avrebbe dovuto acquistare un po' di colorito, diventava sempre più pallido.

«Cos'hai da guardare?» le gridava arcigno Gu Qiushui. «Vuoi che te le suoni?»

«Lasciala mangiare in pace!» implorava sottovoce Ye Lianzi.

«E chi glielo vieta!» replicava lui buttando per terra i bastoncini. Poi di nuovo rivolto a Wu Wei: «Ti ho detto di smetterla di fissarmi! Se non la pianti butto per terra anche te, ti ammazzo!»

A quel punto Ye Lianzi prendeva la bambina e usciva sulla terrazza. Ma Gu Qiushui le gridava: «Cosa credi di fare andando via da tavola? Da casa, dovresti andare via, se avessi un po' di dignità!» E poi continuava a mangiare con A Su.

Spesso rimproverava Ye Lianzi per come cucinava: «Perché tutti i giorni sempre e solo 'sta verdura? Non puoi cambiare, ogni tanto?»

Ye Lianzi non osava replicare che i soldi della spesa non li gestiva lei, e che se sceglieva sempre quel tipo di verdura, che in cinese si chiama 'verdura dal cuore vuoto', un motivo ci sarà stato.

Verso A Su, invece, Gu Qiushui era sempre ben disposto, cosa più che normale visto che lei era il suo nuovo amore. Purtroppo, però, i due non si facevano scrupoli di esibire le loro effusioni anche davanti a Wu Wei, in modo decisamente disinibito.

Certo con lei non era mai stato così, pensava Ye Lianzi che pur di difenderlo attribuiva quel cambiamento all'influenza dell'ambiente libero e sensuale di Hong Kong. In realtà era questo il vero Gu Qiushui, non quello di prima, che evidentemente con lei non aveva trovato la stessa intesa, a letto. Con lei, come le diceva lui stesso, non aveva mai funzionato, mentre con A Su sì che c'era vera sintonia.

Ye Lianzi riusciva a voltarsi dall'altra parte, ma Wu Wei no: non avendo, per distrarsi, né un'automobilina né una bambola, non le restava che ammazzare il tempo sbirciando oltre le spalle della mamma quello che succedeva nella stanza.

« Vattene, porta fuori la bambina! » tuonava Gu Qiushui.

Fuori imperversava la guerra. Nei brevi momenti di tregua le strade erano in balia delle scorribande di sciacalli che depredavano tutto, senza riguardo nemmeno per le vite umane, per cui Ye Lianzi, che non osava disobbedire agli ordini del marito, era costretta a rifugiarsi con Wu Wei nella terrazza sul tetto.

Lassù sferzava forte e tagliente il vento di mare e in quei momenti Ye Lianzi, nonostante la sua determinazione ad affrontare l'inverno di Hong Kong, vacillava di fronte a un'impresa che le pareva davvero ardua.

I vestiti pesanti erano rimasti nella valigia nei sotterranei di casa Zou, compreso il cappotto di cammello che Gu Qiushui le aveva fatto confezionare all'inizio del loro matrimonio e che lei aveva indossato alla vigilia della Festa della Primavera, l'anno prima che nascesse Wu Wei, per andare con lui a vedere i fuochi d'artificio in un vicolo di Dongsi, a Pechino.

Dato che quel che guadagnava vendendo i piatti di

riso e verdure bastava appena per sfamare lei e Wu Wei e pagare l'affitto, di certo non poteva permettersi di rifarsi il pur misero guardaroba.

Se per lei, abituata sin da piccola alla fame e al freddo, era possibile sopportare quella vita, non era così per Wu Wei. D'altro canto non osava chiedere a Gu Qiushui di comprare qualche abito caldo per la bambina; già rischiavano d'essere cacciate pur non chiedendo niente, non era difficile immaginare cosa sarebbe successo se avessero cominciato a manifestare qualche esigenza. Cos'avrebbe fatto se Gu Qiushui l'avesse cacciata? A chi si sarebbe appoggiata? In fondo lui era ancora suo marito e aveva a cuore la loro sicurezza, come aveva dimostrato portandole dagli Zou dopo il bombardamento.

Ye Lianzi si toglieva il soprabito per avvolgerlo intorno al corpicino di Wu Wei, stringendosela poi al petto per scaldarla, ma la bambina continuava a tremare come una foglia. Eppure dovevano tener duro e restare lassù sul terrazzo finché Gu Qiushui e A Su non avessero finito quel che dovevano finire.

Era soprattutto di notte che i due amanti si scatenavano, sul letto sotto la finestra, tra rumori e scossoni che sembravano preannunciare il crollo del palazzo, che pure aveva resistito alle bombe giapponesi.

Coppia grossolana, priva di scrupoli e pudori, quei due davano sfogo al loro piacere senza ritegno, come se al mondo ci fossero soltanto loro, o, per meglio dire, soltanto i loro sessi.

Bestie erano, e in bestie volevano trasformare anche Ye Lianzi e Wu Wei.

Per quanto si ostinasse a tapparsi le orecchie ficcandoci le dita fino in fondo, non riusciva a non sentire i versi che provenivano dal letto.

Di per sé non ci sarebbe stato niente di riprovevole in quelle effusioni, che però per Ye Lianzi si trasformavano ovviamente in una tortura spietata. Anche se Gu Qiushui non era ancora arrivato a picchiarla, le stava facendo a brandelli sentimenti, nervi, autostima... e seguendo una procedura meticolosa, quasi che prima di colpirli, quei nervi, volesse togliere a ognuno le guaine protettive, in modo che fossero meglio esposti alla sua frusta, e lui potesse meglio godersene spasmi e contrazioni.

Da sempre, l'uomo sa maltrattare la donna nei modi più diabolici, ma Gu Qiushui sembrava aver raggiunto l'apice della perfidia.

Se da sveglia Ye Lianzi s'imponeva di sopportare l'umiliazione e reprimere le lacrime, nel sonno cominciò a soffrire di incubi, che poi l'avrebbero tormentata per tutta la vita.

Così, nel sogno, le umiliazioni si sfogavano inconsciamente in pianti e gemiti che provocavano la violenta reazione di Gu Qiushui, il quale, saltato giù dal letto nudo com'era, strappava Ye Lianzi dal sonno picchiandola come un animale. Tra pugni e calci, tanto il pompon del suo berretto da notte quanto quel cazzo violaceo che si ritrovava tra le gambe, poco prima baldanzoso e ora moscio di rabbia, ballonzolavano forsennatamente, all'unisono.

Fino a quel momento, soprusi e torture psicologiche ne aveva subiti tanti, Ye Lianzi, ma lui non era mai arrivato a picchiarla. Tanto che la prima volta pensò che si trattasse di un sogno. Quando si rese conto che invece era tutto vero, non si sentì nemmeno peggio del solito, perché in fondo cos'erano le botte di Gu Qiushui rispetto a tutte le sofferenze che già le infliggeva?

Il poco sangue, pallido e sbiadito, che aveva in corpo cominciò a scorrerle in rivoli tortuosi lungo gli angoli della bocca e sulla fronte, ma il viso rimase impassibile, pallido e immobile come una maschera mortuaria.

Che cosa poteva fare se non sopportare? Doveva piangere? Gridare? Le sue urla non solo non avrebbero fermato la furia di Gu Qiushui, ma l'avrebbero fatta vergognare ancora di più davanti ad A Su. Le bastava l'umiliazione della sconfitta, non voleva rincarare la dose con le sue stesse mani.

La passività di Ye Lianzi non mosse certo a pietà Gu Qiushui, che continuò a malmenarla finché, tirandola per i capelli, le girò con forza la testa in modo da guardarla in viso, nonostante lei si proteggesse con le braccia, per gridarle: «È vero, tu sei bella mentre lei è brutta e butterata, ma è lei che amo, non te! Se non riesci a sopportarlo, vattene, vattene via, cosa aspetti?»

Svegliata dal trambusto, Wu Wei assisteva alla scena con il cuoricino spezzato. Non perché cogliesse la profondità e le implicazioni di quella tragedia, ma perché era spaventata a morte dal volto spettrale della madre. Il suo era un vero e proprio dolore fisico, tanto forte da indurla a portarsi le mani al cuore. Le aveva buscate anche lei dal padre: calci, ceffoni, addirittura sprangate, ma non le era mai successo di assistere da spettatrice alla violenza brutale perpetrata da un uomo forte su una donna debole, e quella donna debole altri non era che la madre che la nutriva quando aveva fame, la copriva quando aveva freddo, la distraeva quando si sentiva triste e sola, si faceva in quattro per curarla quand'era ammalata... una madre onnipotente, che ora invece subiva inerme calci e pugni.

Wu Wei scoppiò in un pianto troppo disperato per una bambina, un pianto che già conteneva le prime tracce dell'isteria che si sarebbe poi manifestata con gli anni e la cui logica conseguenza sarebbe stata la pazzia che funestò l'ultimo periodo della sua vita.

La violenza di Gu Qiushui su Ye Lianzi non era altro, in fondo, che una delle solite sfaccettature dei rapporti tra uomo e donna, che tuttavia nella mente di Wu Wei continuò a esistere come un ricordo truce, mai mitigato dal passare del tempo. Per tutta la vita continuò a chiedersi perché Dio, nel creare l'uomo e la donna, avesse imposto quella disparità di forza fisica, rendendo le donne impotenti davanti alla violenza e incapaci di restituire i colpi, costringendole ad abbassare la testa e a sopportare docilmente, accettando terrorizzate il proprio destino.

Chi mai potrà rimediare al tuo errore? Rispondimi, Dio, rispondimi!

Fu a partire da quel momento che Wu Wei considerò la violenza verso i deboli e gli indifesi come il punto più basso della meschinità umana e in particolare della vigliaccheria che i maschi dimostrano quando non sono in grado di guardare in faccia la vita.

E poi che cos'era quella disgustosa appendice violacea che ballonzolava tra le cosce del padre al ritmo dei colpi che menava?

Non riuscendo a trovare una risposta, Wu Wei concluse che quel coso avesse a che fare con la violenza, visto che era comparso con quello scoppio d'ira del padre.

Non è difficile capire come quest'immagine abbia pesantemente influenzato la vita sessuale di Wu Wei, che ogni volta che faceva l'amore si trovava a fare i conti con quell'orribile ricordo.

Per quante donne al mondo abbiano avuto un'esperienza traumatizzante che impedisce loro di vivere una serena vita sessuale, quella di Wu Wei le superava tutte.

Se a due anni la scala di casa Bao contribuì a forgiare il servilismo insito nel suo carattere, nota dominante nei suoi rapporti interpersonali, quella scena tra il padre e la madre fu all'origine del suo strano rapporto con la violenza, fatto di odio ma anche di una cieca adorazione che sconfinava nel feticismo. Perché in realtà il confine tra odio e adorazione è sottile, spesso si tratta di due facce della stessa medaglia. Fu da quell'episodio, comunque, che si alimentò il lato malato delle sue relazioni con gli uomini.

Si può dunque dire che, pur con estrema noncuranza, Gu Qiushui piantò nel profondo dell'anima di Wu Wei il germoglio dell'odio, della soggezione e della dipendenza dagli uomini, concimato poi dalle continue sconfitte che lei collezionò nella sua vita.

Pur non avendo mai letto *L'arte della guerra* di Sunzi, Wu Wei adottò una tattica diabolica nei suoi rapporti con gli uomini: invece di restituire colpo su colpo, guardava il partner dall'alto, sezionandolo con il distacco dell'entomologo, attuando una spietata, radicale vendetta. Questo era il motivo per cui, quando faceva l'amore, non si lasciava mai coinvolgere completamente, ma osservava il compagno registrandone i comportamenti né più né meno che se fosse stata una macchina a raggi x.

Ma non era una crudeltà innata e sterile la sua. Anzi, mai, in nessun momento della sua esistenza, abbandonò il sogno di trovare l'uomo che avrebbe potuto aiutarla a vincere il terrore per il sesso maschile, a rovesciare i suoi pregiudizi... Le solite cose che sogna una donna all'antica, o semplicemente una donna normale. Ma dopo tanti fallimenti finì con il considerare gli uomini come nemici, rassegnandosi alla solitudine.

Fin dall'adolescenza si era trovata ad affrontare la lotta tra il desiderio fisico per l'altro sesso, che cominciava a farsi sentire, e l'opposizione della sua mente, che invece gli uomini li rifiutava. Per un certo periodo aveva prevalso l'elemento biologico, ed era stato il desiderio fisico a guidarla. Ma l'ingresso di Hu Bingchen nella sua vita risvegliò in lei le remore mentali che credeva sopite e che la portarono a considerare gli uomini con uno sguardo ancor più critico, spesso di condanna.

Ne scaturì una battaglia senza tregua che si concluse solo quando la mente uccise il desiderio. Una vittoria che al tempo stesso decretò la sconfitta di Wu Wei, perché a quel punto gli uomini persero ogni speranza nei suoi confronti e l'abbandonarono a se stessa.

Ma nemmeno la sconfitta le impedì di perseverare ostinatamente nel suo errore, né la indusse a una riflessione. La delusione infertale da Hu Bingchen, che ai suoi occhi aveva incarnato l'uomo ideale, la portò a liquidare tutto il genere maschile come inutile e meschino, secondo un filo logico ineccepibile: se anche il maschio ideale si era rivelato così mediocre, con chi altri sarebbe valsa la pena di 'vivere insieme fino a che morte non ci separi'? Incolpò Hu Bingchen di aver distrutto in lei ogni interesse per gli uomini, ma le cose non stavano esattamente così.

Wu Wei credeva erroneamente che al mondo non esistesse cosa capace di riaccendersi in fretta più dell'amore, un po' come 'la scintilla che dà fuoco alla prateria'. Pensava che per una come lei, poi, alla quale bastava che un uomo versasse un bicchier d'acqua o l'aiutasse a portare un pacco per innamorarsene, non sarebbe stato difficile ricominciare ad amare. Invece quando, finita la storia ventennale con Hu Bingchen, le si presentò l'occasione di ricominciare, si ritrovò incapace di apprezzare gli uomini e addirittura di coglierne l'attrattiva sessuale. Li guardava come fossero pezzi d'arredo, e se si trovava davanti all'equivalente di un pezzo prezioso di epoca Ming, si limitava a lodarne la squisita fattura, ma senza alcuna passione.

Un po' come se Hu Bingchen l'avesse castrata.

Quando se ne rese conto, le venne in mente la parola 'crudeltà'. A quel punto, essendo rimasta sola, non era più di amore che aveva bisogno, ma di provare, a sé e agli altri, di avere ancora qualche legame con questo mondo, di non essere soltanto un lupo solitario che attraversa il deserto al chiaro di luna.

Quindi la sua conclusione finale, cioè che fosse stato Hu Bingchen a distruggere la sua fiducia negli uomini e la sua capacità di amare, era del tutto sbagliata.

In realtà il suo nemico era stato Gu Qiushui.

No?

Le infinite relazioni umane si riducono a due: rapporti interpersonali e rapporti amorosi, e su entrambi i fronti Gu Qiushui aveva impresso alla formazione di Wu Wei un'impronta rovinosa.

Hu Bingchen credeva che Wu Wei odiasse tanto il padre soltanto perché aveva tradito la madre: niente di più superficiale! La speranza di Wu Wei di trovare in Hu Bingchen l'uomo che la capisse fino in fondo si era rivelata oltremodo vana.

Non aveva forse mille ragioni, Wu Wei, per odiare quel padre che le aveva distrutto la vita sin dalla nascita?

Ogni volta che un pugno o un calcio colpiva Ye Lianzi, Wu Wei invocava la mamma, piangendo a dirotto.

Quelle grida irritarono Gu Qiushui a tal punto che prese Wu Wei per i piedi e la scaraventò fuori dalla porta, dove atterrò sul cemento e restò immobile, in silenzio.

Ye Lianzi si lanciò all'esterno e prese la bambina in braccio chiamando disperata: « Nannan, Nannan! »

Wu Wei continuò a rimanere muta e immobile, con gli occhi chiusi. Fu allora che finalmente Ye Lianzi gridò a Gu Qiushui: « E saresti un uomo, tu? Non vedi che l'hai ammazzata? »

A quel punto anche Gu, in preda al panico, prese Wu Wei tra le braccia per vedere se respirava. « Ma no, è solo svenuta » disse.

Ormai, ogni elemento di Ye Lianzi era sofferenza: cuore, mente, fisico, l'esistenza stessa. Di solito basta che uno soltanto di questi ambiti presenti un problema perché la gente comune abbia difficoltà a tirare avanti, ma nel caso di Ye Lianzi la sofferenza li invadeva tutti, permeando a tal punto la sua vita che in lei non si sarebbe trovato neanche un minimo spazio immune. Eppure lei continuava a sopportare in silenzio.

Non capiva che tanta rassegnata sopportazione non faceva che irritare ancor di più Gu Qiushui, che trovava comunque sempre una ragione per maltrattarla, che lei sopportasse o no. Lui, infatti, interpretando il silenzio di Ye Lianzi non solo come il segno che lei non accettava la situazione, ma anche come una sorta di resistenza passiva, cercava in tutti i modi di forzarla ad aprir bocca, almeno per gemere, per difendersi o per sanguinare sotto i suoi pugni... o per reagire quando di giorno la costringeva a guardarlo mentre faceva l'amore con A Su.

Gu Qiushui non era spudorato e senza scrupoli: stava semplicemente adottando la tattica di chi non riesce a ottenere il divorzio e che, per smuovere la consorte dalla sua cocciutaggine, la tormenta nei modi più crudeli, in modo tale che sia lei, alla fine, a sciogliere di propria iniziativa le illusioni che la tengono legata a lui.

Obbediente, A Su si spogliò e si sedette nuda sul letto, aspettando tranquilla che Gu Qiushui riuscisse a costringere Ye Lianzi a guardare dalla sua parte, tirandola per i capelli e torcendole la testa.

Nonostante Gu Qiushui l'amasse sempre di più, A Su non ebbe mai un atteggiamento di superiorità o di rivalsa nei confronti di Ye Lianzi. Consapevole di essere una serva, non si sarebbe mai sognata di poter avere accanto un uomo come Gu Qiushui, che non doveva faticare nei campi sotto il sole o la pioggia, ma che lavorava in ufficio, che doveva solo scrivere e parlare, che si vestiva elegantemente e fumava la pipa, a volte addirittura seduto in macchina accanto a Zou Keren. Un uomo che continuava a dimostrarle gratitudine, l'aveva presa in casa con sé, aveva addirittura ripudiato la moglie per lei: cosa aveva fatto lei nella vita precedente per meritarsi una fortuna del genere? Naturale quindi che facesse tutto quello che lui le diceva di fare, in questo senso comportandosi, del resto, come si comportava anche Ye Lianzi.

Ye Lianzi si dibatteva disperatamente tra le mani di Gu Qiushui che le stringevano la testa in una morsa per costringerla a guardare verso A Su. Riuscendo di colpo a liberarsi con uno scrollone, morse la mano di Gu, nella quale rimase una ciocca dei suoi capelli.

Tanta temerarietà diede a Gu Qiushui un motivo in più per picchiarla. Cominciò a prenderla a calci e pugni con una furia ancor più forsennata, colpendola nelle parti più delicate.

Wu Wei sbatteva gli occhi a ogni colpo, come se fosse lei a prenderle. Cercò di nascondere la testa sotto la trapunta, come uno struzzo, ma fu inutile, perché anche da lì vedeva quel che stava succedendo alla mamma. Scivolò allora giù dal letto per nascondersi dietro la porta, ma neanche lì trovò scampo… Si guardò attorno con gli occhi pieni di lacrime, in cerca di un posto tranquillo... In quel momento sentì scendere lungo le gambe un rivoletto caldo, rassicurante, che pareva quasi portarsi via il terrore che poco prima stava per farla impazzire. Fu scossa da un brivido di commozione e si sentì grata a quel rivolo caldo e compassionevole che ben conosceva.

Ecco perché Wu Wei, che da piccola aveva smesso di bagnare le mutandine e il letto, quando crebbe ricominciò a farsi la pipì addosso e a letto ogni volta che le pareva di impazzire o che veniva assalita da una paura incontrollabile.

Le risuonò all'orecchio quella specie di 'sinfonia dell'acqua' che aveva ascoltato a tre anni a Tianjin: dopo un preludio lento e tranquillo, ecco il gonfiarsi delle onde, il lamento del vento, il fischio dell'acqua e poi le voci di pianto, vaghe e intermittenti, che diventavano sempre più forti, confluendo infine in un urlo orripilante. La vivida sensazione di soffocare che aveva provato allora l'assalì di nuovo, insieme alla quiete mortale che precede l'annegamento...

Col sottofondo di quella sinfonia ritmata dai suoni sordi dei colpi che si abbattevano sul corpo tanto amato della madre, Wu Wei cominciò a chiedersi: 'Ma cosa vuole, il papà?' Lui la picchiava indipendentemente dal fatto che lei obbedisse o meno, impossibile capire il perché. La conclusione, quindi, fu che quell'essere che lei chiamava papà non era altri che un violento che menava botte sempre e comunque, a lei o alla madre. Eppure quell'uomo che chiamava papà una volta l'aveva amata, e partendo da Pechino aveva persino pianto, nel lasciarla.

Il pugno di Gu Qiushui colpì Ye Lianzi agli occhi e lei barcollò perdendo l'equilibrio. Lui alzò il piede e le assestò un calcio violento all'anca. Si sentì un *crac* di ossa e lei, non più in grado di reggersi in piedi, finì contro la credenza che a sua volta rovinò fragorosamente a terra spargendo il contenuto sul pavimento. Ye Lianzi ci cadde sopra, riversa. Forse si era fatta male al collo, perché rimase a faccia in giù contro il mobile, incapace di sollevare la testa. Il sangue fluiva nello spazio tra la bocca e la credenza gorgogliando come una pentola che sobbolle. Con la bocca incollata alla credenza, Ye Lianzi disse: «Bestie siete! Come potete fare questo davanti alla bambina?»

«Bestie, certo» disse Gu Qiushui sollevando Ye Lianzi con entrambe le braccia e buttandola fuori sulla terrazza...

Esausto dopo quel pestaggio che non pensava così stancante, Gu Qiushui si fermò per riposarsi e accendersi una sigaretta.

Approfittando di quel momento di tregua, Ye Lianzi risollevò a fatica il corpo a pezzi e si scaraventò giù per le scale.

Correva, correva, correva, senza mai fermarsi.

Fucili e cannoni continuavano a sparare, ma lei non li sentiva;

per le strade la gente scappava, ma lei non vedeva nessuno;

Wu Wei era rimasta a casa da sola, ma lei non se ne ricordava...

Aveva un solo pensiero in testa, trovare un posto tranquillo dove morire. Non voleva più vivere, aveva vissuto abbastanza.

Corse senza sosta, trascinando il corpo coperto di lividi, finché si trovò in un posto dove non era mai stata: il mare. La spiaggia le apparve infinita, deserta. Nessuna traccia delle allegre risate smorzate dallo sciabordio delle onde né dei colori sgargianti dei costumi da bagno, degli ombrelloni e dei bagnanti. La guerra aveva spazzato via tutte le amenità della vita, lasciando solo la mera esistenza.

Era stato Dio a guidarla fin lì? Era stato lui ad aver così pietà di lei da condurla in quel posto?

Davanti all'immensità del mare Ye Lianzi sentì ancor più intensamente di essere in un vicolo cieco. Le onde gentili che si infrangevano sulla riva le fecero ripercorrere tutta la sua breve esistenza: i giorni nella sua casa natale, la vita con la matrigna, i momenti che seguirono la partenza di Gu Qiushui, il lavoro a casa Bao, l'alluvione di Tianjin... tutto le appariva nitido come non mai.

Dov'erano cominciate le sue disgrazie? Forse non era stata tutta colpa di Gu Qiushui. Se Mohe fosse vissuta più a lungo, forse lei non sarebbe finita a vivere in casa d'altri, esposta a umiliazioni di ogni genere, e magari sarebbe diventata una donna forte, volitiva, combattiva. Di certo non si sarebbe buttata in fretta e furia tra le braccia di Gu Qiushui pur di scappare dalla casa della matrigna...

Continuò a vagare in riva a quel mare sbiadito di una Hong Kong sbiadita, finché la città sprofondò nel buio.

Perché non abbandonare un mondo che era stato con lei tanto ingiusto e crudele?, pensò all'improvviso.

Cominciò ad avanzare nell'acqua, diretta al largo. Il mare l'ammaliava col subdolo incantesimo delle sue onde gelide, avvinghiandosi a lei come un serpente, attanagliandola. Lei rinunciò a resistere e si arrese a quelle spire che la facevano fluttuare in tutte le direzioni, tranquilla, fin quasi ad annegare. E ricordò, capì, si pentì...

Ecco perché i suoi fratelli, appena messo piede nel mondo, dopo una rapida occhiata avevano deciso di tornare in tutta fretta da dov'erano venuti;

ecco il senso di quella voce venuta dall'aldilà quando si era ammalata di tifo: le aveva detto di tornare ma lei le aveva risposto di no. Anche se lei non aveva voluto seguirla, la voce saggia aveva continuato a cercare di illuminarla: « ... Le tue sofferenze non sono ancora finite. Ascolta bene le mie parole: davanti a te c'è un abisso di pena, una pioggia di pallottole, guerra, vagabondaggio, povertà estrema; sarai costretta a vivere in casa d'altri, conoscerai l'abbandono... » L'aveva anche tirata verso il fiume, ma lei si era ancorata saldamente alla riva.

Lo scoppio improvviso di una bomba spezzò l'incantesimo e lei si rese conto di trovarsi ancora nel solito mondo crudele.

Il boato la scosse dal suo torpore, ricordandole che in quel mondo senza pietà c'era qualcuno più indifeso e inerme di lei. Le tornò in mente di colpo Wu Wei che veniva buttata giù dal letto da quell'altro scoppio, un'immagine che la terrorizzava ogni volta che ci pensava: la bambina non era in grado di cercare aiuto né di scappare e forse la prossima bomba non si sarebbe limitata a buttarla giù dal letto...

Rivide poi la scena tremenda di Gu Qiushui che prendeva Wu Wei per le gambe e la scagliava per terra facendole perdere i sensi. Se lei fosse morta, cos'avrebbe fatto quell'uomo alla figlia, visto come la trattava quando c'era lei a proteggerla?

Aveva già sofferto lei, per la mancanza di una madre, la stessa sorte non doveva toccare a Wu Wei.

Ye Lianzi s'avviò di corsa verso casa, sfidando i fuochi dell'artiglieria che rimbombavano sempre più forti. Da lontano vide una piccola ombra appallottolata accanto all'edificio. Si avvicinò. Era Wu Wei, abbandonata fuori casa come un gattino o un cagnolino, raggomitolata sotto i fischi delle pallottole e i boati delle bombe, con addosso soltanto il maglioncino che aveva messo la mattina, senza nient'altro a difenderla dal gelo.

Ye Lianzi se la strinse al petto, ancora più freddo di quello della figlia, pensando che mai più l'avrebbe lasciata sola, mai avrebbe cercato di porre fine con la morte alle proprie sofferenze, per quanto insopportabili fossero.

Wu Wei era seduta lì al buio da molto tempo. A quattro anni, il buio non le faceva paura né impressione, anzi era per lei un libro aperto, che leggeva quando le tenebre pian piano avvolgevano la terra, con curiosità e pazienza, fino a scorgere la luce.

Solo quando Ye Lianzi la prese in braccio, Wu Wei girò svogliatamente verso la madre un faccino assente, e le fece un sorriso d'intesa, come se avesse saputo che Ye Lianzi sarebbe senz'altro tornata. Un sorriso in cui c'erano la tristezza e la rassegnazione di un vecchio, un sorriso presto soffocato dal rimorso, quasi non fosse il mondo a essere ingiusto nei confronti suoi e della madre, ma fosse sua la colpa di quell'ingiustizia. Poi sospirò, e fu un sospiro triste, troppo per quei suoi quattro anni.

Esausta, piegò la testa e si addormentò.

Non c'è da stupirsi che, dopo tutto quell'esercizio a interpretare il buio, le sarebbe stato tanto facile anche interpretare l'altipiano e leggerne i discorsi, qualche anno dopo.

In gennaio, Gu Qiushui accompagnò al porto gli Zou che lasciavano Hong Kong.

Anche a lui sarebbe piaciuto andarsene da quella terra sconvolta dalla guerra, ma, a parte due sacchi di riso, non aveva altri mezzi per comprarsi i tre biglietti che gli sarebbero stati necessari. Non poté far altro, quindi, che annunciare, ostentando un certo audace zelo, che lui sarebbe rimasto a occuparsi della redazione.

Zou Keren si congedò lasciandogli qualche soldo e raccomandandogli di nuovo di prendersi cura dei suoi affari, pubblici e privati: «Meglio che lei rimanga per un po' a occuparsi di quel che c'è da fare, è la persona più adatta».

«Fin che sono qua io, può stare tranquillo» confermò baldanzoso Gu Qiushui.

«Sono anni che la conosciamo» intervenne la signora Zou, «sappiamo bene che non potremmo trovare persona più affidabile e zelante di lei!»

'Così zelante e affidabile e mi danno solo questi quattro soldi?' ridacchiò amaramente Gu Qiushui in cuor suo. 'Non sanno quanto costa mezzo chilo di riso con questa maledetta carestia?'

«Comunque vadano le cose, ci ritroveremo tutti a Guilin, dove il Partito Comunista sta radunando tutti i patrioti democratici e gli uomini di cultura che ha tratto in salvo da Hong Kong. Con una tale concentrazione di forze, Guilin sarà un terreno fertile per il nostro lavoro» concluse Zou Keren.

Poco dopo la resa ufficiale del governatore di Hong Kong, i giapponesi, con la loro solita arroganza, cominciarono a perlustrare tutta la città in cerca degli esponenti della resistenza. Godendo di una certa fama nel movimento, Gu Qiushui a quel punto era in pericolo e doveva lasciare Hong Kong. Ma come racimolare i soldi per i biglietti?

Nonostante ormai odiasse la moglie, non poteva abbandonarla lì con la figlia senza curarsi del loro destino. Sfogava quindi la sua frustrazione maltrattandola, torturandola e picchiandola con foga ancora maggiore. Lei, pur non pensando più al suicidio, era tormentata da una frase di Gu Qiushui: « Se non foste venute a Hong Kong a pesare sulle mie spalle, me ne sarei andato da qui già da un pezzo! » le aveva detto, aggiungendo poi: « E ricordati: se i giapponesi mi fanno la pelle, la colpa sarà tua! »

In quel frangente senza prospettive, A Su tirò fuori due braccialetti e degli anelli d'oro: « È tutto quello che ho guadagnato facendo la cameriera qui per tanti anni: usiamolo per comprare i biglietti per la Cina. Qui non si può più restare ».

Gu Qiushui non era un bell'uomo, né aveva potere o prestigio, eppure tutte le donne della sua vita lo amavano e proteggevano, come se avesse un talento innato per vivere alle loro spalle.

Afferrò i gioielli come se stesse prendendo il cuore di A Su, offerto personalmente dalla proprietaria. Sopraffatto dalla commozione per quel gesto, ricordava anche quanto lei l'avesse già aiutato nel momento del bisogno. A Su era la sua dea protettrice, pronta a corrergli in soccorso ogni qualvolta era in difficoltà. E in questa occasione non stava salvando soltanto lui, ma anche tutta la sua famiglia.

In confronto a lei, cos'era Ye Lianzi? Soltanto una donna, che oltretutto con gli uomini non ci sapeva fare. E le donne mica sono una rarità: ne è pieno il mondo.

« Consideralo un prestito » disse ad A Su con gli occhi lucidi, « prometto che te li restituirò appena posso ».

Poi mise le cose in chiaro con Ye Lianzi, parlandole con assoluta franchezza: « Hong Kong è diventata troppo pericolosa e se rimango rischio di finire ammazzato, perciò sto facendo debiti e racimolando soldi per tornare in Cina. A Su la porto senz'altro con me; per quanto riguarda te, pensaci bene: se vuoi, andiamo via tutti e quattro insieme; se non ti va, tu rimani qua con Wu Wei, io me ne vado con A Su ».

Ye Lianzi non aveva bisogno di pensarci, perché non aveva alternative. C'era soltanto una strada davanti a lei, e doveva percorrerla per forza fino alla fine.

In fondo, Gu Qiushui si comportò civilmente con Ye Lianzi, discutendo con lei della cosa e dandole la possibilità di pensarci, in modo che non potesse dire, in futuro, di non essere stata avvertita. Al posto suo, molti altri uomini l'avrebbero probabilmente abbandonata con la figlia.

In quel modo, il futuro di Ye Lianzi, bello o brutto che fosse, dipendeva da lei.

Gu Qiushui non le parlò della generosità di A Su, perché si vergognava di ammettere di dover contare sui soldi di una donna per tirare avanti, sarebbe stato un disonore troppo grande per un vero uomo.

E non sapendo niente di questa storia, Ye Lianzi pensava che Gu Qiushui fosse innamorato pazzo di A Su, cosa che la faceva sentire peggio di una bestia.

Riuscirono a scappare da Hong Kong all'inizio del febbraio del 1942, approfittando delle espulsioni di rifugiati che i giapponesi attuavano per far fronte alla scarsità di acqua, energia e cibo che affliggeva la città dall'inizio dell'occupazione.

Dapprima raggiunsero in battello il golfo di Canton, dove alloggiarono qualche giorno in un albergo, in attesa di altri profughi per proseguire in gruppo e affrontare in modo più sicuro le strade infestate dalle incursioni dei briganti.

Ci si spostava a piedi. La cenciosa fiumana che arrancava lungo il percorso faceva un bel contrasto con la ridente facciata di Hong Kong.

Nonostante tutti cercassero di mantenere l'anonimato, le identità erano facilmente riconoscibili. Carnagione, andatura, comportamento erano indici infallibili di che posti e negozi ciascuno avesse frequentato, a Hong Kong...

Gu Qiushui si chiedeva se davvero i giapponesi non si fossero resi conto di quella fuga di massa, o se avessero voluto dare a quella gente una via di scampo.

Si camminava fino allo sfinimento. Wu Wei, troppo piccola, era sempre in braccio a Ye Lianzi, la quale, pur debole, non osava chiedere aiuto a Gu Qiushui e si sforzava di procedere passo dopo passo con la bambina in braccio, rimanendo sempre indietro.

E chi poteva aspettarla, in quel frangente in cui la distanza dalla morte si misurava in passi e ogni passo in più avvicinava alla salvezza?

I piedi, pieni di vesciche, sanguinavano a lei, ma anche a un militare di lungo corso come Gu Qiushui. Solo A Su non aveva problemi, perché nel Guangdong dov'era cresciuta era abituata a camminare scalza e i suoi piedi erano allenati a qualsiasi fatica.

A un certo punto Gu Qiushui fu costretto ad affittare una portantina di bambù per far sedere Ye Lianzi e Wu Wei, mentre lui e A Su proseguirono a piedi.

Qualche altro giorno di cammino e anche lui, sfatto, dovette di tanto in tanto ricorrere alla portantina, mentre le sue due donne, che lo seguivano a piedi, una da un lato e una dall'altro, si comportavano come quando vivevano sotto lo stesso tetto, evitando di guardarsi e di parlarsi.

Quand'era seduto, Gu Qiushui si chiedeva cosa pensasse A Su, costretta a camminare mentre lui e Ye Lianzi si alternavano sulla portantina, quando era stata lei a pagare le spese del viaggio. D'altra parte i piedi gli facevano troppo male, un male tale che se li sarebbe tagliati.

Come la maggior parte degli uomini, anche lui aveva giusto quel minimo di coscienza che gli guastava i rapporti con la moglie e l'amante: come non sentirsi a disagio con l'una quando stringeva tra le braccia o dormiva con l'altra?

Non poteva soddisfarle entrambe e il senso di colpa lo perseguitava. Oltretutto essendo sempre in marcia non aveva mai occasione di confortare A Su, cosa che rendeva il rimorso ancor più insopportabile.

Naturale quindi che si sfogasse su Ye Lianzi e Wu Wei, perché se quelle due non gli fossero capitate sul groppone, avrebbe potuto starsene seduto per tutto il viaggio senza farsi tanti sensi di colpa nei confronti di A Su. Trovava allora mille pretesti per imprecare contro Ye Lianzi o picchiare Wu Wei, che piangeva disperata, tanto che gli altri profughi la detestavano per i suoi piagnistei, che aggiungevano sconforto ai loro animi già tormentati.

Qualche volta Gu Qiushui invitava A Su a sedersi al suo posto sulla portantina, ma lei scuoteva appena la testa, dicendo: «No, resta pure seduto tu». E lui le obbediva.

Brevi dialoghi che rivelavano però una grande intesa, un'intimità che non aveva nemmeno bisogno di effusioni.

E che riempiva di tristezza il cuore di Ye Lianzi, visto che Gu Qiushui non solo non usava più quel tono quando si rivolgeva a lei, ma ormai neanche più le parlava. Ce l'aveva con se stessa perché non aveva la forza di andarsene ed evitare quell'umiliazione.

Dall'altro lato della portantina, invece, A Su pensava di non essere certo nella posizione di sedersi al posto di Gu Qiushui e farlo proseguire a piedi. Che cos'era lei, se non una serva? Era già fin troppo onorata che lui la mettesse al di sopra di Ye Lianzi. Sedesse pure quella donna sulla portantina, in fondo aveva in braccio Wu Wei, che era la figlia di Gu Qiushui. Ad A Su piacevano tanto i bambini, ma nonostante ormai vivesse da tempo con Gu, non ne aveva uno suo. Se avesse avuto anche un figlio, la sua vita sarebbe stata davvero un sogno.

2

Arrivarono a Guilin.

E finalmente nella casa di Guilin Ye Lianzi ebbe una stanza per sé, dove nascondersi da Gu Qiushui, come un topo dal gatto. Ne usciva soltanto per fare i lavori domestici, misurando parole e gesti in modo da non irritare il marito. Gu Qiushui non sentiva più i lamenti dei suoi incubi, ma il fatto di non avere più pretesti per attaccar briga quasi gli spiaceva.

Di scuse per prendersela con lei ne sarebbero comunque arrivate altre, molto presto. Difficoltà e discriminazioni sul lavoro, ristrettezze economiche...

Jin Fengru aveva molti più problemi, adesso che era a Guilin, dove anche le cose semplici diventavano complicate. Forse fu questa situazione ad avvicinarlo di più a Gu Qiushui, col quale andava ora molto d'accordo.

All'improvviso, infatti, Jin Fengru si era ritrovato alla mercé di una serie di nuovi capi che ambivano a comandarlo forse per il semplice fatto, pensava lui con rabbia, che lavorava nell'ambiente dei democratici. Quello che più detestava era un cosiddetto poeta, di cui nessuno, in realtà, sapeva cosa avesse scritto. Il poeta convocava tutti per analizzare la situazione, valutare i pro e i contro e progettare strategie, come se lui solo fosse il detentore di tutte le informazioni sulle mosse di giapponesi, nazionalisti e comunisti. Non solo pretendeva che i nuovi arrivati a Guilin andassero a rendergli omaggio, ma, ritenendosi un personaggio chiave del mondo della cultura, voleva essere informato di ogni minima quisquilia. Se veniva escluso da un banchetto faceva una scenata e se il suo nome non era in prima pagina, le redazioni colpevoli di averlo omesso per un certo periodo non avevano pace.

C'erano poi altre figure del genere, uno su tutti il critico letterario con la sua cerchia di artiste che tiravano in ballo 'la scrittura del corpo'... La spietata lotta politica fra i due, sempre naturalmente in nome della rivoluzione, creava un clima di panico e sospetto in tutto l'ambiente, determinando una situazione di minaccia latente tale per cui mai nessuno si dedicava seriamente alla creazione letteraria. Si producevano opere deliberatamente mistificatorie, scritte anche da chi di scrivere non era capace, oppure ci si atteggiava a un certo cosmopolitismo, semplicemente plagiando certe opere straniere. A questo si riduceva, in sostanza, la famosa 'letteratura nel periodo di Guilin'.

Grazie all'esperienza acquisita a Yan'an, Gu Qiushui intuì subito che l'uomo chiave era il critico letterario e si schierò inevitabilmente dalla sua parte. E difatti quello lo raccomandò presso varie redazioni, cosicché Gu Qiushui ricominciò a pubblicare qualche articolo sui giornali progressisti che sostenevano la resistenza al Giappone e promulgavano l'unità politica, guadagnando quel tanto che gli permetteva di tirare avanti. Era la stessa situazione in cui si era trovato a Hong Kong quando Bao Tianjian l'aveva abbandonato al suo destino e, prima di trovare lavoro, aveva vissuto con i pochi soldi che vinceva al gioco.

In realtà Gu Qiushui non ebbe mai un posto fisso né uno stipendio regolare in tutta la sua vita. Forse avrebbe avuto l'ambizione di diventare uno scrittore, ma gli mancavano le capacità e la voglia di impegnarsi nella fatica di scrivere. In quel periodo, poi, la vita a Guilin era carissima e mancava quasi tutto, tanto che anche Zou Keren, per tirare avanti, fu costretto a vendere lo stemma di giada sul cappello del padre.

In casa Gu le cose andavano ovviamente ancora peggio. Avevano a malapena un po' di riso per sfamarsi e le rare volte che al riso potevano aggiungere dei fagioli rossi e un cetriolo fresco condito con la soia, per Wu Wei era una festa. « Mamma, mamma, ancora riso coi fagioli! » chiedeva petulante a Ye Lianzi.

Ma era in generale tutta la situazione in cui si trovava Gu Qiushui a essere umiliante. Zou Keren si ricordava di lui soltanto quando ne aveva bisogno, ma lui continuava a seguirlo come un cagnolino, senza alcuna dignità. Che alternative aveva? Nessuna, visto che nonostante l'ambizione di far politica, senza soldi né appoggi giusti, era costretto a incassare e adattarsi a fare da galoppino a un padrone, sperando un giorno di riceverne in cambio dei favori, se mai Zou Keren fosse riuscito a piazzarsi in qualche posizione di potere.

Il conflitto tra i due 'pezzi grossi' di Guilin si risolse con la fuga del poeta. Tutto iniziò durante un evento culturale in cui la concubina di un signore della guerra, donna di una certa cultura, ascoltò il poeta declamare una poesia d'amore che la commosse fino alle lacrime, facendola innamorare di quell'uomo alto, imponente e sicuro di sé. Il loro amore, del tutto simile al melodramma descritto da Zhang Henshui* nel popolarissimo romanzo *Amore tra lacrime e risate*, investì l'intera città con la furia di una tormenta. Andò a finire che il

* Zhang Henshui (1895-1967): prolifico autore di romanzi d'amore estremamente popolari nella Cina pre-liberazione. Il romanzo qui citato, pubblicato nel 1930, è uno dei suoi più grandi successi e narra, tra l'altro, l'amore infelice di uno studente per una bellissima cantante di strada che viene però venduta a un signore della guerra.

signore della guerra sparò alla concubina e il poeta sparì dalla circolazione.

«Non riesco a capire» confidava Gu Qiushui a Jin Fengru, «se credono entrambi nel comunismo, perché lottano tra di loro, controllandosi e delegittimandosi a vicenda?»

Jin Fengru non gli rispondeva, perché le parole di Gu Qiushui mettevano in dubbio l'unità politica che bisognava sbandierare, ma neppure lo confutò, probabilmente perché erano le stesse cose che avrebbe voluto dire lui ma non poteva. In realtà Jin Fengru detestava sia il poeta sia il critico, che però erano entrambi pesci più grossi di lui. Dopo il '49, il poeta riapparve misteriosamente sulla scena da chissà dove, benché ormai in tono minore, sfiancato dai continui attacchi che il critico gli aveva sferrato per i più svariati motivi. Quest'ultimo, invece, continuò ad avere un ruolo importante nel mondo culturale fino al 1966, quando fu clamorosamente detronizzato all'inizio della Rivoluzione Culturale. A quel punto si ritirò dall'ambiente della cultura e divenne un grande amico del poeta. In seguito comparvero spesso insieme in varie occasioni, ma naturalmente non parlavano mai di quello che era successo a Guilin, quasi l'avessero dimenticato o sepolto come il resto della vita d'allora.

3

Ye Lianzi non parlava né litigava con A Su e, pur soffrendo, non osava lagnarsi di niente. Continuava a essere il bersaglio dei pugni e dei calci di Gu Qiushui, che sopportava senza fiatare. Stava sempre con gli occhi socchiusi, come se non avesse neanche la forza di aprirli o fosse concentrata su qualcosa, anche se in realtà non pensava a niente, perciò era raro veder guizzare un bagliore di luce nelle sue pupille.

Wu Wei invece era un caso disperato: quando Gu Qiushui la picchiava, urlava e piangeva così forte che persino la pazientissima Ye Lianzi era ormai al limite della sopportazione.

Anche A Su ne era scossa. Capiva che la violenza bestiale di Gu Qiushui era legata alla sua presenza e col passar del tempo questo le era diventato di peso. D'altro canto, di andarsene non se la sentiva, perché voleva bene a quell'uomo, sul quale oltretutto aveva ormai investito parecchio. Non poté far altro che mettere a tacere la coscienza.

Lo stesso Gu Qiushui talvolta rifletteva su quella convivenza forzata, di cui però non si sentiva direttamente responsabile, perché era semplicemente frutto della situazione. E poi, in fondo, cosa c'era di male? Era come se si fosse preso una concubina, o una seconda moglie, e vivessero tutti insieme, niente di più. Perché Ye Lianzi non riusciva ad accettarlo? Guardala lì, sempre con quella faccia da funerale! Ma forse era una cosa momentanea, nient'altro che il riflesso dei confusi rapporti tra uomo e donna tipici di quel periodo turbolento. Magari un domani avrebbe trovato un posto di lavoro ad A Su, per spedirla da qualche parte. Il tempo, pian piano, avrebbe sistemato tutto.

Cosa avrebbe pensato A Su se avesse potuto leggere i pensieri di Gu Qiushui? Avrebbe accettato l'idea di perdere in un colpo solo l'amore e i risparmi?

Alla lunga i pianti quotidiani di Wu Wei costrinsero Ye Lianzi a riflettere sul fatto che in nome del suo matrimonio non poteva imporre alla bambina una violenza che non si meritava. E poi, considerato il fatto che adesso che era tornata in Cina non aveva più l'ostacolo della lingua come a Hong Kong, avrebbe potuto cercarsi un lavoro. Si rivolse a Jin Fengru, che l'aiutò a trovare un posto di insegnante in una scuola elementare, e partì con Wu Wei alla volta di Liuzhou, pronta a guadagnarsi da vivere.

Non era la prima volta che madre e figlia si univano per fronteggiare le difficoltà. Già a Hong Kong avevano formato una squadra che per militanza, tempra e impegno non aveva niente da invidiare alle cellule del Partito Comunista durante la rivoluzione. Difficile capire che sentimenti provasse Ye Lianzi adesso che era finita la convivenza con il marito, ma per Wu Wei il trasferimento a Liuzhou fu senza dubbio una vera e propria liberazione.

La scuola si trovava sulla riva meridionale del fiume che attraversava Liuzhou, e Ye Lianzi prese in affitto il sottotetto di una casa nei pressi del ponte. Non era vicinissima alla scuola, ma la distanza passava in secondo piano quando c'era di mezzo il prezzo dell'affitto.

Nessun altro abitava nel sottotetto: d'estate diventava un forno e nessuno che avesse due soldi era disposto a finire arrostito.

A parte le frequenti corse per raggiungere i rifugi antiaerei, per il resto non avevano niente di cui lamentarsi.

I rifugi, infatti, si trovavano dall'altra parte del fiume e, quando verso sera gli aerei giapponesi tornavano a casa puntuali come mariti fedeli, partivano le sirene. Tra andata e ritorno, Ye Lianzi e Wu Wei quel ponte lo percorsero un'infinità di volte.

Per quanto veloci fossero a scattare appena partiva l'allarme, capitava che gli aerei le sorprendessero quand'erano ancora a metà ponte, se non addirittura ancora sulla riva opposta.

La cosa di cui Ye Lianzi non riusciva a capacitarsi era

che Wu Wei, che spesso piantava dei capricci indescrivibili, in quei momenti di panico in cui sarebbe stato legittimo che una bambina desse in escandescenze, era invece tranquillissima, più calma di molti adulti. Forse, dopo aver assistito alle scene di violenza familiare, nemmeno la guerra la spaventava più.

Quando gli aerei arrivavano sopra le loro teste, Wu Wei si buttava svelta tra i cespugli lungo la strada, senza bisogno di farselo dire, e prima di sdraiarsi si ricordava persino di tirare a terra anche la madre. Poi, con la testa piegata di lato, rimaneva tranquilla a guardare gli aerei e i coni di luce dei riflettori che si incrociavano nel cielo: a tre a tre, i bombardieri si alzavano e abbassavano, ora allontanandosi ora avvicinandosi come in un gioco, mentre i coni di luce convergevano per poi separarsi, formando nel cielo dei reticoli che continuavano a cambiar forma.

Una volta che stavano attraversando col cuore in gola il ponte gremito di gente, gli aerei giapponesi cominciarono a bombardare con l'evidente intenzione di colpire proprio il ponte. Ye Lianzi si caricò Wu Wei sulle spalle e continuò a correre, schiacciata in quella calca che avanzava in silenzio.

Cadendo nel fiume, le bombe sollevarono onde enormi e grandi colonne d'acqua, mentre il ponte sussultava e si scuoteva come una catena che qualcuno facesse ondeggiare violentemente. Pareva dovesse spezzarsi da un momento all'altro. Le colonne d'acqua si alzavano verso il cielo per poi rovinare su loro due, infradiciandole. Il vecchio ponte era stato distrutto da un bombardamento e quello attuale, costruito per permettere ai residenti di mettersi in salvo, aveva una struttura molto rudimentale, bassa e senza parapetti. Qualcuno cadde in acqua, ma per fortuna Ye Lianzi e Wu Wei continuarono a correre. Correvano alla cieca, senza più alcun altro scopo che correre, schivando appena le bombe, giacché non aveva più senso raggiungere il rifugio sull'altra sponda.

Qualcosa cominciò ad ardere: ora erano colonne di fuoco quelle che si alzarono improvvisamente tutt'intorno al ponte, tra fiamme e scintille che sbocciavano come sgargianti crisantemi rossi dal letto del fiume e ai lati del ponte.

Lo dicevano, i suoi compaesani, che Ye Lianzi era una donna fortunata. Infatti quel violento bombardamento sfiorò il ponte senza abbatterlo.

Non fosse stato per l'incendio, probabilmente avrebbero continuato a vivere lì, tranquille.

Furono svegliate verso mezzanotte da un'esplosione, seguita da un fumo denso e un odore di bruciato. Poi prese fuoco il legno, legno secco, oltretutto, che ardeva con un vivace crepitio. Ye Lianzi, che sulle prime pensò che la casa fosse stata colpita da una bomba giapponese, afferrò Wu Wei e si precipitò sul pianerottolo. Dalle fessure tra gli scalini faceva già capolino qualche timida fiammella che appena riusciva a passarci attraverso prendeva vigore e avvampava con un guizzo. Ye Lianzi capì che la casa aveva preso fuoco.

E contemporaneamente si rese conto di essere bloccata nel sottotetto. Non chiamò aiuto, conscia che tanto nessuno l'avrebbe sentita, né tantomeno sarebbe venuto fin lassù a salvarle.

Per il momento era in fiamme solo il piano inferiore, ma la loro unica via di scampo era scendere. Non aveva alternative, come sempre nella sua vita. Prese allora Wu Wei in braccio e si lanciò giù per le scale, incontro al fuoco.

Arrivò all'ultimo gradino per scoprire che la porta era stata chiusa a chiave dai padroni di casa. Ciò voleva dire che lei e Wu Wei, non potendo scappare dall'uscita principale, erano condannate a finire arse vive nel sottotetto.

Per lei non era un dramma, anzi, quasi una liberazione. Ma per Wu Wei?

Risalirono, rincorse dalle fiamme sempre più prepotenti.

Sapendo che il sottotetto non avrebbe fornito loro alcuna via di scampo, Ye Lianzi uscì d'istinto sul balcone e da lì finalmente vide l'indomabile, possente drago di fuoco che zigzagava lungo la strada, appiccando il fuoco a tutto ciò che sfiorava: era una scena spettacolare.

Da dov'erano, non c'era altra via di scampo che il cortile, ridotto a un pozzo nero circondato dalle fiamme.

In un impeto istintivo, Ye Lianzi divelse il malconcio parapetto del balcone e buttò giù Wu Wei, che atterrò tranquillamente, in piedi, sul tetto sottostante, dopo un volo degno di un film di arti marziali.

Un altro impeto incontrollato spinse poi Ye Lianzi a tornare di corsa nel sottotetto per salvare, ma di questo prese coscienza solo dopo, qualcosa delle sue misere proprietà, almeno i pochi soldi che teneva nel cassetto. In quel momento di panico, quello pareva essere il suo chiodo fisso, un pensiero assillante. La ragione per cui sfidava la morte pur di salvare due spiccioli non era altro che la prova di quanto, nel suo io profondo, lei fosse conscia di non poter contare su Gu Qiushui, e del fatto che lui non le avrebbe aiutate. Era come se una testa che ragionava in modo diverso dalla sua le suggerisse di non contare su quell'uomo inaffidabile. Peccato che quella testa più lucida funzionasse soltanto in circostanze estreme.

Invece di restare immobile sul tetto, Wu Wei cominciò ad andare avanti e indietro senza cautela, forse in cerca di una via di salvezza, forse per curiosità o forse perché, a cinque anni, non si rendeva conto del pericolo.

Le tegole dei tetti di Liuzhou, sottili e friabili come patatine, si sbriciolavano a ogni passaggio di quei piedini, finendo per scorticarle le gambe nude che sprofondavano tra i cocci affilati come coltelli. Dai graffi sgorgavano gocce di sangue a formare dei rivoletti tortuosi che le tracciavano certe meravigliose figure rosse sui polpacci, disegni che sembravano denunciare in vece sua un peso che una bambina della sua età non avrebbe dovuto essere costretta a portare.

A un certo punto Wu Wei si trovò davanti un muro di fuoco, che pure l'attirava come una calamita. Forse perché capiva più di Ye Lianzi, attaccata testardamente alla vita, l'assurda tragedia della propria esistenza? O forse perché una qualche voce ultraterrena le suggeriva che oltre quel muro di fuoco sarebbe riuscita a liberarsi per sempre di tutte le sofferenze terrene? Pur non vedendola, Ye Lianzi, che pareva captare i pensieri di Wu Wei, riuscì in qualche modo a dissuaderla dal proseguire. 'Fermati! Vieni via di lì' sembrava ammonire sua figlia in una lingua non detta, un pensiero quasi trasmesso attraverso quel sangue che le accomunava, scorrendo identico nei corpi di madre e figlia.

Wu Wei si fermò e tornò sui suoi passi, ma incontrò un'altra massa di fuoco, una rosa vermiglia sfacciatamente sbocciata, il cui pistillo scuro ammaliava Wu Wei con certe ambigue promesse che lei, nella sua breve vita, ancora non poteva comprendere. Ma di nuovo, nel momento cruciale, l'occulto monito di Ye Lianzi ebbe la meglio.

Nonostante fosse minacciata da entrambi i lati, Wu Wei non si fece la pipì addosso e non ebbe paura. Rimase anzi in assorta contemplazione dell'ardente dirompenza delle fiamme, che tutto polverizzava e inceneriva.

Fu forse proprio quell'esperienza a fare di lei una donna passionale, dal carattere focoso, che si placava solo quando tutto era ridotto in cenere.

Forse anche il suo pessimismo nacque dal contrasto tra fuoco e cenere a cui assistette quel giorno. Le fiamme che ardevano per poi affievolirsi come candele battute dal vento impressero nel suo cuore una dolorosa sensazione di precarietà.

Quell'incendio fu il battesimo che iniziò Wu Wei alla solitudine, che sancì il suo destino di donna sola.

Nel giro di qualche minuto il sottotetto fu invaso da una densa nuvola di fumo. Non si vedeva più niente, tranne le fiamme che spuntavano dappertutto sul pavimento, insinuandosi in ogni fessura tra le assi, che diventavano linee infuocate.

Ye Lianzi, povera com'era, in quel momento si sentì ricca all'inverosimile perché due mani non le bastavano a prendere neppure quel poco che le pareva indispensabile.

Fu presa dallo stesso panico che l'aveva colta trovando chiusa la porta al piano di sotto.

Dimenticandosi i soldi nel cassetto, afferrò alla cieca la trapunta e corse fuori. Poi le tornò in mente il denaro e fece per tornare nella stanza, ma a quel punto le fiamme erano arrivate a lambire il pavimento di legno, facendolo crollare.

Un piede sospeso nel vuoto e il corpo proteso in avanti, Ye Lianzi era sul punto di precipitare nel mare di fuoco, quando si sentì tirare all'indietro.

Tra le fiamme le apparve improvvisamente sua madre Mohe, gli stessi occhi spalancati che durante la cremazione l'avevano cercata tra la folla per poi fermarsi a fissarla. Ye Lianzi capì finalmente che se sua madre si era rizzata di colpo a sedere sulla pira era stato per avvertirla del pericolo che l'attendeva.

Si precipitò sul balcone, un attimo prima che le pareti del sottotetto e il corridoio che portava sul pianerottolo capitolassero, divorate dal fuoco.

Dal canto suo Wu Wei, come se una voce dall'alto le avesse intimato di voltarsi, si girò e assistette a questa scena:

Ye Lianzi sembrava incollata a una lingua di fuoco che la scagliò in aria, dove il suo corpo scarno si librò in posizione fetale mentre il fuoco non si faceva scrupoli di tormentarle gli abiti e i capelli, ora tirandoglieli, ora strappandoglieli, denudando quella figuretta, persino irritante nella sua fragilità.

Cominciò quindi a rotolare tra le fiamme, una gamba leggermente piegata e l'altra girata verso l'esterno, in una lotta brutale e disperata contro le angherie del fuoco, tutt'altra cosa rispetto al fascino del mito della rinascita della fenice, che Wu Wei avrebbe letto molti anni dopo...

Fu questa l'immagine di Ye Lianzi che s'impresse indelebilmente nella mente di Wu Wei, scalzando tutte le altre, uomini compresi: chi mai avrebbe potuto competere con una figura del genere?

L'incendio le aveva unite a tal punto che niente e nessuno avrebbe potuto frapporsi tra loro, non un marito, non un padre, né un fratello o un amico...

Hu Bingchen non fu mai in grado di capire il motivo per cui era impossibile strappare Wu Wei a Ye Lianzi.

Tante volte Wu Wei aveva cercato di raccontargli la vita di sua madre, una vita né breve né lunga, senz'altro insignificante in confronto ai fasti di quella di lui. Si era illusa che lui capisse perché a lei non fosse mai riuscito di mettere qualcuno al di sopra di Ye Lianzi, sperando d'essere aiutata a liberarsi da quel legame simbiotico, perché, oltre all'amore della madre, Wu Wei aveva bisogno di un altro amore...

Dopo la morte di Ye Lianzi, Wu Wei si sforzò di raccontare a Hu Bingchen questo episodio di un passato così penoso da rivangare. Lui restò seduto sul divano dietro al giornale aperto. Wu Wei, non capendo che la sua posa non era altro che uno stratagemma per non farsi coinvolgere, si sporse in avanti nella speranza di cogliere un po' di empatia nel suo sguardo e gli chiese: «Caro, mi stai ascoltando?»

La risposta fu un rumore di pagine voltate, al che lei concluse tra sé che era ora di smetterla di illudersi.

A quel punto Hu Bingchen sporse la faccia da un lato del giornale e, con un sorriso di circostanza tipicamente inglese, le chiese: «Cos'è, vuoi che mi metta a piangere anch'io?»

Wu Wei capì a quel punto che nessuno l'avrebbe mai più amata davvero, nessuno l'avrebbe tratta in salvo nel momento del bisogno.

Quando poi era stata lì lì per impazzire, Wu Wei, che non voleva affatto lasciarsi andare, pur di salvarsi arrivò addirittura, dopo essersi resa conto che l'amatissimo Hu Bingchen non le avrebbe mai teso una mano, a soffocare gli antichi rancori e andare dal suo acerrimo nemico, Gu Qiushui.

Sulle prime la conversazione era stata molto civile. Gu Qiushui le aveva chiesto: «Ti senti sola, adesso?»

«Più che sola, mi sento solitaria» aveva risposto lei. «Da quando è morta la mamma mi sento abbandonata, senza radici, senza legami. Non temo la solitudine, forse per merito della mamma. Ho imparato a non nutrire aspettative troppo alte, in quegli anni vissuti con lei, quand'eravamo abbandonate e reiette dal mondo intero. So affrontare questo stato d'animo, quando si presenta».

«Pensi che nella vita basti avere un amico?»

«No... non direi proprio. Io di amici ne ho avuti tanti, ma quando stavo impazzendo di dolore per la morte della mamma, ho sfogliato tutta la mia agenda senza riuscire a trovare una persona a cui telefonare per sfogare il mio dolore».

«E tuo marito?» chiese Gu Qiushui, lanciando una rapida occhiata alla sua nuova compagna, indaffarata in cucina.

Wu Wei gli rispose con una risata amara, senza aggiungere una parola.

Gu Qiushui ripensò al suo incontro con Hu Bingchen e concluse che Wu Wei non poteva essere la donna giusta per un uomo del genere. Sbottò quindi, risentito: «Io non sono uno che spende per le donne, perché chi vuole farmi spendere non mi ama. Ma non sono mai stato nemmeno come tuo marito, che non solo non ti dà un soldo, ma addirittura si approfitta dei tuoi! Perché lo mantieni e lo veneri come un re? Ti ama? Ti rispetta?»

«Mi ha amato, e l'ho amato anch'io».

«Sciocchezze... Mai darsi pena per un rapporto amoroso!»

Wu Wei restò perplessa. Aveva detto così in un impeto d'ira o le pensava davvero, quelle cose? Dunque non aveva mai preso sul serio il legame con sua madre?

Gu Qiushui lasciò subito perdere quel tema così frivolo, per dichiarare invece: «Anche a me capita spesso di sentirmi senza appoggi, senza radici, senza passato e senza futuro, disorientato davanti all'umanità. Non so a chi raccontare le mie gioie, le mie sofferenze, le mie tristezze. Ripenso agli amici per i quali un tempo avrei dato la vita, dai quali non riuscivo a star lontano neanche un giorno... Eppure non mi è rimasto niente, neanche gli ideali e le ambizioni di allora, che oggi mi paiono solo assurdità». Il cinico Gu Qiushui era sinceramente commosso.

«Hai mai sognato la mamma?» gli chiese Wu Wei in un sussurro.

«Qualche volta. La vedevo in sogni ambientati nel passato, ma con scenari che non mi erano familiari, in posti che sembravano quelli dove avevamo vissuto ma non lo erano. Non riuscivamo a parlarci, tutto era vago, reale e irreale, vero e non vero al tempo stesso. Erano sogni caotici, in cui le persone continuavano a cambiare, certe volte rimpiazzate addirittura dai personaggi di qualche film le cui storie diventavano la mia. Mi svegliavo sospirando, pensando che ormai la mia vita era andata così e non potevo più rimediare a quello cui avrei voluto rimediare, non potevo fare più niente, niente».

«Che vita sprecata» continuò poi. «Tante ambizioni, tanti ideali, ma alla fine sono rimasto a mani vuote. A ripensarci è stato tutto assurdo. Anche avessi avuto dei soldi, non avrei saputo come spenderli: cosa potevamo fare noi dell'Esercito del Nordest? L'unico modo per spenderli sarebbe stato giocare a *majiang*, mica c'erano il karaoke, i viaggi all'estero e tutti i divertimenti che hanno i giovani di oggi... Ma dimmi tu, piuttosto, perché hai l'ossessione di rivisitare i posti dove hai vissuto con tua madre? Certi non esistono neanche più!»

«Per me è una consolazione, la realizzazione di un desiderio» rispose Wu Wei. «In realtà è la mamma che cerco, e anche se so benissimo che non la troverò mai, mi basta recuperare degli stati d'animo. I buddisti non dicono che il mondo è una creazione della mente? Ecco, è una cosa del genere che provo».

Un discorso dopo l'altro, arrivarono a parlare delle stranezze di Wu Wei quand'era piccola e, naturalmente, del suo comportamento durante l'incendio a Liuzhou.

« Perché non ho saputo niente di queste cose? » chiese Gu Qiushui. « Dov'ero in quel periodo? »

« A Guilin con A Su » gli rispose Wu Wei senza alcun intento provocatorio, ma semplicemente per dar conto della realtà dei fatti.

« Impossibile, mica stavo con A Su, io ».

« Certo, se no perché la mamma sarebbe andata a insegnare a Liuzhou? »

« Tua madre insegnava? » fece lui con un certo disprezzo. « Ma se aveva soltanto la licenza elementare! Sai che grande insegnante! »

Se Gu Qiushui avesse dimostrato una minima volontà di mettere in discussione le cose, Wu Wei non avrebbe rivangato il passato. Ma essendo cresciuta tra le sofferenze di Ye Lianzi, che a lei si erano incise nel cuore, doveva vendicarla, doveva rinfacciare a quell'uomo tutte le torture di cui la madre non l'aveva mai accusato, doveva tirarglielo lei un pugno in faccia a quel bastardo, al posto di sua madre, o non si sarebbe sentita a posto la coscienza.

« Avrebbe dovuto ringraziarti, perché se non l'avessi costretta ad andarsene di casa con la brutalità dei tuoi maltrattamenti, non sarebbe diventata l'ottima insegnante che fu, autodidatta per giunta. Dopo la Liberazione, veniva nominata ogni anno insegnante modello... Quanto a te, che non ci scrivessi da Yan'an era comprensibile, visto che noi abitavamo in una zona occupata dai giapponesi e corrispondere era complicato. Ma perché non ci hai mai scritto neanche dopo il '40, quando ti eri sistemato a Hong Kong e avevi un recapito fisso? »

« E come facevo a rintracciarvi? » sbottò Gu Qiushui, con dei modi affatto diversi da quelli che aveva esibito parlando di solitudine.

Wu Wei lanciò un'occhiata gelida a quell'uomo che faceva il finto tonto. « Non fosti tu ad affidarci alla famiglia Bao e al loro autista Dong Gui?» gli ricordò. «Bastava che scrivessi a lui per sapere dove eravamo. Oltretutto la mamma non poteva contare su nessuno, né parenti né amici, dove mai sarebbe potuta andare?»

«Ma io non avevo il becco di un quattrino, come avrei potuto scrivervi?» si giustificò ancora Gu Qiushui.

«Insomma, non ci hai scritto perché non sapevi dove eravamo o perché eri squattrinato? Bastava una lettera per dirci che eri ancora vivo, che avevi delle difficoltà e che ci saremmo riuniti quando le cose ti fossero andate meglio: ci avrebbe dato un po' di speranza e avrebbe risparmiato alla mamma quell'attesa spasmodica. Dove sta scritto che i poveri devono abbandonare moglie e figli? E poi di soldi ne avevi, eppure ci hai piantate dai Bao a fare le serve. Come hai potuto? Che senso ha biasimare loro perché non ci hanno trattato bene? Se tu neanche ti preoccupavi di sapere se eravamo vive o morte, perché mai degli estranei dovevano essere tenuti a occuparsi di noi?»

«Ah, sei venuta a farmi pagare il conto al posto di tua madre, a vendicarla!» gridò Gu Qiushui balzando in piedi. «Eccomi qua, ammazzami di botte!» E così dicendo le si scagliò contro come una donnetta offesa e rancorosa.

Wu Wei avrebbe voluto dirgli che no, non era lì per quello, che in quel momento lei era sull'orlo dell'abisso e sarebbe stata disposta ad aggrapparsi anche a uno stelo d'erba, a un germoglio di riso; non era venuta a fargli pagare il conto, ma a riunire i due capi di quel filo, molto più robusto di un germoglio di riso, che avrebbe dovuto tenerli legati in quanto padre e figlia.

Ma si trattenne: come poteva pensare di essere salvata da quell'uomo meschino che le saltellava intorno petulante? Poteva contare su un essere del genere?

Non era lei che non voleva perdonare, che non riusciva a cancellare le colpe del padre, era lui che non le permetteva di dimenticarle. Dopo quel che lui le aveva appena detto, come avrebbe potuto, lei, stringergli la mano e fare allegramente la pace? Se neanche a quel punto Gu Qiushui era disposto ad ammettere i propri errori, voleva dire che Ye Lianzi aveva sopportato invano la sua crudeltà. Meglio abbandonare ogni illusione e prepararsi alla battaglia.

Guardò torva quell'omuncolo che le si affannava intorno, e gli disse, gelida: « Spostati, levati di torno. E se anche fossi venuta a vendicarmi, cosa ci sarebbe di male? Anzi, eccoti il conto: hai distrutto la mia vita, come pensi di risarcirmi? »

Le riapparve di colpo l'immagine di quell'orrendo uomo nudo, col membro violaceo che gli ballonzolava tra le gambe al ritmo dei pugni e dei calci che sferrava, tanto che riprovò persino la sensazione di essersi fatta la pipì addosso. E poi la scala di quando aveva due anni... Ma ora non era più la bambina sprovveduta di allora.

Sfogare il proprio risentimento è, di solito, il preludio del perdono, ma Wu Wei non volle sprecare più neanche una parola con l'essere schifoso che le aveva rovinato l'esistenza. Aveva solo voglia di ferirlo: « Hai annientato mia madre eppure non sei cambiato! Lei era troppo buona, non ti ha mai serbato rancore e alla fine mi ha anche chiesto di aiutarti a tornare a Pechino, dopo la Rivoluzione Culturale. Se non mi avesse costretta lei, io per te non avrei mosso un dito. E se vuoi proprio saperlo, Chanyue non vuole che io ti consideri mio padre né ti riconoscerà mai come nonno! »

Gu Qiushui corse in cucina da dove tornò brandendo un coltello e invocando: « Uccidimi, avanti, uccidimi! »

La compagna cercò di fermarlo, ma lui la spinse via

infuriato, urlando: « Di cosa t'impicci? Lasciami fare o le prendi! »

« Dopo tanti anni, resti sempre solo un soldato di ventura! » disse Wu Wei col mento alzato. « Perché dovresti picchiarla? Chi credi di essere? Per tutta la vita non hai fatto altro che maltrattare le donne e sei stato fortunato ad averne trovate tante disposte a sacrificarsi per te. Guarda il coltello arrugginito che hai in mano, ti pare adatto a un soldato? Non ti senti ridicolo? Non ti picchierò, né ti ammazzerò, ti basterà il peso del mio disprezzo. Io non sono la mamma, e non sono nemmeno più la bambina che hai preso per le gambe per buttarla fuori dalla porta ». Wu Wei si mise in spalla la borsa da viaggio e se ne andò immediatamente, senza salutare né voltarsi, conscia del fatto che non si sarebbero più rivisti.

I due capi del filo che univa questi due esseri soli al mondo non si sarebbero ricongiunti. Così aveva voluto il destino.

Era tranquilla, pur sapendo che ormai non le rimaneva molto tempo.

La cittadina era piuttosto lontana dalla stazione. Lei camminava nel buio della notte invernale lungo la strada senza luci, senza luna, senza stelle, come immersa in una landa desolata. Mentre procedeva, andava ripetendosi che no, lei un filo a cui aggrapparsi non l'avrebbe mai trovato.

A questo mondo si può sperare di sopravvivere solo a patto di dimenticarsi di avere genitori, amanti, mariti, fratelli, sorelle, figli, amici... Ma Wu Wei non ci riusciva. Cosa le restava, se non impazzire?

Poco dopo essere tornata a Pechino, ricevette una lettera di Gu Qiushui: 'Che diritto hai di farmi la predica?

Anche tu ti sei sposata e risposata, hai fatto sesso con chi hai voluto e hai addirittura una figlia illegittima! La moglie di Hu Bingchen ti ha denunciata al governo centrale, sui giornali, in tribunale...'

Wu Wei fece una risata rassegnata: suo padre non si sarebbe mai reso conto delle colpe che aveva nei suoi confronti e non avrebbe mai capito quanto lei lo odiasse.

Questo la rafforzò nella dolorosa decisione di non far tornare mai più Chanyue in Cina.

Quand'era all'università, sua figlia aveva ricevuto una lettera simile da un compagno che l'aveva corteggiata senza successo: '... Chi credi di essere? Una principessa? Lo sanno tutti che tua madre non è altro che una puttana d'alto rango, e tu non sarai certo migliore: tale madre tale figlia'. E via su questo tenore.

Che Han Mulin potesse ricorrere a quel genere di insulti contro Wu Wei era in qualche modo comprensibile, perché era stato una vittima di Wu Wei, che l'aveva tradito. Ma Hu Bingchen? Cosa c'entrava lui con il passato di Wu Wei? Lei gli aveva confessato tutto con estrema sincerità prima ancora che la loro storia cominciasse, pregandolo di riflettere sulla sua reputazione poco limpida, di considerarla per bene... Eppure, ogni volta che lui si arrabbiava, quella confessione si trasformava in una bomba che lui le lanciava addosso umiliandola senza pietà.

Perché a lei non passò mai per la testa di vendicarsi di Hu Bingchen sbandierando le sue, di storie d'amore?

Il successo che Wu Wei finalmente ottenne, grazie ai suoi immensi sforzi e al suo incrollabile impegno, date le pessime condizioni di partenza, portò con sé risultati inaspettati.

Tanto per cominciare, se di lei prima Hu Bingchen si mostrava solo vagamente infatuato, quando diventò famosa lui le dichiarò tutto il suo amore, per poi andare in giro a sbandierare d'essere diventato 'il cliente esclusivo della più bella tra le cortigiane', senza tenere in benché minimo conto le eventuali reazioni di lei a questa metafora. Nonostante i cambiamenti, nonostante il suo riscatto personale, per lui rimaneva sempre e soltanto una 'cortigiana di lusso', niente di più che una bella e brava accompagnatrice. E quando, nonostante il disprezzo con cui la trattava in privato, per convincerla a seguirlo nelle occasioni importanti lui le diceva: «Voglio fare vedere a tutti che bella moglie ho!», cos'era, quella, una presa in giro?

E l'improvvisa riapparizione dell'uomo da cui aveva avuto la figlia illegittima, sparito nel nulla più di dieci anni prima, non c'entrava anche quella col suo successo? Anche lui adesso si vantava di aver dormito con lei, proprio come Ah Q* dichiarava a chiunque incontrasse di aver toccato la monachella del convento. Se Wu Wei non fosse diventata famosa ma fosse rimasta la 'puttana' di prima, nessuno, né l'amante, né Hu Bingchen né nessun altro ammiratore, avrebbe voluto vedere il proprio nome associato al suo: cose del genere succedono solo nella *Signora delle camelie*.

Probabilmente il suo successo c'entrava, magari solo in parte, anche con il corteggiamento a sua figlia da

* Riferimento a una delle tante millanterie di Ah Q, il protagonista del racconto *La vera storia di Ah Q* scritto nel 1921 dal più grande autore della letteratura cinese moderna, Lu Xun (1881-1936). La 'biografia' di Ah Q, un contadino senza lavoro rappresentante della classe più povera, ignorante e sfruttata della Cina dell'epoca, è la satirica stigmatizzazione dell'atteggiamento che Lu Xun considera una debolezza fondamentale del carattere del suo popolo, cioè l'adattamento passivo a ogni sopruso e ingiustizia, che vengono trasformati in vittorie morali, attraverso l'inganno di se stessi e la millanteria. Il racconto è tradotto in italiano in Lu Hsun, *La vera storia di Ah Q e altri racconti*, Feltrinelli, Milano 1970 (1955).

parte del compagno di scuola, visto che, ancor prima che Chanyue gli avesse detto un sì o un no, lui già si vantava con gli altri studenti di essere il futuro genero della famosa scrittrice.

Con tutta probabilità era stato sempre il suo successo, poi, a far cambiare idea a Han Mulin, che dagli insulti era passato alle lodi sperticate su Wu Wei, 'la mia ex moglie, l'unico amore della mia vita'.

Non si può dire che questi quattro uomini rappresentassero tutto il genere maschile cinese, ma senz'altro ne erano un buon campionario. Ecco perché Chanyue lasciò la Cina: non poteva sopportare gli infiniti ricatti che gli uomini facevano a lei e alla madre per la questione di quella figlia illegittima. Se si fosse sposata in Cina, a ogni lite il marito l'avrebbe umiliata rinfacciandole il passato di sua madre, un'onta che neanche la morte di Wu Wei avrebbe potuto cancellare.

Senza nemmeno avere il tempo di chiedersi se scampare per miracolo alla morte fosse stata una fortuna o una disgrazia, Ye Lianzi si precipitò a cercare Wu Wei. La vide in piedi, tranquilla in mezzo alle fiamme, una figuretta che si stagliava nitida contro il buio della volta celeste, sola, lei e il fuoco, figlia del fuoco, destinata a chissà quante e quali sventure. Per un attimo, quell'immagine la terrorizzò al punto da farle scordare la situazione contingente, presa com'era dal preoccuparsi del futuro di Wu Wei.

Possibile che tutte le donne della sua famiglia fossero destinate a scontrarsi col fuoco?

Ye Lianzi si riprese. Saltò sul balcone e guardò il cortile sottostante circondato dalle fiamme, che, per quanto pericolosa, restava la loro unica via di scampo. Per fortuna le case di Liuzhou erano basse. Gettò velocemente la trapunta nel cortile, rendendosi conto in quel momento che era stata un'ispirazione divina a farle prendere in tutta furia quella anziché i soldi. Poi fece scivolare Wu Wei lungo le grondaie verso la coperta, mentre il cerchio di fuoco si stringeva sempre più. Si sdraiò per terra e, tenendosi alla grondaia, allungò le gambe e si lasciò scivolare anche lei verso il basso, atterrando miracolosamente sulla trapunta. La raccolse, vi avvolse in tutta fretta Wu Wei e insieme scapparono da quel pozzo nero.

Il faccino di Wu Wei, paonazzo per il calore e imperlato di piccole gocce di sudore che evaporavano prima ancora di scenderle lungo le guance, e con i morbidi capelli incollati alla fronte, guardava senza paura né stupore il mare di fuoco da cui era appena fuggita, con un pugnetto stretto al petto, come se stesse facendo un giuramento, la promessa di salvare chissà cosa a costo della propria vita.

Ye Lianzi fissava attonita la strada che diventava cenere.

Non riusciva a spiegarsi perché i padroni di casa avessero chiuso a chiave la porta tra il sottotetto e il pianoterra. Era un'abitudine o l'avevano chiusa soltanto quel giorno? Perché non si era mai accorta che la chiudevano, visto che passava di lì tutti i giorni, avanti e indietro dal lavoro? Possibile che fosse stato qualcuno dall'altro mondo a chiuderla?

Le tornò in mente la profezia che le era arrivata dal cielo quando, da piccola, aveva avuto il tifo.

In mezzo a quel cumulo di cenere, di colpo intravide una folla di superstiti che si trascinavano sporchi ed esausti tra pozzanghere fangose e terra bruciata.

Seduta nel fango con Wu Wei in braccio, Ye Lianzi ripensò ai giorni in cui era stata costretta a condividere la stanza con Gu Qiushui e A Su: dunque questa era la felicità che le toccava, stare seduta per terra senza più niente al mondo?

Tra i vicini c'era chi camminava su e giù ancora scosso e chi rimaneva abbracciato a un congiunto, custodendo i resti della propria casa bruciata. Solo lei non aveva niente da custodire e rimaneva seduta per terra, non sapendo dove andare.

Wu Wei si addormentò, gli occhietti serrati cerchiati dalle occhiaie livide. Oltre alla trapunta che avvolgeva Wu Wei e i pigiami leggeri che avevano addosso, non avevano più niente, neanche le scarpe: per fortuna l'inverno non era freddo, a Liuzhou. Dalla trapunta che Ye Lianzi ripiegò per coprire meglio Wu Wei, spuntarono i piedini graffiati e tagliati dai cocci delle tegole. Piedi morbidi, ancora senza calli, che pure avevano dovuto affrontare una prova così dura ed erano stati esposti troppo presto alle sofferenze del mondo, iniziati troppo presto al cammino doloroso della vita. Avevano davvero bisogno di un po' di cura, giusto un po', perché basta poco a sollevare chi è avvezzo a una strada così impervia.

Ye Lianzi tirò la trapunta e glieli coprì per bene.

Poteva coprirglieli, quei piedini, ma non cancellare le cicatrici che portavano e che non se ne sarebbero più andate.

Ci furono le interviste, durante le quali molti giornalisti si mostrarono curiosi di sapere da Ye Lianzi come fosse riuscita a trarsi in salvo, insieme a una bambina, dalla trappola di fuoco in cui si erano trovate.

« Avete subito grandi perdite? I vostri familiari si sono salvati? Dov'era suo marito? »

« Mi scusi, signora, com'è divampato l'incendio? »

« È stata in gambissima ad affrontare da sola una calamità del genere! »

Ye Lianzi non fece che piangere durante tutta l'intervista, senza rispondere.

Le cause dell'incendio rimasero un mistero. Qualcuno diceva che avesse preso fuoco la tanica di benzina che il figlio dei padroni di casa aveva portato a casa dall'aeroporto dove lavorava. Ma il proprietario negava fermamente, sostenendo invece che l'incendio fosse partito da qualche cucina dove il fuoco non era stato spento a dovere.

Le case di Liuzhou, quasi tutte di legno, bruciavano al solo pensiero del fuoco e bastava quindi una scintilla per farle avvampare.

4

Qualcuno bussò alla porta con una certa insistita autorevolezza.

Svegliatosi di soprassalto, Gu Qiushui scivolò giù dal corpo di A Su e non riuscendo, per la foga, ad aggrapparsi al letto, s'attaccò con forza alle spalle della donna, che involontariamente gemette per il dolore. Ma lui non la sentì.

Anche una persona poco sensibile come A Su pensò in quel momento che gli uomini amano le donne solo a letto, dunque solo per il proprio piacere, ma come escono dalle lenzuola chi s'è visto s'è visto.

Questo era vero anche per Hu Bingchen.

Ogni volta che Wu Wei non era dell'umore o lo rifiutava, lui la agguantava da dietro e le strusciava quel suo affare per niente straordinario contro il sedere, poi la spingeva via di colpo e se ne andava seccato, facendo finta di niente.

Ciò che colpiva era la rapidità con cui si allontanava, quasi temesse che qualcuno potesse vedere la crudezza del suo comportamento sessuale, che invece, in fondo, non era poi così criticabile, perché tra marito e moglie queste cose sono ammesse, benché forse non propriamente da gentiluomo.

In realtà lui, nel sesso, più che l'accordo perfetto amava una certa volgarità, che trovava stimolante forse perché gli riportava un po' del sapore del passato, di quando da ragazzino andava nel quartiere popolare di Tianqiao a guardare le artiste di strada che cantavano, o a sbirciare spettacoli erotici dal magico spioncino, o di quando sfogliava le immagini pornografiche che il vecchio Xiao teneva sotto il materasso. Insomma, era quello che un grande uomo del passato ha riassunto in questa frase: « Val più la concubina della moglie, la servetta della concubina, l'amore clandestino della servetta, ma meglio di tutto è l'amore clandestino che ancora non si riesce a consumare ».

Un giorno, in uno di quei frangenti, Hu Bingchen diede a Wu Wei un tale spintone da farla cadere sul pavimento. La botta le faceva così male che quasi non riusciva a rialzarsi, eppure lui neanche le tese una mano per aiutarla. Da terra, Wu Wei l'apostrofò: « Ma come, mi tratti come una puttana? »

Hu Bingchen non si rese nemmeno conto che agli occhi di Wu Wei quell'episodio metteva a nudo l'egoismo profondo che lui cercava accuratamente di nascondere con la scusa di non voler fare favoritismi. La verità era che non gli importava di dare una mano a nessuno, nemmeno in privato, nemmeno a sua moglie caduta a terra.

Il che le dimostrava, nello stesso tempo, che certi gentiluomini non erano meno indecenti di chi, come lei, aveva figli illegittimi.

A quel punto le sorsero spontanee alcune considerazioni generali sul rapporto di Hu Bingchen con le donne: stando a quanto lui stesso le diceva, lei era l'amore della sua vita, ma se trattava da puttana anche l'amore della sua vita, che scrupoli poteva farsi con le altre?

Guardando le cose da un altro punto di vista, però, forse c'erano delle scusanti. Probabilmente l'egoismo di Hu Bingchen altro non era che la cristallizzazione di certe abitudini sviluppate durante il lavoro in clandestinità, che lo portava a proteggere prima di tutto se stesso, in qualsiasi situazione. Forse la visione di Wu Wei era troppo limitata: in realtà, nelle grandi cose Hu Bingchen era altruista e disinteressato, ma semplicemente non voleva che le piccolezze della vita intaccassero la sua reputazione e la sua integrità. In altre parole, per lui le donne e il sesso, in particolare il sesso con una donna come Wu Wei, erano incompatibili con l'integrità e la buona reputazione.

Gu Qiushui si infilò qualcosa in tutta fretta, coprì con la trapunta le nudità di A Su e andò controvoglia ad aprire la porta.

Si trovò davanti un uomo dal viso affilato, vestito alla bell'e meglio, corporatura tozza.

«Chi cerca?» gli chiese Gu Qiushui.

«Il signor Gu».

«Motivo?»

«C'è stato un incendio a casa della signora Gu, lei e sua figlia sono salve ma sono rifugiate nella scuola. Il preside mi manda per consegnarle questa lettera...»

«Va bene, ho capito» lo interruppe Gu Qiushui prendendo il foglio.

L'uomo non accennava ad andarsene, incombente come una nuvola nera pronta a scaricare tutta la sua pioggia.

«Che altro?»

«Ho l'ordine di aspettare una risposta». Al bidello era bastata un'occhiata per capire perché la maestra Ye non tornasse mai a casa e cercasse in tutti i modi di non lasciare Liuzhou.

«Che risposta?» chiese Gu Qiushui irritato, aggiungendo poi: «Non so ancora cosa fare, di' al preside che mi dia lui qualche idea». E con questo chiuse la porta sbattendola.

Quando arrivò a Liuzhou e trovò madre e figlia sedute nell'ufficio della scuola, sane e salve, Gu Qiushui s'infuriò. Il fatto che qualcuno gli avesse mandato il bidello suonava come un'accusa alla sua mancanza di senso del dovere, così scarso da sollecitare l'intervento di gente estranea. E la colpa di quella figuraccia era di quelle due che adesso aveva davanti, senza neppure un graffio.

Guardando cupo le scarpe nuove che avevano ai piedi e il rotolo di coperte e lenzuola appoggiato lì accanto, Gu Qiushui ripensò alla lettera del preside, in cui si diceva che le scarpe erano un regalo di un insegnante e anche la biancheria per il letto era stata racimolata dai docenti della scuola tra le robe vecchie che avevano in casa. Tutto suonava insomma come una tacita denuncia della sua irresponsabilità come marito.

Anche se disprezzava gli insegnanti, che considerava povera gente senza prospettive, quel silenzio carico di accuse lo irritava tremendamente. Se la prese con Ye Lianzi: «Cosa sei andata a raccontare al preside?»

«Niente» gli rispose lei, il che era la pura verità.

Diffamare il proprio marito davanti agli altri? No, Ye Lianzi non l'avrebbe mai fatto, non avrebbe mai potuto parlar male di Gu Qiushui né tantomeno lasciar intendere come la trattava.

Ai colleghi che le avevano chiesto ripetutamente: «Perché tuo marito non arriva?» lei aveva risposto: «Perché abita lontano».

«Eppure ormai dovrebbe essere qua» insistevano loro.

«Ha la tubercolosi, non so come stia in questi giorni» replicava lei.

«Queste coperte bastano solo per tamponare l'emergenza, al resto dovrà pensarci lui».

«Sì, sì, arriverà e sistemerà tutto».

«Sei stata tu a farmi chiamare dal preside?» s'informò sospettoso Gu Qiushui.

«No, te lo assicuro». Anzi, Ye Lianzi era persino un po' risentita con il preside che l'aveva messa in questa difficoltà. Neanche quando si era trovata sul tetto accerchiata dal fuoco aveva chiamato Gu Qiushui, né mai si era aspettata che suo marito le comparisse dal nulla per salvare lei e la figlia dall'incendio. Aveva e avrebbe sempre fatto di tutto per non pesare su quell'uomo.

Nonostante Gu Qiushui rimanesse visibilmente imbronciato, Ye Lianzi però era convinta che la disgrazia che le aveva colpite avrebbe mosso in qualche modo il cuore del marito, se non per amore almeno per pietà.

Istintivamente accarezzò le gambette di Wu Wei, pensando che era stata proprio brava a non piangere né strillare con tutto quel che le era capitato. Una bambina così, loro, come genitori, non avrebbero dovuto ricompensarla con un po' più d'amore?

Ovvio che Gu Qiushui vide le cicatrici che coprivano le gambe della figlia, ma il pensiero che se non ci fosse stata lei gli sarebbe stato più semplice liberarsi di Ye Lianzi soffocò in lui ogni senso di colpa.

Magari non arrivò a pensare che se fossero morte in quell'incendio tutto si sarebbe risolto in un attimo, ma di certo non si rallegrò del fatto che fossero scampate.

«Sei stanco del viaggio?» chiese Ye Lianzi.

« Su, muoviamoci » replicò lui infastidito.

Dopo un po' che giravano per la cittadina, Ye Lianzi si rese conto che Gu Qiushui non era venuto per riportarle a Guilin. Infatti, trovò loro una sistemazione in un alberghetto, una stanza dove c'era un letto con un materasso di fibre di palma con una grande infossatura in centro, un treppiede di legno per appoggiare il catino, un tavolo e una sedia. Le lenzuola, umide e sporche, emanavano un odore acre, come se ci avessero dormito una sfilza di persone grasse e untuose, di quelle che sudano un sacco. Ye Lianzi stese la trapunta sopra le lenzuola e invitò timidamente il marito a sedersi.

Gu Qiushui non ne aveva nessuna intenzione, anzi non vedeva l'ora di andarsene. Ye Lianzi avrebbe voluto trattenerlo, ma non sapendo come continuò a sprimacciare imbarazzata la trapunta, poi si sedette sulla sedia con Wu Wei sulle ginocchia. Se Gu Qiushui non le diceva niente, lei non osava parlare, per paura di sbagliare.

« Trovati un'altra casa » disse infine Gu Qiushui tirando fuori qualche soldo dal portafoglio. Poi si fermò un attimo a pensare e aggiungendo qualche altra banconota le consigliò: « E se non la trovi subito, resta pure qui qualche giorno ». Non le chiese come fosse riuscita a salvarsi dall'incendio insieme a Wu Wei, né se avessero fame, sete, freddo. Non si stupì neanche del fatto che fossero in pigiama in pieno giorno.

Sofferenze e difficoltà si superano. Quel che spaventa è la disillusione, che raddoppia il peso delle sofferenze e toglie loro ogni significato.

La vera sofferenza è quella che non val la pena di sopportare.

Jin Fengru era amico del preside, ed era stato proprio grazie a quell'amicizia che aveva potuto trovare a Ye

Lianzi il lavoro di insegnante. Inevitabile, dunque, che fosse venuto a conoscenza di quel ch'era successo a lei e alla figlia, e della situazione in cui si trovavano. Considerata la propria posizione, aveva sempre mantenuto un atteggiamento distaccato, anche a Hong Kong, quando già sapeva bene come fosse costretta a vivere Ye Lianzi. Nonostante ritenesse intollerabile e imperdonabile il modo in cui Gu Qiushui trattava la moglie, si limitò anche stavolta a rammaricarsene, rinunciando ad agire di persona.

Chi intervenne, invece, fu il suo segretario, che lo seguiva dai tempi di Yan'an. Questi conosceva Gu Qiushui, con il quale si erano coperti a vicenda durante una missione clandestina nello Hunan, dove era andato col pretesto ufficiale di acquistare foglie di tabacco per una fabbrica di sigarette. E poi ogni tanto frequentava casa sua, quindi sapeva della sua situazione familiare. Un giorno gli capitò lì senza preavviso e gli disse di punto in bianco: «Caro Gu, devi mandar via A Su, se non vuoi distruggere la tua famiglia. Non vedi come sono ridotte Nannan e sua madre? Non preoccuparti, ad A Su troverò io un lavoro».

«Cosa ti sei messo in testa? Tra me e A Su non c'è niente, ci aiuta soltanto nei lavori di casa» gli rispose Gu Qiushui.

Ma vedendo che A Su non se ne andava, dopo un po' il segretario tornò e ribadì: «O la mandi via e cambi modo con Ye Lianzi e Nannan, o non avrò più riguardi nei tuoi confronti!»

«Ma non posso mandarla via!» esclamò Gu Qiushui.

A quel punto il segretario di Jin Fengru tirò fuori la pistola che teneva nascosta nei pantaloni e guardando Gu Qiushui negli occhi cominciò a batter col calcio sul tavolo. Gu Qiushui non osò più replicare: tutta l'arroganza maschile che aveva nell'abusare di Ye Lianzi svanì di colpo davanti a una pistola fors'anche scarica.

L'intera scena si svolse in presenza di A Su, che Gu Qiushui non degnò neanche di un'occhiata.

Al momento di partire, A Su non disse niente, e se ne andò senza nemmeno chiedere indietro i soldi che aveva prestato a Gu Qiushui.

Subito dopo che fu uscita, Gu Qiushui cominciò a picchiarsi la testa, l'unica cosa che gli restava da fare. E si chiedeva cos'avesse mai pensato A Su, se non le fosse venuto il sospetto che lui l'avesse fatta cacciare perché le doveva dei soldi...

Il segretario aveva creduto di fare un piacere a Ye Lianzi agendo in quel modo, ma in realtà dopo la partenza di A Su i rapporti tra Ye Lianzi e Gu Qiushui si raffreddarono ancora di più. Certo, smise di insultare e di picchiare lei e la figlia, ma smise anche di rivolgere loro la parola.

5

Fu la guerra a togliere Gu Qiushui dall'imbarazzo di quella situazione.

Nell'agosto del '44 cadde la città di Hengyang, mentre a Guilin fu dichiarato lo stato d'emergenza, perciò gli intellettuali e la popolazione tutta si diedero alla fuga riparando a Guiyang.

Camion e treni straripavano di rifugiati, stipati dentro i vagoni o sopra i tetti. La situazione era particolarmente critica alla stazione di Jinchengjiang, dove la gente arrivava a rannicchiarsi sotto le carrozze, aggrappandosi alle assi tra le sbarre di ferro che univano le ruote, a pochi centimetri dalle traversine dei binari.

Nel giro di pochi giorni capitolarono anche Guilin

e Liuzhou, perché l'esercito cinese aveva abbandonato il Guangxi e la linea di difesa tra questa provincia e il Guizhou...

Insieme agli Zou, Gu Qiushui lasciò Guilin per dirigersi a Chongqing, portando con sé la famiglia.

Il primo tratto lo percorsero in treno, un treno pieno di 'spine umane', ossia persone aggrappate al tetto o all'esterno le cui carni venivano lacerate dagli spuntoni di roccia ogni volta che si passava sotto una galleria, in una pioggia di sangue e brandelli di carne.

Poi salirono su un camion di contrabbandieri, dove si sedettero con gli altri rifugiati sopra i mucchi di merce. Wu Wei si teneva stretta con le manine alle sbarre di ferro che circondavano il pianale su ogni lato, guardando sconvolta la gente che perdeva la presa e nelle curve cadeva nei crepacci, pieni di rottami di camion e ossa umane.

Da Chongqing si trasferirono poi nello Shaanxi, dove Gu Qiushui affidò moglie e figlia al signor Lu, il fondatore dell'Associazione per la Cooperazione Industriale, mentre lui avrebbe seguito Zou Keren nel Nord della Cina per continuare le 'attività clandestine di resistenza al Giappone'.

Abbandonò moglie e figlia con una scusa perfettamente plausibile: «Nessuno si porta dietro la famiglia, quindi devo lasciarvi qua».

E pur sapendo cosa questo significasse, Ye Lianzi non osò ribattere.

Dopo varie peripezie, Gu Qiushui e Zou Keren arrivarono a Tianjin ch'era ancora buio, anzi, era piena notte, tanto che per le strade deserte c'erano solo loro due. Trovarono la casa del loro amico, ma non riuscirono a farsi aprire. Se avessero bussato, in quel silenzio totale il rumore avrebbe risvegliato la città intera, mettendo in allerta i giapponesi. Dopo tutta quella strada e quella fatica, farsi catturare dai nemici giusto sulla porta di casa sarebbe stata una presa in giro.

Alla fine non gli rimase altro che rifugiarsi nel sotterraneo della casa di un medico fingendosi fumatori d'oppio in via di disintossicazione. Era ormai il gennaio del 1945, mancavano pochi mesi alla resa del Giappone.

Tutti i loro cosiddetti 'contatti' si rivelarono un fallimento, in quanto non si fidavano di loro e non si facevano vivi neanche quando li mandavano a chiamare, dunque Gu Qiushui e Zou Keren erano del tutto impotenti.

In quel periodo, anche Bao Tianjian era tornato a Tianjin, ma il suo entusiasmo per la resistenza e l'ambizione di recuperare i territori del Nordest erano svaniti nel nulla. Non era più il giovane ufficiale baldanzoso in divisa americana, ma un uomo quasi assente che borbottava tra sé: « Ho perso la Seconda signora, il mio patrimonio, l'esercito, tutto… e i comunisti diventano sempre più forti ».

Ora che aveva un altro padrone, Gu Qiushui guardava Bao Tianjian con grande alterigia, pieno di risentimento per come l'aveva liquidato a Hong Kong, nonostante gli dovesse la vita.

Dal canto suo, neanche Bao Tianjian rivolse a Gu Qiushui parole affettuose, era chiaro che l'amicizia che li aveva legati era ormai morta e sepolta per entrambi. D'altra parte che cosa poteva contare l'amicizia? Neppure le tante cose che avevano fatto insieme contavano più, e non erano ancora maturi per rivederle con il pacifico distacco della vecchiaia.

Non fosse stato per le speranze che ancora riponevano sul patriarca della famiglia Bao, il vecchio signor

Bao, Gu Qiushui non avrebbe più frequentato quella casa, anche se era a Tianjin e abitava molto vicino.

Zou Keren e Gu Qiushui si rivolsero più volte al vecchio signor Bao per illustrargli i loro progetti, pregandolo di riprendere il comando e chiamare a raccolta quel che era rimasto delle forze del Nordest che, gli assicuravano, avrebbero risposto senz'altro, insieme ai molti banditi della zona. Ma il patriarca non si lasciò coinvolgere. « Impossibile smuoverlo » concluse Zou Keren. In realtà il vecchio aveva imparato la lezione dagli errori di Bao Tianjian.

E nonostante le evidenti difficoltà economiche in cui versava, la famiglia Bao non ebbe neanche un centesimo in prestito da Zou Keren. Eppure, quando Zou era andato a studiare in America aveva ricevuto ventimila dollari di finanziamento dal vecchio Bao... E ora pretendeva di spremergli le ultime risorse per realizzare il sogno di diventare il signore del Nordest? Che sognasse pure!

Gu Qiushui partì abbandonando Ye Lianzi e Wu Wei come due frutti selvatici sbocconcellati e buttati via. Riuscire ad agguantare una manciata di terra gialla sull'orlo di qualche dirupo e far germogliare le proprie radici lì, tra gli strati del *loess*, nell'infinito susseguirsi di alture e affossamenti di quell'impervio altipiano, sarebbe dipeso soltanto dalla loro capacità di sopravvivenza.

Le loro illusioni furono di colpo sepolte nell'opprimente desolazione senza tempo di quella landa sconfinata, tra le sparute canne che oscillavano al vento intorno agli stagni, nell'odore di muffa dei vecchi *yaodong*, nel canto funebre della pioggia che cadeva per giorni senza sosta, nell'infinita terra gialla...

D'un tratto, senza rendersene conto, erano finite nelle mani di quell'altipiano che dalla notte dei tempi segnava il confine tra cielo e terra. Lo scrutavano, trattenendo il fiato: così laconico da sembrare freddo, desolato quasi come la morte, inospitale e crudele, il profilo rozzo, duro, ma così maestoso da incutere un timore reverenziale.

L'avrebbero scoperto dopo, l'amore profondo che l'altipiano nutriva per loro, solo quando avessero imparato a conoscerlo e a farsi conoscere.

Neanche Wu Wei si sarebbe mai aspettata che gli anni passati in quella terra e nel tempio dove abitarono le avrebbero permesso poi di capire così tante cose, donandole un tesoro inestimabile.

Da quel momento, la valigia lasciata da Gu Qiushui divenne la loro compagna di viaggio nel lungo peregrinare sulla via della sopravvivenza. Chissà se l'amore di Wu Wei per la vita vagabonda nacque in quel frangente, o più probabilmente lo ereditò da Mohe, la nonna materna di origini nomadi, dalla quale aveva preso tanti tratti della personalità, saltando la generazione della madre.

Da quel momento la vita di Ye Lianzi fu un ininterrotto 'far fagotto e partire', in un infinito susseguirsi di alloggi temporanei.

Poi Wu Wei sostituì la madre e divenne lei il sostegno della loro famiglia senza uomini.

Non le fu difficile. Ye Lianzi aveva sempre avuto il sospetto che in Wu Wei si fossero mescolate qualità maschili e femminili. A dodici anni, quando dovevano preparare i bagagli Wu Wei faceva un cubo perfetto che pareva uscito da un accampamento militare più che dalle mani di una ragazzina. E non voleva assolutamente che la madre l'aiutasse. Conservò quell'abilità anche in età matura, e ogni tanto la esibiva per vezzo, come un'esternazione della sua gioia di girare il mondo in libertà.

E le piacque sempre prepararsi il bagaglio da sola, anche nelle fasi in cui un aiuto le sarebbe tornato comodo: usando mani e piedi, tirando un capo della corda con la bocca e l'altro con la mano, faceva un cubo modello, che però non aveva più senso e che nessuno apprezzava. L'unico problema era che, esausta dopo tutto quello sforzo, rimaneva seduta a gambe divaricate sul pavimento per un bel po' prima di riuscire in qualche modo a rialzarsi, costretta ad ammettere, suo malgrado, che era vecchia e che non ce la faceva più. Ma se anche avesse voluto farsi aiutare, chi avrebbe potuto chiamare? C'era il vuoto, intorno a lei.

Quando nacque Chanyue, le fece da madre e da padre. C'era da arrampicarsi, abbassarsi, cambiare una lampadina, portare pesi o tirar avanti la carretta? Era sempre compito suo, nonostante tutti i suoi mariti. Perché era convinta, come un uomo, di essere insostituibile, che tutto fosse un suo dovere inderogabile.

Chi le aveva dato un destino di donna in un corpo da uomo? Magari da qualche parte, oltre al sesso maschile e femminile, ne esistono un terzo o un quarto. Ecco, visto l'entusiasmo con cui s'impossessava dei doveri degli uomini, Wu Wei sarebbe stata un ibrido perfetto.

Anche le mani, col passare del tempo, le si fecero via via più maschili.

A quel punto la linea di demarcazione tra la sua parte femminile e quella maschile s'andò offuscando, e cominciò a prevalere l'elemento maschile. Ma lei riusciva a trovare anche in questa sua condizione qualcosa per consolarsi: se gli uomini la piantavano, lei sarebbe stata in grado di mantenere da sola la sua famiglia.

Si possono dire poche cose buone di Wu Wei, ma certamente che non aveva paura della fatica fisica. Affrontava come un lavoro persino l'amore, lanciandosi con coraggio, e determinazione, avanzando imperterrita come se guidasse una carriola, a testa bassa, senza guardarsi in giro ma tenendo gli occhi fissi sul metro di strada davanti alla ruota, intenta solo a non rovesciarla, quella carriola. Non capiva che l'amore non ha bisogno di forza fisica, ma di pochi, continui, attenti ritocchi.

A questo punto Ye Lianzi aveva intuito che la sua vita non si sarebbe più incrociata con quella di Gu Qiushui. Ripensando al passato, tra confusione, perplessità, tristezza, rammarico e anche un po' di rimpianto le pareva di risvegliarsi da un sogno. Ma ormai non ci pensava quasi più.

Ora che era stata finalmente costretta a lasciar andare Gu Qiushui, si ritrovava a chiedersi, con un po' di stupore e di dispiacere, perché mai si dovesse rimanere fedeli a un uomo fino alla morte.

Ma era una donna di rigidi principi, incapace di pensare a se stessa e di cercare la propria felicità.

Per tutti la vita è una sola: non ci è data, purtroppo, la possibilità di correggere i nostri sbagli. Ye Lianzi e Wu Wei avrebbero dovuto aspettare che fosse la saggia Chanyue a rovesciare le sorti della partita e pareggiare i conti per loro.

Man mano che il ricordo del passato sbiadiva, Ye Lianzi si fece più aperta, comprensiva e tollerante nei confronti delle sofferenze, degli alti e bassi, della cattiveria e della volubilità della vita. Proprio l'altipiano di terra gialla l'aiutò a comprendere cosa sia l'unione profonda tra l'uomo e il cielo, a riconciliarsi con Dio raggiungendo gradualmente la pace.

無字

Indice

Zhang Jie
Senza parole

Il libro più importante della cultura cinese, il *Daodejing* (*Il Classico della Via e della Virtù*) comincia così: «L'amore più grande lascia senza parole». In questa frase è racchiusa tutta la forza di un sentimento che travolge l'anima e che spesso la prosciuga; o che al contrario la riempie al punto da traboccare. Quell'amore inesprimibile è qui, nelle pagine di questo romanzo. *Senza parole* racconta la storia del Novecento, quella che ha cambiato volto e anima al mondo intero, che ha trascinato la Cina e i suoi figli in una modernità senza scampo, costata incredibili sofferenze. E ha il sapore del quotidiano nei suoi personaggi uomini e donne, grandi e piccoli, meschini e veri, pieni di debolezze e capaci di straordinari eroismi.

TEA

Finito di stampare nel mese di luglio 2012
per conto della TEA S.p.A.
da Reggiani S.p.A. - Brezzo di Bedero (VA)
Printed in Italy